U0145969

北宋名家词选讲

葉嘉瑩 著

北京大学出版社
PEKING UNIVERSITY PRESS

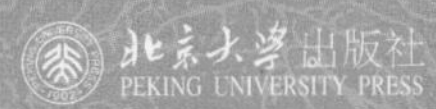

图书在版编目（CIP）数据

北宋名家词选讲／葉嘉瑩著．—北京：北京大学出版社，2007.1

（迦陵讲演集）

ISBN 978-7-301-11492-6

I．北…　II．葉…　III．宋词－文学研究　IV．I207.23

中国版本图书馆 CIP 数据核字（2006）第 160638 号

书　　　名：北宋名家词选讲

著作责任者：葉嘉瑩 著

责 任 编 辑：徐丹丽

标 准 书 号：ISBN 978-7-301-11492-6

出 版 发 行：北京大学出版社

地　　　址：北京市海淀区成府路 205 号　100871

网　　　址：http://www.pup.cn

电 子 邮 箱：编辑部 wsz@pup.cn　总编室 zpup@pup.cn

电　　　话：邮购部 010-62752015　发行部 010-62750672

出版部 010-62754962　编辑部 010-62752022

版 式 设 计：北京河上图文设计工作室

印　刷　者：三河市北燕印装有限公司

经　销　者：新华书店

650mm×980mm　16 开本　24.75 印张　285 千字

2007 年 1 月第 1 版　2024 年 5 月第 16 次印刷

定　　　价：68.00 元

目录

北宋名家词选讲

目录

北　宋　名　家　词　选　讲

总序

北京大学出版社即将出版我的《迦陵讲演集》七种，要我写一篇序言。这七册书都是依据我在各地讲词之录音所整理出来的讲稿，所以称之为“讲演集”。这七册书的次第是：

1.《唐五代名家词选讲》

2.《北宋名家词选讲》

3.《南宋名家词选讲》

4.《唐宋词十七讲》

5.《清代名家词选讲》

6.《词之美感特质的形成与演进》

7.《迦陵说词讲稿》

前两册书，也就是“唐五代”及“北宋”词的选讲，其主要内容盖大多取自于台湾大安出版社1989年所出版的我的四册一系列的《唐宋名家词赏析》。在此系列的第一册前原有一篇《叙论》，现在也仍放在这两册书的第一册书之前，并无改动。至于第三册《南宋名家词选讲》，则是依据我于2002年冬在南开大学的一次系列讲演的录音由学生整理写成的。当时由于来听讲的同学并没有听过我所讲授的唐五代与北宋词的课，而南宋词则是由前者发展而来的，所以我遂不得不在正式开讲南宋词以前，作了两次对唐五代与北宋词的介绍。这就是目前收在这一册书之前的两篇《叙论》。至于第四册《唐宋词十七讲》，则是我于1987年先后在北京、沈阳及大连三地连续所作的一个系列讲演。当时除了录音外，本来还有录像，但因各地设备不同，录像效果不同，所以其后只出版了录音的整理稿，所用的就是现在的书名。至于录像部分，则目前正在由南开大学的中华古典文化研究所加紧整理中，大概不久就会以光碟的形式面世。在这册书前面，我曾经写过一篇极长的序言，对当时朋友们为了组织这次系列讲座及拍摄录像的种种勤劳辛苦，作了详细的介绍。而且还有当时一直随堂听讲的两位旧辅仁大学的校友——北师大的刘乃和教授及中国历史博物馆的史树青教授，都为此书写了序言，对当时讲课的现场情况和反应也作了相当的介绍。现在这三篇序言也都依然附录在这一册书的前面，读者可以参看。第五册《清代名家词选讲》，其所收录的主要讲录，乃是我于1994年在新加坡所开授的一门课程的录音整理稿。虽然因课时之限制，所讲内容颇为简略，但大体尚有完整之系统可寻。在这一册书前，我也曾写了一篇序言，读者可以参看。第六册《词之美感特质的形成与演进》，是2005年1月我为天津电视台的“名师名课”节目所作的一次系列讲演。这次讲演也做了录像，大概不久的将来也可以做成光碟面世。只不过由于这册录音稿整理出来时，我因为行旅匆匆而没有来得及撰写序言，这一点还要请读者原谅。至于最后的第七册《迦陵说词讲稿》，则是我多年来辗转各地讲学随时被人邀讲的一些录音整理稿。这是在这一系列讲录中内容最为驳杂的一册书。一般说来，我自己对于讲课本来就没有准备讲稿的习惯。这倒还不只是因为我的疏懒的习性，而且也因为我原来抱有一种成见，以为在课堂上的即兴发挥才更能体现诗词中的生生不已的生命力，而如果先写下来再去讲，我以为就未免要死于句下了。只是就临场发挥而言，则一切都要取之于自己平日熟读的记诵，而我的记忆既难免有误，再加之录音有时不够清晰，所以整理出的讲录自不免时有失误之处。何况目前的排字印刷也往往发生错误，而我既是分别在各地不同之时空所作的讲演，因此讲题及内容也往往有重复近似之处。如今要整理编辑为一本书，自然不得不做许多剪裁、改编和校对的工作。不过，从此种杂乱复出的情况，读者大概也可以约略想见我平日各地奔走讲课的情形之一斑了。

关于我一生的流离忧患的生活，以前当2000年台湾桂冠图书公司为我出版一系列廿四册的《叶嘉莹作品集》时，我原曾写过一篇极长的《总序》，而且在其“诗词讲录”一辑的开端也曾为我平生讲课之何以开始有录音及整理的经过做过相当的叙述。目前北京大学出版社所计划出版的，既然也是我的一个系列，性质有相似之处，这两篇序文已收入北京大学出版社即将出版的《迦陵杂文集》中，读者自可参看。

北京大学出版社为我出版的七册“迦陵讲演集”以及北京中华书局即将推出的六册“说诗讲录”两者加起来，我的诗词讲录乃将有十三册之多。作为一个83岁的老人，面对着自己已有62年讲课之久的这些积累，真是令人不禁感慨系之。我平常很喜欢引用的两句话是：“以无生之觉悟做有生之事业，以悲观之心境过乐观之生活。”朋友们也许认为这只是老生常谈，殊不知这实在是我的真实叙述。我是在极端痛苦中曾经亲自把自己的感情杀死过的人，我现在的余生之精神情感之所系，就只剩下了诗词讲授之传承的一个支撑点。大家可能还记得我曾经写过“书生报国成何计，难忘诗骚李杜魂”的话，其实那不仅是为了“报国”，原来也是为了给自己的生命寻找一个意义。但自己自恨无能，如今面对着这些杂乱荒疏的讲学之成果，不禁深怀惭怍，最后只好引前人的两句话聊以自慰，那就是：“余虽不敏，然余诚矣。”

1

第一章

北宋初期

第一讲

说晏殊词

第一节

以前我们讲冯正中的词“上翼二主，下启欧晏”，而且也讲了北宋初年词人中可以见到受冯正中明显影响的就是两位江西籍词人晏殊（同叔）与欧阳修，因为冯正中在抚州为官三年，留有极大影响，故后人认为他开创了“西江词派”，而西江词派词人的作品却是表面相近而实际不同的。以前我们讲冯正中词时就提到过“晏同叔得其俊，欧阳永叔得其深”，我们现在就来把大晏和冯正中作一比较，也和李后主作一比较，看晏同叔何以得正中之“俊”，再看一看晏同叔之为理性词人与李后主之为纯情词人有何差别。

先谈所谓理性，一般人所谓的理性，常是利害人我的得失计较，这样的人永远也看不到世界上最美好的事物。我所说的理性不是这样眼光短浅的人我之间的利害计较，而是另一种可贵的理性，那就是我们在讲陶渊明时所讲过的，是一种节制和反省的理性。在以纯真向人的方面，陶渊明与李后主有相似的一面，在有反省有节制的方面，陶渊明和大晏有相似的一面，这便是他们之间关系的不同。作为理性的词人，大晏的作品中是有反省有节制的，而且使人能从其所写的感情之中，体会出思致的意味，同时还具备一种通达的观照的能力，观照是说你通过观察事象之后内心中会有一种智慧的照明，尤其是对人生的体会和觉悟，这就是我所谓的可贵的理性。一般人还有一种观念，认为诗主要是言情的，而诗人中有理性的诗人岂不与此矛盾吗？理性的诗人要看他具备的是什么样的理性，如果是利害人我的得失计较，那一定永远也写不出好诗，就算不是利害人我的计较，两晋间流行过玄言诗，同样枯燥无味，而像陶渊明、晏同叔这样的理性诗人的作品就不同于上述两种情况了，他们所写的诗，我称之为理性之诗，他们从生活的经历和体验之中得到了一种智慧的观照，他们是用心灵去体验生活的，他们的心灵是敏锐的，真诚的，他们也同样把所有敏锐真诚的感受都写了出来，但比之纯情的诗人，则他们却多了节制和反省，有一种思致和操持，这是理性的诗人最可贵的一点。陶渊明达到了这一标准，他的诗歌是他的心灵和智慧的结晶，他是这类诗人中最有代表性的作者。大晏没有他这样伟大的成就，大晏是“具体而微”的，有那么一点点理性诗人的味道，但是没有陶渊明那么多那么繁复的思致。一般人还有一种成见，认为“诗穷而后工”，是说诗人生活要穷苦抑郁才写得出好诗，清朝一位词人曾说“天以百凶，成就一词人”，对于某些作者，这话不无道理，李后主后期词之所以取得那样高的成就，曹雪芹之所以写出《红楼梦》这样的巨著，都因为他们确实经历了自己一家一国的败亡。司马迁早在《史记》中就说“《诗》三百篇，大抵圣贤发愤之所为作也”。这对某些作者来说是果然如此的。可是，对大晏来说，则是一个例外。大晏是一个仕宦显达的人，他十四岁时就以神童得到宋真宗的赏识，擢为秘书省正字，当他十四岁那年以神童参加进士考试时，“神色不变”，考试完毕，真宗亲自给他出了考试的赋题，他告诉真宗这个题目在温课时就作过了。从此以后，真宗就对他另眼相看了。真宗立太子，就是后来的仁宗，召见晏殊要他入宫陪伴太子，并说其所以选择他是因为他生活检点谨慎，不像其他的大臣出入于声色之场。晏殊说不然，自己只是因为家里经济拮据，才没有和他们一样去听歌看舞，真宗更信任晏殊的诚实。晏殊直上青云，做过枢密使、参知政事、同中书门下平章事，有的人就以此怀疑像晏殊这样的人能写出好词吗，或以为他的词是富贵显达之人的无病呻吟。在晏殊的词中确实很难找到他人词中常见的牢骚感慨、抑郁悲愤，他的词集叫《珠玉词》，他的词表现得像玉一样温润，珠一样圆洁，没有激言烈响，而且无须挫伤忧患的刺激，他所流露和抒写的乃是他珠圆玉润的诗人的本质。这也是他的词难讲的原因之所在。

现在我们就讲他的一首《浣溪沙》：

一向年光有限身，等闲离别易销魂，酒筵歌席莫辞频。

满目山河空念远，落花风雨更伤春，不如怜取眼前人。

这是晏殊很有特色的一首词。“一向年光有限身”，非常寻常的一句词，却有极深锐的感受，这里的“一向”是短暂的意思，而什么叫“年光”呢？年光也就是年华，是一年之中的芳华，也就是一年中最美好的时光。阳春三月，春天是短暂的，生命也是短暂的，所以说“一向年光有限身”。这一句中有很深的悲慨，一般人常认为要有极大的挫伤忧患才能写出好词，那么像晏同叔这样仕宦顺利，却也写出这样的好词，这是什么原因呢？我以前说过，李后主写的“林花谢了春红。太匆匆”“自是人生长恨水长东”，是透过他本人的沉痛写出这天地间有生之物同有的悲哀，而大晏他不需要有个人破国亡家的悲惨遭遇，他就以自己敏锐、真纯的心灵去体会了那种共有的苦难和悲慨。花开花落月圆月缺这也是人类共有的无常的悲慨，晏同叔即使是仕宦显达，他同样感受到了这种悲慨。李后主写悲慨时非常主观，是带着沉重的哀感写出来的，晏同叔的妙即在于他虽然也有悲慨，而表面上却好像是在表现一个客观现实的景象，没有深悲极恨的口吻，也没有写得血肉淋漓，这已足可见出其珠圆玉润之风格了。可是人生可悲哀的还不只是“一向年光有限身”而已，他的第二句是“等闲离别易销魂”。何谓“等闲”？等闲就是轻易之意。李后主的词“别时容易见时难”，“别时容易”就是那么轻易就离别了。天下没有人没经历过生离死别，不管是什么样的离别，只要有聚会就一定有离别，离别是很容易就来临的，这样短暂的韶华，这样短暂的人生，却充满了离别的悲哀，所以晏同叔说是“一向年光有限身，等闲离别易销魂”，这很容易引起大家的感伤，所谓“销魂”就是心神之中黯然的怅惘之感。晏同叔所写的不是和李后主的《相见欢》有许多相似的地方吗？他说“一向年光有限身”这种无常之感不就等于“林花谢了春红”吗？！可是李后主由此写下去的结尾，乃是“人生长恨水长东”，而晏同叔的结尾却是“酒筵歌席莫辞频”，他不沉溺于那种深悲极恨之中，他不仅是有反省有节制，而且还隐然有着安排处理的办法。正是对待苦难处理安排的不同，造成了各个词人风格的不同。李后主是根本没有处理安排的办法的，他只有一味沉溺于悲苦之中；再如苏东坡是超然的旷达，欧阳修则是有一种遣玩和欣赏的意兴；而大晏似乎有一种安排处理的办法。究竟该怎样去排解悲哀愁苦？他说是你要有酒的时候就去饮酒，有歌的时候就去听歌，不要说听歌饮酒的次数太多而推辞，因为那销魂的伤感比那歌筵酒席还更多，所以说是“酒筵歌席莫辞频”，正像冯正中所说的“日日花前常病酒，不辞镜里朱颜瘦”，但是冯正中的口吻是执着深刻的，而晏同叔却说得那样清淡，然而尽管笔墨清淡如许，感觉却是敏锐的、真诚的。而下半阕的“满目山河空念远，落花风雨更伤春”则写的是念远伤春之情。理性的诗人不是没有感情的，不是麻木不仁的。“满目山河”引起了“念远”的感情，“念远”就是怀念远行之人，登高望远，是古今中外一切与亲友分别的人的共同感受，从“满目山河”到“念远”是他感情的抒发，可是“空”字却在感情中表现了一份理性的反省，“念远”有何用呢？要是李后主，他沉溺在念远之情里面，就不会反省到念远是空的，而晏同叔则有一种理性的“空念远”的认知。然后下一句的“落花风雨更伤春”，是诗人对伤春的敏锐的感受。而大晏词之妙处则在对“空”字和“更”字的应用，起到了双层加深的作用：“更”字是加倍的意思，是说我已经有了念远的悲哀再加上伤春的悲哀，而一个“空”字也贯串了两句的情意，念远是空的，伤春也是空的，念远不一定就能相逢，伤春也不一定能将春光留住，不可得的仍然是不可得的，无法挽回的仍然无法挽回，所以“满目山河空念远，落花风雨更伤春”二句有诗人的感受，更有理性的认知。那么又该如何去做呢？他说是“不如怜取眼前人”。“怜”也有尊重爱惜之意，大晏是有安排处理的，他懂得只有尊重爱惜了今天，才有真正美好的未来，只是在那里空空地“念远”“伤春”，过去的不可挽回，未来的也将不可获得。可知，大晏词中既有诗人的感发，又有理性的反省和节制，而且还隐然有一种处理安排的办法。晏殊很喜欢用“不如怜取眼前人”这一句，在他的一首《木兰花》词中，他也曾写道“不如怜取眼前人，免使劳魂兼役梦”，要珍爱今天所有的，不要徒然地劳魂役梦，“劳魂”“役梦”写得很好，我们常以为体力才会有“劳”，实际心力也是有“劳”的，“役”者本是行役的往返，他说你是精神梦魂的行役往返。而晏殊是有一份面对现实的理性的，所以他说“不如怜取眼前人，免使劳魂兼役梦”，他在伤感中还有一种处理安排的办法。他也不同于李后主“生于深宫之中，长于妇人之手”，他曾做到枢密使和同中书门下平章事，是军事和行政的最高长官，他在处世和论政方面也有才干和眼光。据史书记载，真宗去世，仁宗即位，真宗的章献刘皇后任事，当时的枢密使曹利用与宰相丁谓争权，曾经都请求独见太后奏事。后来晏殊就说请刘太后垂帘与仁宗一起听政，所有的大臣都不可独见奏事，于是论议遂定。可以看得出来，在论议政事的时候，晏殊是有主见的。在北宋对西夏用兵时，晏殊也曾提出请罢免内臣监兵，朝廷不要以阵图授诸将，而要使将领对指挥战事有自决权和自主权。可见对军政事务，晏殊也隐然有一种处理的办法。所以他是一位富有理性的词人。晏同叔的词没有激言烈响，像李后主的词“林花谢了春红”，他第一句的“谢了”二字就表示出这么深的哀悼，是非常强烈的主观的感情。晏同叔也哀悼人生的短暂，可他的“一向年光有限身”，用的却是客观的口吻，没有直接表示出主观的感情，这是晏同叔与李后主的最大的不同之处。

现在，我们再讲他的另一首《浣溪沙》，来看看他的另一种特色，这首词是这样的：

一曲新词酒一杯，去年天气旧亭台。夕阳西下几时回。
无可奈何花落去，似曾相识燕归来。小园香径独徘徊。

欣赏大晏的词要有耐心，还需要细心，“一曲新词酒一杯”，这是非常平淡的几个字，没有像温飞卿的“小山重叠金明灭”那样美丽的辞藻，没有像李后主“林花谢了春红”那样强烈的感情。文学创作中可以选择各种途径达到感发的目的。有的人是以一字一句写得出色见长的，像王安石的“春风又绿江南岸”，他的“绿”字就是经过多次修改才定稿的，他曾经用过“满”“到”“过”等字，最后画龙点睛用了“绿”字，形象鲜明地表现了江南春天的到来。可是大晏的这一句“一曲新词酒一杯”，却没有任何特别精警的字，也没有强烈的感发之力，晏同叔锐敏的感受和感发的力量是要通过他整首词来传达的，他说“一曲新词酒一杯”，后面是“去年天气旧亭台”，“一曲新词”是当歌，“酒一杯”是对酒，当歌对酒的本身，本来就可以给人以感动，曹孟德的“对酒当歌，人生几何。譬如朝露，去日苦多”，像曹操这样一代英豪，当他对酒当歌时也会说出这样感慨悲凉的话来。还有欧阳修《采桑子》“十年前是尊前客，月白风清。忧患凋零，老去光阴速可惊”，他说在十年前喝酒之时，这里月光明亮，晚风轻悠，十年间的事一瞬间便过去了，他用“忧患凋零”接在“月白风清”之后，是一种突然的跳接，十年后的今天，回首往事是“老去光阴速可惊”，他后面说“鬓华虽改心无改，试把金觥。旧曲重听，犹似当年醉里声”。经过了十年的忧患凋零，鬓发的颜色已有了变化，而心情未改，他“试把金觥”，还要“旧曲重听”，结果是“犹似当年醉里声”，仍然像是听到当年醉里所听到的歌声。我们现在说的是两层意思：第一层是“对酒当歌”的本身就可以引起你内心之中的感动，晋朝的桓伊每听清歌，辄唤奈何，是每听人唱清歌，就有一种无可奈何的感情；第二层不仅是对酒当歌，而且是重听当年的歌，重新唤起过去的回忆，所以只是听歌饮酒的本身，就可以引起你无法安排的感动，像陶渊明所写的《饮酒》诗二十首，苏轼曾批评说陶公“正饮酒中，不知何缘记得此许多事”。从这二十首《饮酒》诗中你可以看到陶渊明饮酒时有多少思量和感想。因此晏殊的词“一曲新词酒一杯”一句，乍看虽似乎平淡，而后一句是“去年天气旧亭台”，跟去年一样的天气，是什么样的天气呢？“无可奈何花落去，似曾相识燕归来”，是晚春初夏的日子。“旧亭台”是昔日的亭台。所有这些依旧美好，他的感发到此仍没有表现出来，“夕阳西下几时回”，表面上仍是客观的大自然的现象——“夕阳西下”，实际却是在“夕阳西下”与“去年天气旧亭台”对比之间，表现出作者的伤感的。晏殊还有一首很好的小词《破阵子》：“忆得去年今日，黄花已满东篱。曾与玉人临小槛，共折香英泛酒卮。长条插鬓垂。　　人貌不应迁换，珍丛又睹芳菲。重把一尊寻旧径，可惜光阴去似飞。风飘露冷时。”这首词写的是美好的秋日。“忆得去年今日”，韦庄“四月十七，正是去年今日，别君时”，“去年今日”说得非常强劲，而大晏的词却总是平淡的，他写的也是去年的今日，“黄花已满东篱”，东篱之下开满黄花，“曾与玉人临小槛，共折香英泛酒卮”，我曾经和那美丽的女子靠在矮矮的栏杆上，共同摘取那菊花芬芳的花瓣放入酒杯中。中国古代的习惯，九月九日饮菊花酒，菊花在北方的俗名叫九花，而九月九日之“九”同长久的“久”音同，在此也就有了相同的意思，是渴望花与人共长久之意。“长条插鬓垂”，那女孩将花枝插在鬓发之上。至此，上阕是说九月九日饮菊花酒，盼望花与人都青春永驻。而下阕就开始对比，古人写对比，多以十年为期，苏东坡所写的“十年生死两茫茫”，欧阳修所写的“十年前是尊前客”，但晏同叔所写的却不是十年的改变，而是一年间的变化，只是短短的一年，“人貌不应迁换，珍丛又睹芳菲”，我又看见了那美丽的黄花，可是今天那美人已不在这里，他说我“重把一尊寻旧径”，这话写得实在妙，平淡地写来，而柔细的感情却溢于字里行间，“把”字极妙，“把酒”之中杂有对自己感情的品味，“寻旧径”，旧径是当年和美人共同走过的小路，今天我一个人重踱，这旧径是我认识的，又何须“寻”，“寻”不是寻路，而是寻思当年的感情，这本是写人生的改变，是写他所怀念的人不知今日在何方。可后面的这两句没有继续写他这种相思的悲哀，他只是说“可惜光阴去似飞”，去年的光阴像飞一般地逝去，现在又是“风飘露冷时”了。他不像李后主，最后的终句都是滔滔滚滚的感情，他不写“自是人生长恨水长东”这样深沉哀痛的句子，他只是用景物的衬托就把他人生的感叹、相思的怀念如此清淡柔细地表现出来了。如果你能体会出这首小词所含的感情，就能帮助你了解我们刚才讲的“一曲新词酒一杯，去年天气旧亭台。夕阳西下几时回”，今天的光阴在夕阳西下之后就永不再回返了，“无可奈何花落去”，李后主也说了“林花谢了春红。太匆匆”，“无奈朝来寒雨晚来风”，因为这种消逝和无常是你无法挽回的，而晏殊词的高明却在后面还有一句“似曾相识燕归来”，他没有让自己的感情一泻无余。他有通观的眼光，这是帮助你经历患难的修养。“无可奈何花落去”是自其变者而观之，“似曾相识燕归来”是自其不变者而观之，这当然与苏东坡还有所不同，晏殊的这两句词也有通观的意蕴，但这种通观的意蕴不像苏东坡那样是明显的思想，而是和他感伤的情绪结合在一起的，这才是晏殊最值得注意的特色。“无可奈何花落去”是消逝得一去无回了，可“似曾相识燕归来”却是年年的重复，从直接的叙述中在“花落去”之后加上了“燕归来”的口气上的挽回，然而它毕竟是和感伤的情绪结合在一起的。“似曾相识燕归来”，现在回来的燕子果然就是去年在此筑巢的燕子吗？这是不一定的，所以是“似曾相识”，是可能相识，而并不见得就是去年的燕子，“燕归来”三字还反衬出许多不归来的情绪，故这两句词是通观与伤感的结合，是理性和感情的结合。最后一句，晏殊写的是“小园香径独徘徊”，在徘徊中自然有一种对往事的追怀和思念之情，但大晏写的口气非常缓和，而“重把一尊寻旧径”的今昔对比之情却隐含其间，虽非激言烈响，其效果却不在“自是人生长恨水长东”“恰是一江春水向东流”诸句之下，这正是大晏词的特色。

第二节

说到晏殊的词，很多人都把晏殊富贵显达的身世据为口实，批评他的词的圆融平静的风格特色为不深刻，以为晏殊缺少一份诗人的沉挚深刻的感慨。这乃是由于中国传统诗论中有一种“穷而后工”的成见。太史公司马迁就认为古今的文学都是“圣贤发愤之所为作也”。而晏殊的身世生平，是人所共知的富贵显达，据《宋史》卷三百一十一载：晏殊，字同叔，抚州临川（今江西抚州临川县）人。七岁能属文。张知白安抚江南，以神童荐。十四岁时，皇帝宋真宗召见殊，与进士千余人并试廷中。“殊神气不慑，援笔立成。帝嘉赏，赐同进士出身。”从此，晏殊一帆风顺，官一直做到宰相，这是不错的。当然，一个人的身世中的忧愁患难，常常会使人变得深刻起来，但是，这要看他对忧愁患难怎样对待，也就是说，忧愁患难固然可以成就一个英雄豪杰，成就一位伟大而深刻的诗人，但也同样可能毁灭一个诗人、一个英雄豪杰。无论是成就或是毁灭，对于一个诗人而言，是否经历了忧愁患难，实在是没有什么必然关系的。只要你果然是一个诗人，那么你就应该具有诗人的锐感。况周颐说：“吾听风雨，吾览江山，常觉风雨江山外有万不得已者在。”除非你天生不是诗人，若果然是一位诗人，那么就是大自然的风雨江山，花开花落，月圆月缺，夕阳残照，都能给你很深的感触，使你“悲落叶于劲秋，喜柔条于芳春”（陆机《文赋》），使你有敏锐的感触，使你有深刻的见解，成为真正的诗人。晏殊就正是一位天生锐感的词人，他写过许多首小词，一直不被人注意，一般的选本也从不选入，以为没有什么深远的情思和意义。其实，在这些很平常的小词里，正呈现着晏殊那一份诗人的非常细微敏锐，而且非常富有诗意的感受。如其《诉衷情》上片："芙蓉金菊斗馨香。天气欲重阳。远村秋色如画，红树间疏黄。”这几句小词所写的时令景物，就正是晏殊经过十分细密的观察、幽微的感受所得。你看他那欣赏大自然的眼光：秋天里，芙蓉花和黄菊花争妍竞放，时令将近重阳节，那远处的小村庄被一派秋光秋色所点染，如在画中一般；远远望去，村庄四野的树林里，片片红色的树叶间杂着稀疏的黄叶，清晰可辨……这是何等敏锐的感受，何等细微的观察和欣赏。另外如《菩萨蛮》之“高梧叶下秋光晚，珍丛化出黄金盏”，又一首《菩萨蛮》之“擎作女真冠，试伊娇面看”和又一首《破阵子》之“疑怪昨宵春梦好，原是今朝斗草赢。笑从双脸生”，不但感受深锐纤细，观察细密清晰，而且于欣赏中还有一种生活的情趣存在，可以看出晏殊作为一个词人所独具的锐感和善感的资质。第一首写黄色的菊花，先从梧桐树写起，一棵高大的梧桐树飘下落叶，梧桐树不仅本身高大，它的叶子也是很大的，这个形象很鲜明。从那样高大的树上，飘落下那样大的桐叶，“一叶惊秋”，马上使诗人意识到了“秋光晚”，产生了迟暮的情思。接着，晏殊看到了那美丽的花丛中，像变化出一盏盏黄金制的酒杯一样，开放着金黄色的菊花。他欣赏美丽的菊花，不禁动情，伸手摘下一朵像女道士（“女真”即女道士）们所戴的黄冠一样美的菊花，高举起来，与站在他眼前的美丽的女子那可爱的面庞相比，看看如果菊花是一顶真冠戴在女子头上，有多么美。这不仅有情，而且多么有趣！第二首写一个少女的神情，细腻而活泼：女孩子的微笑是慢慢从脸上展现出来的，而她之所以要笑，只是因为她早上刚刚赢了一场“斗草”的游戏，而诗人曾猜想（“疑怪”）她昨天夜里做了一个怎样美好的梦。这样细腻的描写，不是流露着诗人晏殊的一种赏玩的情趣吗？

这就涉及大晏对冯正中的继承问题，以前人们认为冯正中词对后世的影响是“晏同叔得其俊，欧阳永叔得其深”，那么，晏殊得其俊表现在哪里呢？冯、晏二人写外界景物时感受都极为纤细。有的人写景非常呆板，像“鱼跃练川抛玉尺，莺穿丝柳织金梭”，从外表看所写景物也很优美，对仗也很工整，然而这样的句子却是死于句下，毫无感发可言。因为它只是用了一些美丽的字样，但毫无感发的生命。而晏殊和冯正中相似的一点，就是他们的词作之美不是外表形式的美，不是字句辞藻的美，而是他们词中所传达出来的最纤细幽微的感发生命，是诗人和词人最敏锐的一份感受。晏殊的词最具这种感受，他的一首《清平乐》可以作为这一方面的代表作品：

金风细细。叶叶梧桐坠。绿酒初尝人易醉。一枕小窗浓睡。　紫薇朱槿花残。斜阳却照阑干。双燕欲归时节，银屏昨夜微寒。

“金风细细。叶叶梧桐坠”：“金风”是带着肃杀之气的秋风，有人写秋天就突出那种肃杀的情调，而晏殊写秋天依然也写得珠圆玉润，“叶叶梧桐坠”，梧桐树叶飞落，一片秋色，而对于秋天的这种感受都在这“细细”“叶叶”的微小变化之中体现出来。“绿酒初尝人易醉。一枕小窗浓睡”：写一种寂寞无聊赖之感，但却写得极清淡。下面“紫薇朱槿花残。斜阳却照阑干”，他写黄昏的时候，紫薇花、朱槿花已经开残了，斜阳照在栏杆上，“双燕欲归时节”，是燕子将要南飞的时候了，“银屏昨夜微寒”，是昨天晚上我在室内已经感到天气的渐渐寒冷了。这样的词不需要理性的思致，也不需要有哲理，更无须深厚的感情，就是那词人一份敏锐的感觉，从那纤细的景物之中传达出来的一种感受，而却写得极有诗意。再进一步，则要从这种感受中引起一种感情，我们再看晏殊的两首《踏莎行》。

先看第一首：

小径红稀，芳郊绿遍。高台树色阴阴见。春风不解禁杨花，蒙蒙乱扑行人面。　　翠叶藏莺，朱帘隔燕。炉香静逐游丝转。一场愁梦酒醒时，斜阳却照深深院。

这首《踏莎行》词的牌调，在句法、句式、音节的顿挫上都呈现着极细密的形式，上下片都是先有一个双式四字句的骈偶对句，然后有一个结句，后面又有两个单句式。这个很细致的词调适于表现细腻的情思。中国古典诗词的韵律，是诗人感情节奏与语音节奏的完美结合，特别是词，有多种的牌调，词人要选择哪一个牌调传达他的或是明快或是深婉的感情为恰当，其间实在存在着一种自然微妙的结合。晏殊一共写过五首《踏莎行》，对这个牌调的声律方面的特质，都掌握得非常好，这主要因为他对此牌调具有一份纤细幽微的感受。下面我们看一看词的内容，就会更清楚地看到他的情意与声律结合得很好。

“小径红稀，芳郊绿遍。高台树色阴阴见”，这几句很能见出晏殊的感受之敏锐，而且是非常诗意的锐感：那小路上花树的花瓣已凋落稀疏了，郊原上的芳草青青，渐渐盖满了原野，高台的树荫愈发浓郁了。这其中有词人十分纤细的观察、比较和体认，透过细腻的情思表达出来。“红稀”是由多渐少，“绿遍”是由少而多。晏殊这里以“红稀”写小径的花，以“绿遍”写芳郊的草，都不仅仅只是他今天眼前的小径芳郊，而是集合了他多少天来所见所感比较之后所见到的小径与芳郊的变化。若不是词人的感受敏锐而且多情善感，是不会有如此纤细幽微的感受的。而表面上看，实在只是写春光的慢慢消逝，没有感情字样，只是一点点纤细的直觉而已。而其实是不然的，晏殊的词不同于别人的有些诗作词作，那作品不用细细体会，一读就感动得非常强烈，而晏殊的词非要深深地体会，以心领神会，才能见出其内含的生发感动的生命。晏殊词的好处之所以很难被人认识，一个是因为作者的情思纤细幽微不易被人体认，再一个就是因为读者疏忽没有深深地体会。

下面我们接下去看。“春风不解禁杨花，蒙蒙乱扑行人面”，这是上片的结句。这两句仍是在写春光的消逝，感情虽比前面有较多的流露，但仍在似有若无之间。词人晏殊亲自体会到了春天在一天天消逝，春光的脚步一天天远去——“小径红稀，芳郊绿遍。高台树色阴阴见”，这只是有心地描绘了春天远去的脚步的踪迹。而这里又写出杨花柳絮的满天飞舞，春天真是一去不返了。以杨花的短暂生命，写春光的短暂。王国维有一首咏柳絮的词云：“开时不与人看，如何一霎蒙蒙坠。”杨柳的花（即柳絮）实在是大自然里最不幸的花，没有人看过它开，难道是它不曾开吗？实在是它只要一开即落，就随风飘去了！而它一飞走，也就带走了春天。那么，为什么要让杨花飞去？为什么不把春天留住？所以晏殊说的“春风不解禁杨花”，实在是他伤春的惋惜，是他伤春的深刻感情。“不解”二字下得好，是埋怨的口气，埋怨春风不知道把杨花禁止住，阻挡住春天的消逝。这里的感情之深刻，不仅在于埋怨春风不知道禁住杨花，还在于深一步埋怨春风，偏偏要把杨花吹起，让它“蒙蒙乱扑行人面”。这里又似乎是词人以一个旁观者的身份在叙述，而隐约含蓄之中，是词人内心伤春的缭乱之情。在生活之中，当初夏将临之际，渐渐褪去了春天的清新秀美，阵阵暖风吹来，带着飞扬的柳絮扑在行人脸上，如粘、如腻、如痒，拂之不去，拂去还来，这是何等无可奈何的感觉？更何况这里的词人晏殊，是一个善感的、对春之消逝有一份独特的锐感的人，岂不更平添了一段烦恼忧伤？“乱扑”两个字蕴含的感情是强烈的，是对逝去的春天的深刻痛切的悼念。

下片起道：“翠叶藏莺，朱帘隔燕。炉香静逐游丝转。”由室外过渡到室内，由写外景转而写至屋内之人。“翠叶藏莺”，仍是室外，“朱帘隔燕”一“隔”字，使室内的人与室外的物（燕子等等）被低垂的帘幕分开，形成一种空寂孤独的境界。词的上下片总是互相关联的，上片写的是室外的伤春情绪，这里又写了室内的伤春情绪。室外的伤春是一种烦乱的意绪，由外景引起；室内的伤春是一种怅惘的情思，由内心生发。“炉香静逐游丝转”，正是伤春的室内之人因了内心的清冷寂寥，而无聊地欣赏起屋里香烟缭绕的姿态，是一种纤细的、心灰意懒的愁怀，随着一丝丝的香烟在空中袅动，抽出了一缕缕的伤春愁绪。结句“一场愁梦酒醒时，斜阳却照深深院”紧承上句，叙说了是什么样的时候、什么样的环境里，室内之人如此地孤寂伤春。假如我们把整个词的上下片合在一起看，若郊外的人与室内的人是同一抒情主人公，那么就是他在野外看到了一片春景消逝，顿生伤春愁绪，回到室内，借酒浇愁，直到一醉，所谓“举杯消愁愁更愁”（李白诗句），醉后眠卧，又是一场“愁梦”伴枕，这“愁梦”可能是怀人，可能是念远，或者就是伤春，待不久酒醒梦回，寻梦不得，内心的清冷正与射进深院里来的一抹残阳相映。这是何等冷寂！虽然晏殊在这首词里并没有正面道出，但似无意而实有心的景物、情事、人物的描绘，实在都暗示着他的敏锐而深刻的感情。

我们接下来再讲他的另一首《踏莎行》：

> 细草愁烟，幽花怯露。凭阑总是销魂处。日高深院静无人，时时海燕双飞去。　　带缓罗衣，香残蕙炷，天长不禁迢迢路。垂杨只解惹春风，何曾系得行人住。

这首《踏莎行》很值得注意，这里不但有纤细敏锐的观察，不但有一种赏玩的生活情趣，而且它还可以引起你一种深远的情意。起首“细草愁烟，幽花怯露”，表面上看来只是景物的叙写：小草上的烟霭蒙蒙，花蕊上的露珠泫照，所写都是外在的景象，而内含的却是极敏锐的感受。他所用的“愁”字和“怯”字，表现了晏殊极细腻的情思，且与形式上细密的韵律完美地结合为一体。你看，春天里，那些细草在烟霭之中仿佛是一种忧愁的神态，那朵幽花在露水之中仿佛有一种颤惊的感觉。用“愁”来表达草在烟霭中的感受，用“怯”来描写花在晨露中的感受，说的是花和草的心情，实际上是通过草与花的人格化，来表明人的心情，亦物亦人，物即是人。晏殊另一首《蝶恋花》之“槛菊愁烟兰泣露”句，可以与此相参，境界相同，只是一个是秋景，一个是春景。但同样是在细小的形象中，表现了晏殊观察之纤细、锐感和善感的诗人特质，投注着他细腻幽深的情思。下面一个长句“凭阑总是销魂处”，是前两个短句的总结，是感情上的一个总的叙述。这个结句告诉你，“细草愁烟，幽花怯露”，是诗人靠在栏杆上所见到的景物。凭栏远眺是常人的习惯，但人人都凭栏，人人都看风雨，人人都看江山，人人都看草，人人都看花，却唯有晏殊看到了细草在那春天的烟霭中有忧愁的意味，小花在晨霭中有寒怯的感觉，并且竟能使他感到“销魂”。你说“销魂”，不是悲哀愁苦才销魂吗？

可是晏殊只因草上的丝丝烟霭的迷蒙，花上的点点露珠的泫照，就能使他“销魂”，这才更见出诗人之情意的幽微深婉。后面紧连两个七字句把上片总结起来：“日高深院静无人，时时海燕双飞去。”前面由写景转而写人，这两句则是以环境的衬托进一步写人。“静无人”，实是有人，有一个凭栏销魂的人在。“日高深院静无人”的环境，衬托着人的寂寥。“时时海燕双飞去”，则是以“海燕双飞”反衬人的孤独，海燕是双双飞去了，却给孤独的人留下了一缕绵绵无尽的情思，在“日高深院”里萦回盘旋，渲染出一种失落后的深沉怅惘的氛围。

下片“带缓罗衣，香残蕙炷”，由上片的室外转向室内，仍在写人。《古诗十九首》“相去日已远，衣带日已缓”，写因怀念远去的人而消瘦、憔悴，这里的“带缓罗衣”，以衣服宽大写人的消瘦，暗示着离别。“香残蕙炷”，“蕙”是蕙香，一种以蕙草为香料制成的薰香，古代女子室内常用。“残”是一段段烧残。“炷”是香炷，即我们常说的“一炷香”的“炷”。合起来是写室内点的蕙香，一段段烧成残灰。这又暗示着室内之人的心绪的黯淡。秦观《减字木兰花》上片：“天涯旧恨，独自凄凉人不问。欲见回肠，断尽金炉小篆香。”以香炉里烧成一段段的篆字形的薰香残灰，比自己内心千回百转的愁肠已然断尽，比自己的情绪冷落哀伤，可以在这里作注。但晏殊并没有像秦观以“篆香”比“回肠”这样清楚地表现自己内心的曲折之情，他只是客观地写出“带缓罗衣，香残蕙炷”，不明显，不激动，很含蓄。一被人念起来，因为很容易读懂，所以会一带而过，不再去作深一步体会。但晏殊的词是非细心体会不可得其妙处的。一读而过，他有多少离别相思怀念的情意因为没有直说便会被你所忽略了，岂不是入宝山而空手归的憾事？《古诗十九首》所说的离别相思，秦观《减字木兰花》所写的愁肠断尽，都说出了各自的原因，《古诗十九首》里是因为离别的人“相去日已远”，结果才“衣带日已缓”；秦观是因为“天涯旧恨，独自凄凉人不问”，结果才断尽了回肠。晏殊却没有说。那么，他那一份相思怀念的情意，就果真是指现实的人与人的离别、怀念、相思吗？唯其不直说出来，才会使你想到整个人生该有多少值得你相思怀念的美好的情事，该有多少美好的人、事、物值得你交托、投注你的感情！这二句给人以无限深远的想象与联想。

这里值得注意的是，判断、比较诗词风格的不同、高下，首先要看一首诗词的情意是否深远，能有多大的兴发感动的力量，给你多少的想象与联想。晏殊的儿子晏小山的《蝶恋花》有句云：“红烛自怜无好计。夜寒空替人垂泪。”有人曾对举晏殊的《撼庭秋》之“念兰堂红烛，心长焰短，向人垂泪”句，以为晏殊不如晏小山深刻，词里没有深远的情意，其实是不然的。我们也试比较一下二晏这几句词。晏小山所写的蜡烛，不过是见到人的离别而“自怜”，没有好的办法相助，白白流泪的一支红烛而已；晏殊所写的蜡烛，则实在已不复仅是一支蜡烛，“心长焰短”四个字，象喻非常之多，可以给人丰富的联想。它可以使人想到，你果真是一支蜡烛，你有一颗多么长的心，可你点燃的火光，也只这样短小的一点点而已。那么，作为一个人，你有多么美好而高远的理想，你有多么美好而深厚的感情，而你的生命年华是那样短暂，你在有限的人生中所能成就的事业又只有这样少的一点点，不是很可悲哀、很值得垂泪吗？所以，晏殊的蜡烛实际就是人，就是整个人生的象喻。那些有理想而力量薄弱、对人生有无常悲慨之情的人，不是可以从晏殊的“心长焰短，向人垂泪”的蜡烛上，找到自己那一份幽远的情思，寄托自己深切的情意，产生共鸣，产生无穷的想象与联想吗？何须要晏小山那支“空替人垂泪”的蜡烛，白白地“替”自己垂泪呢？所以我们要说，晏殊这几句词，实在要比晏小山高一等，有更深一层幽远的情意。而这一首词的“带缓罗衣，香残蕙炷”二句，就也同样引起人更高远一层的联想。

我们再接着看，“天长不禁迢迢路”，这仍是一个长句，为上二句作结，与上片的前三句句式相同，两个对偶的双式紧接一个单句，严密而完整。“不禁”，是不能阻拦。“天长”与“迢迢路”，是上面天长，下边路远，二者结合得很好，天长路远，这是没有什么办法阻拦的。“不禁”流露出对远去、消逝的美好人生的怅惘，形象地传达出诗人内心失落的哀伤。紧接在前面的“带缓罗衣”的思念，与“香残蕙炷”的消磨之后，就更可看出这种怅惘失落的无可奈何。结尾两句“垂杨只解惹春风，何曾系得行人住”，以疑问的口吻出之，留下了无尽的情意。杨柳柔条随风摆动，婀娜多姿，在晏殊看来，这多情、缠绵的垂柳，不过是在那里牵惹春风罢了，千条万缕的杨柳柔条，虽然从早到晚不住地摆动，但它哪一根能把那要走的人留住？哪一根能把那消逝的美好的往事挽回？这里象征着对整个人生的无可奈何的深刻感受，其中寄托有极深远的一片怀思怅惘之情，是要仔细吟味，才能体会得出的。

可能会有人认为，晏殊这里无非是表现了一种伤春的情绪，欣赏起来，于现实并无怎样重大深远的意义。当然，我们这里欣赏晏殊的词，并非是要大家同去伤春落泪，而是在晏殊的伤春情绪中，实在是存在有一种对时光年华的流逝的深切的慨叹和惋惜，而且更在极幽微的情思的叙写中，流露出了深挚高远的一份追寻向往的心意。这种情意，虽然表面看来也许只不过是伤春怀人之情而已，但是隐然却可以使读者的心灵感受到一种提升的作用，这种言外的引人感发联想的作用，正是词这种韵文所最值得注意的一种特质和成就。而五代时南唐的冯正中和北宋初年的大晏、欧阳，则是在这方面表现出最富于高远深厚之含蕴的几位作者。

第三节

我们讲晏殊的词分成了几步，第一是讲他作为一个理性的词人跟李后主作对比，第二是讲他那种纤细的感受和俊美的风格，是他对冯正中俊的一面的继承和相似的地方，第三讲他在写感情方面与冯正中的不同之处，冯正中的感情表现得强烈、执着，而晏殊的感情比较含蓄、细腻。但是在晏殊的词集中有一首例外，那便是他的一首《山亭柳》，表现出了与他别的词不同的风格。

家住西秦。赌博艺随身。花柳上、斗尖新。偶学念奴声调，有时高遏行云。蜀锦缠头无数，不负辛勤。　　数年来往咸京道，残杯冷炙谩消魂。衷肠事、托何人。若有知音见采，不辞遍唱阳春。一曲当筵落泪，重掩罗巾。

这首词写得激昂感慨，其主观强烈之情意与他平常珠圆玉润之风格不大一样。除去风格的例外值得注意外，它还有一个题目《赠歌者》，这不仅是晏同叔的词中值得注意的地方，而且也是在中国词的发展中值得注意的地方。我们从温飞卿讲起直到现在，一般词人的所有作品都没有题目，即便像韦庄的词写得那样具体、真切、直接，前面也没有题目。所以晏殊的这首《山亭柳》加了个《赠歌者》的题目，这在中国词史发展上是一件值得注意的事。后来很多人的词都有了题目，甚至有了说明写作原因和背景的小序，像南宋姜白石的小序就非常有名。这就说明词已不再仅是没有个性的供歌唱的曲词了，它真的成了文人诗客抒情表意的一种韵文形式了，词已经诗化了。古来诗可以赠答，可词开始时没人用来做赠答之用，晏殊首先用它"赠歌者"，词在初起时，本是"递叶叶之花笺，文抽丽锦；举纤纤之玉指，拍按香檀”，是交给歌伎酒女演唱的歌词，但现在晏殊写的却不再是交给歌者演唱的歌词，而是赠给歌者的一篇诗歌了，这正是从让歌伎酒女演唱到用于赠答之间的过渡性产物。那么，这首词中有没有晏殊自己的感情呢？郑骞先生在《词选》中这首词的后面有这样一句按语，说这首词是“借他人酒杯浇自己块垒”之作，所谓“块垒”者就是内心中愤慨不平的感情，古人常说借酒浇愁，是用自己酒杯浇自己心中的块垒，而郑先生说晏殊是借他人酒杯来浇他自己心中的块垒，晏殊不直接写心中的愤慨不平，而是用“赠歌者”的题目借题发挥。这首词的激昂慷慨在他的词的风格和规律中是一种变调，作为一位理性的词人，他不应该写出像这首词中这样激动的感情，可晏殊毕竟是理性的词人，就在于他把这种激动的感情加了遮掩，借题发挥，利用这个题目加在了别人的身上。即便是在不得不暴露自己心灵上的伤痕的时候，他也不愿意这样赤裸裸地展现在别人面前，而是将自己推远一步。晏殊的一生仕途顺利，青云直上，深得真、仁二宗的信任，但后来也遭受到两次挫折。仁宗为李宸妃所生，却为章献刘皇后以“偷天换日”的办法据为己有，后来刘皇后用事，无人敢说明此事，李宸妃卒，晏殊作墓志，只说李宸妃生女一人，早卒，无子。后来刘皇后也死了，《宋史·晏殊传》载孙甫、蔡襄曾上言晏殊为李宸妃写墓志不言生仁宗之事，以为晏殊之罪状。于是，晏殊被罢掉了参知政事，出知亳州，又徙陈州。五年以后，又被召还京，自刑部尚书加同中书门下平章事。晏殊出身平民，自奉寒素，生活俭朴，六十多岁时他给其弟弟写信时，曾谈到人老之时要为自己的退路着想，希望晚年有个安居的所在。他曾用了公差为自己修房，被人纠弹，再次罢相。在《宋史·晏殊传》中，说当时便有人以为非其罪，因为李宸妃的墓志若是他人撰写，在当时也不会说仁宗为李宸妃所生，而用公差修房，则在当时北宋官僚之中本是常事。他第二次被罢相之后，出知颍州，后又知陈州、许州，晚年最后是知永兴军，永兴军所在地即今陕西西安、咸阳一带，这首《山亭柳》提到“西秦”“咸京”，可知其写作地点当在永兴军。晏殊的这首词里虽然可能有因罢相而产生的感慨牢骚，但表面上却是借歌者之口说出来的。“家住西秦，赌博艺随身”，有的本子“博”作“薄”，一般人都觉得应为“薄”，乃自谦之词。像欧阳修的《采桑子·西湖念语》的序文中就说是“敢陈薄伎，聊佐清欢”，“薄伎”者，浅薄之才伎也。如果说是“博艺”，这个“博艺”就是众多的意思，一个人为什么会说自己有众多的才能呢？这就得看他整个的口气了，他下面说是“花柳上、斗尖新”，“斗”就是竞争，竞赛，“尖”是出类拔萃，“斗尖新”是说我的技能不仅是最好的，而且是最新的，这是很夸张地说出来的，毫不客气。狂妄自大固然不好，可是在此则不然，他之所以这样说是因为感慨万千，是悲慨于自己有才伎而不被赏识。前面要扬得越高，后面才跌下来得更重，这首词的开头就说“博艺随身”，写得很好，有许多人不是靠自己的本领，而是仰仗着家庭、亲友的势力或者是什么法宝的魔力，而这位歌者靠的是自己的本领。所以这“博艺”二字好，“随身”二字更好。“花柳上、斗尖新”，“花柳”指风流浪漫之事，譬如是音乐的弹奏啦，歌舞的表演啦，他说在这方面他敢和任何人比试，我的才艺比任何人都好，比任何人都新。晏殊喜欢用“尖新”二字，在《凤衔杯》词中也曾有句云：“端的自家心下、眼中人。到处里、觉尖新。”“尖新”是出类拔萃之意。下一句“偶学念奴声调，有时高遏行云”，这个歌者有时偶然学唱当年念奴唱的歌曲，“念奴”是唐天宝年间最著名的歌者。古人写歌者歌声之美，有《列子·汤问》所载秦青抚节悲歌，“声振林木，响遏行云”，所以说“有时高遏行云”是说唱歌的声调之高可以留住天上的行云。下面的“蜀锦缠头无数，不负辛勤”，是说每当这位歌者演唱后，就会得到很多酬赠，就是所谓“缠头”。白居易的《琵琶行》说：

"五陵年少争缠头，一曲红绡不知数。"说那弹琵琶的女子每唱一支曲子，那些听歌看舞的少年就不知要争着送给她多少红绫的缠头。晏殊说那位歌者当年也得到过听众的欣赏，赠给她无数的缠头，而且是最好的丝织品——蜀锦。她觉得这才不辜负她的辛勤。这首词上半阕是句句扬起来的，下半阕则渐渐降调，说是"数年来往咸京道，残杯冷炙谩消魂"。最近几年奔波往返在咸京道上，得到的是"残杯冷炙"。杜甫在《奉赠韦左丞丈二十二韵》中写了他"致君尧舜上，再使风俗淳"的雄心壮志，而也就在这首诗中他又写了到长安之后的遭遇，说"骑驴十三载（有本子作"三十载"），旅食京华春。朝扣富儿门，暮随肥马尘。残杯与冷炙，到处潜悲辛"，记述了自己仕宦不得知赏的境况，京华是帝都之所在，春天是一年之美时，而此地此时，满怀报国之心的杜甫却落得"残杯与冷炙"的地步，"残杯"是别人喝剩的酒，"冷炙"是别人不吃而弃之的冷肉，所以"残杯冷炙"是受别人冷落不得重视的意思，是别人给的一点可怜的施舍，这里面对接受者来说有许多悲苦辛酸。我为什么要讲杜甫的诗，因为晏殊本是在"借他人酒杯浇自己块垒"，他用的"残杯冷炙"出于杜甫诗，正透露了一份言外的托意。下面"衷肠事、托何人"，内心之中有多少心意感情，应该托付给什么人？晏殊是用女子的口吻来写的，因为他是赠歌者。我在讲温飞卿的词时就曾说过，在中国旧伦理中，君臣的关系和夫妻的关系是相近似的，男子换在臣的地位就和妾妇一样并称臣妾了，就女子而言，是要有托身之所的，《孟子》上说："良人者，所仰望而终身也。"而才人志士也要得到知赏的人，才可以托身事奉，所以古人也曾说过这样的话，是"良禽择木而栖，良臣择主而事"，就像一只鸟要找到一棵值得它栖落的树它才落下来一样，所谓"凤凰非梧桐不栖"，好的才人志士要选择主人并为他做事，也是要依托终身的。而且中国古代对女子注重品节，臣子也注重品节，所以晏殊说这个女子是有"衷肠事”，而不知应“托何人”。相比之下，就可见出陶渊明的了不起，他不向外找依托，他说是“托身已得所，千载不相违”，这便是他在自己的认识之中找到了一个终身不违的依托。总而言之，人生无论向内或是向外，只要是能找到一个精神的依托都是好事。“若有知音见采”，她说假如是有一个知音的人能够理解我，“见采”是被他知用的意思，中国古人所谓的“知音”并不只局限于音乐方面的知音，广义的是指“知己”，是一个真正欣赏、了解你的人，是一个能在别人的误解中认识你优点的人。如果我被这个知音者选择、采纳，那么，我将唱尽高雅美好的《阳春白雪》的曲子，把自己一切最美好的都奉献给他。这虽然是一个歌女的口吻，但这又实在是中国旧知识分子、封建士大夫的传统品德，即如果有一个人以国士待我，我一定以国士报之。三国时，诸葛孔明之所以能够“鞠躬尽瘁，死而后已”，乃是因为刘备的“三顾”与“白帝城托孤”，把国家存亡的大事托付给了诸葛亮，把他当作全国最可信任的人，他就以一个最可信任的人来报答。“人生得一知己死而无憾!”中国人有这样的传统，都希望找到一个能够了解和欣赏自己的人，找到一个知音。《古诗十九首·西北有高楼》诗云“不惜歌者苦，但伤知音稀”，便写的是这种情意。晏殊这里的“若有知音见采”，“若有”是实无，也就是悲叹找不到知音。那么你纵然有奉献的感情，纵然愿意“不辞”，愿意“遍唱”，又有谁接受你的殷勤，接受你的美意？所以就“一曲当筵落泪，重掩罗巾”。可以想象得出，这个歌女在酒筵前唱歌，想起当年得意之时的满堂彩声，眼下却这样凄清冷落，不禁当即流下了眼泪。晏殊当时在这个筵席前，可能看到了这个老大伤悲、不得其所的歌女之悲哀，引起了自身遭贬受逐、客居外方的境遇的悲伤。而晏殊所托寓的是歌女，如就歌女而言，还有更深一层的悲哀，那就是歌女是“卖笑”的，是要以笑语欢歌博取人家的欢喜、人家的报酬，所以，内心即使有悲歌，眼中有泪水，也要“重掩罗巾”，不能让人看到。“重掩”，是屡次流泪，屡次擦干。屡次悲哀，而又屡次不能让人看到悲哀，强作笑颜，这是一种极为深重的悲哀。

晏殊这首《山亭柳》，感慨很深。我们在欣赏当中，像我们欣赏其他作品一样，征引了许多旁人的诗作、词作为参照，不是徒然的，因为一定要这样，你才能把晏殊词里十分深刻的、沉重的感发的生命力传达出来，把中国古典诗词中几千年的感发生命的传统表达出来。对这种感发的生命，以及在这种感发生命中所传达的中国古典诗歌中悠久传统方面的情意的引发和联想，是我们在欣赏阅读古典诗歌时，所最应当加以细心体会和留意的。

第二讲

说欧阳修词

第一节

在我们欣赏欧阳修的词以前，我想先把欧阳修的生平和为人作一个简单的介绍。

欧阳修（1007—1072），字永叔，号醉翁，别号六一居士，庐陵（今江西吉安县）人。当时，在北宋初年江西出了很多有名的文学家，除欧阳修外，尚有晏殊、王安石、黄山谷等，都是江西人，不过欧阳修并不出生在江西，他生于绵州（四川），长于随州（湖北）。欧阳修在他的一篇为纪念亡父而写的文章《泷冈阡表》中自云："生四岁而孤。太夫人守节自誓，居穷，自力于衣食，以长以教，俾至于成人。"他自称家中丧父之时"无一瓦之覆，一垅之植"。当然文人不免夸大，但由此亦可见其贫困。因无钱买纸笔，欧母乃以芦苇的秆在灰土上画，教欧阳修认字，因此而有"画荻教子"的故事。邻居有大户人家，藏有韩愈文集，欧阳修接触古文，爱好古文就是从这时候开始的。他是宋仁宗天圣八年（1030）的进士，累官至枢密副使（管军事的中央级长官）、参知政事（副宰相），曾多次被贬。神宗熙宁年间以太子少师致仕。辞职不久即逝世，谥文忠。

欧阳修无论在北宋文坛还是在思想政治界都是个开风气之先的人物。先谈谈他在文坛的影响。初唐时流行骈文，文章讲究对偶，到了韩愈的时候，他反对骈文，提倡古文，柳宗元也倡写古文，这就是中国文学史上所号称的唐代古文运动。但晚唐时古文复衰，骈文复兴。这里可以举一个文风转变下的牺牲者李商隐的故事。李少学古文，年轻时即颇有成就，但后来因骈文盛行而被训练写骈文，一辈子给官僚写应酬的骈文，他的古文方面的才能没能得到发展，是很可惜的一件事。到了北宋的初年，仍然继承晚唐之风，骈文流行，而转移北宋文风的就是欧阳修。今人所谓的古文八大家，除韩、柳外，皆为北宋作者，这其中除了欧阳修以外，其他几人都是欧阳修提拔培养出来的后起作家。诗歌在北宋初年也继承了晚唐华丽之风，晚唐的李商隐即以诗风华丽著称，很多人只见李诗外表的华丽而抹杀了李诗中深刻沉痛的情感。李商隐对个人、对国家均抱有很高的理想，怀有很深的悲哀，但北宋初期的诗人却只模仿晚唐诗之华丽的外表的虚浮雕琢的作风。到欧阳修才扭转风气，使诗在平实之中表达真诚的思想感受。

说到转移风气，欧阳修的词比不上他在古文和诗两方面的成就。他在诗和古文上都是改变风气的领导人物，但在词方面只不过是位中间过渡人物，是座承上启下的桥梁。所谓“承上”，是他继承了五代时冯延巳词内容的深挚，另外则有晏殊继承了冯词的俊逸；“启下”则是指苏子瞻得其疏俊，秦少游得其深婉。

在政治方面，北宋初年的谏官言事之风气即为欧阳修所提倡。宋初士大夫都是很有理想的人，欧阳修二十多岁中进士后，本来没在中央政府做官，而在洛阳（当时叫作西京）做留守推官。他上书给范仲淹，问他身为谏官为什么不进言，后来两人一起做官批评朝政。由于批评政事，得罪了不少人。再加上北宋初年骈文盛行，青年欲入仕途者必得会写骈文，欧阳修在庆历年间主张改革，要求考试时不重骈文而重策论(政治论文)，因为事关年轻人的仕宦前途，招到不少怨恨。于是就有人毁谤他，说他品格上有缺点，造成几次被贬，关于他详细的仕宦经历，可以参看欧阳修全集前面所附的年谱，在此我们就不多说了。

至于谈到他的性格，我们可以从他的一些别号来作一番探测。欧阳修的名字虽然不是自己取的，但他的号则是自己取的，所以我们可以从他自取的别号里看一看他的个性。欧阳修号醉翁，他在《醉翁亭记》中曾经自叙他以“醉翁”为号的原因。《醉翁亭记》是欧阳修被贬至滁州（今安徽滁县）时所写，在挫折患难的面前他的反应是什么呢？他在文章一开始就说：“环滁皆山也，其西南诸峰，林壑尤美……峰回路转，有亭翼然临于泉上者，醉翁亭也。”在美丽的山水之间，有一座醉翁亭。当时他是滁州太守，常与友人至亭中游玩，“饮少辄醉，而年又最高，故自号曰醉翁也”。他用山水游宴来排遣悲哀，所以自号“醉翁”。他还有另一别号是“六一居士”，“六一”指的是有书一万卷，金石佚文一千卷（中国注重古玩，欧阳修也是开风气之先者），平日消遣有棋一局，琴一张，酒一壶，再加上“吾一老翁”，共有六个“一”。所以自号为“六一居士”。从他的这两个别号，我们都可以看出欧阳修在生活方面很有一种欣赏遣玩的意兴。

在文学史上，有人开先倡导风气，就得有人承先启后，在启承转折之间发挥重要作用。欧阳修的词在北宋词坛上的重要，就在于词之演进的第一个阶段完成于他和晏殊之手。就词之演进而言，词虽由歌词转入文人手中，可以抒写自己的感情、志意、怀抱，但在性质上跟诗仍有很大不同，在表面上他所写的仍是闺阁园亭、相思离别一类的感情，而像杜甫所写的“雨中百草秋烂死”“路有冻死骨”和“巨颡坼老拳”“饱肠皆已穿”这样血淋淋的诗句，在这一阶段的词中是找不到的。另外，诗的源流久远，而且一开始就是以“言志”为主的，而古人所谓“言志”并不是狭隘的抒情，而真的就是抒写自己的志意怀抱，所以诗的题目和诗的内容从外表看起来，一向就比词的方面更广，而且会涉及许多历史背景。词也会发展到与诗非常接近，那是在苏东坡的时候，不过后来的周邦彦和秦少游却又使词的性质与诗又有了明显的区分，所以词的发展在前一段曾是向诗靠拢，但在非常接近的时候，跟诗却又有了分途划境的区分，因为词之为体有许多原因使它不能完全像诗，但我们这次的讲课来不及讲这些，我们只能谈到大晏、欧阳为止。这两人的词都曾受到冯延巳的影响，晏同叔得冯正中之“俊”，欧阳修得冯正中之“深”，除去晏、欧之间的不同以外，他们三人有一个共同点，就是说他们所写的都是以游戏的笔墨写的短小的小词，因为词在大晏、欧阳的时代仍是歌筵酒席间传唱的歌曲，虽然在性质上已经和《花间集》那种只是供歌女演唱而没有个性的歌词不同，可是毕竟仍是当时流行的歌曲的歌词，所以当他们写的时候，就没有存很严肃的态度，因此说是以游戏笔墨为之。可我以前也说过了，“观人于揖让，不若观人于游戏”，要看一个人在大庭广众之间的进退揖让，那他一定很谨慎，甚至于有时会矫揉造作，故意做得很好。可在游戏的时候呢，他常会有无心的流露，正是在这种时候才会表现出他最真纯的本质。他在跟人揖让进退的时候，他可以虚伪，他可以作假，他可以说一些冠冕堂皇的高言谠论；但当他游戏的时候，当他不经意的时候，却反而把他心性的本质流露出来了。词的最妙的一点就正在于此。词本小道，在当时，至少在晚唐五代和北宋初期，大家对词都有轻视的意味，不把它当作一种严肃的文学体裁来写作，可是就在这种体式之中却无意地流露了自己性情的本质，这是一点可注意的地方，对于冯正中、晏同叔、欧阳永叔尤其如此。这话很难讲明，我常说广义的诗，包括词在内，是注意其中感发的作用的，那感发的作用有大小、厚薄、深浅的种种不同，即使在无心中，你自己个人的学问、修养、经历、性格在不经意的时候也会对作品中的感发作用产生影响的。冯正中是南唐的宰相，晏殊是北宋初年的宰相，欧阳修也官至副宰相（参知政事），我并不是说一个人要做到达官显宦，他的词的意境才开阔和博大。有的人本质上就是诗人，但这些人中各自的胸襟、理想、志意各有不同。在中国的诗歌中，屈、陶、李、杜这些人的作品很容易使我们从外表上看到正面的感发，而词却常被人忽略，因为它从外表上看起来就是闺阁园亭、儿女相思、风花雪月。可是事实上词也可以传达正面的感发，要理解词最重要的就是理解这份感发，不过因为诗是除了这份感发以外，还有许多外来的情事，它在外表上的典故历史已经有了很多内容，所以诗的正面的感发容易被理解。可是，词之所以更值得注意，讲解时之所以更难，就是词的感发完全是那最不可把捉的、最要眇幽微的真正心灵感情之中感发的跃动，这种感发和跃动是传达和表现了每一个词人不同的品格和资质的，是和他整个的人结合在一起的，而且是他无意识的流露。如果一个人本来就有很好的资质，他再有像冯、晏、欧这样一段经历，曾经把国家人民的责任放在自己肩上过，那么他原来所有的品质就更加深广了。我不是说一个人一定要做到这样高的官职才能深广，而是说有这样的磨炼就更容易深广。当然，也并不见得人人都如此，如果是做到很高的地位，但从来没有以天下为己任过，而是只求升官发财，这样的人是写不出好的作品来的。北宋初年的名臣一般都是不错的，像范仲淹曾提出过“先天下之忧而忧，后天下之乐而乐”，成为历代读书人理想的典范，同时，范仲淹的小词也是写得很好的，这些作者是因为本身有这样的资质，再加上生活的磨炼和对政治的见解，所以虽是微物小篇的词里面也表现了他们心灵和精神的修养和境界。

欧阳修在古文和诗歌方面的成就，过去你们都听得很多了，我就不再多讲了。既然刚才提出了冯正中和晏、欧等人心灵品质上的不同，就这一点而言，冯正中的词表现的是热烈执着、殉身无悔的精神，大晏所表现的是反省节制，是一种通达的智慧的观照，那么欧阳修的词表现的是什么呢？我所说的这些人的修养成就不只是说影响到词里的风格是如此的，而是说就其平生的为人和生活实践而言，他何以能形成如此风格的缘故。我以为一个人一定要在艰苦患难之中，才可看到他真正的修养何在，一天饱食安睡无所用心是难以表现出修养的，只有在艰难挫折降临在你身上的时候，才能见到你与众不同之处，所以冯正中的“鞠躬尽瘁，死而后已”的精神，不止表现于词里面，那是他对南唐国家的态度。晏同叔的理性也不仅表现在词里，也在于他对政治、军事方面所具有的眼光、见解以及处理安排的办法。那么欧阳修有什么特殊的表现呢？每个人对患难的态度是不相同的，有一种有天才、志意、理想的高出常人的人，这其中有的人自命不凡，狂傲自大，自己仿佛是天上飞的神龙，把大家都看作地上爬的蚂蚁，这样的人虽说可以完成自己的天才，但不是在现实的世界中可以有成就的，有的人愿意收敛翅膀落下来，和大家一起在地面上行走，这样就已经很好了，而更好的人则不仅落下来与大家同行，而且还要教会大家和他一起去飞翔，不管他是否是诗人，也许他在教别人飞的时候，已经放弃了写诗的事业，但这种人才是更了不起的人。遇到患难挫折，有的人对人生就灰心了，以至于想到自杀，这是懦弱的表现，一个人如果有自杀的决心，可以干许多伟大的事业。我的老师曾说过这样的话："以无生的觉悟做有生的事业，以悲观的心情过乐观的生活。"很多人做不了大事业，就因为私人的顾虑太多，过于斤斤计较，如果你已经无生了，将生死都置之度外了，那可以做出许多别人不敢做的事情来。然而又有几个人能真的做到如此呢？退而求其次，就要看他怎样对待忧愁患难，是怎样没有被忧愁患难击倒的。欧阳修是在忧患之中有一种遣玩的意兴，这不见得是最高最好的态度，但至少是他对待忧愁挫折使自己不致跌倒时所取的一种方式和态度，这种态度从很多地方都可以见到。欧阳修自己取的两个别号——"六一居士"和"醉翁"，就是当他在朝廷党争中因为耿直敢言而被贬谪后所取的。欧阳修被贬官滁州以后，写了《醉翁亭记》，写山川景物之美，写人民生活之美，有一种欣赏的态度，他与客人携酒而游，"饮少辄醉，而年又最高，故自号曰醉翁也。醉翁之意不在酒，在乎山水之间也"，"人知随太守游而乐，而不知太守之乐其乐也"。他欣赏山水时有他的一种乐趣，别人虽跟他一起游山玩水却并不了解他内心的这种情趣。他内心的情趣是很难解说的，当经过挫伤忧患之后仍然能够在山川美景之间得到一种遣玩的乐趣，而不沉溺于忧伤之中，这是古人的一种修养。欧阳修曾给同为范仲淹被黜鸣不平而被贬的尹师鲁写信，相约到贬谪之地后"慎勿作戚戚之文"，他说有许多人在当朝的时候好像也能够慷慨激昂，主持正义，一旦受了挫伤之后，要不就一天到晚伤感、牢骚、忧愁，再不就马上换了一个面目，卑躬屈膝，所以欧阳修相约尹师鲁贬官之后不为"戚戚之文"。欧阳修就是以这样的修养来写作小词的，小词是游戏的笔墨，但有他的一份胸襟怀抱和修养在其间。

欧阳修还写过一些比较浪漫的词，一些道学家为维护欧阳修的学问道德面目，声称许多浪漫爱情的词都是别人“伪托”的，是用来蓄意攻击他的。他的词集《近体乐府》中未收录“不正当”的词，但是另一版本题为《醉翁琴趣》的词集，则收录了许多在风格上、品格上不高尚的词，引起了不少争论。其实某一首词是否出自欧阳修之手不应从其主题是否谈爱情来判断，但《醉翁琴趣》中确实收录了一些风格“恶俗”之词，看来不像是欧的作品。

第二节

现在我们先来看一组欧阳修的《采桑子》。欧阳修写的《采桑子》共有十三首，其中有十首是描写西湖的一组词。这组词有一个特色，即词前有一篇散文叫“念语”或“致语”，而且每一首词的第一句末三个字都是“西湖好”。这十首词当时都是可以演唱的，但现在乐谱已失传了。组词是当时非常流行的一种格式，甘肃敦煌曾发现了不少唐朝曲子的手抄本，其中有《四季歌》《五更调》《十二时》等等。这些组词有数目限制，必得是四、五、十二首组成的，后人称之为“定格联章”。但《采桑子》组词则不同，词的篇数无限制。组词对后来的说唱文学（宋朝时的说唱文学叫鼓子词，北方后来也有叫“鼓词儿”的）有很大的影响。说唱文学顾名思义，既有说也有唱，说唱夹杂。或用来说故事（宋时赵德麟的组词《蝶恋花》即是），或用以述风景。欧阳修的《采桑子》组词即是描写西湖风景的一组词，而组词前的念语就是说唱文学中“说”的部分。

这组词里所讲的西湖并不是今天大家熟悉的杭州西湖，而是安徽颍州的西湖。欧阳修在中年时被贬到颍州做太守，当时他就非常喜欢西湖的美丽，表示退休后要到颍州来居住。后来果然回来了，在颍州住了一年多然后逝世。

这一组《采桑子》就是他第二次回到西湖时所写，描写了西湖在不同季节、不同情况下的美丽，而在最后一首则写出了今昔的慨叹。欧阳修的“遣玩意兴”可以由这组词中看到，尤其是词前的念语部分。他不是死板的老学究，是位风趣的人物，或许这就是为什么流传着他许多浪漫故事的原因。他喜欢写真正可以表演的流行曲。他的其他组词有《渔家傲》，从一月写到十二月，正如我前面所提到的敦煌曲中“定格联章”的形式。不过我们没时间讲《渔家傲》。现在只介绍几首《采桑子》，先看《采桑子》这一组词的念语：

> 昔者王子猷之爱竹，造门不问于主人。陶渊明之卧舆，遇酒便留于道上。况西湖之胜概，擅东颍之佳名。虽美景良辰，固多于高会；而清风明月，幸属于闲人。并游或结于良朋，乘兴有时而独往。鸣蛙暂听，安问属官而属私；曲水临流，自可一觞而一咏。至欢然而会意，亦傍若于无人。乃知偶来常胜于特来，前言可信；所有虽非于已有，其得已多。因翻旧阕之辞，写以新声之调。敢陈薄伎，聊佐清欢。

内容大意是说：晋朝时王子猷爱竹，听说某家竹美，即前来求看竹子。《世说新语》上说王子猷一次听说一家竹子好看，即往求一观，进门后直去看竹，看完后扭头就走。主人为了要见他，挡住他的去路。王欣赏主人坦率的作风，两人卒成朋友。历史上又记载陶渊明有足疾。每出门乘舆，或由其门生，或由其儿子抬着。他弃官回乡后，当地长官纷欲求见而不得，后来知道他爱喝酒，于是乘他出门之际在道上置酒相邀，陶一见到酒就停下来畅饮，更何况西湖风景优美，名冠东颍。如逢佳日，西湖的游人自然络绎不绝。但即使在游人稀少之时，前往西湖一游，一阵清风吹过，一轮明月在天，清风明月即属于你我闲游西湖之人了。或与好友同游，或自己乘兴独游。晚上经过西湖听到青蛙的鸣叫（中国把蛙鸣比作乐曲），暂且听一会，管它是官乐或私乐！这儿有一湾水，坐在水边喝一杯酒，吟一首诗（他这里用的是王羲之《兰亭集序》中“曲水流觞”的典故），畅叙幽情，大家兴致很高，心灵相通，谁理他人怎么想？偶一来之确如古人所说，比特别来此一游更有意思。这一切虽然不是我自己所有，但我不也尽情享受了吗？（此意盖正如苏轼《前赤壁赋》所说：“惟江上之清风，与山间之明月，耳得之而为声，目遇之而成色，取之无禁，用之不竭，是造物者之无尽藏也。”）所以改旧词，写新词，大胆地把我的一点技能表现出来，增加你们一点快乐。

这段念语说明了欧阳修当时填词的背景与心情，也可从此看出欧阳修的遣玩欣赏的情趣和意兴。先看一首《采桑子》（之四）：

群芳过后西湖好，狼籍残红。飞絮蒙蒙，垂柳阑干尽日风。　　笙歌散尽游人去，始觉春空。垂下帘栊，双燕归来细雨中。

这是一首好词。理解晏、欧的这一类词，确需有一份会意。“群芳过后西湖好”，这一份会意是难以言传的。这十首词中包含有欧阳修二十多年的生活的经历和感慨，很多人认为中国这些小词，都写风花雪月，有何内容可言，可是就是这些风花雪月的小词，才真的表现出了一个作者、一个诗人的心情、品格、经历和对人生的体验，读这些小词往往比看那些满纸仁义道德的大块文章更能使你感动。我四十年前的老师顾随先生曾认为欧阳修虽然在古文、诗歌方面是领导风气的人物，而使我们更真切更活泼地理解欧阳修的心性、品德和为人的却是他的词。大家都只欣赏那万紫千红似锦如绣般的繁花，可是欧阳修却认为群芳过后的西湖依然是美丽的。这种美丽还不是大家都可以见到的外表视觉上的美好，而是他对群芳过后的西湖有一份内心中的会意和体悟，这是其所以“好”之所在。“群芳过后西湖好”，是他经历了怎样的人生才说出来的一句话？人生有苦难当然是不幸的，但有时你从苦难中磨炼出来，却自有一番境界，而这样的诗、这样的词往往是要经历过人生苦难才写得出来的。“群芳过后西湖好”，这句话虽然很简单，但绝不肤浅。一个人在人生中的训练，最重要的一点是看你有无忍耐寂寞的能力，你平生可能有多少苦难、挫折、失败的经历，别人不了解、不知道、不能理解，而你对此必须忍耐，这是做人的非常重要的条件。很多人一步路走错了，都为了不能忍耐住寂寞的缘故。“狼籍残红。飞絮蒙蒙”，满地落英，杂乱不堪，空中则是一片蒙蒙的飞絮。李商隐的《燕台》诗有这样一句：“絮乱丝繁天亦迷。”这样纷乱的柳絮，这样繁多的游丝，天若有情也会为之而痴迷的。当柳絮飞扬的时候是春天已经迟暮了，所以晏殊的词说：“春风不解禁杨花，蒙蒙乱扑行人面。”在那暮春的时候，“狼籍残红。飞絮蒙蒙”，他是要表达什么样的感情，他没有明说，而内心是有深微细致的会意的。即便是没有了游人，没有了笙歌，而“垂柳阑干尽日风”，站在楼前，栏杆之外有一株垂柳，微风之中，长长的柳条来回飘动，体会到“尽日风”，正因为那垂柳尽日在荡扬的微风中袅动。在别人难以忍耐的寂寞中，欧阳修却能观赏那风中轻扬的垂柳，那是一种多么美丽的姿态。欧阳修不仅仅是能欣赏“垂柳阑干尽日风”那种垂柳舞动的姿态的美丽，而他本人无论在诗、文，还是词，除了遣玩的意兴以外，还有一种重要特点，那就是他的作品的姿态的美丽。苏洵在《上欧阳内翰书》中就曾赞美欧阳修的文章有“俯仰揖让”的姿态，也就是古人所说的“发而皆中节”，是说你的举手投足都是自然的举动，但是这些举动中都有一种姿态，而且是最美好、最适当的姿态，就像一个人在盛大的典礼中的步伐、进退都有一定之规一样。欧阳修所表现的姿态之美就如同他欣赏的垂柳袅动的姿态之美一般无二。“笙歌散尽游人去，始觉春空”，在这组词的第六首里，欧阳修曾写道：“清明上巳西湖好，满目繁华。争道谁家，绿柳朱轮走钿车。　游人日暮相将去，醒醉喧哗。路转堤斜，直到城头总是花。”当时是满目繁华，绿柳朱轮，香车宝马，如今是“笙歌散尽游人去，始觉春空”，当满目繁华的时候你都被满目繁华扰乱了，而现在自然界的春天过去了，花木零落，柳絮飞舞；人间的春天也过去了，笙歌消失，游人归去，此时突然间意识到春天没有了，“始觉春空”，才真有一份体会和觉悟的获得。人要真有很好的修养，就是在于对“空”的一种体认和觉悟。陶渊明能完成文学和人生的很高层次的修养，正在于他对“空”的体悟，“人生似幻化，终当归空无”，可是陶渊明所认识的“空无”，和欧阳修所体认的“空”，都不是消极的、颓废的，而是他们认识了“空”以后就有所不为，一个人只有认识了人生的“空”才会对世上一些邪恶、卑鄙的事有所不为，才会认识到犯不上出卖人格去做那样的事情，因为这种事最终只能归于幻化空无。值得注意的是陶渊明、欧阳修这样的人并没有停止在消极、颓废之中，正是像他们这样有所不为的人才能有所为，才能掌握宇宙人生最宝贵的真理，这是物质人生所不能替代的。陶渊明之所以有他那种品格和成就，因为他有所不为，而又有所为。欧阳修虽然经过那么多的患难，却还有那种遣玩的豪兴，有那样浓厚的兴趣欣赏自然界美丽的景物以及美好的人生。认识“空”的目的是有所不为，但并不妨碍你有一种好的人生观，一种积极的人生态度。他下面写的是“垂下帘栊，双燕归来细雨中”，现实和人生中都有放下帘栊的时候，一个人一生不能只向外追求，也应向内有所探索。就当春天的脚步声渐渐逝去，放下帘栊之后，你仍然有一份爱心和美感，对春天仍有一份欣赏和体会。“双燕归来细雨中”，暮春天气，花虽然零落了，而此时正是雨中双燕还在为哺育幼雏而忙碌的时候。晏殊的词“无可奈何花落去，似曾相识燕归来”，宇宙之中，“自其变者而观之，则天地曾不能以一瞬；自其不变者而观之，则物与我皆无尽也”。有无常之一面，也有永恒的一面，所以欧阳修说“始觉春空”“双燕归来细雨中”，在这里，欧阳修只是将他对大自然的感受和体会写下来了，但他的这种感受和体会经过他人生经历的锤炼，含有极深的意境。

下面，我们讲这组词的最后一首：

> 平生为爱西湖好，来拥朱轮。富贵浮云，俯仰流年二十春。　　归来恰似辽东鹤，城郭人民。触目皆新，谁识当年旧主人。

欧阳修四十三岁被贬官出知颍州时，就想到致仕以后要回到颍州的西湖，几经曲折，在六十五岁退休以后果然实现了早年的愿望。回到西湖的第二年，他便去世了，但欧阳修毕竟是幸福的，因为他果然是如愿以偿了。这组词就是在他历尽了宦海波澜之后的六十五岁时写的，所以他说：“平生为爱西湖好，来拥朱轮。”他初见西湖是知颍州之时，有官家的驷马朱轮的高车。但接着他立刻在思想上否认了“来拥朱轮”，说是“富贵浮云，俯仰流年二十春”，那荣华富贵像浮云一样散去了，《论语》上说“富贵于我如浮云”，一切权势地位都不可能永远保有，一切名利禄位都是一场虚幻，就好像在俯仰的转眼之间二十多年就过去了。俯为低头，仰为抬头，俯仰之间极言时间的短暂。王羲之的《兰亭集序》说今日之聚会“俯仰之间，已为陈迹”。今天的曲水流觞在明天看来就是过去的事情了。“归来恰似辽东鹤”，传说汉朝时有位叫丁令威的人离家学道后成仙，变为鹤鸟飞回故乡辽东，落于华表之上，那鹤唱了一首歌："有鸟有鸟丁令威，去家千年今始归，城郭虽是人民非，何不学仙冢垒垒。"欧阳修用这个典故并无学仙之意，而是把自己在颍州住过，又在相隔二十年之后再回到颍州这期间颍州的变化比作了丁令威离开辽东千年之后的变化一样。所以欧阳修说二十年之后我就像丁令威化鹤归来，恍如隔世，"城郭人民。触目皆新"，不仅居民已不是当年的居民，连城郭也不是当年的城郭了。"谁识当年旧主人"，今天的颍州人谁知道我曾经是当年的地方长官呢。这种认识包含有对人生的体验，有智慧的觉悟，以及对山川景物遣玩的意兴等多种复杂的情绪，有许多对人世沧桑变化的感慨。但可以看出，欧阳修虽然有这些感慨，但在这十首词里仍然充满了他对自然界和人世这样高的欣赏的豪兴，这是欧阳修的特点，他的这种爱心和美感至老不减不衰，他曾经说"白发戴花君莫笑"，和杜甫一样是"老去才难尽，秋来兴甚长"。

欧阳修富于遣玩的意兴，很有欣赏的兴趣，但我们一定得注意到他的遣玩的意兴都是对一种伤感、悲哀的反扑，而这也是为什么欧阳修词同样写游赏宴集，听歌看舞，却一点也不肤浅，反会使人感到包含有一种人生之哲理的缘故，这是因为他的遣玩的意兴不是单纯的。他说"平生为爱西湖好，来拥朱轮。富贵浮云，俯仰流年二十春"，写的是年光的流逝，"归来恰似辽东鹤，城郭人民。触目皆新，谁识当年旧主人"，是人世的沧桑变化。这种心情，在北宋比欧阳修稍晚一点的王安石也曾有过，王安石和欧阳修一样也有过很高的政治地位，在他变法失败，失去宰相的地位而闲居的时候，他写过两句诗："今日桐乡谁爱我，当时我自爱桐乡。"他从前在桐乡做过地方官，曾关心过地方上所有的事情，他现在晚年归来，他说此时还有谁认识关心我王安石，可是以前我曾关心过你们，而且把我最好的精力和生命交付给了你们。所以像欧阳修和王安石这样的人都不是单纯的，他们都曾经有过自己的理想和事功。不过王安石的两句诗只是伤感，而欧阳修虽在第十首里透露出了他的伤感，但他前九首词所写的却都是遣玩欣赏的意兴，都写的是西湖好，而且都写得情真意切，很有水平。现在我们回过头来简单地再讲几首他的《采桑子》。第一首：

> 轻舟短棹西湖好，绿水逶迤。芳草长堤，隐隐笙歌处处随。　　无风水面琉璃滑，不觉船移。微动涟漪，惊起沙禽掠岸飞。

"轻舟短棹西湖好"，他说当你荡桨划船行于湖上时，西湖的确很美，因为划的是又小又轻的船，所以只用划着短浆。"绿水逶迤"，湖水碧绿，湖岸逶迤。"芳草长堤"，堤岸之上，是一片芳草。"隐隐笙歌处处随"，大家都来游玩观赏西湖的美景，所以不论你走到什么地方，随处都可以听到从远处飘来的笙歌。"无风水面琉璃滑"，一丝风都没有，湖面无波，平整得如同琉璃一样。"不觉船移。微动涟漪"，船行其上，竟不觉其移动行进，只是引起一点点小小的波动。"惊起沙禽掠岸飞"，当小船从湖面划过，就惊起了沙洲上的水鸟擦过岸边飞起。这简直是一幅画家无法用笔墨表现的美丽图景。请再看第二首：

> 春深雨过西湖好，百卉争妍。蝶乱蜂喧，晴日催花暖欲然。　　兰桡画舸悠悠去，疑是神仙。返照波间，水阔风高飏管弦。

欧阳修的特色是向伤感悲哀的反扑，而当他反扑的时候，他表现得非常热烈，很有一种豪兴。他说"春深雨过西湖好"，春意正浓，春雨刚过的时候，西湖确实很美。“百卉争妍”，所有品种、颜色的花都竞相展示自己的美丽。我说欧阳修表现得热烈有豪兴是有道理的，你看他用的字样，花草是“百卉”，分量是很重的，包括了所有的花。“蝶乱蜂喧”，诗词的好坏，取决于每个作者的风格不同，重要的是因为他们用的字是不一样的。这是非常奇怪的，就是说，你是怎样的心灵和性格，你自然就选择了与你的心性相近的字样。欧阳修说“蝶乱蜂喧”，“乱”是极言其多，“喧”是嗡嗡的叫声，也要多才够得上“喧”，“蝶乱蜂喧”，是到处都有蝴蝶，到处都有蜜蜂，因为有“百卉争妍”，到处是鲜花，理所当然到处也都有蜂蝶。“晴日催花暖欲然”，他的每一个字都带有非常充沛的力量，那光明晴暖的太阳催着花很快地就开放了，“然”和“燃”是通用的，是烧起来的意思，形容那花像燃烧一样热烈地开放。前半首写得如此热烈喧哗，突然，欧阳修把情调改变成了幽静闲远，完成了整首词姿态的变化。“兰桡画舸悠悠去”，“桡”同“棹”，也是船桨，“兰桡”就是用木兰花的树干做的船桨。“画舸”是指船舷上有彩绘的游船。坐着这样的船慢悠悠地行进，“疑是神仙”，自己觉得和进入神仙的境界一样了。“返照波间，水阔风高飏管弦”，落日的余晖反映水中，竟使天水都是晚霞的颜色，这时的湖面格外开阔，风吹带来阵阵管弦丝竹的悠扬之声飘扬在高处的云间。接着我们讲第三首：

> 画船载酒西湖好，急管繁弦。玉盏催传，稳泛平波任醉眠。　　行云却在行舟下，空水澄鲜。俯仰留连，疑是湖中别有天。

用画船载着美酒出游的时候，西湖是美好的。“急管繁弦。玉盏催传”，又是热烈的豪兴，“管”，他说是“急管”，“弦”，他说是“繁弦”，

"管"是吹起来节奏很快的箫、笛之类的乐器，"弦"代表琴、瑟之类可弹的乐器；"玉盏催传"，乃是欧阳修对行"击鼓传花"这种酒令的情形的描述，用急促的鼓点催着人们依次传递酒盏，鼓声一停，盏在谁手，谁就得喝酒一杯。欧阳修他们当时传的是玉杯。这种生活多么愉快。"稳泛平波任醉眠"，酒醉之后只管卧在船头，平静的湖水稳稳地托着画船漂浮。"行云却在行舟下"，欧阳修真是会欣赏，他把风景描写得美丽异常，天上浮云的影子都在水中，也自然是在行舟之下，他想得多妙，船在水中的浮云影中走，就跟在天上的白云之间行走一样。"空水澄鲜"，天空、湖水都是澄明新鲜的。"俯仰留连"，不管是抬头看天，或是低头看水，都值得你"留连"。我们上次讲第十首小词中的"俯仰流年二十春"，是以"俯仰"来形容时间的短暂、光阴的疾逝的，现在这首词里的"俯仰"说的是真的抬头、低头。"疑是湖中别有天"，乘着醉酒，这番景色真的让人怀疑湖水别有一片天空。最后看这组词的第六首：

> 清明上巳西湖好，满目繁华。争道谁家，绿柳朱轮走钿车。　　游人日暮相将去，醒醉喧哗。路转堤斜，直到城头总是花。

清明上巳的时候，西湖也是美丽的。清明节是中国传统中扫墓踏青的日子，上巳是农历三月的第一个巳日。"满目繁华"，放眼之下，满目都是繁茂的花朵，这里的"华"和"花"一样，而"繁华"比"繁花"的意思要广泛一些，"繁花"仅限于描写花木的繁茂，而"繁华"除去包含此意外，还有游人盛多之意。红男绿女，装点风情。"争道谁家，绿柳朱轮走钿车"，大家纷纷猜测，绿柳之下走过的那红漆车轮，镶嵌玉石的华丽高车究竟是谁家所有。"钿"，即指螺钿金玉的镶嵌。"游人日暮相将去”，“相将”即相傍的意思，言下之意，日暮之时，游人是成群结队的归去。“醒醉喧哗。路转堤斜”，不论清醒的还是酒醉的游人都在高声地谈话，也无论是在弯曲的归途还是在斜斜的湖堤上。“直到城头总是花”，从湖边直到城门口一路都是盛开的鲜花。从这首词中我们也可以看到欧阳修笔下的热烈有力的豪兴。然而，这所有的一切豪兴都是欧阳修对他伤感悲哀的反扑，所以直到第十首他才点出来是“俯仰流年二十春”，“城郭人民。触目皆新，谁识当年旧主人”。欧阳修在词的写作方面，虽不是开创风气的人物，但他以其修养、性格和经历，写出了自己的特点，使读者从此可以认识到他活生生的形象。

下面这一首《采桑子》并不是西湖组词内的，写作年月不详。我们也简单看一下：

> 十年前是尊前客，月白风清。忧患凋零，老去光阴速可惊。　　鬓华虽改心无改，试把金觥。旧曲重听，犹似当年醉里声。

“月白风清”讲的是“盛”，是繁华、快乐、年轻；“忧患凋零”讲的是“衰”，是亲友的死。“鬓华虽改心无改”，他老了，可是内心感情依然年轻。古人说，“衰莫大于心死，而身死次之”。欧阳修年纪大了，却仍有杜甫“老去才难尽，秋来兴甚长”的气概。

第三节

除去我们上面讲过的《采桑子》外，欧阳修的《玉楼春》词也是很有名的，他的遣玩的豪兴不但从他的用字、造句、叙述的口吻已经能使人有所体验，像“急管繁弦”“蝶乱蜂喧”以及“晴日催花暖欲然”这样一些句子，除了能让人体验到这种豪兴外，我们还可以发现欧阳修每次写词绝不止一首，像《采桑子》是十首，另外如其《渔家傲》二十四首，以两套歌词重复赞美一年十二个月的美丽风光，这种作风明显地带有民间曲子的风格，和敦煌唐代曲子写本中描写十二个月风光的曲子相类似。一下写二十四首《渔家傲》，在欧阳修是不仅表现了一种豪兴，而且还可看出他果然是把词当作歌曲来写作的。我们现在要讲的《玉楼春》词，欧阳修一共写了二十九首，但它们和十首《采桑子》及二十四首《渔家傲》有所不同。《采桑子》《渔家傲》是成组的，果真是一个系列；《玉楼春》虽有二十九首之多，却不能说它是一组，它没有一月、二月的次序，也没有“西湖好”这样一致的开头，仅仅是能从二十九首《玉楼春》中看出欧阳修写作的兴致之高而已。现在我们来看一首他的《玉楼春》：

> 樽前拟把归期说，未语春容先惨咽。人生自是有情痴，此恨不关风与月。　离歌且莫翻新阕，一曲能教肠寸结。直须看尽洛城花，始共春风容易别。

“樽前拟把归期说”，是说两个人在相遇相悦之后，面临着相别的时刻，人生短暂，遇合和生离死别也有一个期限。虽然要有分别，但毕竟两个人此刻还相聚在一起，还有酒可以共饮。我们刚才说过欧阳修的词里一方面有伤感悲哀的感情，但他又要将它排遣掉，要向它反扑，从而表现出一种豪兴。伤感是一种下沉的悲哀，反扑却是一种上扬的振奋，这两种力量的起伏是造成欧阳修词特有姿态的原因所在。两人现在还在饮酒，但最终还是有离别之时的，所以就有了一个归期了。晏几道有一首小词说“明年应赋送君诗。细从今夜数，相会几多时”，想着明年送行的日子，就更珍惜现在相聚的时候，因为过去一天就更临近分手的时间。所以天下的事情除非不定期，若是定期则必将很快地来到。晏几道的“离别”还是在明年，而欧阳修的“归期”却就在眼前。就要告诉对方，“樽前拟把归期说”，不用说真到离别的那一刻，就是一念及归期，以至于想把归期说出来心里都难过。“未语春容先惨咽”，“春容”自当指那美丽女子的容貌，“惨咽”二字则更用得好，“惨”是那女子脸上悲哀的表情，“咽”是她马上改变的口中的声音，是如泣一般呜咽的语声，所以“樽前拟把归期说，未语春容先惨咽”，是写离别很传神的两句。为什么你会对分别如此地动情，“人生自是有情痴，此恨不关风与月”。古人说：“圣人忘情，最下不及于情。然则情之所钟，正在我辈。”最有智慧的人能够超脱于感情之上，那些麻木不仁的人也不会动情，而感情所聚的正是我们这些不上不下的人。人生而有情，所以在聚散离合之时自有悲哀。晏殊说的“春风不解禁杨花，蒙蒙乱扑行人面”，冯正中所谓“风乍起，吹皱一池春水”，春风何曾有悲欢忧喜的感情呢，李后主说“小楼昨夜又东风，故国不堪回首月明中”，明月为何让李后主有这样多的悲哀，会让他想到故国，又为何会让他写下“问君能有几多愁，恰似一江春水向东流”的词句？风月本来没有悲欢的感情，可是人生有此感情并且有难以解脱的地方，才因为风月而引起这般的情感。就像冯正中说的“谁道闲情抛弃久。每到春来，惆怅还依旧”，“河畔青芜堤上柳。为问新愁，何事年年有”，所以欧阳修说是“人生自是有情痴，此恨不关风与月”，没法解脱、没法忘怀、没法忍受的这一切感情却都与风月无关，风月只是人之感情产生的媒介而已。这首词上阕全写的是悲苦的离别。而欧阳修却要以飞扬的意兴挣扎起来。他说“离歌且莫翻新阕”，“新阕”，是一曲终了，再唱一首新曲，“阕”就是音乐的一个章节的意思，“翻”

即改变的意思。古代在离别的时候吹奏的乐曲都是离歌，“离歌且莫翻新阕”，是说请暂且不要再唱什么新的离歌，那离歌“一曲能教肠寸结”，一曲离歌就已经让离别的悲哀郁结凝聚在一起，无法遣散，就像唐朝诗人王昌龄的诗云：“琵琶起舞换新声，总是关山离别情。”因为这是在塞上，在那些远离家乡亲人的戍卒中间，所以他不管换多少歌，也离不了离别的主题。欧阳修的十首《采桑子》是先写遣玩的豪兴，直到第十首才写出来伤感和悲哀的，这一首小词却是先写的悲哀后写的豪兴。离别的不可避免和带来的痛苦，大家都十分清楚，那就让我们珍惜这分离之前的短暂光阴，用欣赏的豪兴去享受这美好的时光。“直须看尽洛城花，始共春风容易别”，“直”是简直之意，“须”是应该之意，“直须”乃无所顾忌地，要将那洛阳城中所有美丽的花朵看遍，才和我曾享受过的代表春天的和煦春风告别。欧阳修本来先说的是人，“未语春容先惨咽”，他后来说的是“春”，是把二者融为一体。这首词很能代表欧阳修的特色，一个是他两面的张力，他要从悲哀之中挣扎起来欣赏，这是他既豪放又沉着的缘故，另一个是叙写的口吻，“拟把”“自是”“切莫”“直须”“始共”都是豪放之中有沉着之致的。

我们所选的欧阳修的第二首《玉楼春》全文是这样的：

> 雪云乍变春云簇，渐觉年华堪送目。北枝梅蕊犯寒开，南浦波纹如酒绿。　　芳菲次第还相续，不奈情多无处足。尊前百计得春归，莫为伤春歌黛蹙。

欧阳修对大自然的景物有很敏锐的感受，他要表现的是春天已经到来时他内心的欣喜，大自然的景色变化是有目共睹的，但写出诗来，人与人之间就分出了水平的高低，有的人的诗只是耳目感受的再现，而有的人的诗却是心灵感受的传达。欧阳修就写得很好：“雪云乍变春云簇”，作为一个诗人对四季云彩变化一定得有敏感的认识，冬季下雪天的云彩准是凝集成一片，沉重得如同铅块。柳树的枝条在冬天显得干而硬，到春天则变得润而软，春天的云彩也是如此，变得柔软了，“雪云乍变春云簇”，由将要下雪的如同黑铅般的云彩变成了柔软的春云。这春云有何特点？“簇”本指花草的一丛，而用以形容春天的云彩，就是说那春云像一堆堆、一团团白色的棉花差不多，而背景是湛蓝的天空。春天的到来，更激发起欧阳修欣赏的豪兴，“渐觉年华堪送目”，有的版本，“送”字为“纵”字。他说是我慢慢地意识到一年之中最美好的季节就将来临，我可以登山临水放眼纵观。在这里“纵”字更准确地体现了欧阳修的尽情的意兴和奔放的感情。后面是欧阳修的所见：“北枝梅蕊犯寒开，南浦波纹如酒绿。”梅花，一般说来是向阳的先开，而向阳的应是南枝，欧阳修写的是北枝，是背阳的，所以说是“犯寒开”，“犯”是冒犯、抵制的意思，“犯寒开”三字是沉着悲哀和豪放享乐两种情绪的结合，非常有力量，自然地展现出一种最高的境界。“南浦波纹如酒绿”，“波纹”二字又有一种姿态，比起“水波”之类的字眼要灵活得多，那被春风吹起的波纹像酒一样绿，“酒”字里又暗含享乐的诱惑。“芳菲次第还相续”，有的版本“还”作“长”，什么叫“芳菲次第”，中国旧说有二十四番花信风，各种花卉接连不断地开放，传播着春的消息，所以我觉得这里如是“长”字，将比“还”字好，是永远如此的意思。尽管如此，还是“不奈情多无处足”，远远不能使我这样多的感情得到满足。这再次表现出了欧阳修要尽情享乐的意兴。欧阳修不是那种浅尝辄止的人，他内心的感情实在太丰富了。他的这种永远不能满足是一种悲哀，在最后两句他转折回来，说是“尊前百计得春归，莫为伤春歌黛蹙”，有的版本“歌”作“眉”。冯正中说：“日日花前常病酒，不辞镜里朱颜瘦。”中国的传统意识认为花和酒应该是在一起的。花是自然界给予的快乐，酒是人世间给予的愉悦，然后自然界有好花则必得有人世的好酒来相衬。冬天的时候，只有酒而没有花，你觉得很悲哀，急切地盼望春天的到来，所以说是“尊前百计得春归”，“百计”是想方设法，“得春归”是确实看到春天回来了。如此地得来不易，更应该“莫为伤春歌黛蹙”，不要为了花落而悲哀，在唱歌的时候，不要皱起眉头（作“眉黛”时如此讲），或者说歌女的眉黛不用皱起（作“歌黛”时如此讲）。今天有春光，今天有花开，今天有美酒，今天有歌声，你不要伤心，要节制、压抑自己的悲哀。欧阳修和李后主相比，感情就不是那样单纯，而有悲哀、奔放、沉痛、昂扬的多种成分。

在讲义里我们还选有欧阳修的一首《蝶恋花》词，这首词也是欧词中颇有特色的，下面我们看一下全文：

> 越女采莲秋水畔。窄袖轻罗，暗露双金钏。照影摘花花似面，芳心只共丝争乱。　　鸂鶒滩头风浪晚。雾重烟轻，不见来时伴。隐隐歌声归棹远，离愁引著江南岸。

开端一句“越女采莲秋水畔”，“莲”是最美丽纯洁的花卉，“秋水”则一般都是澄清的，有的人形容女子的眼睛的美丽如同秋水，正是由于这个缘故。“越女采莲秋水畔”，是比珠楼玉房不知要好多少倍的自然环境。写这女子的穿戴装饰，则是“窄袖轻罗，暗露双金钏”，“窄袖”是相对于宽袖而言的，因为是采莲，更需要窄袖才不至于动作时被水打湿。采莲的时候，还是初秋的季节，天气还相当热，所以采莲女衣服的料子是既轻又薄的“罗”——一种丝织品。“暗露双金钏”，“钏”是女子戴的手镯，因为采莲，所以将手镯上推藏于衣服的袖子之下，是隐隐约约透过轻罗的窄袖可以看到她戴的黄金的手镯，所以说是“暗露”。欧阳修这两句完全是写实的，与众不同的是他怎样地安排形象，以及如何选择用以形容那形象的字样。他用的“窄”和“轻”两个字传达着一种纤细轻柔的感觉，而“黄金”代表着美丽与贵重，藏于袖子里面则又有了幽隐含蓄的品格，恰到好处地起到了衬托出采莲女形象的作用。欧阳修笔下的采莲女和中国传统的某种品德有暗合之处，《诗经·硕人》形容卫庄公的夫人就曾说“衣锦褧衣”，说卫庄公的夫人不仅容貌美丽，而且品德很好，虽然贵为一国之君的夫人，当她穿上锦衣的时候外面还要罩上外袍，这是一种幽隐含蓄的品格。所以“越女采莲秋水畔。窄袖轻罗，暗露双金钏”表面上只是实写一个采莲女，但他的用字、形象的选择和描写都结合了一种品质。请看下面一句神来之笔，“照影摘花花似面”，迥异于以环境、装饰写美女的套式，而是将人和花结合起来，那女子低头采摘荷花的时候，如花的容貌倒映于水中，荷花的影子和女孩姣美的面容的影子一样美丽。拿温庭筠的“照花前后镜”来比较，就可看出，温庭筠写的只是必然的动作带来的必然的效果，而欧阳修所写的是一种偶然的巧合带来的偶然的联想，所以我说这是神来之笔。“芳心只共丝争乱”，不管是摘荷花还是摘莲蓬，只要摘断荷梗，都会有许多不断的藕丝。当她“照影摘花”时既看到水中人影如花的美丽，也看到了梗断丝连的藕丝，于是突然间就引起采莲女内心之中的某一种情意，“乱”者是无法安排的，李后主词说的“剪不断，理还乱，是离愁”，是你无法排遣和解释的一种感情，至此，不仅仅写了采莲女的装饰、品质、容貌，还写了她的内心感情。那么，采莲女此时置身何处呢？“鸂鶒滩头风浪晚”，傍晚的时候，风推水浪向水鸟驻足的河滩涌来，这是一种环境的转变，欧阳修当然仍在写这个采莲女，但却不时地给我们许多暗示，使人联想到充满风浪的人生经历。“雾重烟轻，不见来时伴”，因为天晚了，雾越来越浓，“烟轻”则是烟霭迷蒙的样子。中国古人常说的“烟柳”“烟花”“烟景”的“烟”字，都指的是雾。当烟雾笼罩过来的时候，这采莲女才蓦然发现同来的伙伴都看不见了。采莲往往是结伴而行的，但因为各人专心其事，也因为浓雾的遮掩，彼此竟不得互见。这两句词完成了环境的变化，好像是要提醒人们不必害怕孤独。人生之中，有很多深刻的思想都是在孤独的时候产生的，有的时候，寂寞和孤独也能成全一个人，并不一定必然要毁损一个人，结果如何，全取决于一个人对之采取的态度。“隐隐歌声归棹远”，这个采莲女只好独自走向归路，所以随着她的远去，可以隐隐约约地听到她的歌声，虽然此时已看不见船了，但歌声起处必是渔船之所在，因为那歌声和桨声同发。“离愁引著江南岸”，那女子的歌声表现出了一种离愁，离愁者是离别相思的感情。中国古代许多相思离别的诗歌并不指定哪一个人，却能引起人们一种向往和追寻的感情，像《诗经·蒹葭》：“蒹葭苍苍，白露为霜。所谓伊人，在水一方。溯洄从之，道阻且长。溯游从之，宛在水中央。”“离愁引著江南岸”，沿着江南的岸边都是她追寻的离愁。这是一首非常好的小词，只可惜很多人没有意识到它的价值，致使许多词选都没有选这一首词，实在可惜。

欧阳修的词之所以能引起人们的联想，不只是它表面上写的情事，而且也在于它所表现的感情精神的境界。因此有些人就以为欧阳修的词中都有寄托的含意，表面上写的是香草美人，其实有所比兴。即如清代常州派词人就用这种办法解说欧词，但有时这种解说过于勉强。其实，词只要能提高一个人的感情修养就达到词的目的了，但清朝常州词派却用比兴来解释一切。常州词派张惠言编了一本词集《词选》，其中谈到欧阳修的词《蝶恋花》一首，这首词表面上看来是伤春之作。

庭院深深深几许。杨柳堆烟，帘幕无重数。玉勒雕鞍游冶处，楼高不见章台路。　雨横风狂三月暮。门掩黄昏，无计留春住。泪眼问花花不语，乱红飞过秋千去。

古时富贵人家都有几重院子，前院、正院、后院、跨院等等。这首词说有一个人居住在一个深深的院落之中。到底有多深呢？不知道。每层庭院都种上柳树，柳树茂密的枝条上似乎有一层烟霭。每层庭院都有很多房间，每个房间之前均垂有帘幕。帘幕到底有多少？难以计算。在庭院深深的闺阁之内，一位女子思念着一位男子。这位富家子弟骑着装饰讲究的马去歌伎那儿游玩去了。但是女子虽在高楼却见不到他的去处。章台路是汉时长安街名，后引申为男子游冶之处。春天的花本来就会落，更何况有暮春三月的暴雨狂风的吹打呢？女子被封锁在重重庭院之中无法留住春天。有句古诗说"思君令人老"。古时候女子无法有更多的方法证明她生命的价值，只有靠男子对她的爱情。如果男的游冶不回，她的生命就是空白的一片。人的生命随岁月消逝，花的生命也在雨横风狂中零落。人为什么生命要消逝，花为什么要在风雨中零落？怀着离情，饱含着眼泪，看着一片片花瓣飘到秋千架的另一边去，而无法把春天留住。这种寂寞伤春之情，可说是词中本来的意境。

张惠言在《词选》中，却以为这首词的"庭院深深深几许。杨柳堆烟，帘幕无重数"是《离骚》的"闺中既已邃远"的意思。而《离骚》的"闺中"指的是美人的住处，美人是比作楚国的君王的。所以这两句词的意思是：君王所在的朝廷是那么深、那么远，我无法接近。"楼高不见章台路"相当于《离骚》"哲王又不悟"，说那个男子不回来，不觉悟。男子意指君王。"雨横风狂三月暮"指的是政令强暴。"泪眼问花花不语，乱红飞过秋千去"是指北宋初年的宰相吕夷简很保守，而欧阳修、韩琦、范仲淹则主张改革，后来改革失败，韩、范等人纷纷被贬出而言的。换言之，张惠言以为这首词讲的是庆历年间政争的事情。

如何判断词里是否有寄托，有比兴，应从作者的生平、政治态度、口吻和历史本事来考虑。虽然就欧阳修而言，庆历年间是有政争，他也确曾因政治主张被贬，但他这首词的口吻却不像《离骚》。《离骚》“闺中”和“哲王”两句是紧接着的，意思很明显，而这首词在口吻上找不到哪个是指君王的，所以只能说可能有寄托。此外，看词也得看词中感情的基调和境界。“雨横风狂三月暮。门掩黄昏，无计留春住”写的是春天的消逝、生命的落空，这两句是有一种基本感情，但从叙写的口吻上无法证明其与政治有关，看不出它牵涉到官场的政争。所以我们只能说可能有比兴，但不能像张惠言那样肯定。

最后我们再简单地讲一首词，就可以结束这次演讲了。我们现在所讲的都是词第一阶段的演进，可是欧阳修的词对后人也是有影响的，所以有人批评欧词是“疏隽开子瞻，深婉开少游”，“子瞻”是苏轼，“少游”是秦观。一般说来，欧阳修于豪放之中见沉着，这是他基本的特色，可是有的时候，豪放多于沉着之时，他的豪放就表现得有疏朗飞扬的意态，这是和后来的苏东坡相近似的所在。请看他的《朝中措·平山堂》：

> 平山阑槛倚晴空，山色有无中。手种堂前垂柳，别来几度春风？　　文章太守，挥毫万字，一饮千钟。行乐直须年少，尊前看取衰翁。

平山堂在扬州，是当年欧阳修年轻时在扬州任职期间所建，这首词是他后来送朋友到扬州时所作，是他对往事的回忆。“平山阑槛倚晴空”，平山堂建在山上，地势很高，所以阑槛仿佛是在空中。“山色有无中”，放眼望去，远方的山色时隐时现。“手种堂前垂柳”，当年我在堂前亲手种下的垂杨柳树，“别来几度春风”，自我离开以后，已经过了多少年春风的吹拂。“文章太守，挥毫万字，一饮千钟”，像你这样富有文采的太守到了平山堂，一定会下笔文章万言，畅饮美酒千杯。你是年轻人，你要好好在那里享受平山堂的美景，在那里饮酒作诗，“行乐直须年少”。你若不信，“尊前看取衰翁”，就请在樽前看看我欧阳修今天这副衰老的样子吧，他虽然也有感慨，不过写得颇有潇洒飞扬之致，这自然是所谓“疏隽开子瞻”之处。但另一面则欧阳修之沉着也有写得极为深婉之笔，如其《踏莎行》（候馆梅残）一首中之“平芜尽处是春山，行人更在春山外”，及《蝶恋花》（翠苑红芳晴满目）一首中之“烟雨满楼山断续，人闲倚遍阑干曲”诸句，便都写得情深意婉，这自然也就是所谓“深婉开少游”之处。

总之，词之发展自温飞卿之以精美的名物引发读者寓托之联想，到韦庄之发展为劲直深切的抒情诗，再由冯延巳在词中表现出一种感情的意境，至李后主之以个人经历写出了人间共有的无常的悲感，而且表现出开阔博大的气象，都代表了词之不断的演进，只不过李后主之纯真与耽溺的敏感之天才和他的破国亡家之遭遇既都属于一种非常人所有的一种特殊情况，所以真正对后世产生影响的重要作者，遂不是李后主而是冯正中，而冯正中最值得注意的则是其词中所表现的一种富于感发之作用的感情的意境，这正是使得小词有了要眇幽微的丰富之含蕴的一种特殊成就。而北宋初期的晏殊和欧阳修就正是冯词影响之下的两位重要作者，这一阶段可以说是词之发展的第一阶段。因为时间的限制，我的讲课只能结束在这里，虽然勉强算是讲完了一个阶段，但结束得极为仓促，有许多说得不周全的地方，请大家多加原谅。

缪元朗　安易　整理

第三讲

说柳永词

第一节

柳永是北宋时代一位著名的词人，他的词在当时流传甚广，宋人笔记曾称“凡有井水饮处，即能歌柳词”，又称“教坊乐工，每得新腔，必求永为词，始行于世”，可见他的词在当日曾经盛行一时。只可惜柳永为乐工歌伎而写的这些流行歌词却颇为士大夫一类人士所不喜，以为其“浅近卑俗”，“声态可憎”（见王灼《碧鸡漫志》），但我认为柳永在宋代词人中实在是一个很不错的、非常值得注意的作者。以前，不论是从旧的“文以载道”的眼光，或从新的“革命”的观点来衡量，都认为柳词多写市井男女之情是鄙俗的，这些都失之片面。我们要结合柳永的身世看柳词的整体，才能有一个比较正确的评价。

关于柳永的身世，因为他所写的歌词被当时的一般人认为鄙俗，被士大夫所排斥，影响了他的仕宦，因此正史也没有传。他的生平资料只能来源于三个方面：宋人诗文集、宋人笔记和方志。

王禹偁《小畜集》中有几篇文章与柳永的家世有关。其中《建谿处士赠大理评事柳府君墓碣铭》一文，是柳永的父亲柳宜和叔父柳宣请王禹偁为他们的父亲柳崇所写的墓碣铭；还有一篇《柳赞善写真赞》，是柳宜的画像赞；又有一篇《送柳宜通判全州序》，是送柳宜赴杭州任通判的赠序。这三篇文章都写到了柳永的家世和他的父亲柳宜的一些事迹。此外宋人许多笔记也记载有柳永的传闻轶事甚多，虽互有出入，但大同小异，也能反映柳永生平的一些情况。再如《余杭县志》《定海县志》《福建通志》等也均有关于柳永家世、生平的记载。

我们要想认识柳永，首先最基本的一点，就应该先了解到他的儒家的家庭传统、仕宦观念和他个人的浪漫性格与音乐天才其间所形成的一种不幸的矛盾。

柳永的家世是个非常注意儒家道德的仕宦之家。柳族原籍河东，柳崇之五世祖柳奥随叔父柳冕（唐古文家及历史家）至福建任福州司马，后又改官建州，遂定居焉。柳崇当五代王延政据闽之时，曾拒不应聘，隐居以布衣终。至于柳永的父亲柳宜及柳永的五位叔父则都曾在南唐或宋朝做过官，而且他的父亲在当时曾以孝行闻。柳永有兄二人，长兄柳三复，次兄柳三接也都曾有科第功名。侄柳湛，子柳说也都中过进士做过官。

生长在这样的家庭中，柳永自己却是一个具有浪漫性格和音乐天才的人。每个人天生的才能不同，凡具有特殊才能的人，往往都会不惜牺牲一切来从事他自己才能所专注的技艺，使他非这样做不可，这是没有办法的。柳永喜欢音乐，因此就常为流行歌曲作词，这影响了他的一生。宋人笔记说："教坊乐工，每得新腔，必求永为词，始行于世。"因此我们读柳永词时应该有所注意的，就是在柳永的词集中，有一部分不是柳永抒写自己情意的，而是应乐工之求所作的词。当时的歌伎如能找到柳永为之写词，便身价十倍。柳永有时还把歌伎的名字写入词中（如其《木兰花》四首之分咏心娘、佳娘、虫娘、酥娘诸歌伎等词），此外柳永词中也有一些应时祝颂之作（如《御街行》之"燔柴烟断星河曙"，《巫山一段云》之"琪树罗三殿"诸词，便都是这一类作品）。

柳永生年，据罗大经《鹤林玉露》所载："孙何帅钱塘，柳耆卿作《望海潮》词赠之。"据宋史，孙何在 1004 年逝世，去世前曾任两浙转运使，所以柳永写歌颂钱塘的《望海潮》词送给他。这事是可靠的，因为王禹偁《小畜集》中有不少诗文是赠孙何及其弟孙仪的，而王禹偁又与柳永之父柳宜有交往，故柳永可能在少年时即与孙何相识。如柳永赠孙何词在 1004 年以前，而且写词时当已成年，如以二十岁写此词推算，则柳永至少应生在 985 年（较晏殊、欧阳修还早）。

柳永对音乐的爱好是少年在汴京生活时形成的。据其《乐章集》所写及宋人笔记、诗话之记载，可知其少年时代在汴京度过。而我们现在从南宋孟元老所写的《东京梦华录》中仍可见汴京当时繁华享乐的生活。古人云"生于忧患，死于安乐"，仁宗时的歌舞繁华，就是宋朝积弱败亡之原因。当时汴京表面繁华，大街小巷之中，瓦子（歌伎所在之地）很多，歌伎打扮了站在楼上招邀宾客。而柳永当日就是生活在这种环境之中的，如他所写的“帝里风光好，当年少日，暮宴朝欢。况有狂朋怪侣，遇当歌对酒竞留连”（《戚氏》）。受到这种生活的影响，因此他喜欢写听歌看舞的词。

柳永年轻时即以填词出名，不但市井的人喜欢他的词，宫中也传唱他的词。他的《倾杯乐》就曾传唱禁中，词中开端有“禁漏花深”之句。禁，宫禁，就是宫中；漏，指的更漏，古代计时用铜壶滴漏。禁漏，指宫中的夜晚。禁漏花深，指宫中春天繁花盛开的夜晚。词中又说“会乐府两籍神仙，梨园四部弦管”，这首词是赞美都城帝里在元宵佳节的繁华享乐生活。仁宗，作为专制的君主，是喜欢听别人赞美歌舞升平的，因此这首词在宫中曾传唱一时。

可是，自从柳永考试不中，写了《鹤冲天》词，就得罪了仁宗。词云：“黄金榜上。偶失龙头望。明代暂遗贤，如何向。”又说：“才子词人，自是白衣卿相。”更说：“且把浮名，换了浅斟低唱。”从这首词，可以看出柳永是一个大胆的、敢于破坏传统的人。当时士大夫鄙薄市井俗词，而柳永因为具有浪漫的性格和音乐天才，却敢于写这些词。而当士大夫阶级因他写市井之词而看不起他，排斥他，致使他不能顺利取得功名时，他就写了这首词，表示了他对仕宦、对士大夫的轻鄙：你们算什么，我自是白衣卿相。白衣，是没有功名、官职的人。我宁愿不要浮名了。这首词也为落第的秀才们鸣了不平，因此被落第秀才传唱一时。这样统治阶级可就不高兴了。所以宋人笔记中有关于柳永改名的记载，说是因为柳永年轻时多为歌伎酒女填词，被士大夫们认为品格卑下，词语淫秽，影响了他的仕宦，一直不如意，所以才自“三变”改名为“永”。另一种说法是因为柳永生病，后来才改名为“永”。总之，宋人笔记因是传闻之词，故有不同之处，但大同而小异，从中也可以看出柳永的一些生平迹象。

这首《鹤冲天》词，不仅表现了柳永对仕宦对士大夫的鄙薄，还表现了柳永的满腹牢骚。我们知道，有的人不得志而发牢骚，是空发，因为他既无志意，又无才能，所以别人才看不起他；而有的人是真的有才能，有志意，而不得施展，因此发牢骚，柳永就是这样的人。柳永的浪漫性格固然有点像浪子，但他终是仕宦家庭出身，受家庭影响，他也有儒家的志意和传统。他曾任定海县晓峰盐场盐监。《大德昌国州图志》载柳永《鬻海歌》一首，是一首七言古诗，相当长，写出了盐民艰苦的劳动和穷困的生活。其中写盐民的艰苦劳动过程："年年春夏潮盈浦，潮退刮泥成岛屿。风干日曝咸味加，始灌潮波塯成卤。卤浓咸淡未得闲，采樵深入无穷山。豹踪虎迹不敢避，朝阳出去夕阳还。船载肩擎未遑歇，投入巨灶炎炎热。晨烧暮烁堆积高，才得波涛变成雪。"写出了盐民的艰难困苦，怎样积存海潮，怎样采樵，怎样煮盐。还写出了盐民的贫困生活："自从潴卤至飞霜，无非假贷充餱粮。秤入官中得微直，一缗往往十缗偿。周而复始无休息，官租未了私租逼。驱妻逐子课工程，虽作人形俱菜色。"是说盐民一年没有收入，只有借贷为生，等盐煮了出来，又要交税、还债，饥饿劳苦使得盐民虽然是人的形状，但是青黄憔悴、面如菜色。可见柳永对盐民非常同情。他还为盐民呼吁说："鬻海之民何苦辛，安得母富子不贫。本朝一物不失所，愿广皇仁到海滨。甲兵净洗征输辍，君有余财罢盐铁。"希望国家能减轻盐民的赋税徭役。可见柳永还是有用世济民的志意的。据说柳永的诗也写得很好，可惜现在只传下来三首。

柳永的才能也曾有人欣赏。据云柳永中进士以后曾到睦州（今浙江建德）做推官。不过一个多月，知睦州的吕蔚很欣赏柳永的才干，准备给他升官，报到朝廷，当时的侍御史郭劝说："三变释褐到官始逾月，善状安在？"结果就没给柳永升官。（见叶梦得《石林燕语》）又有一次，有人推荐柳永的才能，要求给他升官。仁宗说："得非填词柳三变乎？""且去填词。"（见胡仔《苕溪渔隐丛话》引严有翼《艺

苑雌黄》）

虽然各种笔记说法有所不同，但总而言之，都说《鹤冲天》词对朝廷的轻鄙态度，得罪了朝廷，因此柳永总是不得志。后来柳永填词时，签名写上“奉旨填词柳三变”，反抗的态度隐然可见。在他不得意时，他在词中说：“幸有意中人，堪寻访。”是说安慰我的悲伤的幸有我所喜爱的人。柳永本来性格就浪漫，失意以后更纵情于歌伎酒女之间。我们知道，有些英雄在失意的时候，有时也寄情于女子的爱情。辛稼轩就曾有词句说：“个里温柔，容我老其间。”在他抗敌的壮志不能实现，才能不得施展时，他说这样的话。但他不是真的这样，所以他又说：“却笑生平三羽箭，何日去，定天山。”是说我虽然在功名事业失望以后，愿意沉醉在爱情之中，但我还是有三箭平定敌人的本领，不甘心老于温柔乡中，这里用了薛仁贵三箭定天山的典故。但是，辛稼轩的主要生活是英雄事业，像这样的词不过是失意时的点缀。而柳永，则大部分生活陶醉在爱情之中。二人的比例不同。但是柳永也还是有事业之心的。不但刚刚在睦州做推官时就有人推荐，后来做官久了，据云有都知史某也“爱其才，怜其潦倒”，想把他推荐给皇帝。当时国家正是老人星出现，又是圣寿，史都知就让柳永写词，柳永欣然写《醉蓬莱慢》词（见王辟之《渑水燕谈录》）。关于写这首词，笔记中就有两种说法。一种是说史都知要推荐柳永，所以让柳永写词，带到宫中，皇帝却不喜欢。一说是柳永托太监带到宫中，皇帝不喜欢（见《渑水燕谈录》及《后山诗话》）。总之，柳永想歌颂皇帝，得到仕用，但词中有几句话却得罪了皇帝，即“此际宸游，凤辇何处，度管弦清脆”数句。宸游，是尊称，说皇帝在花园中游赏。凤辇，皇帝乘坐的车。“度管弦清脆”，因当时正值秋天，天高气爽，月明如水，人们听到弦管声音非常清脆，就可以想到皇帝在什么地方游赏。但是“宸游凤辇何处”六个字却犯了仁宗的忌讳。因为仁宗悼念他父亲真宗的挽联也有这么一句，是说当年陪父亲在花园游赏，而今父亲却不在了，是哀悼之词。柳永这里是赞美之词，但却与挽联暗合。在挽联中，“何处”是指人死了，不知到哪里去了。而仁宗现在还活着，便认为写这个“何处”不吉利。又仁宗读到“太液波翻”一句，曰：“何不言太液波澄?”遂掷词于地。翻，是说水波翻动。太液池，是宫中花园里的池名。这句本来是说花园里的池水被秋风吹动，可是仁宗的联想太丰富了，由翻动联想到国家的不安定（翻，有不安定之意），所以掷其词于地。柳永自此不复被擢用。柳永虽然屡次因填词得罪，但是确有人推荐过他。而且从《鬻海歌》也可见柳永不是只知享乐，没有志意的人。因此柳永的词中也写到了才志之士的悲慨，而这一点却一向不大为人所注意。

说到柳永的词，一般人常只注意他在慢词的方面开拓了词的形式，这是很不够的。我们比较温庭筠的词来看一下。像温词的“小山重叠金明灭”，这个“小山”无论是山枕、山屏、山眉，都是很多词人用过的。不过温庭筠用得好，能引起更多的联想，但语言总是陈旧的。而柳永，却用清新的词语，写出了亲身的体验。

柳永的词可以分雅词和俗词两类。当时北宋流行两类词，一类是士大夫填写的雅词，一类是市井传唱的民间俗词。写雅词从五代的韦庄、冯延巳等人起把词当作抒情诗一样来运用，抒写自己的感情；俗词则是市井间的流行歌曲。柳永的词便可以分二类，一类是抒写自己怀抱的雅词，一类是为乐工歌伎写的俗词。我们要分别来看。如柳永的《定风波》词的“芳心是事可可”“终日厌厌倦梳裹”“镇相随，莫抛躲，针线闲拈伴伊坐”“和我，免使年少光阴虚过”，写一个女子对远别的情人的怀念，因此人们认为柳词的词句、情事都俗鄙。但柳永用的是新鲜的词句，不是用陈旧因袭的辞藻来写，不是用一般常用的金玉锦绣、山枕翠屏来写，这就是一种创新。尤其在北宋初，大家都因袭相近似的辞藻，柳永的创新就更显得突出。柳永写的俗词，敢于用新鲜的词句，写出大胆的、露骨的、真切的生活中的妇女的感情。当时一般人写的都是诗化了的妇女的感情，都是用诗人的口吻写女性的感情。例如温庭筠的“杨柳又如丝，驿桥春雨时。　　画楼音信断，芳草江南岸”，把女孩子的相思写得含蓄，写得很美。而柳永不是用诗化的口吻，是活生生的口吻，这是开创。如柳永的“恨薄情一去，音书无个。　　早知恁么。悔当初、不把雕鞍锁”，说早知情人一去无消息，不如当初不让他走，只和他在一起，“镇相随，莫抛躲，针线闲拈伴伊坐”。这就与温词不同，这里有生活的真实，有大胆创新的一面。但那些诗化的女性的口吻有一种效果，就是容易引起人们的寄托之想。因为中国文学传统上是把才士比作妇女的，所以象征化的妇女，能引起人们对于才士不遇的联想。而柳永的词太真实了，是生活中的活生生的妇女形象和口吻，就不能引起人们的高远的联想。因此，人们认为柳永的词鄙俗，其实柳永的俗词正有他真切、大胆地反映妇女生活的开创性的一面。

关于柳永抒写自己怀抱的雅词的好处，前人一般曾提出来几点最突出的特色。

一是工于写羁旅行役。如柳永的《凤归云》词：“向深秋，雨余爽气肃西郊。陌上夜阑，襟袖起凉飔。天末残星，流电未灭，闪闪隔林梢。又是晓鸡声断，阳乌光动，渐分山路迢迢。　　驱驱行役，苒苒光阴，蝇头利禄，蜗角功名，毕竟成何事，漫相高。抛掷云泉，狎玩尘土，壮节等闲消。幸有五湖烟浪，一船风月，会须归去老渔樵。”在这首词中，前半阕写旅途景色不仅细致生动，极有层次，而且都是眼前非常真切的感受，没有一句陈腐因袭的滥言。但这还不是柳永羁旅行役之词的最大的好处，更可注意的，我认为是他不仅把景物情事写得好，而且词中有一种悲哀和感慨。柳永由于儒家的传统和仕宦观念，故总是不能放弃仕宦的道路，但又得不到施展，一生流离辗转，面对官场的黑暗，被迫同所爱之人离别，为了微薄的利禄到处奔走，因此他内心有很多悲慨。柳永一生仕宦不得志，经常辗转于各地方的卑微官职之中。古代转职要单人匹马或乘船自己去，旅途是很凄凉的。《凤归云》词所写的就是辗转途中的凄凉之情。词中说“漫相高”，“漫”，是徒然之意。为了蝇头的利禄、蜗角的功名，付出了那么多的代价，甚至和自己心爱的人离别，以为如此便可博得了功名利禄，但又有什么好处呢？这里面有很深的感慨。使柳永不能放弃功名利禄的原因，一是他的仕宦观念，二是经济的原因。陶渊明不做官，归去来，因为他仍有“田园”可以归耕。而柳永如果归去的话，归去何处呢？据王禹偁《送柳宜通判全州序》说，柳宜家中多不幸，“有死丧疾病之事。旅鬓生雪，朱衣有尘”，生活不富裕。柳永也是一直做小官，收入也不多。以前考试又多次不中，也不富裕。所以柳永不能放弃利禄。可见柳永辗转艰难的游宦生活是有许多不得已之处的。这样，我们才能体会柳永所写的羁旅行役之词不仅情景真切，同时又有极深的悲慨。

二是说柳永词音律谐婉，叙事详尽，有头有尾。音律谐婉，我们可以看他的《雪梅香》一词。台湾有一位讲词的郑骞先生，编过一本《词选》，其中评这首词说：“此调流利顿挫，甚为美听。”流利，是通顺地一直下来；顿挫，是有曲折。这本来是不同的两种美，但柳永把这两种美结合起来了。《雪梅香》牌调很少有人填，在这儿我们可以顺便一谈柳永对词的牌调的开拓创新。北宋初的词人，如晏殊、欧阳修，只用很少几个牌调，如《浣溪沙》《玉楼春》等。而柳永《乐章集》中的牌调比任何人都丰富。柳永也写短小的令词，而且也写得很好，即如我们讲义中所选的《少年游》及《凤栖梧》(即《蝶恋花》)等，便都是极耐人寻味的富有感发和涵蕴的令词。但柳永所用的慢词长调，则在词的发展开拓方面似更为值得注意。本来在早期的俗曲中如

《云谣集》等便都收有长调的慢词，像柳永所用的《凤归云》《内家娇》等曲调便也都见于《云谣集》，但柳词的句法和平仄都与之不尽相同，何况柳永还有许多牌调，是未见别人使用过的。柳永在这方面的拓展是不可忽视的。这种拓展，还不仅形式而已，而且也足以表现了柳永在精神方面有不同于当时一般士大夫的一种敢于采择俗曲的开放精神。当然，这也因为柳永有音乐天才，精通音律，才能善于采择拓展。因此，他用的牌调多，变化也多。这首《雪梅香》的音律就很好。我们先看全词："景萧索，危楼独立面晴空。动悲秋情绪，当时宋玉应同。渔市孤烟袅寒碧，水村残叶舞愁红。楚天阔，浪浸斜阳，千里溶溶。　　临风。想佳丽，别后愁颜，镇敛眉峰。可惜当年，顿乖雨迹云踪。雅态妍姿正欢洽，落花流水忽西东。无憀恨、相思意，尽分付征鸿。"这个词调结合了两种不同的句法形式。一种可称为"单式"，另一种可称为"双式"。所谓单、双，专指每句最后的一个节奏顿挫之字数的单双而言，与全句字数无关。例如，同是五个字，柳词的"高柳乱蝉栖"是二三的顿挫，便是单式。而他的"竟无语凝咽"是一四顿挫，便是双式。一般说来，单式的句式比较流利，双式则富于顿挫。现在，我们以《雪梅香》为例一加说明："景萧索"三字，单式；"危楼独立面晴空"七字，单式；"动悲秋情绪"五字，但因是一四结构，故属双式；"当时宋玉应同"六字，双式。以上是两个单式，两个双式的结合。下面"渔市孤烟袅寒碧，水村残叶舞愁红"，两个七字单式的对句，于单式中有流利，于对句中见整齐，这是单式的骈偶用法。"楚天阔，浪浸斜阳，千里溶溶"，三、四、四，又是单式双式结合。下阕，"临风。想佳丽"，本是五字单式，流利，但"风"字押韵，"临风"二字形成短句，顿挫。接下去"别后愁颜，镇敛眉峰。可惜当年，顿乖雨迹云踪"，四个双式，而有长短变化。"雅态妍姿正欢洽，落花流水忽西东"，两个单式对句。最后"无憀恨、相思意，尽分付征鸿”，两个单式流利，最后双式收结，因“尽分付征鸿”，是一四句式，属双式。整首词单式双式交错运用，单式句有骈偶，又有押韵形成的顿挫短句，“流利顿挫，甚为美听”。关于叙事详尽，有头有尾，我们可以《夜半乐》为例：开始，“冻云黯淡天气，扁舟一叶，乘兴离江渚”，写刚刚开始出发；“渡万壑千岩，越溪深处。怒涛渐息，樵风乍起，更闻商旅相呼。片帆高举。泛画鹢、翩翩过南浦”，把一路的行程一点点写出来；“望中酒旆闪闪，一簇烟村，数行霜树。残日下，渔人鸣榔归去。败荷零落，衰杨掩映，岸边两两三三，浣纱游女。避行客、含羞笑相语”，把沿途景色非常有层次地写下来；“到此因念，绣阁轻抛，浪萍难驻。叹后约、丁宁竟何据。惨离怀，空恨岁晚归期阻。凝泪眼、杳杳神京路。断鸿声远长天暮”，写出羁旅之人的心情。这首长调分成三段，非常有层次而又完整地写出一个过程。我们说五代的温、韦、冯、李，北宋初的大小晏、欧阳修，都是写小令。而小令要含蓄，写得少，引人感发多，不用铺陈。而柳永用长调，就必须要铺陈叙述，生动有层次地来写了。

除了以上所举柳词之几点特色以外，柳永在精神品质方面其实还有一些更可重视的好处，也曾被一些有眼光的词评家谈到过。例如清朝的周济，他是属于常州词派的重要词论家，是一位颇为具眼的读者，能够看出词人的最珍贵的成就和特色。周济在《介存斋论词杂著》里说柳词“为世訾謷久矣”，但其“森秀幽淡之趣在骨”。周济说得非常对。这几个字下得非常精确，但未加说明，别人不容易了解。原来在柳永的词中往往有一些非常平淡幽微的叙写，而里边却含有一种幽微的感发。秀，是心灵的感发之美；森，是凄凉的韵味。例如柳永的《蝶恋花》：“伫倚危楼风细细。望极春愁，黯黯生天际。草色烟光残照里，无言谁会凭阑意。”写平淡幽微的感触，有一种凄凉的感受在里边。又如《少年游》：“长安古道马迟迟。高柳乱蝉栖。夕阳鸟（原作岛——编者）外，秋风原上，目断四天垂。　　归云一去无踪迹，何处是前期。狎兴生疏，酒徒萧索，不似去年时。”这种凄凉的感受反映了柳永内心的悲慨，是柳永真正精神品格的流露。

此外还有宋赵令畤《侯鲭录》曾引苏东坡语，说柳永词虽然有被士人认为俗鄙的一面，可是柳词的佳作“不减唐人高处”。吴曾《能改斋漫录》记载晁无咎也有类似的对柳永的称赞。他们都认为柳永词的佳句，具有唐人最高的妙处。近人郑文焯也曾说柳永词“神观飞越，只在一二笔便尔破壁飞去”。这是用了“画龙点睛”的典故。是说柳永写词，一大段看似平常的叙述，可是在开端，在结尾，或在换头处，忽然用一两句话，便使整个词活起来，如同画龙点睛，只一二笔便使全词飞跃起来。柳永词这种情形很多。如《夜半乐》一首，前边都是平铺直叙，跳起处在结尾，“断鸿声远长天暮”，飞起了。《八声甘州》的神观飞越、画龙点睛处在开端“对潇潇、暮雨洒江天”以下数句，而后边是平铺直叙。神，是指它的精神；观，是它所呈现的意象。神观，是它精神和形象的结合。我们看《八声甘州》的前半部和《夜半乐》的末句，都是精神和景物形象融为一体的。

什么是“不减唐人高处”？中国的诗，每个作者都有不同的风格，李白不同于杜甫，李商隐不同于杜牧之。同时，每个时代的诗也各有不同的时代特色。例如，建安诗有建安诗的特色，唐诗有唐诗的特色。

建安诗的特色是“建安风骨”，也有人称之为“风力”。这个提法最早见于钟嵘《诗品序》：“孙绰、许询、桓、庾诸公诗，皆平典似《道德论》，建安风力尽矣。”陈子昂也说“汉魏风骨，晋宋莫传”。“风骨”是什么？刘勰《文心雕龙·风骨》篇说：“情之含风，犹形之包气。”用人体来比喻。因为中国古代诗评家没有切实的能说清楚的词汇来说明文学现象，所以都用了一些抽象的概念的词。我个人认为，风者，是感发的力量，是诗歌生命的所在。因为风本来是一种流动的力量，用来比喻诗歌，就是说诗歌要有一种感发的力量，这就是诗歌的生命。这就好比人一样，人没有生命，就只是没有生机的偶像。骨者，刘勰云："结言端直，则文骨成焉。"这里的"结言端直"，我认为，结，是指一种结构，包括句法结构，章法结构。只用美丽的词句，有感发，但没有端正的结构，结果全诗散漫，不能站立起来。这种结构使作品站立起来的力量就是"骨"，而具有"风骨"便是建安时代诗歌的特色。

至于唐诗的特色，严羽《沧浪诗话》说："盛唐诸人，惟在兴趣。"严羽认为作诗的第一义，一是汉魏，一是盛唐。汉魏诗和盛唐诗都有感发的力量，但是形成这种力量的原因却不同。严羽是非常有眼光的，他看到了这一点区别。他说，盛唐诸公诗在"妙悟"，汉魏诗则"不假悟"也。他看出了汉魏诗与唐诗的区别。但他以禅喻诗，没说清楚。实际上的区别就在于，汉魏一般都是五言古诗，以直接叙述为主，虽然不是全然不用比兴，但用赋的手法的却更多。曹子建的《赠白马王彪》"谒帝承明庐，逝将归旧疆"，"泛舟越洪涛，怨彼东路长"；王粲《七哀诗》"西京乱无象，豺虎方遘患。复弃中国去，委身适荆蛮……出门无所见，白骨蔽平原……南登霸陵岸，回首望长安。"感发力量都是直接表达，注重句法章法结构，虽然平顺，但有力量。而盛唐的特色，是"兴趣""气象"。后人称之为"兴象"。翁方纲的《石洲诗话》就曾说"盛唐诸公之妙，自在气体醇厚，兴象超远。"又说："唐人之诗，但取兴象超妙。"兴，是一种感发；象，是形象。唐人的好处就在感发和形象结合，情中有景，景中有情，情景交融。中国的旧诗从比较原始的《诗经》一直到汉魏，都是以抒情叙事为主，虽然也用"比""兴"，但并不以写景为主。自晋宋以来，"庄老告退而山水方滋"，先有郭璞的游仙诗，因此不免写到山中景物。发展到了大谢，成为写景大家。可是大谢的特点是情和景分开：一首诗，前面写景，后面加上哲理；写景，也常是刻画景物的形貌，如“蘋萍泛沉深，菰蒲冒清浅”“岩下云方合，花上露犹泫”，都是景物外表的形状颜色。而到了盛唐诗人则做到了情景融合。虽然不是每个盛唐诗人都如此，但总的时代特色是这样的。李白的“明月出天山，苍茫云海间”，情和景结合在一起；盛唐诸人的七言绝句，如王昌龄的“青海长云暗雪山，孤城遥望玉门关”“烽火城西百尺楼，黄昏独上海风秋”，都是景物形象与情意相结合，并且气象恢宏，景物的气象高远。这是历史、社会、政治整个社会环境决定的。唐朝时国家的政治、外交十分强盛，使一般人的感情意念开阔博大。所以盛唐诗的特色，重在“兴象”，情景交融，博大高远。而到了南宋，史达祖喜用“偷”字，如“做冷欺花，将烟困柳，千里偷催春暮”(《绮罗香》),“巧沁兰心，偷黏草甲，东风欲障新暖”（《东风第一枝》），他写的都是纤小细微的景物。这是因为南宋末，偏安江南，已面临国家危亡，词人只能以纤细工巧取胜，没有盛唐或北宋盛时那种博大的气象了。

柳永词“不减唐人高处”的地方，正在于他写景时，景中有情，情中有景，而且开阔博大。如其被众人称赞的《八声甘州》的好处就正在于此。我们知道，词自五代至欧阳修，所写的景都是闺阁园亭，所写的情都是离别相思。其中好的作品能给人一种更高更深的感发联想和体悟。如温庭筠的“画楼音信断，芳草江南岸”“照花前后镜，花面交相映”“鸾镜与花枝，此情谁得知”，写的是女子闺阁相思，但我们可以产生更高的联想。所以张惠言说，温词有《离骚》初服之意。又如大晏“无可奈何花落去，似曾相识燕归来”“满目山河空念远，落花风雨更伤春”，写的是伤春怀远、闺阁园亭，但带给我们一种对人生哲理的领悟。这些词的外表形式虽小，但可以从小见大，引起更高联想。至于小晏词，他写相思之情就是相思，引不起更高的联想，不过写得很精美。柳永的词，如《定风波》“芳心是事可可”“悔当初、不把雕鞍锁”，写得很真切真实，也引不起联想，而又很通俗。他如果只写这一类词，他的地位不会有今天这样高。他的高处在于他写了另一种感情。中国古典诗歌写的感情一般有两种，一是春女善怀，一是秋士易感。二种感情看起来虽然不同，但在中国诗歌传统上弃妇可喻逐臣，美人可比才士。正因为这个传统，五代词才能引起人们的联想。柳永的春女善怀的词则只是女子怀春，不能引起人们的联想。但是他写秋士易感写得好，真正把一个读书人的这种悲哀感慨写到了词里。柳永是北宋早期的一个作者，这一点是非常值得注意的。在柳永以前，都是花间和南唐系统，内容都是闺阁亭园，相思离别。柳永虽也写相思离别的内容，但是他是用白描来坦白大胆地写，不用女子为托寓。至于他的另一类词，则直写了他自己真正的感慨，即是秋士易感的悲哀，柳永词中很多好的词，都是写秋天的景物。一年中的景色他写得最感人的是秋日的景色，一天之中他写得最好的是日暮的景色。“断鸿声远长天暮”，则既是秋天又是日暮。柳永最喜欢用的一个古人的名字是宋玉，如“当时宋玉应同”（《雪梅香》）、“堪动宋玉悲凉”（《玉蝴蝶》）、“当时宋玉悲感”（《戚氏》），柳永对宋玉有一种很微妙的情意。这是因为宋玉写的是悲秋，而悲秋已经成了中国文学上的一个传统。我们中国古代的读书人由于读同样的书，受同样的教育，有一些词汇，一看到就能引起读书人相同的联想，所以写秋天常用宋玉悲秋的典故。与悲秋之感相结合，柳永词写望远也比较多。悲秋望远，能引起人们传统上的感发情意。

第二节

下面，我们分析几首词。

雪梅香

景萧索，危楼独立面晴空。动悲秋情绪，当时宋玉应同。渔市孤烟袅寒碧，水村残叶舞愁红。楚天阔，浪浸斜阳，千里溶溶。　　临风。想佳丽，别后愁颜，镇敛眉峰。可惜当年，顿乖雨迹云踪。雅态妍姿正欢洽，落花流水忽西东。无憀恨、相思意，尽分付征鸿。

开端“景萧索，危楼独立面晴空。动悲秋情绪，当时宋玉应同”数句写由景物萧索引起悲秋情绪。中国古典诗歌中叙写“悲秋情绪”的传统一般以为始于宋玉的《九辩》。在《九辩》中，宋玉一开端就说“悲哉秋之为气也，萧琴兮草木摇落而变衰。”又说：“坎廪兮贫士失职而志不平，廓落兮羁旅而无友生。”写出了才志之士面对萧瑟冷落的秋天，联想起自己坎坷的道路，才志不得施展，不被人了解和任用的悲慨。值得我们注意的是，“春女善怀”与“秋士易感”在中国古典诗歌中，其感情是有着相通之处的。写女子的不被人赏爱和才士的不被人任用，其寂寞悲凉之感，是相似的。但是，“秋士易感”比“春女善怀”却更有一种比较强烈的对于生命无常的悲哀。因为写春女善怀一般都不写衰老的女子，都写年轻美丽的女子；而写秋士易感则写才士走向衰老，慨叹年华已逝，而自己的理想和事业却在有限的生命之中未能成就。这种悲哀是春女善怀的诗里所缺乏的。引用宋玉悲秋这个典故最有名的是杜甫的诗：“摇落深知宋玉悲，风流儒雅亦吾师。怅望千秋一洒泪，萧条异代不同时。”杜甫意思是说：面对草木摇落、景象萧疏的秋天，深深地感到了当年宋玉“悲秋”的情绪，也就是年华已逝、功业无成的悲哀，而宋玉的风流儒雅也正是我所仰慕的；而今怅望千秋，缅怀宋玉，不禁流下泪来，但我虽与宋玉同有悲秋之感，却可惜我们未能生在同时。他在当年是萧条寂寞的，我在今日也是萧条寂寞的。杜甫诗中所表现的“摇落”的悲秋之感是很深刻的。这种哀感，其实从屈原就已经开始了。《离骚》中就曾说过“日月忽其不淹兮，春与秋其代序。惟草木之零落兮，恐美人之迟暮”的话。不过屈原是在长篇的《离骚》中偶然写了这几句，而宋玉则是在《九辩》的一开端就写了“悲秋”，因此使人感到更加深刻罢了。其后数句，“坎廪兮贫士失职而志不平”，是说贫士不能得到切合自己才能的职位，人生的道路中充满了坎坷和挫折。柳永一生不得志，只是辗转于羁旅行役的途中。宋玉的这些悲秋情绪，就引发了柳永的感慨。诗歌的感发的力量，有时可在单独一句中表达出来，有时则需要借前后互相生发来表现，如晏小山的“落花人独立，微雨燕双飞”二句是用晚唐五代时期一个叫翁宏的人的诗句，这两句在小山的词里前后互相映照才显得出色，而在翁宏的原诗里，则因前后不能相生发，就不显得出色。柳永这首词的前几句也是如此，要一气贯下来，才能深刻地体现他的感发的力量。“景萧索”这三个字表面很平常，而联系下面几句，就可以显出很深的感发了。“萧索”二字表现了秋天的肃杀零落，是引起柳永感慨的主要原因。“危楼独立面晴空”，危楼，是指很高的楼。同样写楼，每个楼给人的感受也不尽相同。晏小山的“梦后楼台高锁，酒醒帘幕低垂”是闭锁的、幽深的楼，而柳永所写的则是高敞的、四无遮蔽的楼。正是在这样的高楼上，才能面对高远的一望无际的秋日晴空。而登高望远在中国古典诗歌中也有一种感发的传统。中国古诗里登高望远的“望”字能引起人很多联想。一是眼中的望，是看见的望；一是心中所望，是期待盼望的望，如“满目山河空念远”，这种面对山河的远望就是有一种心中怀想的望。除此以外，“望”字还有另一种情意上的解释，有一种望而不得的怨望之意。柳永在这里登高望远，看到千里清秋的萧索景象，于是“动悲秋情绪，当时宋玉应同”，是说感动我的悲秋情绪，在千年以前的宋玉也该是相同的。他除了用宋玉表示“秋士易感”之情以外，有时也用宋玉的风流浪漫一方面的联想。因为宋玉写过《高唐赋》《神女赋》《登徒子好色赋》，有许多风流浪漫的故事。而柳永本身原是儒家的传统和浪漫性格兼而有之的人物。他虽未尝没有用世的志意，但因年轻时的浪漫生活被人看不起，所以被士大夫否定了，只是做了卑微的小官，而不能真正实现自己的理想。在中国传统中，古代读书人大都有用世之意，要“先天下之忧而忧，后天下之乐而乐”。但他们出身的途径只有科举，可是得到科举后，是否能在中央政府，实践自己的政治理想，改变国家的形势，这是不见得的。所以李义山中进士以后被外调去做弘农县尉时曾经写诗说：“却羡卞和双刖足，一生不复没阶趋。”意思是说，我羡慕卞和双脚都被砍断，就可以不像现在这样在阶下为人趋走了。这二句诗中有很深的感慨。做一个为人趋走的卑微的小官又有什么用呢？还不是眼看着上司的贪赃枉法而毫无办法？杜甫授河西尉的小官，他不愿接受，也写了两句诗：“不作河西尉，凄凉为折腰。”是说不做唯唯诺诺的小官。这里柳永正是因为这样无用的小官而奔波辗转，与所爱之人离别，所以他有两种悲哀，即为仕宦而羁旅行役的悲哀和与所爱之人离别的悲哀，二者结合在一起了。

以上是概括地写，下面接着写秋景。“渔市孤烟袅寒碧，水村残叶舞愁红”，这两句写得很美。渔市，不是在通衢大道边的城市，而是偏僻的村市，孤烟袅袅上升。寒碧，寒，指秋天的气候寒冷，碧，是指烟的灰灰蓝蓝的碧色。愁红，指霜叶。表面上看都是写景，可是在整个“袅寒碧”“舞愁红”中间，从前面的悲秋情绪贯下来，情景相生。正如冯正中词“酒罢歌余兴未阑。小桥流水共盘桓。波摇梅蕊当心白，风入罗衣贴体寒”，表面上写水中的花影，实际上白色花影在水中的动荡凄凉，正写出了他内心的动荡凄凉的情意。我们知道，感情是很难说是什么颜色什么形状的，可是在寒碧的孤烟的袅动之中，在愁红的残叶的舞动之中，那里面就有柳永的情意，它也在随着孤烟而袅动，随着残叶而飞舞。“楚天阔，浪浸斜阳，千里溶溶。”南方是水碧山青，北方则不同。杜甫说：“陇草萧萧白，洮云片片黄。”是说在北方黄土黄沙的环境中，天上的云都黄了。而南方则不然，楚天是晴碧高远的天空，下面是江水，上面是夕阳，是一幅日暮斜阳的景色。柳永是喜欢写日暮景色的，而且将日暮景色写得极好，如“对长亭晚，骤雨初歇”(《雨霖铃》)、“陇首云飞，江边日晚”(《曲玉管》)、“残日下、渔人鸣榔归去”(《夜半乐》)、“断鸿声里、立尽斜阳”(《玉蝴蝶》)、“对潇潇、暮雨洒江天”(《八声甘州》)，都写了日暮的景色。在本词中，柳永把日暮的景色也写得很美。“浪浸斜阳，千里溶溶”，千里的江水浸透了落日的斜晖。“千里溶溶”，对比温飞卿的“斜晖脉脉水悠悠”，脉脉、悠悠，可以指水，又可以指情，相思的情意多一点。但千里溶溶，却给人迷茫的意味和感受更多。

前半首词是写秋士易感的悲哀，后半首是写在羁旅行役之中与情人离别的悲哀。“临风。想佳丽，别后愁颜，镇敛眉峰。”有的人写了秋士易感，就不写爱情了，而柳永则把二者微妙地结合在一起，都能写得很好。这句是说，我在他乡的秋风之中怀念所爱之人，想她也一定是十分怀念我的了。镇，一直如此，常常这样。敛眉，皱眉，表示哀愁之意。是说，我走之后，她一定十分想念我，整天愁容满面，双眉不展。柳永是很能体会女子的感情的，如“想佳人、妆楼颙望，误几回、天际识归舟”。他往往在写自己怀念情人时，就推开去联想情人也在怎样想念自己。下句“可惜当年，顿乖雨迹云踪”，又折到过去的时间，想到了当年是那么快乐，为什么就为功名离别了呢？顿，马上，当时。乖，分别。雨迹云踪，用宋玉《高唐赋》的典故。《高唐赋序》说楚王梦游高唐，有神女荐枕，临去时致辞说，我“旦为朝云，暮为行雨，朝朝暮暮，阳台之下”。雨迹云踪，指男女的欢乐。

“雅态妍姿正欢洽，落花流水忽西东”，这里“正”字和“忽”字用得好，造成了一种张力。“正欢洽”与“忽西东”相对，显示出骤然分别的可哀。“雅态妍姿”在用力写当日欢洽中之美好堪恋，“落花流水”在用力写今日离别之如水流花落一去难留。虽无深意，但句法、声音造成了一种对举之张力的效果。下面的“无憀恨、相思意，尽分付征鸿”，“无憀”就是“无聊”，是说我的生活是无聊赖的，是无意义的，这是指前面秋士易感的那种意志落空的悲慨。“相思意”，是指“临风。想佳丽”，对情人的思念。我这无聊恨和相思意，没有人了解，我只能把它托付给向远方飞去的鸿雁，或者可以带到我所爱的人那里去。结句的“征鸿”，不仅遥遥与开端“景萧索”一句相呼应，而且表现了一种高远渺茫的情致，使全篇所写的“无憀恨”和“相思意”都得到了振起的效果，是柳永词的特色。

八声甘州

对潇潇、暮雨洒江天，一番洗清秋。渐霜风凄紧，关河冷落，残照当楼。是处红衰翠减，苒苒物华休。惟有长江水，无语东流。　　不忍登高临远，望故乡渺邈，归思难收。叹年来踪迹，何事苦淹留。想佳人、妆楼颙望，误几回、天际识归舟。争知我、倚阑干处，正恁凝眸。

这是柳永写秋士易感写得最好的一首词。首句“对潇潇、暮雨洒江天”，柳永的词除了写“悲秋”之外，还有一个值得注意的特点，就是常常写雨，如“雨余爽气”（《凤归云》）、“雨收云断”（《玉蝴蝶》）、“雌霓挂雨”（《竹马子》）、“远岸收残雨”（《安公子》）。这也可能是写实，即当时真的下雨了。但是他为什么偏在下雨的时候写词呢？这是因为，下雨是一种大自然变化的现象。而大自然的变化，会引起人内心的一种感动。所以钟嵘曾说："气之动物，物之感人，故摇荡性情，形诸舞咏。"陆机也曾说过："悲落叶于劲秋，喜柔条于芳春。"花开花落，会引起人的感慨；下雨，也会引起人的感慨。李义山诗"楚天长短黄昏雨，宋玉无愁亦有愁"（《楚吟》），是说面对楚天长一阵短一阵的暮雨，本来没有愁，也被引发得有愁了。人们称赞柳永词不减唐人高处，都举这首《八声甘州》词的前半首为例。唐人的兴象超远，把大自然的景物形象与内心感发的情意结合在一起。柳永在这里也做到了这一点，特别写出了中国传统士人的悲慨——秋士易感的悲哀。温飞卿、冯正中以及大晏、欧阳等人，也有士人的感慨，但往往并不正面写出，表面上都是写春女善怀，写她们不得赏爱之人的寂寞感。"照花前后镜，花面交相映""若有知音见采，不辞遍唱阳春"，都是女子的口吻。柳永直接写出了士人的悲慨，这也是词在内容上的一种开拓。这种秋士易感的生命无常志意落空的悲慨，因为黄昏下雨这种大自然的变化而更加添了。大自然的变化之所以易于引起诗人内心的感动，这是出于一种生命的共感。这首词开端的"对"字用得很好，柳永写羁旅行役的词，层次分明，形成这个特点的原因之一，就是他善用领字。这个"对"字就是领字，引起下面叙述景色的一大排句子，引起很多的景物和情事。"潇潇"，把雨声写出来了。"暮雨"，黄昏的雨。欣赏景物，在黄昏光影明暗的对比中感受更加鲜明。雨能引起人的感发，可是黄昏的雨引起人的感发更深，因为黄昏景色变化得更快。在黄昏，太阳的脚步是特别快的，使人感到一天的将近结束，深感到一天的短暂。"洒江天"，暮雨洒在江天之中，写景十分广远，从水面到天空，大自然的景色变化充满天地之中。

"一番洗清秋"，一番，一次。每一场秋雨之后，就更增加一份凄凉的感觉。树叶一天比一天少，落叶一天比一天多，一片凋零冷落。"洗"，冲洗。"洗清秋"，一是说经过秋雨的冲洗之后，山峰、树木都冲洗得更干净了；一是说一场风雨过后，树木更加零落萧疏，树叶少了，江天也显得更寥阔了。如同晏殊的“昨夜西风凋碧树，独上高楼，望尽天涯路”，写大自然的繁花绿叶经过风雨冲刷之后的变化，把大自然的季节变化、时光消逝写了出来。

下面“渐霜风凄紧，关河冷落，残照当楼”，这是接着写雨后的景色。“渐”字是一个领字，可见柳永写景之有层次。“渐”是逐渐的一个过程，这更增加了一段时间感。有了时间季节过渡的感觉，使人觉得秋天更加迟暮。“霜风凄紧”，有的本子作“凄惨”，我认为“紧”字比“惨”字好。因为柳永在这里是把悲慨结合在景象之中，并没有正面写感情，不像李易安的“寻寻觅觅，冷冷清清，凄凄惨惨戚戚”，全是正面写感情。柳永是把深刻的感情，融在所写的景物里。“惨”字是写感情的词，而且太重，用在这里情调不调合。“紧”字是写风，指强劲的风，与前面的“潇潇暮雨”相呼应，写秋天的雨雨风风的交相侵袭。“霜风”，凄冷的风。“关河冷落”，关，关塞；河，江河。陆地的关塞，水面的江河，都冷落了。整个大自然突然冷落下来了。“残照当楼”，只有一轮残日的余晖，映照着作者所在的高楼。柳永在这里没有正面写悲慨，但他写出了大自然，写出了秋天生命的消逝，山河的冷落，夕阳满目，每一个景色都包含着深沉的悲慨。

“是处红衰翠减，苒苒物华休”：是处，到处，无论什么地方；到处的红花绿叶都凋落了，没有一个地方存留。如果这里的花落了，而那里的花还在开，那就没有这么深的悲哀。而到处的花全落了，这才是不可排解的一种悲哀。“红衰翠减”，红，指花；翠，指叶。这是描写时常用的手法，大晏“小径红稀，芳郊绿遍。高台树色阴阴见”，李清照“知否，知否，应是绿肥红瘦”，都是用红色指花，绿色指叶。但春天绿肥红瘦，花是落了，可是叶子长起来了，更浓密了。虽然“狂风落尽深红色”，可是无害于“绿叶成阴子满枝”。而在这里柳永写得却更为悲哀凄凉，花、叶都凋败了。李义山诗“此花此叶长相映，翠减红衰愁煞人”，李义山写的是荷花。“长相映”有两层意思，一是说红色的荷花、碧圆的荷叶长相映；一是说荷花荷叶和我长相映，看到它们的凋零败落，诗人自然感到悲哀。而柳永所写的还不只是李义山所写的荷花败落而已。柳词的“是处红衰翠减”是指所有各处的花叶都残败了，所有的美丽的东西都消失了，这当然就增加了更深的悲哀。“苒苒物华休”，苒苒，慢慢移动。光阴可以苒苒，草木也可以在风中苒苒。这里作者一方面感到时光在消逝，一方面感觉到红衰翠减，一点点凋零下去。“物华”，万物的芳华。“物华休”，指宇宙间大自然美好的东西都到了尽头。“物华休”是作者真正要写的三个字，这三个字里，包含了作者心中所感的生命无常、事业落空的所有的悲哀。初唐的两位诗人陈子昂、张九龄写过很多《感遇诗》。陈子昂有一首诗中就曾经说：“岁华尽摇落，芳意竟何成！”一岁的芳华完全摇落了，可是当生命成长时那么多美好的感情，那么多美好的理想志意，在这生命零落的时候，完成了些什么呢？什么也没有完成。这是陈子昂的悲慨，也是柳永的悲慨，从词的开端到这里，柳永把大自然从茂盛到凋败的过程一层层地写出来，逼出了一句结论——“苒苒物华休”。万物都要凋零残败的，生命是无常的，光阴易逝，事业落空。

那么万物都变，有不变的吗？有。“惟有长江水，无语东流。”欧阳修的词曾说：“泪眼问花花不语，乱红飞过秋千去。”你有那么多的哀感悲愁，有没有一个可以安慰你、答复你，可以寄托哀愁的呢？没有。波斯诗人奥马伽音曾写诗说：“海涛悲涌深蓝色，不答凡夫问太玄。”无语，指无语的冷漠。永远不改变的是冷漠的无情的长江水之东流不返，而这个东流是永不回头的长逝的悲哀。王国维先生曾有一句词说：“人间事事不堪凭，但除却，无凭两字。”说人间什么事都不能把握不能相信，只有“无凭”是真的。柳永说惟有长江水之无语东流才是永不改变的，这其间有极深的长逝的悲哀。

这首词前半阕正是写才人志士那种生命短暂、志意落空的悲哀，写得很好，把秋士易感的悲慨跟大自然的景物完全融合在一起，兴象超远。

下半阕写他的怀念，“不忍登高临远，望故乡渺邈，归思难收”。柳永对羁旅行役有很深的感慨。自己本希望能够实现抱负，却被消磨在旅途辗转之中。这时不忍心登高望远，望家乡是那么遥远，何时能团聚呢，更引起一番思乡的凄苦之情。“叹年来踪迹，何事苦淹留”：“何事”，为什么事；我为什么事淹留呢？这是很深的悲慨。陶渊明说：“尝从人事，皆口腹自役。”柳永在这里也是想到自己不过是为了一点点口腹生活就被别人驱役，含意十分悲慨。下面的“想佳人、妆楼颙望，误几回、天际识归舟”，则是在自己的怀念中遥想对方也应正在怀念我。“颙”，《广韵》云：“仰也。”“颙望”就是向远方瞻望的神情。柳永遥想他所爱的人日日在妆楼上瞻望怀思，该有多少次错认为天际的归舟中也有着还乡的我。然而一回误认就是一次希望的落空，我却到如今依旧羁旅天涯。“争知我、倚阑干处，正恁凝眸”：“争知”，怎知；她又怎知我在这里也是倚立在栏杆边，正如此凝望着远处的家乡呢？这几句不仅写出了两地的相思之情，也反衬出了前半阕所写的羁旅漂泊生命落空之感，更加深了悲慨。

曲玉管

陇首云飞，江边日晚，烟波满目凭阑久。立望关河，萧索千里清秋。忍凝眸。　　杳杳神京，盈盈仙子，别来锦字终难偶。断雁无凭，冉冉飞下汀洲。思悠悠。　　暗想当初，有多少、幽欢佳会，岂知聚散难期，翻成雨恨云愁。阻追游。每登山临水，惹起平生心事，一场消黯，永日无言，却下层楼。

柳永的词，一般常是在上半首写秋士易感，下半首写相思之情。但这首是开头、结尾两段写秋士易感，中间一段写相思离别。再就这一词调的形式而言，有的词上下两片的字数及句法完全相同，叫作“重头”；上下片不相同，叫作“换头”；本词是一种特殊形式，叫“双拽头”，即第一、二段是“重头”，这两段每句字数声律全同，第三段才是“换头”。有的版本把这首词分为两段，在“立望关河萧索”处断句，这与双拽头的格律不合，是误断。

第一段的开端，“陇首云飞，江边日晚，烟波满目凭阑久”：陇首，指山头。陇，本来中国有个陇山。杜甫诗“迟回度陇怯，浩荡及关愁”，“陇”即指“陇山”。但柳永此处只是泛指高山。山头的白云飞起来了，带起来你的高远的向往和怀思的感情。“江边日晚”，江边的太阳从水面上慢慢沉落，引起你生命和时间消逝的悲哀。我说柳永的词非常富于感发的力量，他是寓情于景，并未用强烈的字样，却给人深刻的感发。这种现象有时候很难解释。但一般人写景，究竟引起你多少感动和启发，还是能感到不同的。小晏的词给人感动多、启发少，大晏的词给人启发多，这是由于每个人禀赋及遭遇的不同，因此形成的感发多少不一。柳永的词比小晏的感发多。这里全是眼前的景物，一句情语也没有，可是情意全在里边了。“云飞”，给人一种高远渺茫的感受；“日晚”，给人一种一天迟暮的感觉。“烟波满目凭阑久”一句，其“烟波满目”的迷茫，“凭阑久”的怅惘，使人更具体地感到了感发的情意。但他还是没有正面地写感情，没用“断肠”“销魂”之类的词语，而只写看到了江水的浩渺烟波。他就是用自然的景象来引发人、打动人。欧阳修说“人生自是有情痴，此恨不关风与月”，人们看到景物的变化自然就要有感慨而动心。如日本松尾芭蕉的俳句“青蛙跳进古池中，扑通一声”，他只写了在静态中，青蛙落入池中时的水声的刹那间的一动，就引起人们的心动。以前佛家禅语曾有“不是风动，不是幡动，仁者心动”的话，这动之中有时连忧伤、欢喜的分别都不必有，只是人心的偶然一动。王维诗“飒飒秋雨中，浅浅石溜泻。跳波自相溅，白鹭惊复下”也只写了心的一动，颇有点像禅机的灵光一闪。至于柳永这里虽也只是写“云飞”“日晚”等宇宙的动态，但却表现了心中的感慨。烟波满目，是看到迟暮的江水微微摇荡，脉脉冥冥，一直伸展到很远的地方，说明作者已经凭栏很久了。“立望关河，萧索千里清秋”，站在栏杆前，看到关塞江河，一片萧条索漠的景象。萧索，双声词，给人一种凋零寂寞的感受。千里之远的景色都在凄清的秋气之中。“忍凝眸”，是说怎么能忍心看到这样凄凉的景色呢？这里好像有一个矛盾，不是“凭阑久”吗，怎么又说“忍凝眸”即不忍凝望呢？既然不忍凝望，为什么不下楼去，而非要“凭阑久”呢？这种矛盾的心情，是非常真切深刻的。辛弃疾词“天远难穷休久望，楼高欲下还重倚”，难穷，是说望不到边际，天空是遥远渺茫望不到边际的。登高望远，只能更加引起人向往而不得的悲哀，引起人追求而不得的怅惘。虽然明知这样，可是那种追求、向往的情绪却使人不得不望。柳永也是这种心情。西方有所谓“悲剧精神”，不是指最后的生离死别，而是指悲剧的主角英雄面对不幸的命运，明明清楚知道不幸的命运，却坚持反抗的精神。正如中国所说的“知其不可而为之”，这才是真正的悲剧精神。柳永这几句词虽只是对景抒情，却隐含有一种深远的悲慨，使人感动。

中间一段，写离别相思之情。“杳杳神京，盈盈仙子，别来锦字终难偶”是说在遥远的京城，自己所爱的女子很久没有信来了。“断雁无凭，冉冉飞下汀洲。思悠悠”，鸿雁本可传书，但也不给人传信，而冉冉飞去，消逝了，引起作者对女子的深深的想念，何况“雁”而曰“断雁”，其中也寓有许多离群索寞、羁旅孤单的悲哀。

下边一段接着从怀念写起。“暗想当初，有多少、幽欢佳会，岂知聚散难期，翻成雨恨云愁”，把秋士易感的生命落空的悲慨与相思怀念的情意结合起来写。回想当年与所爱之人在一起，是多么欢乐。可是为宦游而离别，“阻追游”三字，正写与所爱之人不得在一起追游，被阻隔离别的悲哀。如果真能施展才能，完成理想，那么离别的代价还是值得的。但付出了代价，辗转于宦游行役之中，却不能实现自己的政治理想，只是徒增怅惘而已，这正是柳永的悲哀。所以下面就又接着说：“每登山临水，惹起平生心事，一场消黯，永日无言，却下层楼。”在辗转奔波的旅途上羁留下来，每当登山临水，想起自己一生不得知遇，有多少志意不能实现，不免感到黯然魂伤。“黯”，黯然，是说生命失去了光彩，是那样的渺茫昏暗。“消”，是销魂的感觉。“永日无言”，长久地默默无言，虽有多少心事，没有什么人能理解，不能向别人倾诉。“却下层楼”，只有怀着怅惘失望的心情独自下楼，意味着又开始无穷无尽的羁旅生活。

下面我们介绍两首柳永晚年的词，《蝶恋花》和《少年游》。柳永少年时就喜欢在歌楼酒肆流连，为歌伎酒女乐工写词。他的仕宦观念和浪漫性格的矛盾，使他少年疏狂，失意则寄托在爱情的浪漫生活之中。但到了晚年，生命衰老了，用世的志意也落空了，却再也不能像少年时把精神寄托在浪漫的爱情之中了。这种心情的转变，体现在他的词中，就是少年时的词飞扬疏狂开阔，“当年少日，暮宴朝欢。况有狂朋怪侣，遇当歌对酒竞留连”；而晚年则收敛消沉，“对酒当歌，强乐还无味”。在晚年词的风格中，更能体现周济所称赞的其词“森秀幽淡之趣在骨”的情味。《蝶恋花》和《少年游》就是这样一类的词。

蝶恋花

伫倚危楼风细细。望极春愁，黯黯生天际。草色烟光残照里，无言谁会凭阑意。　拟把疏狂图一醉。对酒当歌，强乐还无味。衣带渐宽终不悔，为伊消得人憔悴。

“伫倚危楼风细细”，从眼前幽微的细小的风景写起。风细细，写得十分幽微清淡纤细。表面看来不沉重，但幽微平淡之中，有一种带有凄凉意味的感发的美。只有曾经对这种感受有深刻体会的诗人才能写出，也只有具有深刻体会之感性的读者才能理解。“伫”，久立的样子。“倚”，靠在楼栏杆上。“危”，极言楼之高。明知面对凄凉，仍站在这里面对这一切，这是悲剧精神。李义山诗曾说：“此楼堪北望，轻命倚危栏。”当时义山在南方的幕府中，既怀念朝廷、家乡，又满怀失意之悲，拼命也要上楼北望。柳永词中也是既有怀思又有悲慨，而伫倚危楼就更引发了此种情意。下面两句：“望极春愁，黯黯生天际。”我们记得冯正中词曾说：“每到春来，惆怅还依旧。”也是春愁，但只写了一种惆怅的情绪，没写为什么惆怅，总之是春天的到来，唤起了诗人内心一种惆怅之情。李义山诗的“飒飒东风细雨来，芙蓉塘外有轻雷”，也是写春天生命的复活和感情的引发。北风变成了东风，冰雪变成了春花，是生命的觉醒。起蛰的惊雷，惊醒了冬眠的昆虫，美丽的芙蓉塘中，被轻雷唤醒的是荷花的美丽生命。春愁，可以说是与春天之生命一同苏醒的感情。正中词“河畔青芜堤上柳，为问新愁，何事年年有”，也是说随着河畔草青柳绿，人的感情生命也复活了。王昌龄诗“闺中少妇不知愁，春日凝妆上翠楼。忽见陌头杨柳色，悔教夫婿觅封侯”，是写春日惊醒了春愁。当大自然的春日生机萌发之时，也往往会引起人类生命中的某种感情的苏醒。柳永倚在危楼之上，细细的一丝一丝的春风，把已经衰老的生命中某一种过去的感情唤起来。黯黯，迷茫沉重的样子。“生”字用得好，李白诗“玉阶生白露，夜久侵罗袜”，生，是在慢慢增加的。作者的迷茫的沉重的感情随春风一点一点地生起来了。“天际”与“危楼”相呼应，看到天边，春愁渐起。“草色烟光残照里”，是写亲眼看到天色慢慢地黑下来，暗暗茫茫地昏暗下来。柳宗元《始得西山宴游记》说：“苍然暮色，自远而至。”写沉重迷茫的暮色好像是从远处压过来的。草色，是春天了，是生命生长的季节，草呈现出一片碧绿的颜色。烟光，草上的烟雾。青青的鲜明的草色和微暗的烟光的结合，是微妙的结合。杜甫诗“老去才难尽，秋来兴甚长”是生命的衰老和内心的才能志意不甘死亡的结合，老了的身体和难尽的才情的矛盾，被秋天草木摇落的景象引发，产生了那么多感受。杜甫晚年又写过《江畔独步寻花》七首绝句，是写对于春天万紫千红的无可奈何，衰老的生命怎能面对如此蓬勃的生机呢？所以他说：“行步欹危实怕春。”是写自己的衰老生命怕见春天，怕面对美好的时光那种强烈的矛盾的感情。柳永此处写大自然中草色和暮色的结合，正是深含着他自己老去的生命和春日生发的生命的一种难以述说的无可奈何的悲慨。面对苍茫暮色烟光残照中青青草色的景象，他“无言谁会凭阑意”，谁能体会我这种感情呢？我用什么话来述说这种感情呢？陶渊明说：“此中有真意，欲辩已忘言。”是说自己的情意不能传达，也没有人可以对他传达。柳永这里说“谁会”，会，是理解，深刻的理解。“会”与“知”不同，“知”是理性的知道，“会”是心中的真正的同感和共鸣，是从内心深处得到理解和体会。柳永说“无言谁会凭阑意”，这是一种无人相知的寂寞的悲哀。柳永平生蹉跎不得志，晚年无法排解，所以他说“拟把疏狂图一醉”，说我还想象少年时一样用浪漫的生活来解闷。疏，就是不细，就是放浪，不拘小节。狂，是狂放，不受拘束。柳永少年时疏狂放浪，不在乎。考试不中，他就说“且把浮名，换了浅斟低唱”。别人看不起给乐工歌伎填词，他偏给他们填。他喜欢音乐，有填词的才能，他就投注到填词上。柳永在外表看来是被人认为有污秽的地方，有许多不符合士大夫道德的地方，可是他事实上不失为一个有真性情的人，是敢于表现他自己的这样一个人。因此他说，我过去用疏狂来淡忘了我失意的悲哀，现在我仍想再用饮酒听歌来排遣我的悲哀，可是“对酒当歌，强乐还无味”，虽然眼前还有酒，耳边还有歌。当面对着酒和歌，兴致却与当年不同了。以前真能沉醉到歌酒当中，饮酒听歌时真的有快乐。而在今天，我的兴致都消减了，生命衰老了，我想勉强作乐，却没有任何兴味了。最后两句，是脍炙人口的名句，“衣带渐宽终不悔，为伊消得人憔悴”。王国维在《人间词话》中说，古今成大事业大学问者，必经过三种之境界。这三种境界他都用词来象征。其中的第二种境界就是“衣带渐宽终不悔，为伊消得人憔悴”。是说既然选择了理想和目的，就要为它付上代价。“衣带渐宽”，人的衣带宽松了，就是身体消瘦了。“伊”，就是她，指我所爱的人。王国维引用时，“伊”当然是指大学问大事业。柳永是说，为了她，我宁愿付出我的代价，憔悴消瘦也值得。“消得”，值得。前面柳永说面对歌伎酒女，但都不能安慰我，所以“强乐还无味”，那么这个“伊”从肤浅的表面上来理解，就是一个独一无二的人，是眼前的歌伎酒女所不能代替的一个人。这只是表面的解释，我看柳永未尝没有一种回首当年之意了。这个“伊”，未始不暗指他过去的生活，过去用他的劳力精神付上去追求的那些东西，他填写的那些词。柳永是敢于表现自己的真感情的人，他这两句话无异于矢誓明志：你们举世的人都批评我鄙视我，使我在仕宦上受了多少挫折，但我现在回首当年，为了我所爱的(不管是女子也罢，音乐也罢，理想志意也罢)，我付上这样的代价是值得的，是永远不会后悔的。

少年游

长安古道马迟迟。高柳乱蝉栖。夕阳鸟外，秋风原上，目断四天垂。　　归云一去无踪迹，何处是前期。狎兴生疏，酒徒萧索，不似去年时。

这首小词也是表面平淡，内中感发的情意却很丰富。“长安古道马迟迟”，长安，不要拘狭地理解为就是陕西的长安。因为长安是古都，汉、唐都曾建都长安，是首都所在。辛弃疾词“西北望长安，可怜无数山”，就有人说所指是临安，不是陕西的长安，而且以为“西北”应当作“东北”！（见郑骞编《词选》）柳永在这里可能指北宋的都城东京。长安只是代表都城所在地。通向都城的道路是所有追求名利仕宦的人奔波来往的。古道，是说自古以来，古往今来的多少人在通往都城的道路上奔波，追逐名利。马迟迟，是说马走得很慢。以前《古诗十九首》曾有这样两句诗，说“何不策高足，先据要路津”。是说你真的要想和别人竞争，就要比别人跑得快，才能取得重要地位，才能得到的好处最多。如果真是为名利而到首都来，应该是乘用很快的车马。可是，别人车马竞逐，而我迟迟而行，这就深深写出了柳永用世的志意不能实现的那种失意的悲慨。柳永是被士大夫鄙视的，他仕宦一直不利。有一次他想，晏殊也写词，可能会欣赏我，他就去找晏殊。晏殊却批评他的词鄙俗，说，我虽然也作词，但不像你那样写什么“针线闲拈伴伊坐”。所以柳永终生是被人鄙视而不得志的。这首词又是在晚年写的，内中深含着挫折失意的悲哀。下面“高柳乱蝉栖”一句，高大的柳树上，蝉在嘶鸣。古人写秋景时常写衰柳，因为柳树的枝条在秋天开始枯黄凋零。“乱蝉栖”，秋天蝉的叫声拉得特别长，好像是在悲鸣，不像夏天的蝉叫得那样热闹喧哗。高柳是目中的形象，乱蝉是耳中的声音，都是秋天凄凉的象征。耳闻目见的是衰柳悲蝉，再向远处一望，“夕阳鸟外，秋风原上，目断四天垂”。杜牧曾有诗说：“长空澹澹孤鸟没，万古消沉向此中。”是写在一望无际的天空中，一只鸟飞到远处消失了，千年万世多少时代也都消沉在这种消失之中。“夕阳鸟外”，是说长空中淡淡的孤鸟消失了，那夕阳的沉没更在消失的飞鸟之外更遥远的地方。这四个字都是平常的写景，但每一个字都有作用。“鸟外”，写得高远，渺茫。“夕阳”，给人迟暮、沉没的感觉。把感情和大自然结合起来了，个人的迟暮之感与沉没的夕阳一同低沉下来。“秋风原上”，旷远的平原上一阵秋风吹起，在大平原上，风来是从地面卷扫过来的。夕阳在鸟外沉没了，秋风从四野吹来。这秋风的凄凉是那么广漠，人在凄凉的包围之中。“目断四天垂”，目断，目力达到的最远的地方；四天垂，四面的天幕垂在地上，这是没有归宿的人的苍茫的感觉。在这种背景中，“归云一去无踪迹”，天上的一朵孤云也无踪迹了，找它的归宿去了，而我的归宿在哪里呢？李白诗说：“浮云游子意，落日故人情。”浮云本来是游子的象征，可是陪伴我的浮云都不见了，这是多么凄凉寂寞！这里的孤云不仅指现实的云，而且是一种象喻。“何处是前期”，期，期待、盼望、期会。前期，以前多少的期待、盼望、理想。我今天到何处去找这些东西呢？“归云一去无踪迹”，是“何处是前期”的具体化形象化。陶渊明《咏贫士》诗的第一首开端说：“万族皆有托，孤云独无依。暧暧空中灭，何时见余晖。”是说万物都有依托，而孤云却无所依傍，孤云消失了，什么时候能再看见云的光影呢？柳永这里“归云”是“前期”的象喻，是说过去的理想愿望和云一样消失了，而现在的生活呢？“狎兴生疏，酒徒萧索，不似去年时”(一作“不似少年时”)。狎兴，狭邪之间的游兴。黄庭坚曾说小晏词是“狎邪之大雅”。狭邪就是听歌看舞的生活。“酒徒萧索”，喝酒的伴侣也衰老了，凋丧了，意兴索然了。“不似少年时”，我当年的那一份情趣、生气，那些理想和期望，都再也回不来了。有的本子作“不似去年时”也很好。人在老去的时候，往往会明显地感到身体和精神都是一年不如一年，所以说“不似去年时”。这种悲慨有时似乎比远推到“不似少年时”的悲慨更为深刻和强烈。这首词表现了柳永的晚年，当“狎兴生疏，酒徒萧索”，他不能再像少年时以“浅斟低唱”的浪漫生活来作为感情和心灵之寄托及投注的时候，一种生命落空的悲哀。

从柳永的词来看，他的成就实在不仅在于他能够大胆使用俗曲长调，在形式方面有所拓展而已。他在内容方面用白描手法所叙写的羁旅行役之感和相思离别之情，实在也都有值得注意之处。至于他的“不减唐人高处”的感发的意兴，和“森秀幽淡之趣在骨”的深微幽隐的含蕴，实在更是研读柳永词的读者所应该仔细加以体会和玩味的。至于柳永之想要以“浅斟低唱”为生活挫伤后之慰藉和心灵才智之所寄托，而终于落到落空无成的悲剧，当然也有值得人们加以反省警惕之处。

赵季 整理 〉

附 录 一

北宋初期晏欧小令词中文本之潜能

我小的时候是生长在一个非常古老的家庭，但从很小的时候起就诵读中国的古典诗词，也学习写作古典诗词，可是我近二十几年都是在海外研究教书，所以我也有机会接触一些西方的文学批评理论，我并不愿意勉强用西方的文学批评理论来评说中国的文学，因为那时常不免有失之过分牵强之病，只是我也会偶然地发现中西之间也有些非常微妙的巧合之处，有些西方的文论也可以用来解释我们中国的一些文学批评上的问题，我现在就是做这样的一种尝试。

说到中国的文学批评，我觉得我们中国的词学，也就是词的批评，是从一种困惑的情形之中开始的。因为中国旧日的传统文学批评总以为诗是“言志”的，“感天地，动鬼神”，有这样的功能和效用；至于“文”，我们说文章是“载道”的。可是我们中国早期的词，只是配合当时流行的歌曲来歌唱的歌词，既没有“言志”的功能，也没有“载道”的效用，而且最早期的被编辑在一起的词集《花间集》里面所写的多半是美女和爱情，这在中国文学批评传统的价值衡量之中，是不合乎我们的道德和文学的价值的，所以人们对之常有一种困惑。中国最早的对词的认知和评论并没有像西方那样的有逻辑性的、有理论系统的专书，它是从宋人的笔记之中开始的，我们从宋人的笔记就可以看到他们当时困惑的情形。像魏泰的《东轩笔录》就记载了一个小故事，说有一次，王安石跟他的弟弟王安国还有吕惠卿在一起谈话，当时王安石才做了宰相不久，他就问：“为宰相而作小词，可乎?”他的意思是说作为宰相，还可以作这种写美女和爱情的词吗?这一方面是因为他自己有这样的困惑，一方面也是因为在北宋初期有一位宰相晏殊是常常写小词的，也就是今天我们讨论的晏欧词中的一位作者。我们从宋人笔记看见他们有这样的困惑。在这种困惑的情形之下，这些士大夫们一方面认为小词的写作不合乎他们的伦理道德观念，不应该写这种美女和爱情的歌曲；但另一方面那流行的歌曲这么美，而且我相信每个士大夫的内心深处也有很多关于美女和爱情的这种浪漫的想象，现在有这样的机会让他们能够写出来。而且更妙的一点是他们其实可以不负责任地写出来，什么叫作不负责任地写出来呢？宋人的笔记释惠洪的《冷斋夜话》也记载了一个小故事，说有一次，一位佛教大师法云秀跟黄山谷在一起，他就对黄山谷说：“诗多作无害。”你可以多作些诗，而“艳歌小词可罢之”，这种小令的艳词，你最好是不要再作了。那黄山谷就说了，他说："空中语耳。"意思是我是给一首歌曲填一个歌词，我写美女跟爱情不代表我自己有美女跟爱情的这种浪漫的行为，所以说"空中语耳。非杀非偷"，又不是杀人，也不是偷窃，我写这个词有什么关系？这是说他们喜欢这个歌词。这是因为一方面词的音乐好听，一方面可能他们内心也需要有一种浪漫的发泄，不能够每天总是严肃地言志跟载道，可是他们不愿意承认，说他们写美女跟爱情的小词是种不道德的情形，所以就推脱说是"空中语耳"。

宋人的笔记代表了早期的词学是在困惑之中成长起来的，可是在这个成长之间，就果然影响了后世，所以后来评说词的人，就有很多人喜欢把写美女和爱情的歌词，比附为有什么样的贤人君子的托意，当然最有名的一个代表的词学家就是常州词派的张惠言。张惠言说，词"兴于微言，以相感动"，"极命风谣里巷男女哀乐，以道贤人君子幽约怨悱不能自言之情"。他说词从不是很重要的，不是很严肃的这样的微言之中有一种感动兴发的作用。"微言"指的是什么样子的微言呢？是里巷男女的哀乐之词，就是一般里巷之间的少男少女们，他们的这种表达爱情的话，他们相遇了就高兴就快乐，离别了就悲哀，这就是里巷男女的哀乐之词。可是就是这种写男女爱情的哀乐之词，他说他们发展到极致，就有一种微妙的作用，就是这种写男女哀乐的爱情的歌词，反而说出来了那贤人君子的一种思想志意，而且是他们的最幽深、最隐约的，他们的内心之中最哀怨的、最觉得不能满足的，而且是一种"不能自言之情"，是他们自己在他们的显意识的（conscious）言志的诗篇里面不能说出来的一种微妙的情思，在他们写男女爱情的小词里边写出来了。于是乎张惠言就说了，他说温庭筠的《菩萨蛮》都是"感士不遇"，什么"照花前后镜"四句，那是屈原的《离骚》"退将复修吾初服"之意，这个其实是跟晏几道替他父亲作的辩解一样牵强附会。所以王国维就反对张惠言，他说“固哉，皋文之为词也”，张惠言评说词真是太固执了。王国维说像温庭筠的《菩萨蛮》，以及像等一下我们要看的欧阳修的《蝶恋花》“庭院深深深几许”，这些词“有何命意”，有什么寄托的深意，“皆被皋文深文罗织”，皋文就是张惠言的字，“深文”，是从文字表面来深求，来牵强附会。所以王国维是不赞成这种牵强比附的。温庭筠、欧阳修可能就是为当时流行的歌曲写了有关美女爱情的小词以付歌者去演唱，哪里有贤人君子的用心，没有的。所以王国维就批评张惠言，说张惠言是“深文罗织”，可是王国维自己讲词，就在《人间词话》中，他也说过“古今之成大事业、大学问者，必经过三种之境界”：“昨夜西风凋碧树，独上高楼，望尽天涯路”，他说那是第一种境界，这是晏殊的词；“衣带渐宽终不悔，为伊消得人憔悴”，这是第二种境界，是柳永的词；“众里寻他千百度，蓦然回首，那人正在灯火阑珊处”，这是辛弃疾的词。他说辛弃疾的词是成大事业、大学问的第三种境界。而前引晏殊的词是成大事业、大学问的第一种境界。他不但这样说了，而且在另外一个地方，又谈到晏殊的这首《蝶恋花》的词，他又引了《诗经·小雅·节南山》里边的几句诗，说“‘我瞻四方，蹙蹙靡所骋’，诗人之忧生也”，晏殊的词“昨夜西风凋碧树，独上高楼，望尽天涯路”似之。《小雅》的那一篇诗，在最后一章的结尾说，“家父作诵，以究王讻”，他说我这首诗就是为反映我们国家的政治上的一些缺失，一些危险的情况。《诗经·小雅》的《节南山》说“我瞻四方，蹙蹙靡所骋”，是有它政治上的意味在里面，可是晏殊没有啊！晏殊既没有成大事业、大学问的第一种境界的用意，也没有像《小雅》的“家父作诵，以究王讻”那种关怀政治和国家的用意，可是王国维他说“似之”。所以我们就发现小词，特别是写美女和爱情的歌词，有一种很微妙的作用，就是说，它很容易引起读者另外的联想，可是引起联想的性质是不一样的，解释这种联想的方式也是不一样的。

在现代西方理论中如果谈到一首诗或一句诗，可以有多种意思的解释，不同的理解，不同的诠释，而在中国过去的旧传统之下，总是认为，我们要推寻的是作者的原意，我们所要找的是作者他自己根本原来的意思是什么。所以常常认为，我说这个是他的意思，那么你那个意思就不对；你说那个是他的意思，那么我这个意思就不对，都认为作者他自己只有一个根本的意思。早在1940年代英国的一个学者威廉·燕卜荪（William Empson）曾写了一册书，名叫 *Seven Types of Ambiguity*，有人翻成《七种暧昧的类型》或《多义七式》，那就是说有的时候，一首诗，一句诗它有一种模棱两可的（ambiguity）情况，你可以这样解释，但我也可以那样解释，不过这种解释又有不同的情况，有的是两种可以并容的，有的是两者不能同时并存的，比如说杜甫的诗"纵使卢王操翰墨，劣于汉魏近风骚"，许多人对"劣于汉魏近风骚"就有不同的解释，有的人说是卢王的诗比不上汉魏之近于风骚，有的人说卢王的诗虽然劣于汉魏，可是近风骚。这句诗只能有一个解释存在，不能同时有很多的解释存在，我们要参考杜甫其他的诗作，与他平常作诗的态度，才能够判断哪一个是正确的，只有一个是正确的。像这样的模棱两可，这当然不是很好的一种现象。但有的时候一首诗或者一句诗，它也会同时存在有很多种解释的可能，我们可以允许它同时并存，所以有人就觉得燕卜荪用 ambiguity 不好，因为它的意思是暧昧、模糊，这个字有一种不好的意思在里面，所以西方的文学批评就又有了新的术语，说那种情况是 multiple meaning，或 plurisignation，就是多义、多重的意思。比如说像李后主有一首《浪淘沙》词，很有名的，我想大家都知道：

帘外雨潺潺，春意阑珊，罗衾不耐五更寒。梦里不知身是客，一晌贪欢。　　独自莫凭栏，无限江山，别时容易见时难。流水落花春去也，天上人间。

这“天上人间”四个字又没有主词，又没有述语，所以就有了多种可能性。一种可能是问句，说流水落花春去也，那是去了天上还是人间，是一种问句。另外，还可以有一种解释，是一种感叹的语气，说流水落花春去了，天啊，人啊！还有一种可能，是说从前是天上，现在是人间了。还有第四种可能，第四种是什么可能呢？就是承接他前面的词句，前面说的是“独自莫凭栏，无限江山，别时容易见时难”，后面的两句“流水落花春去也，天上人间”，是对“别时容易见时难”的一种诠释，“流水落花春去也”是写“别时容易”，而“天上人间”，是写“见时难”。所以这句词，一共只有四个字，却形成了四种不同的解释。俞平伯先生传统的观念比较深，所以他认为别的解释都不能接受，只有第四种的解释才是对的。可是如果用现在西方的、比较新的这种多义的观念来看，我以为其实李后主的“天上人间”一句是可以四个意思同时存在的。李后主这个人很感性而不大理性，他觉得感动就化为文字说出来了，他根本没有用理性好好地想过，所以他的“天上人间”，可能同时有很多的感受在里边。这就是一种多义的情况。可是传统的文学评说他们所尝试去探寻的是那种作者原来的意思。张惠言所走的就仍然只是传统的途径，就是说他认为他所找到的是作者原来的意思，温庭筠的《菩萨蛮》原来就有这种“感士不遇”的含意在里面，欧阳修的《蝶恋花》词“庭院深深深几许”本来就是谈北宋庆历政变的时候很多人被贬出的当时国家的政治情势。这是张惠言他把他的这种寄托的想法讲成是作者原来的意思。可是王国维虽然也把晏殊的词、欧阳修的词讲成了多重的意思，说“昨夜西风凋碧树，独上高楼，望尽天涯路”，那是成大事业、大学问的第一种境界，可是他在那则词话的最后结尾却说，“然遽以此意解释诸词，恐为晏、欧诸公所不许也”。也就是说，但是我如果说这就是作者晏殊、欧阳修的原来的意思，我恐怕晏殊、欧阳修并不会同意我的这种解释。那么王国维为什么会有不同于作者的想法，我们现在就回到我们要讲的讲题了，也就是文本中的潜能。

文本在英文中是 text，这 text 本来可以当作一种“本文”的意思，甚至于学生用的课本，我们也可以说它是 text。可是为什么我们中文的翻译，很多人不用“本文”而用“文本”呢？这中间其实是有很奥妙而同时也很重要的一个区别，因为你如果说“本文”，就是说，这是一篇文章，这篇文章是一个成品，这个是本文。可是当我们把它说成是“文本”的时候，这个意思是不同的，“文本”的意思是说什么呢？根据法国学者罗兰·巴特（R.Barthes）的说法，“文本”的意思是说一个文字组成的作品，但是我们并不把它作为一种已经固定的文章来这样看，而是说这一篇文字，这一篇语言，这一串符号，它的本体，那不断产生作用的那个本体，那个是文本。后来的接受美学家沃尔夫冈·伊塞尔（Wolfgang Iser）他又提出来一个理念，他认为文本中可以有一种潜能，英文是 potential effect。沃尔夫冈·伊塞尔在他的书《阅读活动》（*The Act of Reading*）里面，曾经有一句话，他说：“The text represents a potential effect that is realized in the reading precess.”现在的接受美学，就把诠释的重点从作者转移到读者这一方面来了。因为一个作品如果没有经过读者的阅读，它只是一个艺术成品，不管是读古诗或欧阳修的词，不管他写得多么好，如果是一个没有古典诗词训练的人，面对这些作品是没有作用的，是没有意义的，所以一个作品，它的实践、它的价值是在 reading process，是在阅读的过程中。所以按照接受美学的理论，我们在阅读作品的时候，我们自己是参加了再创造的过程。可是一篇作品允许我们读者参加多少创作，作品里边给予我们的这种可能性，这种 potential effect 有多少，这个是不同的。有的作品，它的 potential effect 潜藏得非常丰富，那真是我们中国说的仁者见之谓之仁，智者见之谓之智，其间蕴含了非常丰富的可能性，也有的作品，它是没有这样丰富的可能性。这样说不是一种空谈。哪样的作品有丰富的可能性，哪样的作品没有丰富的可能性，这是一个问题，而且就算是这个作品有丰富的可能性，你用什么样的方式来诠释它，不同的读者，不同的层次，不同的阅读的背景，不同的理解，可以做出来许多不同的诠释的方式。

张惠言诠释的方式虽然是一种“比附”的方式，那也是因为在温庭筠的词里面，在欧阳修的词里面，有某一种的 potential effect 存在在里边。可是存在在里边的因素是不同的，温庭筠的小词，说“懒起画蛾眉，弄妆梳洗迟”，他又说“新贴绣罗襦，双双金鹧鸪”，美丽的女子，美丽的蛾眉，美丽的罗襦，美丽的装饰，而这些个文本里边的词语，有一种 potential effect，可是这种 potential effect 的来源，是什么样的来源呢？凡是任何一种 potential effect 里，都是由于文本里边的语言提供了这种潜能，文本里边所有的语言都是符号，如果从符号学来说，符号有各种不同的符号，有些是约定俗成的日常的语言，可是在文学里面，在诗歌里面，有时候当一个语言常常在诗歌里面出现，于是就在这个国家、这个民族，他们的文化传统之中，给这个语言加上了很多丰富的联想的材料。如果根据另外一个西方符号学的学者洛特曼（Lotman）的说法，如果诗歌里面有一些语言，在国家、民族、文化、历史的形成过程之中，融合了很多文化的传统在里边，那么这些语言就变成了一个个语码（code），包含了很多文化材料在里边。因为这个美女，这个蛾眉，这个服饰的美好，从中国《离骚》开始，就有了“美人香草以喻君子”的传统，“制芰荷以为衣兮，集芙蓉以为裳。不吾知其亦已兮，苟余情其信芳"，那种装饰，那种容貌的美好，"蛾眉"的美好，从屈原开始，就有了比兴和托寓的意思，所以这一类的语词、语汇，就有了引起张惠言这样联想的可能，从符号学上说起来，张惠言这样的联想在语言上有这个可能。但是第二个问题就要问了：像温庭筠的作品，像欧阳修的"庭院深深深几许"，你如果从作者的显意识来说，温庭筠可能并没有张惠言说的那样的意思，欧阳修也可能并没有那样的意思。可是这其间却有一种非常微妙的现象，我现在就要介绍西方文学批评中的一个新的观念，有另外一个学者叫作劳伦斯·利普金（Lawrence Lipking），在芝加哥大学教书，他写过一本书《在诗歌传统中的弃妇》（*Abandoned Women in Poetic Tradition*），他认为古今中外所有的诗人，都喜欢用寂寞、孤独、爱情的失落，或者对爱情有所追寻、有所期待的妇女的形象。这种形象有的时候是有心的托寓，像曹子建写诗，"愿为西南风，长逝入君怀。君怀良不开，贱妾当何依"。他自己比作贱妾，那是他有心地比拟，他是有意识地这样比的。而温庭筠、欧阳修很可能就是给流行的歌曲写一首歌词，它不一定是显意识有所托喻的。根据利普金的说法，他认为男子在一般的现实社会中，一般的社会习惯，是不允许一个男子说他自己的失败和失落的。女子爱情失败了，可以痛哭流涕地埋怨诉说，今天跟这个姊妹说，明天跟那个姊妹说。但男子有了任何的失败和失落，不管是爱情的失败还是事业的失败，他是不肯向什么人说的，而且愈是失败，他隐藏得愈深，而他这种隐藏在里边的这种感情的心态，可能当他用妇女的那个形象来写作的时候，写到妇女的失落，写到妇女的孤独，写到妇女对一个所爱的人的期待和盼望的时候，他无心之中，就透过妇女的身份流露了自己潜意识中的一种感情心态。

我愈来愈觉得中国的小词是非常微妙的一种文学体式。像杜甫诗《自京赴奉先县咏怀五百字》和《至德二载甫自金光门出，间道归凤翔，乾元初从左拾遗移华州掾，与亲故别，因出此门，有悲往事》，这么长的题目，把他诗里头要说的什么都告诉了我们。但是像花间词，像北宋的晏、欧的小词，没有一个标题，没有一个题目，就只是为歌曲填写的歌词，但在潜意识里，却不知不觉地可能流露了男子的一种失落的、失败的，或期待盼望的某一种感情，而且是男子不能够明白说出来的情思，反而在他不知不觉，不一定是有心的比兴寄托，不一定像曹子建那样比兴寄托，而无形之中却流露出来了。小词就是有这样的一种可能性。所以张惠言的解释，有他牵强附会的那一面，但是从语言学、符号学上说，他也有些个为什么这样说的道理。而且妇女的形象与男子潜意识的感情心态，有某一种的相似性。

可是王国维跟张惠言又不同了，张惠言还是说把这个比成了作者有这样的心意，而王国维却说“遽以此意解释诸词，恐为晏、欧诸公所不许也”，作者是未必同意他这样说的，所以王国维的主张就更进了一步，更接近现代西方的接受美学家的一种理论，就是读者可以再创造，可以重新创造，而你创造的意思，不一定必须是作者的原意。我在那个参考材料上还引了一位意大利的接受美学家的观念，叫作创造性的背离（creative betrayal），就是说读者有一种再创造的能力和自由，而且那个创造不一定是作者的原意，这个他管它叫作创造性的背离。所以王国维可以从晏、欧的小词，说到成大事业、大学问的三种境界，而且说这不一定是晏、欧的意思，这就是我读者的所得，在西方的接受美学中是允许有这样的读法的。这是西方文学理论中所提出的潜能。如果我们要借用中国传统上的诗歌批评的术语，来给张惠言和王国维两个人这种诠释诗篇的方法加以说明的话，我以为张惠言的方法，用的是“比”的方法，而王国维，从这个想到那个，作者可以有他的原意，读者也可以有他的联想，这是“兴”的方法。比如《论语》里面孔子和他的弟子谈诗，子贡说：“贫而无谄，富而无骄，何如？”孔子说：“可也；未若贫而乐，富而好礼者也。”子贡曰：“《诗》云：‘如切如磋，如琢如磨’，其斯之谓与？”子曰：“赐也，始可与言《诗》已矣，告诸往而知来者。”从一想到二，这样的一种联想，这种诠释是一种兴的方法。

我上面谈的是：不仅一篇诗歌有多义的可能，而且诠释时也可以有不同的方法。但是我们现在要探讨一个最基本的问题，就是哪些文本里才有这种潜能，哪些文本里边没有这种潜能。为什么呢？我们现在就简单地看几首词例。第一首是欧阳炯的《南乡子》：

二八花钿。胸前如雪脸如莲。耳坠金环穿瑟瑟。霞衣窄。笑倚江头招远客。

在别的地方上课的时候，许多同学听我讲词，引起了一个疑问，他们想我本来讲的是很标准的普通话，怎么念词时这个字的声音就不对了呢？我可以跟大家说，我从小在旧家庭里长大，那时我的长辈，我的伯父、我的父母，他们念诗念词的时候跟说话的声音有时就不一样。为什么这样呢？因为这是我们北方人一个很遗憾的地方，是我们学习古典诗词时的一个遗憾，我们不会读入声字，很多的入声我们北方人都念成平声了。那怎么办呢？所以这是北方人学诗词的最大的不方便的地方，可是我却并没有被这种不方便困惑过。我的伯父跟我父亲念诗的时候，虽然他们不能够说出来像你们诸位标准的广东话、福建话，这种正确的九个音调还是八个音调的入声字，但是我的伯父、我的父亲，他们总是尽量把应该读作入声的字，就算不能够读出来[p] [t] [k]收尾的入声，也尽量把它读成仄声，所以我刚才将“霞衣窄”读成“霞衣窄（zè）”，是不是？

“二八”是十六岁，十六岁是女孩子最美好的年龄，我在北美看到卖少女的服装的商店，写着“Sweet Sixteen”，二八是最好的华年。“花钿”是女子的头上戴着很多珠翠花朵的装饰。“胸前如雪脸如莲”是指她的身体的肌肤，脸的容颜的美丽。这个女孩子“耳坠金环穿瑟瑟”，耳上戴着金环，还穿有“瑟瑟”的玉石，而且“霞衣窄”是说穿着像彩霞一样的颜色鲜丽的衣服，而且是非常紧身的。这个女孩子在做什么呢？“笑倚江头招远客”，她带着笑容站在江边招呼远方的客人。这首词当然也把这个女子写得很美丽、生动，但是这首词只有一层表面的意思，它缺乏文本里面的潜能。

第二首词是薛昭蕴的《浣溪沙》：

越女淘金春水上。步摇云鬟珮鸣珰。渚风江草又清香。
不为远山凝翠黛，只应含恨向斜阳。碧桃花谢忆刘郎。

第一首欧阳炯的词是以男子的眼光看女子，第二首词也是写一个美丽的女子。“越女淘金春水上。步摇云鬟珮鸣珰。渚风江草又清香”，也是写表面的形象。可是它下半首就设身处地地讲“不为远山凝翠黛”，不是为了远山而凝了她的翠黛，她是为斜阳满怀着愁恨。为什么呢？因为春天的碧桃花谢，她就想念她爱的那个男子，其中有寂寞的感情在里边，可是这个也还是表面的意思，没有很多的藏在里边的意思。

第三首是欧阳修的一首词，也是写一个美丽的女子的《蝶恋花》：

越女采莲秋水畔。窄袖轻罗，暗露双金钏。照影摘花花似面，芳心只共丝争乱。　　鸂鶒滩头风浪晚。雾重烟轻，不见来时伴。隐隐歌声归棹远，离愁引著江南岸。

好的作家跟次一等的作家，好的作品跟次一等的作品，区别就在这里。所以王国维的《人间词话》说我要用这个大事业、大学问的三种境界解释晏、欧诸词，恐怕晏、欧诸公不同意，可是他又说“此等语皆非大词人不能道”，但若不是大词人，不能够写出这样的词来。我们说深人不说浅语，浅人也不说深语，是有欧阳修这样的学问、修养、性情、怀抱的人，才能写出这样的词来。他不是有意识的，但他的词有这样丰富的内涵，有这样的深度。你写出来的词，就算你没有意思要比兴寄托，你有一个深度在那里，就会产生微妙的作用，这些微妙的作用，都是从文本里面扩大出来的，文本是非常重要的东西。当代有一个杰出的女学者，出生在保加利亚，而在法国得到博士学位，现在法国教书，她的名字叫朱丽亚·克里斯特娃（Julia Kristeva），我觉得这个女学者实在是了不起的，她的学问广博丰富不说，她的那种感受也敏锐，联想也丰富。她提出来一门学问叫 Semanalyze，就是解析符号学，比符号学更深更细。她说文本是作者与读者之间互相生发运作的一个融变场所。她的原作是用法文写的，有英文翻译，不过英文翻译也很少，而我到现在还没有看到中文的翻译，因为她的书很难翻译，因为它真是太复杂了。她说文本是作者、读者互相融变的一个场所，一个 transformer，如果真正伟大的一个好的作者，他不仅仅在他的文本里边，那语言里边有很丰富的可能性，可是谁把这个可能性读出来呢？那就等待一个同样够资格的读者，来实现它们的丰富的潜能。

欧阳修的这首小词，是非常好的一首小词，前人也隐约模糊之间有过这样的感受。徐珂的《历代词选集评》就说了，说“窄袖”句是小人常态，说“雾重烟轻”句烟雾笼罩，是“君子道消”，还有沈际飞在《草堂诗余续集》中说：“美人是花真身，如丝争乱，吾恐为荡妇矣。”这是中国的旧传统，中国的旧传统，遇到张惠言，总是一个君子一个小人，一个道消。可是王国维就不是了，王国维说成大事业、大学问的三种境界，那是他自己作为一个曾经学习哲学、研究哲学的学者的体会，而不是中国古代的君子小人政治理想的观点。中国传统的君子小人之说总是望文生义，如“庭院深深”，是闺中邃远；“窄袖”就是小，小就是小人；“雾重烟轻”就是君子道消。他们感觉有一种可能，可是他们联想的范围太狭窄、太局限了。那我们要面对的，就是我所要讨论的那种潜能、那种可能性是从哪里来的呢？我们一起来看一看这首词。

他说“越女采莲秋水畔”，我们若将这句词与前面薛昭蕴的词相比较，一个是淘金，一个是采莲，一个是春水，一个是秋水，这其间的感觉是不同的，“落霞与孤鹜齐飞，秋水共长天一色”。春水的那种情调，与秋水的澄静是不同的，而采莲就更妙了，莲就是芙蓉，莲就是荷花，《古诗十九首》说的“涉江采芙蓉，兰泽多芳草。采之欲遗谁？所思在远道”。采莲的联想，《古诗十九首》之外，这种联想和过去很多的诗篇有密切的关系。朱丽亚·克里斯特娃还用了一个词叫intertextuality，这个词的意思是互文、互为文本。她说每一篇诗都像是意大利的一种名叫mosaic的艺术，而mosaic是一小块一小块拼成的图样。在文本中每一个小片语都是从别人的文章里拿来的，所以从这些碎小的拼凑，就可以联想到原来的和它有关系的种种的其他的诗篇，这就是互为文本。所以我们从采莲可以想到“涉江采芙蓉”，而从莲花、荷花你也可以想到屈原《离骚》所说的“制芰荷以为衣兮，集芙蓉以为裳”。何况在中国南北朝的民歌里面，凡是“莲”，它的谐音是“怜”，就是怜爱、相怜，有爱情的意思。秋水的那种清明澄静，“采莲”两个字所带给我们的那种浪漫、那种多情、那种美好的特质是一种微妙的作用，就是说文本，它给你这样一种的作用。接下来，“窄袖轻罗，暗露双金钏”，所有的女孩子都是戴着这样的装饰，欧阳炯说“耳坠金环穿瑟瑟”，薛绍蕴说“步摇云鬓珮鸣珰”，一个步摇云鬓还珮鸣珰的女子，那种语句所透露出来的是夸张的，是炫耀的一种美。欧阳修的“窄袖轻罗，暗露双金钏”，没有在那里摇，也没有在那里响，他写的女子的美是藏在里边的，而这种含蓄的、隐约的美，就是我们中国旧传统的一种品德。旧传统的品德不是夸张，不是制造知名度，不是如此，中国人讲的是含蓄，把美好的东西藏在里边的。诗经的《硕人》说“衣锦褧衣”，什么叫作衣锦褧衣？就是用罩袍把锦绣的衣服罩起来。欧阳修说“窄袖轻罗”，“轻”，那种纤细、那种轻柔美好的感觉。“暗露双金钏”，“金”，当然是珍贵，“双”，意味着成双作对，这都代表完整美好。所以这些词句都有很丰富的潜能，可以引起很多联想。

我认为欧阳修这首词的神来之笔，是下面接下来写的“照影摘花花似面，芳心只共丝争乱”，是他面对水中自己的影子的时候，认识到自己的美好，这是非常奇妙的。欧阳修也不见得有如此感觉，我要借王国维说的，遽以此意说欧公词，恐为欧公所不许也。但“照影摘花”，荷花人面互相映照，这样的美好，是他面对水中自己的影子的时候，认识到自己的美好。这是一种属于自己价值意义美好的觉醒，所谓“天生丽质难自弃”，你应该爱惜珍重你自己，认识你自己的意义和价值。下面“芳心只共丝争乱”，当他发现自己的美好的时候，为什么他的芳心只共丝争乱？李商隐的一首《无题》诗说“十四藏六亲，悬知犹未嫁。十五泣春风，背面秋千下”。一个人如何实现你的美好，女子在旧社会里边，要想实现她的意义和价值就是找到一个她所爱，也爱她的男子，她的美好就是等待一个人来欣赏她。我们说“士为知己者死，女为悦己者容”，而没有一个知道她、认识她、欣赏她的人，正如李商隐说“十五泣春风，背面秋千下”，所以这个女孩子“照影摘花花似面”的时候，感到一种感情的撩动，“芳心只共丝争乱”使她意识到一种追求向往的感情。这词写的是采莲，现在天色慢慢黑下来了，所以他说“鸂鶒滩头风浪晚”，起了风了，起了浪了。“雾重烟轻”，中国烟和雾是不大分别的，柳宗元说“苍然暮色，自远而至”，近的地方好像轻，远的地方好像重，在暮色之中，有雾也有烟，有深也有浅，有远也有近，这是一片朦胧的境界。接下来，“不见来时伴”，一般女孩子都是喜欢成群结队的，两两三三嬉嬉笑笑，她说现在跟她一同出来采莲的女子“不见”了。欧阳修写的这个小词真是妙，他的丰富就在这“不见”之中。陶渊明写的《归园田居》的一首诗，他说“试携子侄辈，披榛步荒墟”，最后他说“怅恨独策还，崎岖历榛曲”，我带着满怀的惆怅，满怀的愁恨，独自拄着拐杖走回去，那些子侄不知到哪里去了。就在陶渊明沉入到自己的某种感情、某种思想、某种境界的时候，他的特殊人格显现出来了。我认为这个采莲的女子，在“照影摘花花似面，芳心只共丝争乱”的时候，她的境界已经在里边了，所以“雾重烟轻，不见来时伴”，其他的都不见了。“隐隐歌声归棹远”，在采莲女子的隐隐歌声之中，她们渐渐回到江岸上去了。而她“芳心只共丝争乱”的这样的感情，是在“雾重烟轻”的外在的视野之中，在“隐隐歌声”之中，引起了她满心的追求向往和满心的怅惘哀伤，从水上到岸边都充满了这种情思，是一个女孩子对于她美好资质的觉醒，对于感情的期待，写出来这样一种觉醒和期待的一种感情的意境。这表现出来欧阳修内心有很明显的这么多的意思，这是欧阳修的学问、胸襟、修养、性格，使他偶然地、不知不觉地，以他过去读书的丰富的体验，在他用字的语言之中，在文本之中，给了我们丰富的潜能，而我觉得北宋的词，特别是晏、欧的那种令词是最富于文本之潜能的。

台湾淡江大学学生 整理

附录二

从“三种境界”与接受美学谈晏欧词欣赏

“从‘三种境界’与接受美学谈晏欧词的欣赏”，这其实是一个截搭的题目，就是说，把几个不同的内容拿来截断，然后搭配在一起。所谓“三种境界”，是王国维在《人间词话》里边提出来的一段话。他说：“古今之成大事业、大学问者，必经过三种之境界。‘昨夜西风凋碧树，独上高楼，望尽天涯路’，此第一境也。‘衣带渐宽终不悔，为伊消得人憔悴’，此第二境也。‘众里寻他千百度，蓦然回首，那人正在灯火阑珊处'，此第三境也。"这就是"三种境界"的由来，王国维所引的这些词句，本来都是宋人写爱情的一些小词。他所说的第一种境界，是晏殊一首词中的句子，词牌叫作《鹊踏枝》。全文是：

> 槛菊愁烟兰泣露。罗幕轻寒，燕子双飞去。明月不谙离恨苦。斜光到晓穿朱户。　　昨夜西风凋碧树。独上高楼，望尽天涯路。欲寄彩笺兼尺素。山长水阔知何处。

很明显，这不过是写男女相思离别的一首小词，而王国维居然从里面看到了成大事业、大学问的大境界。这种说词的方法是不是可行？是不是可取？有没有什么理论上的根据？这是我们所要讨论的问题。

王国维先生在他的《人间词话》里曾提出来所谓"境界说"。他说："词以境界为最上。有境界，则自成高格，自有名句。五代、北宋之词所以独绝者在此。"这"词以境界为最上"到底是什么意思呢？自从《人间词话》这本书印行出来之后，有不少人都讨论过这个问题。我也讨论过这个问题，我曾引用王国维自己的话说，"能写真景物真感情者，谓之有境界"。可是，王国维为什么只说"词以境界为最上"，而不说"诗以境界为最上"呢？我以为，王国维提出"词以境界为最上"是有他的用心的。其中一个主要的区别就在于，诗有一个言志的传统；而词在最初兴起的时候，写作者却没有这种用心。《花间集·序》里边曾说："则有绮筵公子，绣幌佳人，递叶叶之花笺，文抽丽锦；举纤纤之玉指，拍按香檀。"可见词的作者在写作的时候并没有言志的用心，他只是要写一首漂亮的歌词，拿给漂亮的歌女去演唱。这就是诗和词最大的区别。所以当批评诗的时候，你可以批评它的思想、意识和内容。可是词都是写男女相思，都是写伤春怨别，你用什么标准来衡量它的好坏呢？王国维提出了一个特殊的衡量标准，那就是“词以境界为最上”。什么叫作“境界”？“境界”就是说，同样写男女的相思爱情，可是有一类词可以从所写的男女相思爱情之中引起读者的一种感发、一种联想，使读者产生更深一层的体会。它所传达的不是一个感情的事件，而是一个感情的境界。这一类词，我们在前几讲中曾经把它们分成三种不同的类型，而且我还曾用西方的理论对之作过分析和解说。现在我不想再作过多的重复，但是要对以前所讲的简单地回顾一下。我曾提到西方的诠释学，诠释学认为，对于一本书，作者可以有自己的意思，诠释者也可以有自己的意思。每一个诠释的人都是带着自己的思想感情、学识、社会背景和历史背景进行诠释的，都带有自己的色彩。所以诠释出来的意义不一定是作者的原意，可以衍生出很丰富的、多重的含义。中国的小词就是如此，它所表现的不是作者的显意识活动，而是隐意识的流露，而且表面上都是写爱情的，所以就引起评说者多重的联想。这是我们在认识小词的特质时第一点应该注意的。联想有不同的方式，张惠言的联想是从小词语言的字句出发的。他评论欧阳修的《蝶恋花》说，“庭院深深”就相当于屈原《离骚》中“闺中既以邃远”的意思；“楼高不见”就相当于《离骚》中“哲王又不寤”的意思。屈原的“闺中既以邃远”意思是，我虽然对国家有如此深切的关心，但朝廷离我是这样遥远，国君不肯接受我的意见。张惠言通过“庭院深深”进行字面上的比附，这是联想的一种形式，这与我们以前讲温庭筠词《菩萨蛮》一词中的“蛾眉”一词有相似之处。它正好合乎西方符号学的说法。“庭院深深”和我们讲到的“蛾眉”都是符号学中所谓的语码。从“庭院深深”就联想到“闺中既以邃远”；从“蛾眉”就联想到“众女嫉余之蛾眉”，这就是语码的联想。这些都是我前几次讲过的，就不再细说了。现在我们就要来看一看王国维“三种境界”的说法，看一看他是怎样进行联想的。

王国维在他的《人间词话》中不但用“三种境界”来说词，而且还说南唐中主的词“菡萏香销翠叶残，西风愁起绿波间”有“众芳芜秽、美人迟暮”的悲慨。他是根据什么理由这样说的？可以这样说吗？刚才我说，有一种小词是通过语码引起联想的，可以用张惠言的那种解释方式。但还有一种小词是通过给人的整个感受来引起联想的。就是说，每一首诗歌、每一篇文学作品，都有一种“显微结构”(microstructure)，它的每一个发声、每一个形象、每一个语法、每一个句式、每一个韵律，所有这些“质素”（elements）都产生一种使读者感动的作用。这本是西方接受美学的说法，而王国维就是通过这种感动的作用对小词加以解释的。现在我们已经知道，“三种境界”是王国维《人间词话》的理论，接受美学是西方近代文学批评的理论。我们今天就要以这两种理论为根据来欣赏晏殊和欧阳修的词。但现在我还要说明一点，中国的小词之引起多重联想有几种原因，一个是因为它的女性化，所写的多是美女和爱情。按照中国古代的传统，美人和香草是比喻君子的，所以写美女的本身就有一个比喻寄托的意思在里面。这是小词引起联想的最基本的原因。第二个原因我在以前的讲座中也讲过了，那就是小词所产生的时代。晚唐五代的战乱冲破了诗文言志载道的传统，解放了人性对爱和美的追求，过去被认为是鄙俗和淫靡的男女爱情的内容居然也可以由文人正大光明地写来交给歌女去唱了。但与此同时，五代的小词在这种解放之中又结合了一段忧患意识，其中结合得最明显的是南唐的词。南唐词有三位重要作者，冯延巳的词我们已经讲过，今天就不再讲了。但是我们一定要从他那里过渡过来。冯延巳说，“日日花前常病酒，不辞镜里朱颜瘦”，尽管我知道自己已经病酒了，但我对着花还是要饮酒。因为如果我今天在花前不饮酒，那么明天我纵然想饮酒，面前却不会有花了，美丽的花很快就会凋零。尽管我知道我会憔悴和消瘦，但我宁可如此，不打算逃避。这里面隐约透露了一种执着地把痛苦负担起来的思想感情，就结合了作者的忧患的意识。这是南唐词的第一个阶段。

第二个阶段是南唐中主的词，就是王国维在《人间词话》中提到的“菡萏香销翠叶残，西风愁起绿波间”。“菡萏”就是荷花，他为什么不说荷花而说“菡萏”？因为“菡萏”两个字出于《尔雅》，用这两个字可以与现实拉开一段美感的距离，显得高贵、典雅。同样，“翠叶”也比绿叶来得珍贵。如果他说“荷瓣凋零荷叶残”，这就是一种现实的描写。表面看来两句意思是一样的，但传达的感情却不太一样。刚才我提到接受美学的显微结构，每一篇作品中的各种质素都能够产生一种微妙的作用。菡萏的典雅芳香、翠叶的美好珍贵，是几种优秀品质的集合；“销”和“残”是两个强有力的动词，集合到一起互相加强。这就使人得到一个整体的、抽象的印象——不止荷花零落、荷叶凋残，所有那些最珍贵、最美好的东西都零落凋残了。还不仅如此，那荷花和荷叶的托身之所，或者说那些美好珍贵的事物所寄身的大环境是什么样的？是“西风愁起绿波间”——它们的整个生命都处于忧愁患难的灾苦之中！南唐中主李璟在写这首词的时候可能就是写荷花和荷叶的凋残，可是由于在传达的过程中，显微结构的质素起了微妙的作用，事实上就传达出了李璟的一种忧患意识。因为南唐正处于风雨飘摇之中，那强有力的侵略势力已经一天天迫近，南唐的危亡就在旦夕之间。李璟不是在作诗，他的显意识没有想到要表现对国家即将灭亡的忧虑和悲哀，他只是写一个闺中少妇对远征在外的丈夫的怀念。但词的开头“菡萏香销翠叶残，西风愁起绿波间”就在无心之中把他的潜意识暴露出来：所有美好的东西都不能保全了，整个的大环境是风雨飘摇！这就是小词的微妙所在。作者的显意识是写相思与爱情，可是在不知不觉之间却把自己内心之中最幽微、最深隐的一份情思下意识地流露出来了。冯延巳的那种执着和忧虑还不是很明显的，中主李璟的忧患意识就比较明显，到了李后主的时候，南唐果然就灭亡了，所以李后主就不再假借美女，不再假借伤春，而是直接写“人生长恨水长东”“故国不堪回首月明中”那种国破家亡之恨了。这是小词在南唐的三个演进阶段。为什么要讲南唐的这三个演进阶段？因为正是南唐的词影响了晏、欧的词。清代词论家冯煦在为《唐五代词选》写的序中说：“吾家正中翁，鼓吹南唐，上翼二主，下启欧晏，实正变之枢纽，短长之流别。”南唐词风的特点是什么？那就是把追求爱和美的感情与忧患意识结合在一起，使小词突破了显意识的主题，表现出一种更为深远的境界。而这种词风就影响了北宋的晏殊和欧阳修。所以况周颐的《蕙风词话》也说：“阳春一集，为临川、珠玉所宗，愈瑰丽，愈醇朴。”“临川”就是晏殊，因为他是江西临川人；“珠玉”指晏殊的词集，叫作《珠玉集》。晏殊的传记记载，晏殊从少年时代就喜欢冯延巳的词，他的词风也是与冯延巳相近的。冯煦在《嵩庵论词》中曾说：“宋初大臣之为词者，寇莱公、晏元献、宋景文、范蜀公，与欧阳文忠并有声艺林，然数公或一时兴到之作，未为专诣。独文忠与元献，学之既至，为之亦勤，翔双鹄于交衢，驭二龙于天路。且文忠家庐陵，而元献家临川，词家遂有西江一派。”欧阳修的籍贯是江西庐陵，晏殊的籍贯是江西临川。冯延巳虽然不是江西人，但是他做过抚州的地方长官，抚州也在江西，所辖的六个县里正好有临川，因此词家就开辟出了西江一派。

现在就有一个问题需要我来说明。刚才我说，南唐词之所以有深度，是因为它把对于爱和美的追求与对国家的忧患意识结合起来了，于是就有了冯延巳的“日日花前常病酒，不辞镜里朱颜瘦”，就有了中主李璟的“菡萏香销翠叶残，西风愁起绿波间”，就有了后主李煜的“胭脂泪，相留醉，几时重。自是人生长恨水长东”。可是北宋初年国家表面上已经没有忧患了，尤其在真宗和仁宗的时代，天下是安定太平的。那么，以美女和爱情为主题的小词是否还有它的深度呢？我以为是有的。只不过中间产生了一个转变。那就是：从与忧患意识的结合转变为与作者性情、修养、胸襟、怀抱的结合了。这是小词演进中值得注意的一点。王国维说“词之雅郑，在神不在貌”。每个作者的精神境界有深浅、高低、广狭、大小的种种不同。北宋初年小词的作者都是一时的杰出人士，因而北宋小词就产生了超出于主题之外的更深的境界。

好，现在我们就来看晏殊的一首《浣溪沙》：

一曲新词酒一杯，去年天气旧亭台。夕阳西下几时回。
无可奈何花落去，似曾相识燕归来。小园香径独徘徊。

我们讲过冯延巳，他是“日日花前常病酒，不辞镜里朱颜瘦”，“梅落繁枝千万片。犹自多情，学雪随风转”，表现了一种热烈和执着的品格上的特征。晏殊的词在品格上的特征是什么呢？我认为是一种理性的观照。当然，晏殊的词很多，由于都是写美女与爱情的歌词，与别人难免有相似的地方。但是我们所要掌握、所要提出来讨论的，是他与别人不同的地方。那就是晏殊的词有一种理性的观照，这一点恰好与李后主形成了一个明显的对比。李后主属于那种纯情的词人，他用情的态度是往而不返：把自己完全投入进去，没有反省，也没有节制。晏殊则不然，他总是保持着一种感情上的余裕，能“入”也能“出”，不但能对感情加以节制，而且能够通过理性的观照使情感得以净化和升华。“一曲新词酒一杯，去年天气旧亭台”，表面上是很平淡的叙述，但他正是通过这种似乎完全没有什么感情的词句，带领我们去得到一种感发。《世说新语》上记载，有一个名叫桓伊的人，他“每闻清歌，辄唤奈何”。为什么要唤奈何？因为听歌能引起人感情上的激动。此外，饮酒也能使人放弃理性的约束，产生感情上的激动。曹孟德《短歌行》的开头“对酒当歌，人生几何。譬如朝露，去日苦多”，说的也正是饮酒听歌时所产生的一种激动。李后主说“雕栏玉砌应犹在，只是朱颜改”“故国梦重归，觉来双泪垂”“无限江山，别时容易见时难”，那真是国破家亡之后天上人间的悬隔。但“去年天气旧亭台”不是，既没有无限江山的失落，也没有天上人间的悬隔，只是平淡的叙述。可是你要知道，晏殊虽然是一个理性的词人，但却是非常锐感的。不必非得有破国亡国的悲哀内心才能感动，只是这去年的天气、旧日的亭台就足以引起感动了。他的感动，到第三句才慢慢透露出来——“夕阳西下几时回”，这真是我们人类共有的悲哀！虽然今年春天的天气和去年一样好，可是今年的春天已不是去年的春天了，明年的春天也将不再是今年的春天，逝去了的就永远也不会再回来。就像现在你们在听我讲课，时间过去之后，你们再找 1988 年 12 月 23 日的这一小时、这一分钟和这一秒，还能再找回来吗？永远也找不回来了！今天的太阳西沉了，哪一天再回来？你说明天不是就升上来了吗？但明天升上来的太阳就不是 1988 年 12 月 23 日的太阳了，宇宙之间永远也不会有这一天的太阳再升起来了。这就是诗人的锐感，他非常平淡地写出了这一份无常的悲慨。

“无可奈何花落去”，写的是暮春季节，花已经落了，你想让它们重上枝头那是不可能的。你等到明年花开，那明年的花已不是今年的花，正如王国维的一首小词说的，“君看今日树头花，不是去年枝上朵”。这是事物的消逝的、无常的那一面。对此李后主是什么态度？他说：“林花谢了春红。太匆匆。无奈朝来寒雨晚来风。　胭脂泪，相留醉，几时重。自是人生长恨水长东。”他把感情投入之后就不能够再返回来想一想。晏殊就和李后主不同，他有理性的、反省的、节制的一面，所以他的下一句接得很妙，是“似曾相识燕归来”。他领悟了一种循环的永恒。在中国的诗人和词人里边，苏东坡在通达的修养和怀抱方面表现得最为突出。“古今如梦，何曾梦觉，但有旧欢新怨。异时对，黄楼夜景，为余浩叹”；“大江东去，浪淘尽、千古风流人物”，都有一种通古今而观之的达观和史观。在《赤壁赋》里他说得更清楚：“盖将自其变者而观之，则天地曾不能以一瞬；自其不变者而观之，则物与我皆无尽也。”晏殊也具有这种通达：花虽然无可奈何地落去了，但却有似曾相识的燕子飞回来了。他没有因花的落去而发出“人生长恨水长东”那样的悲慨，他是“小园香径独徘徊”，独自一个人在落花满地的小路上来往徘徊。这里面当然有孤独寂寞的怅惘哀伤，但是在悲慨之中又有一种思致，在表现生命无常的同时看到了一种永恒的循环。

下面我们看晏殊的第二首——《浣溪沙》：

> 一向年光有限身，等闲离别易销魂，酒筵歌席莫辞频。
> 满目山河空念远，落花风雨更伤春，不如怜取眼前人。

“一向”是短暂的时间，“年光”是年华韶光。青春是短暂的，美好的韶光是短暂的，人类的生命也是短暂的。但是，在这短暂的人生里难道就都是幸福和美好的日子吗？不是的。在这短暂的人生中，还有那么多悲哀和痛苦！什么是“等闲离别”？“等闲”就是很容易的、随时随地都会发生的。在座所有的人哪一个没有经历过生离或者死别呢？在不长的人生之中，竟还要经历那么多忧患，怎能不使人觉得哀伤？“销魂”，就是一种使人心身憔悴的哀伤。要是李后主，写到这里就是“人生长恨水长东”了，可是你们看晏殊说什么？他说，“酒筵歌席莫辞频”。你有几天能够饮酒？你有几天能够听歌？所以在你今天有酒可饮、有歌可听的时候，一定要好好把握住今天。你们看，晏殊他不是沉入悲哀之中往而不返，他要用他的理性和节制从悲哀中挣扎出来。为什么要“酒筵歌席莫辞频”呢？因为那“满目山河空念远，落花风雨更伤春”。你和你所爱的人离别了，你所追求的不能得到，你当然有相思，当然有怀念。欧阳修说，“平芜尽处是春山，行人更在春山外”；晏殊自己也说，“独上高楼，望尽天涯路”。我所怀念的人，就在那春山之外、天涯尽头。在这里，晏殊用了一个“空”字，这个字用得很妙。难道因为你念远，远人就来了吗？所以是“空念远”。这里面有他的理性和反省。“落花风雨更伤春”是说，花是一定要落的，而在这使春花零落的风雨之中又增添了伤春的悲哀。这两句的句法是相对的。在清华讲课的时候我曾经谈到，西方的语言学里有语序轴和联想轴，今天我没有时间再作重复，只谈一谈语序轴。语序就是语言的次序，有了次序的排列才构成意义，才有了内容。语序的排列能够产生多种作用。杜甫为什么不说“鹦鹉啄馀香稻粒”，而要说“香稻啄馀鹦鹉粒”呢？因为杜甫的目的不在于叙述鹦鹉吃香稻这件事情，他是要形容开元全盛之日人们生活的富足：稻米丰收，不但人吃不了，连鹦鹉都吃不了。这就是语序轴上的颠倒所产生的作用。语序不仅在一句诗中起作用，在前后的对比之中也起作用。现在我们看“满目山河空念远，落花风雨更伤春”这两句中的“空”和“更”两个虚字，这两个字互文见义。满目山河，离人不见，这是人类的悲哀；落花风雨，春光不久，这也是人类的悲哀。两句话说出了人世之间双重的悲哀，所以用“更”。“念远”是白白地念远，“伤春”也是白白地伤春，这两件事都是没有用的，所以用“空”。“更”是把两重悲哀的感慨进一步加强，“空”是在两重悲哀加强的同时所产生的反省和觉悟。这真是晏殊！别的词人在这方面都没有这么明显的特色，而晏殊本身的性格修养决定了他有这样的特色。既然固执地怀念过去或梦想将来都没有用处，那么你眼下所能掌握和捕捉的就只有今天。“不如怜取眼前人”——你不能把今天再错过去了。我到大陆去，大陆有些青年人对我说：哎呀，我们就是因为“文革”把时间荒废了，所以书没有读好。又说将来他要出国或怎样怎样。但是你眼前干了些什么？你上班不像上班，做事不像做事，做什么都不肯好好干，那么你就把今天也白白地放过去了！所以你们看小词之“以境界为最上”，就是说，不在于它写伤春或离别，而在于他写伤春或离别的同时传达出一种人生富有哲理的理念和觉悟。这是北宋初年的词人把对爱和美的追求同自己的修养、性格、胸襟、怀抱结合起来的一个例子。

由于时间的关系，我们现在就结束晏殊，赶快来看欧阳修。我曾经说，冯延巳、晏殊、欧阳修他们三个人的作风有相似的地方，前人认为晏殊和欧阳修的词都受过冯延巳的影响，形成了词中的西江一派。我还说过，他们的词所表现的不是感情的事件，而是一种感情的境界。然而，他们三个人所表现出的境界并不完全相同。冯延巳的词是热烈执着，晏殊的词是理性的观照，而欧阳修的词所表现的是一种遣玩的意兴。什么叫作“遣玩”？我们常说“排遣”，或说把某个人遣走了，“遣”就是把什么东西推出去的意思。“玩”就是玩弄、欣赏。前几天，有位记者来访问我。他说：“你已经六十四岁了，教书教了四十三年，但身体和精神还这么好，那是什么缘故啊？你是否有什么锻炼身体的方法？”我说，如果说有什么方法，大概就是我这一生一世跟古典诗词结合的密切关系了。小时候的学习、吟诵、写作，后来的讲授、研读，从来没有离开过古典诗词。我是在忧患苦难之中长大的，高中的时候，日本占领了北平，父亲在后方，母亲去世了，两个弟弟一个上初中，一个上小学，经历了老舍先生《四世同堂》中所写的那种吃混合面的日子。四十年前来到台湾后，我的家庭又遭到了一些不幸，这些就不必再讲了。总而言之，我这一生经历了很多苦难和不幸，而现在大家看起来我的精神和身体还很好，丝毫也没有经历过苦难的样子。我曾提到大陆的同学问我："老师，这古典诗词我们听着也觉得很好，可是学了它到底有什么用处啊?"他们认为学什么经济呀，贸易呀，电脑呀，外语呀，都有用处，只有这古典诗词最没有用处。我当时讲了一个用处，我说学古典诗词可以使你的人心不死。辛弃疾说："一松一竹真朋友，山鸟山花好弟兄。"人不仅对人要有爱心，对物也要有爱心，这样宇宙之间就充满了祥和之气，你就有了一颗活泼的、锐敏的、善感的心灵。古人说"哀莫大于心死，而身死次之"，使人心不死是很重要的一件事。但是现在我还要讲我个人所体会到的另外一个作用，那就是当你看到古人在诗词中所流露出来的修养、性情、胸襟、怀抱时，当你看到他们在忧患苦难之中怎样生活过来时，这些也都会对你有所帮助，使你在忧患苦难之中也能够生活过来。欧阳修一生中屡次遭到贬谪，最早是在庆历变法的时候，后来为了濮议又受到攻击。而且攻击的人对他的私人生活造谣，说了些很不堪的话。面对这样的侮辱和打击你将何以自处？不同的人处理方法不同。欧阳修的处理方法是保持一种遣玩的意兴。如果说，晏殊是用他的反省、他的节制，用他理性的思索从忧患苦难中挣扎出来，那么欧阳修就是通过一种排遣与观赏的态度使自己从忧患中挣扎出来。欧阳修的《醉翁亭记》是他被贬到滁州时写的，在他遭到政敌的攻击谗毁时，你看他写了些什么？他说："环滁皆山也，其西南诸峰，林壑尤美。"他说："野芳发而幽香，佳木秀而繁阴，风霜高洁，水落而石出者，山间之四时也。"他说："四时之景不同，而乐亦无穷也。"人生自其可悲之处而观之，很多事情都是可悲的；然而人生自其可乐之处而观之，世间却也有不少可乐的东西在。那么你在苦之中为什么不找一些可乐的东西加以赏玩，从而把你的苦难排遣出去呢？这就是欧阳修在苦难中自处的办法。而他的这些修养、怀抱、胸襟、品格，就在他写男女爱情的小词里无心地表现出来了。现在我们先看他的一首《玉楼春》：

> 雪云乍变春云簇，渐觉年华堪送目。北枝梅蕊犯寒开，南浦波纹如酒绿。　　芳菲次第还相续，不奈情多无处足。尊前百计得春归，莫为伤春歌黛蹙。

刚才我讲过，小词之所以能透过表层所写的相思爱情表现出一种感情的境界，给我们丰富的启发和联想，是因为它的“显微结构”之中很多“质素”起了作用。你观察过春天是怎么来的吗？也许你会说，校园里的花开了，春天不就来了吗？可是欧阳修观察得更细致，人家从花还没有开、柳条还没有绿的时候就感觉到春天来了。“雪云乍变春云簇”是说天上的云彩已经不一样了。下雪的天和下雨的天不同，夏天一朵黑云涌上来很快就是一场大暴雨；可是下雪的天是彤云四布，阴得很均匀，而且要阴得很沉很久然后才下雪。当你忽然间一抬头，发现天上已经不是阴沉沉地彤云四布了；碧蓝的天上已经都是一团团、一簇簇、棉絮一般的白云，这时候你就知道春天来了。新诗人写春天到来也有写得好的，徐志摩的《我所知道的康桥》说：“伺候着河上的风光，这春来一天有一天的消息。关心石上的苔痕……关心水草的滋长。”春天刚刚到来的时候，那石头上的青苔每一天都有每一天的颜色。所以你们看，古今诗人是一样的，他们都关心世间万物，都保持着一颗敏锐善感的心灵。天上的云影改变了，石上的苔痕改变了，慢慢地我就觉得，这一年之中最美好的春天真的是来到了，所以就“渐觉年华堪送目”。这一句，有的版本作“送目”，有的版本作“纵目”，我个人觉得“纵目”更好，“纵目”就是放眼看遍。李义山在《燕台四首》中说："风光冉冉东西陌，几日娇魂寻不得。蜜房羽客类芳心，冶叶倡条遍相识。"诗人要看遍春光下每一片新生的绿叶、每一枝茂盛的枝条。

春光到底是怎样美好呢？欧阳修说是"北枝梅蕊犯寒开，南浦波纹如酒绿"。你们要注意他这两句里所包含的遣玩的意兴。在欧阳修的词里边有一种双重的张力，一层是他本身对忧患苦难的体认，一层是他要从这些忧患苦难之中挣扎出去的努力。所以王国维说他的词"于豪放之中有沉着之致"。他能够自己从忧患苦难中挣扎出去，还要欣赏，这当然是豪放的一面。然而这一面并不是说他有些麻木或者肤浅，他对人生的忧患苦难确实有着很深的体认。陶渊明在《拟古九首》中说："苍苍谷中树，冬夏常如兹。年年见霜雪，谁谓不知时？"你看山谷中那青翠的松树好像从来也不凋谢，它难道不懂得四季的冷暖吗？不是的，它年年都要经受霜雪的覆盖，对这些苦难有着切身的体验。梅花也是一样，它冒着严寒开放，在霜雪中展现自己的美丽风采。"犯寒开"三个字包含有沉着悲哀和豪放享乐两种情绪的结合，表现出一种独有的境界。"南浦"出于江淹的《别赋》："春草碧色，春水绿波，送君南浦，伤如之何！"春草是绿色的，春水也是绿色的，在这样美丽的草色波光之中，我把我所爱的一个人送走了，我是多么悲伤！所以，现在欧阳修所用的这个"南浦"就产生一种修辞的作用。你不必管这"南浦"是在哪一省、哪一县，它就是古人用过的一个"南浦"，看到它，就使你联想到前面那个"绿波"。但是如果你说"南浦水波依旧绿"，这句子就很笨。欧阳修不是这么说的，他是"南浦波纹如酒绿"。把南浦的水都变成酒，就可以玩赏，就可以享受，这又是他的豪放。"北枝梅蕊犯寒开，南浦波纹如酒绿"，这两句两两相对，豪放之中有沉着之致，这就是欧阳修！

下面他说："芳菲次第还相续，不奈情多无处足。"春天有二十四番风信，从迎春开始，一批花接着一批花开，一直"开到酴醿花事了"。这就是"芳菲次第还相续"。这么多花，难道你竟能一批接着一批地看下去吗？可是人家欧阳修说了：对这些花我怎么看也看不够，我太爱这些花了，它们就是再多我也不会感到满足。这也是欧阳修豪放的一面。他被贬到滁州去的时候除了写《醉翁亭记》之外还写了很多诗，其中有一首说："春云淡淡日辉辉，草惹行襟絮拂衣。行到亭西逢太守，篮舆酩酊插花归。"你看他对春天、对花的那种尽情的赏玩：在游春之后喝得醺醺然，插着满头的花回来了。他真是懂得欣赏大自然的美好！在欧阳修的词集里有二十四首《渔家傲》，是写一年十二个月的景色节物之美。正月什么好，二月什么好，三月什么好……一个月一个月地写下来，十二个月没有一个月不好。写了一遍还不够，从头开始又写了一遍。就是这种赏玩的兴致，帮助他从忧患苦难和挫折打击之中站了起来。接下来他说，"尊前百计得春归，莫为伤春歌黛蹙"，每当我拿起酒杯的时候，我就想尽了种种方法，许下了种种愿心，希望春天早一点儿回来，现在，既然春天已经来了，那就一定要好好掌握住这个春天，好好欣赏这个春天，千万不要因为伤感而把你的眉毛皱起来啊！这首词的感情有悲哀，有奔放，有沉痛，也有昂扬，充分表现了欧阳修那一份遣玩的意兴。

下面，我要给大家举一个例证，说明小词怎样才叫作有"境界"。我们先看欧阳炯的《南乡子》：

二八花钿。胸前如雪脸如莲。耳坠金环穿瑟瑟。霞衣窄。笑倚江头招远客。

这是写一个年轻美丽的江南女子，戴着满头珠翠，穿着像五彩云霞一样的窄袖衣服，站在船头上招呼客人。显然，这是一个渡船的女子。“二八”是十六岁，“瑟瑟”是一种做装饰用的珠子。

第二首看薛昭蕴的《浣溪沙》：

越女淘金春水上。步摇云鬓珮鸣珰。渚风江草又清香。不为远山凝翠黛，只应含恨向斜阳，碧桃花谢忆刘郎。

这也是写江南女子，是一个淘金女子。什么是“步摇”？《长恨歌》里有“云鬓花颜金步摇”，那是一种长长的垂下来的头饰，每走一步它就摇一摇。除了步摇，还有玉一走起来也会叮当作响。沙洲上的风吹过来，江边的青草发出一阵阵清香。人在凝聚起眉毛的时候往往有所思想，这个女子在想什么呢？她在想念她所爱的那个男子。“刘郎”，用的是汉代刘晨、阮肇入天台山遇仙女的故事。

第一首词只写了美丽的外表，缺乏内涵和意境，显得比较浮浅。第二首词相比之下在感情上有了一点点深度，但也不过停留在男女爱情的范围之内。好，现在我们再来看一首欧阳修的《蝶恋花》，看看他所写的女子具有什么样的品质：

越女采莲秋水畔。窄袖轻罗，暗露双金钏。照影摘花花似面，芳心只共丝争乱。　鸂鶒滩头风浪晚。雾重烟轻，不见来时伴。隐隐歌声归棹远，离愁引著江南岸。

这是一个江南的采莲女子，这个女子与欧阳炯、薛昭蕴所写的女子就大有不同。我所说的不同不是指渡船女、淘金女和采莲女外表上的不同，而是指这几个形象在品质上的不同以及词里边所包含的感发力量的不同。西方接受美学的理论家沃尔夫冈·伊塞尔在他的著作《阅读活动》里谈到 potential effect。“potential”是“可能的”，“effect”是“功用”或者“效果”“作用”。渡船、淘金和采莲都是外表所写的事情，好的作品往往在外表所写的事情之外隐藏着很多 potential effect，能引发读者非常丰富的联想。这种 potential effect 藏在哪里？就藏在显微结构里，而显微结构自然是这首诗的文本中的显微结构。那我们现在就来看一看文本。“越女”，当然是美丽的女子，连从来不写浪漫感情的诗人杜甫都说“越女天下白”，可见越女之美是大家公认的。所以你们看：“越女”，是何等美丽的人物；“采莲”，是何等浪漫的行为；“秋水畔”，是何等美好的地点！刚才我说过，“菡萏香销翠叶残”和“荷瓣凋零荷叶残”所写的内容相同，但所传达的感觉不同。现在大家可以体会一下，“窄袖轻罗，暗露双金钏”传达了一种什么样的感觉？“窄”和“轻”给人的感觉是轻柔的、纤细的；“暗露双金钏”给人的感觉是含蓄的、婉约的、内向的。而薛昭蕴所写的那个女子，“步摇”在动，“鸣珰”在响，给人的感觉是夸张的、炫耀的、外向的。因为采莲，所以要穿窄袖才不至于被水打湿；因为采莲，所以把手镯推上去藏在衣袖里面，这本是写实。然而“窄袖轻罗”含有一种轻柔纤细的品质，“暗露双金钏”含有幽隐含蓄的品格。“金”暗示了美丽和高贵，“双”暗示了成双作对的美好。

但这还不是最好的，接下来还有欧阳修的神来之笔——“照影摘花花似面，芳心只共丝争乱”。前边虽然有品格的暗示，但终归是外表的描写。真正写出这个女子内心摇荡的是这句，这是一种对自己的美好的觉醒。当这个女子要摘下一朵荷花的时候，一低头，水面倒映出她的脸，那容颜和荷花一样美丽。白居易的《长恨歌》说，“天生丽质难自弃”。为什么难自弃呢？因为，既然有这样美好的品质，难道就不应该在这个世界上留下一些意义和价值吗？难道就忍心使这一生一世白白地度过去吗？魏文帝曹丕在《又与吴质书》中说：“德琏常斐然有述作之意，其才学足以著书，美志不遂，良可痛惜。”你有没有把你自己天生来的美好品质浪费了？你有没有把你自己的聪明才智浪费了？大陆上现在有不少人只想发财，说是卖冰棒比当教师挣钱多，于是放着师范学校不念了去卖冰棒。可是你一生一世的价值就表现在卖冰棒上了吗？难道你人生的意义就在于多挣几个钱？“照影摘花花似面”就是对自己美好品质的一个觉醒，这一觉醒引起了内心的荡漾——我的理想何在？我的意义何在？我的归宿何在？因此才“芳心只共丝争乱”。当然，欧阳修未必有此意，但读者又何妨作此想！因为他的作品里本来就包含了引起联想的这种 potential effect。

“鸂鶒滩头风浪晚”是说黄昏到了，在那有一对对鸂鶒鸟的沙滩上，风起来了，浪头高了，该是回去的时候了。“雾重烟轻，不见来时伴”是说“苍然暮色，自远而至”，远方烟霭迷蒙已经看不清楚，而正当烟雾笼罩过来的时候，这个女子突然发现，与自己一起来采莲的同伴都不见了。这写得真是妙！你们一定读过陶渊明的五首《归园田居》，其中第四首他说是“试携子侄辈，披榛步荒墟”，带着一群小孩子到乡间去散步。可是到第五首他说“怅恨独策还”，自己一个人拄着拐杖回来了。那些小孩子到哪里去了？那些采莲的女伴到哪里去了？要知道，当你离开表面的、日常的生活，进入一种精神境界的时候，你就和别人有了距离。那个采莲女子，当她“照影摘花花似面，芳心只共丝争乱”的时候，她就跟那些普通的女子，跟那些淘金的女子、渡船的女子不同了，就已经离开了她们，进入了一个新的境界。

“隐隐歌声归棹远，离愁引著江南岸”，是说这个女子独自摇船归去，越走越远，她的歌声隐隐约约地从水面上传来。什么是“离愁”？“离愁”是有所追求，有所向往，有所期待，有所盼望的一种感情。当这个女子“照影摘花花似面，芳心只共丝争乱”的时候，内心就兴起了这么一种无以名状的感情。而现在随着她越走越远，就把这种感情从水面引向岸边，使得岸边水面整个空间之内都布满了这一片期待盼望、追寻向往的感情。人生，岂不是正应该有这样一种追求向往的感情？人生，岂不是正应该对自己的品质有这样一份觉醒和珍重吗？所以，王国维才会从这一类小词联想到成大事业、大学问的三种境界。

安易 杨爱娣 整理 〉

第二章

2 北宋中期

第一讲

说晏几道词

为了要欣赏晏几道（字叔原）的词，我们便该先对他的为人略有认识，而为了认识他的为人，我们最好先看一看在《小山词》集前面的两篇序。第一篇序是江西诗派大家黄庭坚写的，其文如下：

晏叔原，临淄公之暮子也。磊隗权奇，疏于顾忌；文章翰墨，自立规模。常欲轩轾人，而不受世之轻重。诸公虽爱之，而又以小谨望之，遂陆沉于下位。……乃独嬉弄于乐府之余，而寓以诗人之句法，清壮顿挫，能动摇人心，士大夫传之，以为有临淄之风耳。……余尝论：‘叔原固人英也，其痴亦自绝人。’爱叔原者皆愠，而问其目，曰：“仕宦连蹇，而不能一傍贵人之门，是一痴也；论文自有体，不肯一作新进士语，此又一痴也；费资千百万，家人寒饥，而面有孺子之色，此又一痴也；人百负之而不恨，己信人，终不疑其欺己，此又一痴也。”乃共以为然。……至其乐府，可谓狎邪之大雅，豪士之鼓吹；其合者《高唐》《洛神》之流，其下者岂减《桃叶》《团扇》哉。……虽然，彼富贵得意，室有倩盼慧女，而主人好文，必当市购千金，家求善本，曰：“独不得与叔原同时邪？”……使宴安鸩毒而不悔，是则叔原之罪也哉！山谷道人序。

由此可知晏几道（叔原）是晏殊（临淄公）晚年生的儿子，难免娇生惯养，缺少面对现实的能力。“磊隗权奇，疏于顾忌”，是说他很有个性，不合常情，言行不管旁人的批评忌讳，任性，我行我素。文如其人，他自有一定的风格形式，喜欢评论别人的长短，却不考虑别人对他的批评。晏殊曾官至宰相，爱好文学，提拔了许多文人，如范仲淹、欧阳修、韩琦等。小山的这些当权的长辈，与晏家常有来往，他们虽称赞喜爱小山的聪明文才，却认为他骄傲自大，希望他能谦虚谨慎些。可是小山是不管这些的，他也不喜欢逢迎官场中的人，因此他在官场中一直处于卑微的地位。

小山的兴趣是嬉游玩弄文墨，填写可歌唱的词，一般的乐府歌词粗俗，小山用诗的语言来填词，有着清新豪壮的逸趣。“清壮”也有写作“精壮”的，两者意义不同，“精壮”是说精练豪壮。有许多人特别喜欢小山词，说是胜过晏殊的词，我不同意这点。小山词的特点是辞藻艳丽、色彩鲜明，但缺少含蓄，晏殊的词色彩虽不甚鲜明，却温婉而且有较深的含义。

黄山谷评论小山说，他天才之高本是人中的豪杰，但其痴呆也非常人可及。世上本有些人像贾宝玉，聪明绝顶，但他们对某些世事的看法、感受，常不同于常人，世人看来认为非常傻气。山谷说小山也是这样的人。爱叔原的人很不高兴山谷说他“痴亦自绝人”，要问原因。山谷解释说，他在官场上一直不得意，却不会放聪明些讨好一个有权势的靠山，以求飞黄腾达，这是一傻；他作文有自己的风格，不肯学应付考试流行的官样文体，这又是一傻；别人做了一百件对不起他的事，他也不怀恨，他如果相信了谁，就一辈子不会怀疑那人会欺骗他，这又是一傻。

叔原为歌唱而填的词，可以算是风流浪漫的歌词中的文雅之作，豪放热情。当时一些富贵人家，养有美丽的歌女，如果主人喜欢文雅，就一定不惜重价搜求小山歌词的善本，让歌女歌唱，还惋惜不能与一代才人叔原同时共赏。

我们知道唐朝因藩镇之乱，经晚唐五代，战祸频仍，人民厌战，北宋开国后，太祖“杯酒释兵权”，是有过一段太平日子的。可是“生于忧患，死于安乐”，不久北宋就不断受到外敌侵略，被逼南迁，而外敌不止，终至南宋灭亡。“词”这种文学作品本起源于五代之宫廷及士大夫贵族人家的宴乐歌唱之辞，北宋初年之词仍与乐府相近。那时歌舞升平，便种下了后日亡于外患的种子。因此当我们以后从北宋初年到南宋末年讲完词的盛衰，也恰好反映了宋朝的盛衰。看一个朝代的灭亡，不能只看它灭亡前的无可奈何，而要看到它在兴盛时埋伏下的灭亡种子。因此黄山谷说，叔原的词徒供富贵人家宴饮作乐，像饮毒酒般的上瘾而不知悔改，这实在是叔原之罪。

《小山词》前面还有一篇序，似乎是晏几道自撰的，我们把这篇序也节录如下：

> 《补亡》一编，补乐府之亡也。叔原往者浮沉酒中，病世之歌词不足以析酲解愠……作五七字语，期以自娱……始时沈十二廉叔、陈十君龙家有莲、鸿、蘋、云，品清讴娱客，每得一解，即以草授诸儿，吾三人持酒听之，为一笑乐。已而君龙疾废卧家，廉叔下世，昔之狂篇醉句，遂与两家歌儿酒使，俱流传于人间……追惟往昔过从饮酒之人，或垅木已长，或病不偶。考其篇中所记悲欢合离之事，如幻如电，如昨梦前尘；但能掩卷怃然，感光阴之易迁，叹境缘之无实也。

小山在这篇序里说明了他填词的动机。他与贾宝玉很相似，同样生长于富贵人家，娇生惯养，性情纯真，不受世俗污染；但也同样没有觉悟到关心社会，终日沉迷于诗酒歌舞。他称自己的词集为“补亡”，是说流行的乐府歌词皆俗不可听，好似消亡殆尽、无一篇可登大雅之堂，他因此挑起乐府的救亡工作，这也证明当初的词都是可唱的。叔原说，他过去经常饮酒听歌，常恨流行的歌词鄙俗不动人，不能助人醒酒或解闷，因此填长短句的词，供自己欣赏。这就是他写词的目的。

那时他有两位好友沈廉叔和陈君龙，他们家里养有几位聪明美丽的歌女莲、鸿、蘋、云（小山词中常见她们的名字），小山每写好一篇乐章，便将词稿交给歌女伴随音乐而歌唱，他们三人端着酒杯听着唱歌以为享乐（这就是旧时士大夫的写照）。可是好景不长，不久君龙重病，像废人般躺在家里，廉叔身亡，两家的歌女风流云散，也带着他的歌稿为别人歌唱，他的歌词也借她们的演唱而在社会上广为流传，获得不少人的称赞。但我觉得他的词主要表现的只是盛衰、今昔、悲欢、离合，多半只是个人的哀愁，缺少深远的意境。

我们现在看他的一首《临江仙》：

> 梦后楼台高锁，酒醒帘幕低垂。去年春恨却来时。落花人独立，微雨燕双飞。　记得小蘋初见，两重心字罗衣。琵琶弦上说相思。当时明月在，曾照彩云归。

开头两句“梦后楼台高锁，酒醒帘幕低垂”就写得很好，好处在于不是只简单地描写孤寂，而是用“梦后”“酒醒”等字样表达了梦里曾经是繁华、酒中曾经是欢乐以后的深沉孤寂。接着“去年春恨却来时”，是说这恨是去年就开始有了的，如今又来了！不过小山所写的去年的“春恨”与冯正中的《鹊踏枝》词所写的、无法抛弃的年年的“闲情”并不一样。冯说：“谁道闲情抛弃久。每到春来，惆怅还依旧。”冯所写的感情不曾确指任何一件事，只说是“闲情”“闲愁”。小山的春恨则确有可指，是对繁华欢乐往事的怀念和追忆。接下来写“落花人独立”，既写的是目前真的落花，也暗指过去欢乐像花落水流一般逝去，而因落花所引起的悲哀却找不到第二人可以分担，只有孤零零的“人独立”。人独立已经难堪，偏偏在春天细微的雨丝中，还飞来成双的燕子。落花与飞燕的对比在诗词中常见，晏殊就有一联名句“无可奈何花落去，似曾相识燕归来”。晏殊这一联除写景物外，还含有宇宙循环的规律不以人的意志为转移的哲理，这种深婉的含意就非小山所能及，因为小山只强调了“独”与“双”的对比，跳不出儿女情感的圈子。

小山的“春恨”是什么呢？原来他想起了第一次见到美丽的歌女小蘋时的情景，当年的小蘋在罗衣的腰带上打了两个心字结，她弹奏的曲子又是那么缠绵多情，仿佛在用琵琶的丝弦传达相思的情意。可是如今一同听小蘋歌唱的朋友沈亡陈病，这些歌儿酒女也已经风流云散，只有当年的月亮仍在，它也照过繁华歌舞时像彩云般舞蹈的歌女的。

以“彩云”形容美女，是说她的容貌和衣裳都艳丽如天上五彩的云霞。这并非小山新创，李白有名的《清平调》中便有过“云想衣裳花想容”的名句，此外他还有一首《宫中行乐词》写一个歌舞的宫女，说：

小小生金屋，盈盈在紫微。山花插宝髻，石竹绣罗衣。每出深宫里，常随步辇归。只愁歌舞散，化作彩云飞。

这是说娇小轻盈的女孩子生长在金屋皇宫里，但并不俗气，喜爱自然，在发髻上不喜珠玉，却喜欢缀一朵山花，在轻柔华贵的罗衣上不绣牡丹，却绣石竹。她跟随着帝王进出深宫，每次歌舞时体态是如此轻盈，生怕她会化作一片彩云，在歌舞停止时，就随风飞散了。

小山这首词的下半阕很可能脱胎于李白的这首诗。他在词末说，记得与小蘋最后分手时，是明月照着这朵“彩云”离散的。如今明月依然尚在，可是当年像彩云一样美丽的小蘋却已经不知流转何方了。

由此可见晏几道的词的确是声韵优美，辞藻艳丽，但虽然真情动人，却并无深意，读他的词是不需多解释的。下面再看他的一首《鹧鸪天》：

彩袖殷勤捧玉钟，当年拚却醉颜红。舞低杨柳楼心月，歌尽桃花扇底风。　　从别后，忆相逢，几回魂梦与君同。今宵剩把银釭照，犹恐相逢是梦中。

小山写的多是怀念以往的繁华歌舞，但确实写得美，声调好听，内容不深，却很动人。试想穿着美丽衣裳的女孩，手拿玉制的酒杯，不是只把酒递过来，而是诚恳地捧着并且殷勤地劝酒，又有谁能忍心地拒绝呢？因此拼着喝醉了酒红上脸也要喝下，这本来是欢乐事，但用了“当年”两字，就表示一切都成了追忆。

在中国旧文学里，明月与高楼常使人联想到曹子建的“明月照高楼”的富贵人家；可是在新文学里，浩然在他写得成功的《艳阳天》的小说里，他描写的月亮就不再是照着高楼轻歌曼舞的月光，而是照着北国平原一片麦田在劳动人民眼中的月光。书中开头写主角萧长春从工作地点夜晚回到乡村一路见到的月光，后来经过一次斗争以后，他去找乡村的一位党委王国忠谈话，然后同对他深有情意的少女焦淑红一起走回来所见到的月光。他这两段完全不是继承旧文学的写法，而是根据他的亲身经验描写农民心目中的月光，写得很美。

写景有几种写法，一种是按照书本的传统来写，可能写得很好，但那是用古人的眼光；一种是写亲身的感受，情感真实，给景物也注入了新鲜活泼的生命。浩然在《艳阳天》中有些地方就写得很成功。还有比浩然早一点的作家孙犁所写的《白洋淀纪事》等作品，所写的景物也有真切的感觉和活泼的生命。浩然有些小说像《西沙儿女》写得失败，就是因为写的不是他熟悉的事物，他如写亲身经历的乡村经验，就写得很好。另有一种西方的和中国台湾的现代派作家，他们的小说往往只是某种概念和思想的象征，有的写一整本小说，并没有故事情节，其目的只是表达一种思想、概念或关于人生的哲理，整本小说都是象征性的。在这一类小说中他们或写一条流水，或写一朵红花，都是为了象征的目的，那条水或那朵花根本就不必真实存在。可是像孙犁和浩然他们的描写则是出于亲身感受，与现代派的象征描写，是两种截然不同的写法。我不是要比较两派的优劣，而只是说要批评一种著作时，首先要知道它属什么性质。

现在回到小山的词。“楼心月”不仅写出有明月与高楼，并写出是月正当天。更说“杨柳楼心月”，表示高楼之旁还有杨柳婆娑，月光透过柳条的摇曳，而显得更有风致。这还不算，前面只用“舞低”两字，便表示出歌舞的时间已经很久，楼心的月亮已经西斜，简单的几个字便表达了许多欢乐和美好的情景。

“歌尽桃花扇底风”描写歌舞的女子，手中拿着画有红艳的桃花的扇子，在唱歌的时候挥动扇子以增加表情。这两句都极言当年欢乐的尽兴，加一个“风”字，更表示了歌声的随风飘扬，更有情致。

接着便写别后的离情，说自从分别以来，我一直怀念着与你相逢的情景，常常梦到一起欢乐的时刻，我如此想念你，你一定也同样怀念我，和我做着相同的梦。但接着又一转说：“今宵剩把银釭照，犹恐相逢在梦中。”在短短的一首词里，就写出前后三段时期：最初的聚会欢乐，然后别离后的怀念，以及久别后的重逢。他写重逢时说，今晚我要尽量使灯光点得最亮，好看清楚你，因为我实在害怕这是又一次梦中相逢。

这首词是极尽跌宕激扬之致，声韵也高低起伏动人心弦，他特别擅长描写今昔和悲欢的对比。

下面我再讲他的一首词，是与这些风格不同的，那就是《阮郎归》：

> **天边金掌露成霜，云随雁字长。绿杯红袖趁重阳，人情似故乡。　　兰佩紫，菊簪黄，殷勤理旧狂。欲将沉醉换悲凉，清歌莫断肠。**

这首词特异之处在于它的高亢悲凉的情调。我们对晏几道的生平所知不多，这是因为他没有做过高官，很少关于他的传记的资料。不熟悉作者的生平，就很难确知某一作品的年代和写作背景。不过小山的词多是怀念今昔悲欢的对比，可见应是中年以后的作品。而这一首纯是感慨凄凉，不再有怀念的热情，可见应是更后的晚年之作。

词中第一句的“金掌”是汉武帝故事。他在长安建一高台，台上塑一铜人，伸出金掌，掌上捧一铜盘，盘中置一玉杯，用以夜晚承接仙露，和玉粉服之，据说可成仙。“天边金掌露成霜”，是说在高台上铜人所承接到的露水已变成霜，这表示已是深秋。“云随雁字长”，写出北国平原上秋后的天空格外显得寥阔。因天气转寒，雁群成“人”字形或“一”字形而南飞，高空的白云也长随着雁群飞动。这两句就显出了寥阔悲凉的气氛。悲凉与悲哀不同，它是悲而不哀，还能看得高远开阔。这两句写深秋写得很美，却透出悲凉的情意。

“绿杯”不一定说杯是绿的，可能是杯中盛着绿色的酒，杜甫就有诗句说“飘弃樽无绿”，白居易也有诗句说“绿蚁新醅酒”。“绿杯”和“红袖”对比颜色非常鲜艳。中国称双数为阴，单数为阳，九数为阳之极，所以九月九日称为重阳，这一天的风俗是登高饮酒，因此见到男男女女带着酒到郊外过重阳节，这种人情风俗和家乡的完全一样。可是节日和风俗虽同，而不同的是自己却在异乡，心情就不仅不欢，而且悲从中来。

重阳节除了登高饮酒以外，还有一些风俗，据说佩戴紫色的草木可避灾难，秋天菊花盛开，不仅饮菊花酒，妇女还把黄菊插在头上。看到人们佩戴的兰紫菊黄，已经淡忘了的模糊的当年狂放的旧事，又一一在心头重现，然而怀念故乡和从前的少年往事会令人悲不自胜的。只有多饮酒喝醉了才能忘去旧事，所以“欲将沉醉换悲凉”，而唱歌的姑娘也请你莫唱令人断肠的歌曲，就让我忘掉一切吧，旧事是不堪回忆的。

小山写情实在写得很好，可惜的是，除了追念欢乐的日子以外，似乎人生就不再有别的意义了。

少文 整理

第二讲

说苏轼词

第一节

我们从今天开始看苏东坡的词。我曾经说过，对于一个作者，我们除了讲他的作品之外，同时还要注重他在词之演进发展中的地位、意义和价值在什么地方。我们曾经讲了柳永在词调的形式、声律这一方面的拓展，在叙写手法这一方面的拓展以及在内容、情意这一方面的拓展。现在，我们还要区别两件事情。那就是，一个词人的拓展和特色，两者不能够完全混为一谈。有的时候特色并不是拓展，有的时候拓展并不是特色，这两者要分别来看待。从形式、声律这一方面来说，柳永开始使用更多的长调。其实，在晚唐五代市井流行的通俗歌曲之中原是有很多长调的，只是《花间集》收录的没有长调。而在敦煌所发现的当时流行的俗曲中，原是有长调的，可是它们在当时没有被编印成书。而一般士大夫们所继承的则是《花间集》的传统风格，这种风格就像《花间集序》里说的，是诗客的曲子词。因此长调的俗曲本来虽是流行的，但文士诗人们却不大使用这样的曲调，只愿意使用与诗比较接近的那些曲调。可是柳永却不只是一个诗人，他也是一个音乐家，所以能够掌握音律上的特色。我们曾经讲过他的几首曲调，说他有的曲调流利，有的曲调顿挫，有的则把流利和顿挫结合起来，那声律是很美的。在叙写的手法方面，由于他使用了长调，所以很重视铺陈，而且，他的叙写很有层次。在内容情意方面，一般说来，像温庭筠、韦庄他们这些人的词，内容都是写美女和爱情，而他们用来描写美女和爱情的字句常常是传统习用的。像“玉炉”“红烛”“绣阁”“画帘”“山枕”“山屏”“眉山”等，大家都习用这些语汇。柳永的词也写女子的爱情，可是他写得比较现实，他往往用通俗的语言写出一些市井女子的感情，像“悔当初、不把雕鞍锁。向鸡窗、只与蛮笺象管，拘束教吟课。镇相随，莫抛躲。针线闲拈伴伊坐。和我。免使年少，光阴虚过”，这情意是很真切的。另外我还说过，柳永在内容情意方面还有一个拓展，那就是他所写的秋士的悲感。那是以前的词作者没有写过的，那些作者即或流露一些自己个人的怀抱志意的感慨，也大都是借着女子或爱情的口吻来写的。至于我上次引用周济的话，说柳永的词“森秀幽淡之趣在骨”，那不是他的拓展而是他的特色，这个大家一定要分别清楚。柳永说：“伫倚危楼风细细。

望极春愁、黯黯生天际。草色烟光残照里，无言谁会凭阑意?”他写的“凭阑”啦，“草色”啦，“残照”啦，都是晚唐五代和北宋的词人们常写的；他写的伤离念远，也是大家所常写的。可是他有自己特别的感受，他在大家常写的这种内容和常用的这些辞藻中，加入了他自己的一种风格特色。

现在我们讲苏东坡，也要先看看前人对东坡词的批评。我们现在看郑骞《词选》后边所附的宋代王灼《碧鸡漫志》里的一段话，他说：“东坡先生以文章余事作诗，溢而作词曲，高处出神入天，平处尚临镜笑春，不顾侪辈。或曰：‘长短句中诗也。’为此论者——”你们要注意下面这句：“乃是遭柳永野狐涎之毒。诗与乐府同出，岂当分异?”对这段话我们要特别分开来看，因为这里边包含着一段争论。王灼说，苏东坡以文章的余事来写诗，他的才情很丰富，还能流溢出多余的才力来写词曲。宋朝人所说的词曲就是词，不是元明的那种曲，因为词本来就是曲子词。王灼说苏东坡以写文章的余力来写诗，以写诗的余力来写词，写得“高处出神入天，平处尚临镜笑春，不顾侪辈”。他认为这是苏东坡的优点，这本来是不错的。可是后边他就跟别人争论，先提出别人的观点——或曰：“长短句中诗也。”我们知道，李清照就曾经批评过苏东坡，认为苏东坡所写的是“句读不葺之诗耳”。“葺”是修剪整齐，因为诗不论五字七字，都比较整齐，词是长短句，是不整齐的。很多人认为词应该有词的风格和特色，与诗并不相同，而苏东坡所写的词就跟诗太接近了，所以他们说这是句读不整齐的诗，不能算是正宗的词。于是王灼就跟他们争论了。他说，说这种话的，就是遭了柳永的“野狐涎之毒”。古人参禅有正宗的禅宗，但有一些动物或精灵也想修成正果，野狐也要参禅，那就不是禅宗正道。“涎”是口水，说一些不合正道的话，那就叫“野狐涎”。其实不仅是宗教，哪一门学问里面都有人讲野狐涎。就是说，他虽然知道一些，可是他所理会所了解的并不是真正的东西。很多人都鄙视柳永的词，说柳永的词是俚俗的，是淫靡的，王灼也是这样的看法。他说，有人认为词应该写成柳永那种样子，那不对，词是可以写成苏东坡这种样子的。苏东坡的逸怀浩气能够使人抬眼望向半天高处，能够使人产生更高的胸襟怀抱和理想志意。

但是过去的人有几种不同的成见，其中一个成见是说，词本来是歌筵酒席之间供歌伎酒女们演唱的歌曲，所以形成了一个传统，就是在内容上写美女和爱情。我们从晚唐五代的温、韦一直讲下来，讲到苏东坡以前的柳永，那些词大多是写美女和爱情，写听歌和看舞的。可你要是把苏东坡所有的词都看一遍就会发现，苏东坡很少写美女和爱情，很少写听歌和看舞，他真的是没有用词的传统来限制自己，真的是用写诗的那种表现自己胸襟怀抱的笔法来写词。在他看来，没有任何一种情意或者胸襟志意不能写到词里边去。这一点，就是苏东坡对词的拓展。岂止是拓展，这是一种魄力和眼光！天下有些人不但没有开创的才气，也没有开创的眼光；也有的人有开创的眼光，却没有开创的才气。而苏东坡既有开创的眼光，也有开创的才气——我就是要把我的胸襟怀抱也写到词里边去。晚唐五代那些歌筵酒席间的词曲内容是很浅薄、很空泛的。诗人文士们插手写词使词的内容丰富和深刻起来。温飞卿的词所用的语汇和形象与中国传统的美人香草的托寓有暗合之处，他给读者的是一种美感的联想。等到后来，冯正中、晏同叔、欧阳永叔这些人也插手来写词，他们表面上虽然也写伤春悲秋、伤离怨别，却不知不觉地把自己个人的品格和心情在词里流露出来。像欧阳修说："樽前拟把归期说，未语春容先惨咽。人生自是有情痴，此恨不关风与月。"又说："直须看尽洛城花，始共春风容易别。"他给读者的是一种感发的力量。又如冯正中的"谁道闲情抛弃久。每到春来，惆怅还依旧"，那种缠绵往复的情怀，已经是一种感情的境界，而不再是感情的事件了。以上所说的这种联想和感发，是使晚唐五代歌筵酒席间的词曲丰富和深刻起来的一个非常重要的原因。可以说，由于诗人文士插手的结果，词已经开始脱离了歌筵酒席之艳曲的性质，有了一个更深广的境界，这实在已经是词的诗化了。不过，这个诗化是在内容境界上的诗化。欧阳修、冯正中他们的词外表上所写的情事仍然是伤春怨别、听歌看舞、美女和爱情之类。他们所用的词汇，他们所写的事件，仍然在词的传统的范围里边。

可是到了苏东坡，你就可以更清楚地看到他脱离了词的传统。东坡词里写美女和爱情的是极少数，大部分是写他自己的胸襟、怀抱和志意。还不仅如此，他除了用写诗的办法来写词之外，还有大家都注意到的一点——不仅大家都注意到了，而且苏东坡自己也有一种自觉——这就是他的《密州出猎》所表现出来的一种风格。他在给朋友鲜于子骏的信里说，我近来写了《密州出猎》这一首小词，我以为它别是一种风格。下面，我就把这首词抄在黑板上，它的词调是《江城子》。

> **老夫聊发少年狂。左牵黄。右擎苍。锦帽貂裘，千骑卷平冈。为报倾城随太守，亲射虎，看孙郎。　　酒酣胸胆尚开张。鬓微霜。又何妨。持节云中，何日遣冯唐。会挽雕弓如满月，西北望，射天狼。**

“老夫聊发少年狂”是说我现在虽然年岁老大了，可是我还有少年时的那种豪情壮志。“左牵黄。右擎苍”是写古人打猎时的样子，左手牵着黄犬，右手架着苍鹰。《梁书·张充传》曾有这种记述。不过这个典故并不重要，在这里他不过是说他带着猎狗和猎鹰去打猎。“锦帽貂裘，千骑卷平冈”，因为是冬天打猎，所以都戴着厚厚的帽子，穿着厚厚的皮裘，千百骑人马一起跑过平原，要捕尽那些野兽。声势写得多么豪壮。苏轼这首词是要表现他自己有心与西北方敌人作战，想要捍卫祖国的一片壮志。在写这词的同时，他还写了《祭常山回小猎》及《和梅户曹会猎铁沟》等诗。其中有“白羽犹能效一挥”及“谁信儒冠也捍城”等诗句，表现出同样的志意。所以这首词下面就接着说：“持节云中，何日遣冯唐。”“节”是古代使臣所持的符节。据《史记》记载，冯唐是一个很有才智的人，他已经很老了，头发都白了，可是还在郎署里面干书记的工作。苏东坡说，我像冯唐一样已经老了，可是却希望着国家能给我一个施展才智的机会，我也能够拿着符节到远方的边塞去出使，像汉朝的冯唐一样为国家建立边功。那时候，北宋国力已经渐弱，西北方的西夏和辽，已经兴起。“云中”是云中郡，当时国家的外患主要就在这一带地方，所以他说：“会挽雕弓如满月，西北望，射天狼。”天狼星主侵掠，代表叛逆的形象。他说，你看我今天打猎时射箭的本领不是很好吗？我可以把弓拉得像满月一样圆，一箭就射下西北方的天狼星！

苏东坡以为这首词别是一种风格。那个时候，对于这种风格还没有一个特别的名称来称呼它，还没有婉约和豪放的说法，但毫无疑问苏东坡是豪放派的一个最值得注意的开创人。这是一个很重要的开拓，因为苏东坡不但有开创的见地，而且能配合这见地真的写出这种豪放风格的出色好词。

因此在词的发展史上很多人就说，柳永的词只是在形式方面的拓展，苏东坡的词才是在内容上的拓展。不错，苏东坡开创了豪放的风格，这一点大家都注意到了，可是柳永在内容上的开创，大家就没有注意到了。我们上次说过，柳永写了秋士的悲感。就是说，他以一个男子的口吻，正面地写自己在仕宦道路上不得志的悲哀。这一点，前人都没有这样写过，这是他的拓展。可是为什么大家都不注意这一点呢？这是有原因的。因为柳永写秋士的悲感都是和他的相思离别结合起来写的。“是处红衰翠减，苒苒物华休”是秋士的悲感，“危楼独立面晴空。动悲秋情绪，当时宋玉应同”也是秋士的悲感，这都是在他之前的词人没有写过的。但“想佳人、妆楼颙望，误几回、天际识归舟。争知我、倚阑干处，正恁凝愁”就是写相思离别了，这仍然是晚唐五代的传统。他这写相思离别的后一方面掩遮了他写秋士悲感的前一方面，因此使他的拓展变得不明显了。而苏东坡那雄壮的、豪放的风格则不同，很明显，前人没有那种风格。

可是我要说，一个历史的传统就像一条大河，有时它在地面上流动，是显流；有时它也会在地下流动，是隐流。词之可以向豪放发展，李后主也是一个值得注意的词人。李后主的词虽不能说是豪放，但却有一种奔放之致，像“问君能有几多愁，恰似一江春水向东流”那种滔滔滚滚的奔放之致，实在就是豪放派的一个滥觞。由此可见，词里边未尝不可以表现那些比较豪壮和奔放的情调。北宋初年的范仲淹写过“长烟落日孤城闭”，写过“将军白发征夫泪”，那种悲壮苍凉的边塞情调就与温、韦所写的美女爱情不完全相同。但是，李后主之所以有那种奔放的风格，范仲淹之所以有那种悲壮苍凉的风格，那是由他们的遭遇和环境促成的。李后主如果没有破国亡家，他只能够写他的“晚妆初了明肌雪”；范仲淹如果不是曾经带兵到西北去镇守边疆，也不会写“将军白发”和“长烟落日”。也就是说，他们都是由于外在的某种因素而偶然表现了这样一种风格。但是，李后主的词传下来的本来就不多，亡国以后的作品更少，范仲淹的词传下来的比李后主的还要少，所以就没有引起人们的注意。而苏东坡的开拓之所以引人注意，就因为他的这种风格不是出于环境和遭遇的偶然，而是出于才情和襟抱之自然。不管他在什么环境之中，不管他是得意还是失意，他天性之中才情的自然流露，就是这样一种风格，他的大部分作品就形成这样一种风格。这就是苏东坡在词的内容和情意方面最值得我们注意的一种开拓。

在声律上，苏东坡的词也有一点值得注意。我们讲过，柳永了不起的地方是他对声律的掌握，对于句法、停顿以及文字与音乐的配合，柳永都掌握得很好。但是对苏东坡的词，人们就有另外的一种批评，说他的词可以拗折歌者的嗓子，因为他不管声律。所以，柳永对声律是掌握，苏东坡对声律是突破。苏东坡自己就说过，写文章“但常行于所当行，常止于所不可不止”；还说，文章“如行云流水，初无定质”（《与谢民师推官书》）。他写文章如此，写词的时候便也有突破声律的所在。苏东坡对声律的突破有两种情况。一种是表面的方法不合律然而仍有律读，就是说他表面上的文法虽然不合格律，可是你却可以把它加以变化依然按照格律来诵读。第二种就是文法和律读全然不合规则。

我们先说第一类词。第一类词最有名的一首，就是咏杨花的那首《水龙吟》。这首词在郑骞《词选》的第四十一页。我们现在不是正式讲这首词，所以对词意不加发挥，只看他的格律。你们注意看教材上对这首词末几句的标点，他说：“细看来，不是杨花，点点是离人泪。”你们看，“细看来”是三个字的停顿，“不是杨花”是四个字的停顿，“点点是离人泪”是六个字的停顿。可是这首词按照格律不应该这样停顿。我们可以看一首别人的词。辛弃疾就最喜欢写《水龙吟》，他有一首挺有名的《水龙吟》，标题是《登建康赏心亭》，最后这几句是“倩何人唤取，红巾翠袖，揾英雄泪”。你看，两首词的牌调都是《水龙吟》，最后押的都是泪字的韵，可是苏东坡的停顿是三—四—六，辛弃疾的停顿是五—四—四。他们所用的字总数是相等的，都是十三个字，可是停顿却不同。按照《水龙吟》这个词牌填写的句法，应该是五—四—四的停顿，而且，最后一句的四个字应该是一—三的句法——“揾—英雄泪”。辛稼轩是对的，苏东坡的词，若按照文法标词就不合格律。可是大家要注意，这首词表面上虽然不合格律，其实是可以按照格律来诵读的。可以这样念："细看来不是，杨花点点，是离人泪。"最后这句也是一——三的停顿。实际上，后代标点词的人，他们对于词牌调的格律不甚注意，所以就按照表面的文法来标点，而不是按照格律上的律读来标点。应该知道，词是可以按照格律的律读来标点的。我现在要再举一个例证，就是姜白石的《扬州慢》，在《词选》的第一百十八页，也是最后几句："念桥边红药，年年知为谁生。"现在几乎所有的选本都是这么标点，甚至连《词律》这讲格律的书都这么标点，这是一个很大的错误。像我们上次讲的柳永的那一首词，按照格律应该是三段，而且头两段是双拽头，但万树的《词律》只分两段，这也是不对的。要知道，词的内容和形式结合起来形成了词的美感。哪里有一个停顿，哪里增加一个姿态，这都与词的美感有很密切的关系。后来的人不懂，他们认为只应按文法标点，文法上都通了，却不知道这样一来就把词的美感给破坏了。姜白石《扬州慢》这首词最后这几句的停顿应该是："念桥边，红药年年，知为谁生。"我不知你们能不能明白，有的内容是可以讲解清楚的，可是像这种声律，就要靠感觉，很难讲清楚。你如果念成"念桥边红药，年年知为谁生"，就显得比较笨，比较死板和生硬；要是你念成"念桥边，红药年年"，停顿在"年年"这里，就有一种情韵的荡漾，里面包含着沧桑的悲慨。杜甫的《哀江头》说"细柳新蒲为谁绿"，又说"人生有情泪沾臆，江水江花岂终极"，意思是，那江水江花、细柳新蒲年年都在，可是欣赏它们的人已经不在了，现在已经国破家亡了。姜白石的《扬州慢》写的也是这种沧桑的感慨。在宋高宗建炎三年（1129），北方的金人曾经攻破了扬州城。所以姜白石说："淮左名都，竹西佳处，解鞍少驻初程。过春风十里，尽荠麦青青。自胡马窥江去后，废池乔木，犹厌言兵。"最后他说："念桥边，红药年年，知为谁生。"这感慨，就比按一般选本的标点来读要婉转深刻得多。所以说，词的念法是非常值得注意的。“细看来，不是杨花，点点是离人泪”，这样看，文法上通顺了，可是却不能这样念，这样念就不合乎词的美感。一定要念成：“细看来不是，杨花点点，是离人泪。”这就是我们所说的第一类词，这一类词不能怪苏东坡不遵守格律，而要怪后来的读者，他们因不懂词的文法和律读的关系，所以有些标点是不合格律的。

另外，苏东坡还有一首词也常常引起人们的争议，以为苏词不合格律，那就是他最出名的一首《念奴娇》（大江东去），这首词下半首开始的地方说“遥想公瑾当年，小乔初嫁了，雄姿英发”，是六—五—四的断句。可是一般《念奴娇》词在这里常是六—四—五的断句，如辛弃疾的《念奴娇》（野棠花落）一首，在后半首开始的地方是“闻道绮陌东头，行人曾见，帘底纤纤月”，便是六—四—五的断句。如此看来，苏词自然就显得不合律。不过我们若真的对《念奴娇》词调加一考察，我们就会发现这里本来也是一个十五字的长句，中间句读的标点本可以有一些变化。只是这里除去句读标点不同外，平仄的声律也有很大不同，苏词“小乔初嫁了，雄姿英发”九个字的平仄是“仄平平仄仄，平平平仄”，而辛词这九个字的平仄，则是“平平平仄，平仄平平仄”，这当然是使读者感到苏词不合律的又一原因。不过我们若看一看北宋与苏轼同时的作者所写的《念奴娇》词调，我们就会发现当时原是有这种平仄之格律的。即如沈唐的《念奴娇》（杏花过雨）一词，这里的两句是“多情因甚，有轻离轻拆”，还有黄庭坚的《念奴娇》（断虹霁雨）一词，这里的两句是“晚凉幽径，绕张园森木”，它们的平仄就都是十平平仄仄平平平仄（“十”表示平仄通用）。可见苏词也并非是完全不合律的。（关于苏词的声律，我在《论苏轼词》一篇文稿中，曾有较详细的论析，朋友们可以参看。）

下课了，我们下次再结合苏东坡的为人来看他的词的几点特色。

第二节

上次我们着重讲了苏东坡在词的发展史上的地位，今天我们开始讲东坡词的特色。在讲东坡词的特色的时候，我还要把他和柳永作一个对比。从去年开始讲词以来，我们都是一方面讲个人的特色，一方面讲词的发展。其实要是大家仔细留意的话，就会发现还不止如此，我在讲个人特色和历史发展的同时，还很注重不同词人彼此之间的关系和比较。在不同词人的比较之中，一般有两种现象：一种是相反的，一种是相似的。所以我在讲完李后主之后接下来就讲大晏。李后主和大晏，一个是纯情的词人，一个是理性的词人，这是两个相反类型的比较。可是讲晏殊和欧阳修的时候，我是拿南唐的冯正中和他们作比较的。我讲了冯正中对晏殊和欧阳修的影响，比较了他们相似之间的那些细微的不同，这是相似类型的比较。我曾经说过，作品风格的不同是由于作者人格的不同。这样说好像是太道德化了，因为一讲人格就使人想到道德品性的好坏。其实，所谓人格者，表现于作品中，就是一个人的风格。叔本华在谈哲学的时候曾经说，作品的风格就是人心的心灵的相貌，是心灵感情修养的一种表现。所以，作品风格的不同与作者的心灵感情修养有很密切的关系。越是伟大的作者，他的作品与人格之间的关系就越密切，第二流的作者才因袭别人或拼命在技巧上下功夫。我们在分析冯延巳、晏同叔、欧阳永叔等人的作品风格的时候，也分析了他们在做人的性格方面的不同。那么现在，如果我们把柳永和苏东坡作一个比较，那当然是一个强烈的对比了。这种强烈的对比并不是我个人发现的，前人在一些词话里就常常讲到苏东坡和柳永。苏东坡写了前面讲过的那首《江城子》，自己就觉得与柳七不同，别是一种风格。宋人笔记《吹剑续录》记载说，苏东坡问他的朋友："我的词比柳七的词何如?"朋友回答："柳郎中的词要由十七八岁的妙龄女郎手执红色檀牙拍板来唱‘晓风残月’，你的词要由关西大汉手拿铁绰板唱‘大江东去’。”这就是苏东坡的词和柳永的词在风格上的不同，这在宋朝人就有这种认识，而且苏东坡也有这种自觉。可是我以为，这其实还不是柳永与苏东坡真正的不同，因为这样看柳永是很肤浅的。如果根据外表上的“晓风残月”就认为柳永写的都是这种柔靡淫艳的歌词，那未免浅之乎视柳永了。柳永确实为歌伎酒女写了不少歌词，可是我以为他们两个人内在的不同不在于此，而在于他们对人生的理解和反应的态度不同。这才是柳永和苏东坡的一个最基本的分别。

我们上次讲过柳永的生平，我说过，他的祖父、父亲、兄弟都有仕宦功名，而且他的父亲以孝道著称。他的祖父是在晚唐五代时不肯出仕于闽（当地一个偏安的小国），而去隐居的。他们家有一个儒家道德的传统，所以，柳永也有一份用世的志意。他说：“每登山临水，惹起平生心事，一场消黯，永日无言，却下层楼。”他还在那首《鬻海歌》里说：“本朝一物不失所，愿广皇仁到海滨。”可见，他也是关心国计民生的。可是，他用世的志意，他家庭的儒家的传统，与他个人的浪漫的天性、音乐的才能，是互相矛盾的。他的浪漫天性和音乐才能使他从少年时代就在歌舞场中流连，为歌伎、乐工写词。而他的家世、教养却和他的天性、才能之间有着矛盾，因此就造成了他一生的悲剧。他少年时的浪漫行为受到士大夫阶层人们的鄙薄，致使他平生失意，所以到晚年才写出这样悲哀的词：“归云一去无踪迹，何处是前期。狎兴生疏，酒徒萧索，不似少年时。”因此我们说，柳永的一生是矛盾和失意的悲剧，充满了生命落空的悲哀。

可是人家苏东坡就不然了。柳永是始终未能调和的矛盾造成了他生命的落空，而苏东坡对自己的生命则是一个完成，苏东坡把儒家的理想与佛道的修养贯通、调和起来，从而完成了他自己。苏东坡的一生实在是比柳永更加不幸，他不但仕宦不得志，还曾被下在监狱里几乎被处死。他曾经被贬到海南岛，政府官吏不给他房子住，有一段时间，他带着儿子睡卧在桄榔林叶之下。为此，苏东坡还写过一篇文章叫《桄榔庵铭》。桄榔是海南岛的一种热带植物，我认识的一位朋友到海南岛去参加苏东坡的一个纪念会，曾摘了一片桄榔的叶子给我寄来，它有一点儿像棕榈树的叶子。苏东坡就是摘取桄榔树的叶子写下的《桄榔庵铭》。他要跟他的儿子自己劳动，自己用泥土做成土砖，然后慢慢盖起房子来。虽然苏东坡的遭遇比柳永更不幸，可他在忧愁、患难和挫折之中有自己立身的持守，他能够在儒家与佛道之间得到一种贯通调和。中国前些年常讲儒法斗争，还有什么阶级斗争，他们总是在斗争，所以他们就一直没找到这种矛盾调和的集大成的美。其实，中国有一些很伟大的诗人，他们都是从各种思想的精华之中得到一个融会贯通的境界。陶渊明就是在儒家、佛家、道家的思想中都能够得其精华而不拘于一家的一位诗人，苏东坡也是这样的一位诗人。有些人看问题只看它的外表，这是不对的。例如苏东坡写过一篇议"贡举"的文章，讨论当时的科举制度。这篇文章如果只看表面，你会觉得他反对佛老。因为在这篇文章里他认为佛老的思想比较消极，比较颓废，是"安于放"，就是说，比较放旷。他说，假如天下之士都真的像庄周那样"齐死生，一毁誉，轻富贵，安贫贱"，那么人主用来砥砺名节和鼓励人心向上的那些手段就无所施其用，人们就什么都不在乎了。其实，"齐死生，一毁誉，轻富贵，安贫贱"这都是很好的修养，可是苏东坡在立论的时候，他是针对社会上一般人而言的。对于一般的人，需要用一个目的来鼓励他们。有了富贵和贫贱的对比，有了毁誉的对比，一个人才知道应该向上。只有修养上达到最高层次的人才不需要这些鼓励，自己仍然能够向上。所以，如果因为苏东坡发了这样的议论，就认为他反对佛老，这并不正确。苏东坡的弟弟苏辙写了一本书叫《老子解》，把很多儒家的理论跟道家的思想糅合在一起了。这是不是老子的本意暂且不论，但苏东坡是赞同苏辙这种看法的。苏辙为《老子解》写了一篇跋文，他在跋文中提到，苏轼认为假使西汉初年就有了苏辙这本书，则“孔子、老子为一”；假使晋宋之间有了这本书，则“佛老不为二”。另外，苏东坡还在《与滕达道书》中说过“平生学道，专以待外物之变”的话，又在《祭龙井辩才文》中说过“孔老异门，儒释分宫……江河虽殊，其至则同”的话，以为儒释道三家相反而可以相成，还以为佛老思想的一个特色就是“静而达”。能静就不被外物所转移，能达就对生死、毁誉、贵贱有一个通达的看法。“静而达”是人生的一种修养，这是苏东坡真正的所得，以致他一生受用不尽。同样在忧愁患难之间，为什么人家还能站住你却跌倒了？为什么人家还能完成你却毁灭了？要注意，这是中国古人读书最注意的一点。我曾经提到过荀子的《劝学篇》，荀子说，古代君子的为学是“入乎耳，箸乎心，布乎四体，形乎动静”，是要你在做人的实践里真的表现出来，才算是受用了，因为古人读书是和做人结合在一起的。荀子又说，小人的为学是“入乎耳，出乎口。口耳之间，则四寸耳”。那些人急于速成，抄了一大堆新说，写上就自以为什么都知道了，其实他们在做人方面什么也没有受用到。当然，我说的只是古代，现代的知识和古代的知识并不相同，不能一概而论。中国古代读书讲究要“有得”。陶渊明好读书而不求甚解，但每有会意便欣然忘食。可是不少人读了很多书也没有会意。“会意”就是你真的在生活上有所受用，苏东坡就做到了这一点。苏东坡写过一篇《超然台记》，这是一篇很好的文章。他说：“美恶之辨战乎中，而去取之择交乎前，则可乐者常少，而可悲者常多。”意思是，物的好坏在你的内心交战，得失取舍的利害总是在你眼前，这样你整个的人就被物欲压倒了。一个人只有超然到物欲之上，才能得到自己的快乐。那么，“静而达”的修养对一个人究竟有什么好处？苏东坡说，它可以“专以待外物之变”。就是说，你内心之中有一种持守，或者叫一种修养。这种修养，只有在外界事物有变化的时候才能够显露出来。不经过霜雪，你怎么知道松柏是不凋的呢？同样，没有经过忧愁患难，也很难看出这个人和那个人有什么不同。苏东坡平生经过了那么多挫折而终于能够完成自己，在他的散文和诗词里都表现出来一种修养，这是他和柳永的一个最基本的不同之处。柳永终身都处在矛盾之中，他的生命是落空的；而苏东坡把所学的一切都能融会贯通，终于完成了自己。当然，苏东坡所得的并不只是这一点而已，现在我们只是特别把这一点提出来和柳永作对比。下面我们就要正式介绍苏东坡了。

苏东坡是一个大家都很熟悉的作者，而且他的集子后边有年谱，大家可以自己看。我现在要通过几个小故事来介绍苏东坡，这样大家就更容易理解。苏东坡是四川眉山人，他从小就跟佛道两教有过不少接触，曾经跟随四川的一个道士张易简读过书。七岁的时候，他遇见一个眉山的老尼姑，那个老尼姑说，她年轻的时候曾经到过后蜀的孟昶宫里，听到孟昶所作的一首词，她还把这首词念给苏轼听。后来过了几十年之后，苏东坡把这首词的大半都忘记了，只记得开头的两句。根据韵律来寻味，他觉得这可能是《洞仙歌》，于是就把它补充完成了，就是“冰肌玉骨”那一首。蜀主孟昶宠爱花蕊夫人，而这首词就是形容一个美丽的女子，可能就是为花蕊夫人所写的。今天我们不讲这首词，说这个故事的目的是为了证明苏东坡的记忆力是很不错的，并且他从小就对诗词有很深的印象和兴趣，对文学有敏锐的感觉。他在天性上就是与文学与诗词十分接近的，这是他天生的禀赋。

第二个故事讲的还是苏东坡小的时候。苏东坡的父亲苏洵常常到各地去游学。游学就是寻师访友，听到哪里有个人学问、修养很好，就到哪里去看望他，跟他学习。苏洵常常游学四方，苏东坡小的时候就由他的母亲程氏夫人教导。要知道，欧阳修小时候就是由母亲教导，岳飞小时候也是由母亲教导，可见母亲的教育对小孩子的影响是很大的。苏东坡小时候跟他的母亲程氏夫人读《后汉书》，读了《范滂传》。那里面记载，范滂年轻时被乡间荐举——汉代没有科举考试，是推举制度——出来做官，桓帝时冀州有盗匪，国家委任他做清诏使。清诏使是皇帝任命的特使，到冀州去案察。《后汉书》上说，范滂受命以后，他就"登车揽辔，慨然有澄清天下之志"。"慨然"是心中感动的样子。这是说，当国家给了他一个重要职位的时候，当他要出发到地方上去做事情的时候，他有很远大的志向，自信能够为国为民做出一番事业来。可是大家知道，后汉时宦官专权，当时有一些士大夫和读书人就主持清议，反对宦官，可宦官则把这些士大夫看作党人，所以就发生了后汉党锢之祸，许多党人被关进监狱或者被杀。范滂也在党人之列，官府要捉拿他。他听到了这个消息，就向母亲告辞，要去自首。他对母亲说："老母在堂，养育之恩未报，这是我唯一不能割舍的感情。"他的母亲就说："一个人能够以这样好的一个理由去死，死亦何憾！人怎么能够希望既有令名又能富贵寿考呢？"这就是中国古人所说的杀身成仁，舍生取义——如果你为一件正义的事情而牺牲，你就没有什么可遗憾的了。当程氏夫人教苏东坡读书，读了这个故事，苏东坡马上就说了一句话，他说："轼若为滂，母许之否乎？"意思是，将来做儿子的要是有一天遇到这种生死的抉择，也采取了范滂的态度，母亲也能像范滂的母亲那样割舍得下吗？他的母亲回答说："假如你能够如范滂，我岂不能如滂母？"这个故事是值得注意的。我常常说，很多人在一起读书，可是每一个人吸取的多少、吸取的方面各不相同，这是因为他们的天性各不相同。如果他的天性和某种东西接近，那种东西马上就能打动他的内心。这好像是很奇怪的一件事情：同一个家庭的兄弟姐妹，同一个学校中的同学，所接触的尽管一样，所吸收的却不一样。一个人碰到他天性所接近的那一点，他是“莫之为而为”“莫之致而至”——都不是他自己能够做主张的，他自然而然就吸收了。这一点，对苏东坡来说，就是他平生做人的志节，他在天性上就有忠义激励的这一面。

第三个故事还是在苏东坡小的时候。当他第一次读到《庄子》的时候就说：“吾昔有见，口未能言。今见是书，得吾心矣。”前面的“见”不是眼睛所见，而是指一个人对人生宇宙的了解。他说，我老早就有这种想法，可是我不知道该怎么表达出来，现在看见了这部书，和我心里所想的完全一样啊！可见，他的思想在某些方面有与庄子相通的地方。但是，《庄子》有内篇、外篇、杂篇，一共三十多篇，使苏东坡感动的是哪一篇呢？他没有说。我倒是想到了《庄子》里面的一个故事，就是《逍遥游》里的那一段“藐姑射之山，有神人居焉；肌肤若冰雪，绰约如处子”。那神人像冰雪一样洁白晶莹，一切污秽的东西都不能沾染他，尘世岁月的消逝也不能在他身上刻画出痕迹。后边他又说，发大水的时候，所有的生物都被淹没了；大旱的天气，连金属和石块都被晒得融化了，可是这一切都不能使藐姑射的神人受到伤害。我曾经说过，中国和西方的一个很大的差别，就是思想和语言都偏重于直觉。西方的哲学著作都写得很有逻辑性，可是你看中国的这些子书，写了很多寓言故事，它是把道理用直觉的形式表现出来的。这是精华之所在，但也是缺欠之所在，缺欠就在于缺少组织上逻辑上的系统和条理。庄子的这个故事写得很美，而且有象征意义。它不是没有生命的，只不过我们现在离开它太远，不能引起共鸣罢了。他说的大旱与大水是两种对举的损伤，这不是随便说的。在文学里边，如果用两个相反的形象来对举，那就表现了一种周遍的、包举的意思。李后主说：“无奈朝来寒雨晚来风。”“朝”和“晚”，“雨”和“风”，都是两两的对举，是说无论是“朝”还是“晚”都有雨，都有风。而这里的大旱和大水则包举了天下所有各种类型的灾难和不幸，它们都不能伤害这个神人。也许这个故事你们还不熟悉，那么还有一个庖丁解牛的故事。有一个会宰牛的人，他的刀用了十九年，刀刃一点儿都没有损伤。因为一般人解牛都是用刀和牛骨头硬碰硬，把刃都碰坏了，而这个人知道让刀刃从两根骨头之间割下去，所以他的刀刃总是像新磨好的一样锋利，这就叫“游刃有余”。在两边的压迫之间还能活动，并且使刀刃不受损伤，这也是在患难挫折中的一种态度。我们常说一个人要受到考验。什么叫考验呢？就是无论什么样的患难挫折都不能伤害我，即使在最困难的环境之中，我仍然能保持我的“游刃有余”。人们一般都很赞赏苏东坡飘逸的一面，有人尊称他为“坡仙”，他确实大有仙意，似乎不被尘凡的一切所限制。但是，光看到这一面并不算了解了苏东坡。

我们知道，王维晚年学佛，他给他的朋友写了一封信，就是《与魏居士书》，里边提到陶渊明。陶渊明不肯为五斗米折腰，辞去县太爷的官职不做而回去躬耕，后来遇到灾荒，曾经写过一首《乞食》诗。王维就说陶渊明“一惭之不忍，而终身惭乎”？说你不肯束带向乡里小儿，不肯卑躬屈节干拍马送礼的事情，以致后来贫穷而乞食，岂不是终身惭愧了吗？王维这是不分黑白，强词夺理。与贪官污吏同流合污，那是出卖自己的人格，和向人家要一碗饭吃是完全不一样的。而且，王维这封信是劝魏居士出来做官。他说，你做官与不做官，这有什么差别呢？并且说这是“见道之言”。就是说，好的跟坏的差不多；白的跟黑的差不多；与官场同流合污跟不与官场同流合污也差不多——是何言也！王维享受着国家的高官厚禄，却不问国家大事，并以此自命清高，这难道是真正的修养吗？苏东坡就不是如此的。等一下我们讲他的生平时就会讲到，他在杭州的时候，在徐州的时候，都为老百姓做了很多事情，就是在他晚年被贬到海南岛之后，还曾为那里的人修了渡水的桥。苏东坡有自己的立身持守，有自己的政治理想。所以我的论苏轼词的绝句说：

> 揽辔登车慕范滂，神人姑射仰蒙庄。小词余力开新境，千古豪苏擅胜场。

苏东坡和他的弟弟在嘉祐二年（1057）同时考中进士，一时之间，四川的大苏小苏名扬天下。可是那时候他并没有写词。我们知道，汴京当时是歌舞繁华，柳永就整天耽溺在听歌看舞之中，为歌伎酒女们写了不少歌词。但你翻开苏东坡的全集看一看，苏东坡那时候写的是什么？写的都是策论，都是他的政治理想。现在所传录下来的苏东坡最早的词，是他被贬到杭州做通判时写的，他早期的小词都是山水遣兴的作品。他的词什么时候有了进一步的成就呢？那是在他经历了九死一生来到黄州之后。孟子说："天将降大任于是人也，必先苦其心志，劳其筋骨，饿其体肤，空乏其身，行拂乱其所为，所以动心忍性，曾益其所不能。"法国有一个叫法朗士的作家说，一个平生没有遭遇过患难，连一次大病都没有生过的女子是肤浅的。其实不光是女子，男子也需要患难才能使他深刻。苏东坡虽然是以他的余力写小词，但是患难把他的意境提高了。他早年在杭州所写的山水遣兴的作品是近于欧阳修的，可是他后来写出来的那种超然旷观的哲理的境界就超越了欧阳修，从而在词中开出了一条新的途径。

所谓"豪苏"是针对柳永而言。柳永老是写些女子，写得软绵绵的，苏东坡则开阔博大，所以人称"豪苏腻柳"。其实，苏东坡的词里边也不是绝对不写女子，只不过人的修养不同，看对方的着眼点也就不同。我们讲过晏几道的一首词，他说："记得小蘋初见，两重心字罗衣。琵琶弦上说相思。当时明月在，曾照彩云归。"写的是朋友家的侍儿，写得真是美，不但人美，穿的衣服美，内心还很多情。苏东坡也写过他的朋友王定国家的一个侍儿，也是一个会唱歌的女子。他是怎么写的呢？

常羡人间琢玉郎。天教分付点酥娘。自作清歌传皓齿，风起。雪飞炎海变清凉。　　万里归来颜愈少。微笑。时时犹带岭梅香。试问岭南应不好。却道。此心安处是吾乡。

他说，王定国是一个风姿很美的男子，所以上天就吩咐配给他这么温柔美丽的一个女子。王定国是个诗人，他写了歌词交给这个女子来唱，而这个女子歌唱的时候，那天风海涛都随着这歌声而涌起，能够把万里之外炎热的蛮荒之地变得清凉。王定国是曾经被贬官到岭南的。现在他们从岭南回来了，虽然经历了那么多患难，但是容貌似乎没有什么改变。那个女孩子一笑，好像脸上还带着岭南梅花的香气。我问她，岭南的生活一定很艰难吧？可是这女孩子回答说：“此心安处是吾乡。”

苏东坡还写过朋友家一个会吹笛子的女子，他说：“楚山修竹如云，异材秀出千林表。”你看他，人还没出现，先写这个人所吹的笛子。在湖南湖北的山中，长满了又长又高的竹子，而她的笛子所用的材料，是那些竹子里面最高、最直、最坚硬的一支。这就是苏东坡所写的女子，那都是有品格的，绝不同于一般人所写的绮罗芳泽、涂脂抹粉的女子。

我们说苏东坡是在生活上受到患难挫折之后才在词的写作上开拓出新的意境，那么下面我们就来看一看，苏东坡遇到过哪些患难挫折，他对患难挫折的反应是什么。

苏东坡在二十岁左右跟他的父亲苏洵、弟弟苏辙从四川到北宋的都城汴京来参加考试，宋仁宗嘉祐二年，他和苏辙两个人同时考中了进士。苏东坡在考进士的前后写了很多篇策论，在那些策论中可以看到他对国家政治的关心。前几年中国常常讲儒法斗争，总是把苏东坡和王安石对立起来，其实并不尽然。如果朝廷任用苏东坡在前而任用王安石在后，那么变法的就是苏东坡了。苏东坡和王安石两个人根本的不同就是苏东坡通达，王安石固执。王安石除了固执之外还有一个缺点就是不善于知人，不能够分辨一个人品格的高低。这是宋朝的不幸。如果宋朝不先用王安石而先用了苏东坡，说不定政治上能有一个比较好的局面。宋仁宗那个时代表面上虽然升平，可是国家许多经济、财政、军事上的弱点都已经逐渐彰显出来了。苏东坡在策论中主张“涤荡振刷”，就是说，要洗涤扫荡坏的，要振兴新的。可见，他也主张改革。但是苏东坡的好处在于，他能够坚持自己的政治理想，不苟且附和。他在给一个朋友的信中写道：“昔之君子，惟荆是师。今之君子，惟温是随……老弟与温相知至深，始终无间，然多不随耳。”“荆”就是荆公王安石；“温”是司马温公，就是司马光。他说当年新党在位的时候，大家都学习王安石；现在旧党上台了，大家又都追随司马光。他说，我和司马光也是很好的朋友，但是我就不随便追随。因为我以为旧党有它的好处，但是也有它的弊病；新党有它的弊病，但是也有它的好处。由此可见，苏东坡没有得到一个执政的机会，这真是北宋的不幸。当然，这对他自己也是一个不幸。

苏东坡考中进士的时候只有二十一岁，兄弟二人已经名满天下，如果从那时起他就做官，那就会一帆风顺，不但他自己的一生要改观，北宋的政治也要改观。可是人毕竟是有命运的，苏东坡考中进士不久就遭遇到母亲的丧事。中国古代父母之丧要守丧三年，所以他就回四川眉山去了。三年后他再回到汴京，不久，仁宗就死了，英宗即位。英宗很想重用他，要把他召到翰林院来做待诏（相当于皇帝的秘书）。当时的宰相韩琦以为苏轼还很年轻，恐怕天下不服，需要磨炼他一下子，让他从小官慢慢地升上来。于是就让他做福昌县的主簿，后来又让他做凤翔府的签判，这都是很卑微的，地方政府里的属官。但没有几年，他的父亲又死了，他又回到家乡去守丧。三年后他再回汴京的时候，神宗已经即位，王安石已经开始变法。而苏东坡在赴汴京的途中就看到了刚刚推行的新法在民间造成的一些骚乱。他来到汴京之后就向朝廷提出说有些新法不合乎民情，老百姓不喜欢。他发表这样的观点，当然就得罪了新党的人，于是他就请求外放，做了杭州通判，这也是地方官的一个属官。苏东坡曾两次到杭州做官，第一次是做通判，是一个属官；第二次是“知杭州”，就是做杭州太守，是一个首长。做属官的时候自己是不能有所作为的，一切要听从上边的命令，可是做太守的时候就可以有所作为了。苏东坡后来做杭州太守的时候做了几件事情。当时，杭州西湖没有人管理，里边全是淤泥，鱼的产量也减少了。苏东坡用淤泥筑成了一条长堤，便利了交通，澄清了湖水。这是他的一件德政。在杭州传染病流行的时候，苏东坡成立了“病坊”，这在中国历史上是公家办理传染病隔离医院的最早开端。

我们今天就讲到这里。

第三节

上一次，我们讲到苏东坡的性格和他的风格的关系，我们是从苏东坡小时候的一些故事讲起来的。因为，这样就能对他有一个深刻、具体的印象。我们讲到了他小的时候跟母亲读《后汉书·范滂传》的事情。我讲这个故事的意思是想说明，苏东坡从小就有一种忠义奋发的志意。但是，他又能够把儒家这种忠义的持守跟庄老佛道的超然旷达结合起来。上次我提到苏东坡给滕达道的书信和给龙井辩才和尚写的祭文。他说，那种佛道的修养能够使人“静而达”，可以“待外物之变”。其实他还有两句话，他说，有了这种修养之后就可以“遇物而应，施则无穷”。一个人不可能一生都处于顺境，当你遇到挫折患难的时候，你如果有这种修养，就不至于被忧患所压倒。苏东坡小时候读书读到忠义奋发的事件马上就受到激励，这说明他天性上原来就有忠义奋发的这一面。他又非常喜欢《庄子》，以为这部书把他心里要说的话完全都说出来了，他小时在山中就曾跟随道士张易简读书，年长后交结的朋友中也有不少僧道，这说明他性格上又有与佛老接近的一面。现在，我们就要把他性格上的这两方面，与他生平的为人行事结合起来看一看。

我们上次已经讲过，苏东坡二十一岁就考中了进士，可是因为母亲死了，所以他回到四川眉山守丧三年。等他回来以后，英宗要重用他，可是宰相说他还年轻，就让他做凤翔府签判——一个很卑微的官。不久他父亲又死了，他又回去守丧三年。等到他再回来，就已经是神宗任用王安石变法的时候了。大家要注意苏东坡的这一点，就是他每次回到朝廷总是知无不言，言无不尽。民间的疾苦、朝政的阙失，只要他看到了就一定有所进言。他曾经有上神宗皇帝的万言书，批评当时新法的政治。这当然与时论不合，于是就外放到杭州去做通判。后来宣仁太后起用旧党，司马光上台了，苏东坡也被召回朝廷来做翰林学士。上次我就正讲到这里。司马光这个人比较固执，他一上台，就废免所有的新法，排挤掉所有新党的党人，这是造成后来激烈党争的一个原因。苏东坡是比较通达的，当司马光要废除一切新法时，他就提出来说新法之中也有好的。当时争执最激烈的一件事就是王安石新法中的“免役法”。北宋初年实行“差役法”，所有的老百姓都要服役，而那些地方官就常常让贫苦的农民连年服役，中间没有休息，不能回家来从事农田的工作，这是一个很大的弊病。王安石的“免役法”是针对这件事的一个通融的办法，就是如果你出一部分钱，就可以不去服役。这个办法未尝不好，可是他落实政策的时候用人不当，那些下级官吏就逼迫农民多出钱，造成了很大的灾难。那时候苏东坡就跟王安石争执过，他说法律的规则就像音乐里的五音六律，每个使用的人都可以用出千变万化的不同，因此“得人”是十分重要的，新法的弊病主要就在用人不当。而现在，他又因这件事与司马光议论不合。我们还没有讲他前一次与新党议论不合而被贬出去所遭遇的事情，现在就简单地说一下。苏东坡贬到杭州做通判的时候，他看到了两浙一带盐民的疾苦。柳永为盐民写过《鬻海歌》，但那只是写一首诗而已，苏东坡则曾写有《上文侍中论榷盐书》，把盐民的疾苦反映给朝廷。后来他又被派到密州，正赶上密州发生了旱蝗之灾。旱灾之后就接着闹蝗虫，可是地方官吏却欺瞒不报，这在中国历史上是经常如此的。像唐朝天宝十三载（754）闹水灾，庄稼没有收成，宰相杨国忠就谎报玄宗说收成很好。这些官吏们贪污、腐败，只想做官，从来不想为老百姓做事。而密州一带闹蝗虫旱灾，苏东坡就又写了《上韩丞相论灾伤手实书》。据苏东坡的描写，在那些地方，蝗虫来的时候像乌云一样遮天盖地，蝗虫过去之后遍地萧然。所有的庄稼都被吃光了，老百姓杀死的蝗虫有几万斤，需要挖土来埋。可见那灾害是很厉害的，可是官吏们却说“蝗不为灾”。于是苏东坡就说，像我这样一个小人物，我的“腰领不足以荐铁钺”，我不会欺骗朝廷。“腰”指腰斩的罪过；“领”是颈，指斩头的罪过。苏东坡建议政府赶快赈灾，并免除这个地方的租税。他说，如果等官吏行了公文，然后进行调查，再等到公文下来，老百姓早就饿死了。所以你们看，苏东坡就是在外放之中，他也敢于上书言事，反映民间疾苦，凡是他能做的事，他一定替百姓去做。后来他又改官到徐州，徐州在黄河边上，他到那里的时候正赶上黄河闹水患。他有一首九月九日在徐州黄楼登高写的诗，大家不要只看到他这是重阳节登高饮宴赋诗，你们要仔细看一看他这首诗里边写的是什么。他说去年重阳节的时候正赶上徐州发大水，诗中描写了当时水势之大和他亲身率领吏民筑堤防水的情形。这件事历史上是有记载的，苏东坡曾经筑了木堤，就是用木材堆起来，再用泥砌上，他用这个办法真的把徐州保全了，水到了他的堤前就停下来，徐州城里没有被淹。他在诗中说，去年此时只顾率领吏民防水筑堤，无心过节，每天晚上工作回来的时候靴袜上都是泥，而今年黄楼已经筑好了。黄楼是什么？它是为镇压水患而筑的。苏东坡一方面是用科学的办法建了堤来防水患，另一方面他也迷信。古人讲金木水火土，讲青黄赤白黑，据说土是能克水的，而土的颜色是黄色。所以筑黄色的楼就代表土，就可以镇压水患。这是当时的历史限制，因为大家都有这种迷信，不过总而言之他的用心是好的。苏东坡从杭州到密州，又到徐州，在各地都有建树，都关心人民的疾苦。后来他从徐州又被调到湖州。那时候，不管是升官是贬官，只要是皇帝给的命令，都得感谢，要写谢表。苏东坡在谢表里说，皇帝陛下“知其愚不适时，难以追陪新进。察其老不生事，或能牧养小民”。意思是说，朝廷念我是个傻瓜，不懂得投机取巧，没有办法奉承那些在台上的新党，但知道我年岁大了，老不生事，也许还可以做个小小的地方官来牧养小民。这话里果然是有一点牢骚的，于是就被排挤他的那些党人摘录了去，说他是诽谤朝廷。更为严重的是他还有一首咏桧的诗，里面有两句说：“根到九泉无曲处，世间惟有蛰龙知。”这两句话当然很有悲慨。我们说过，苏东坡是一个忠义奋发的人，他从二十几岁一到汴京就写了很多的策论，他是真的想为国家为人民做一番事情。可是他的命运不好，一直被排挤在外。桧木的根是直的，因为有人说，如果树木的枝干是一直向上长的，它的根也就一直向下长；如果树的枝干盘根错节向旁边拓展，那么它的根也是盘根错节向外边拓展。苏东坡说，我从桧木外表的直立想到它的根也不会弯曲，但这种正直的根本有谁能够认识呢？如果地下有龙的话，也许只有那地下的龙知道桧木的根是正直的。这就不得了啦！因为在古代中国，龙是天子的象喻，天子是飞龙在天，你说天上的飞龙不认识你，只有地下的蛰龙才认识你，那蛰龙是什么？于是大家就攻击苏东坡有叛逆之心，就到湖州来捉拿他，像捉捕盗匪那样把他捉走了，而且搜查了他的家，把他所写的文字全都翻出来。后来苏东坡给他的朋友写信说，他被捉走之后，州郡派人去搜查他的家，他的妻子和眷属就埋怨他："一天到晚写书有什么用？这下子可好了，把我们吓得要死！"要知道，叛逆的罪是死罪。苏东坡被下在御史台的监狱里，那是专门关押国家大臣的监狱。有一本书记载了这件事情，书名叫《乌台诗案》。御史是为国家执法的官吏，御史台的院子里种着很多高大直立的柏树，象征着森严和正直，所以御史台也叫柏台。由于柏树很多，就招来不少乌鸦在树上做巢，因此也叫乌台。排挤苏东坡的党人们在他的诗文里寻章摘句，吹毛求疵，说他影射朝廷，这就造成了文字狱。中国的文字狱在历史上由来已久。昨天我在五一三班刚刚讲过嵇康，魏晋时代的嵇康也是被人摘录他给朋友写的信，说他诽谤朝廷，破坏礼法，因而被冤枉地杀死了。苏东坡这次也差一点儿被冤枉地杀死。他有两首诗是那时候在狱中写给他的弟弟苏辙的，诗题中说："予以事系御史台狱，狱吏稍见侵，自度不能堪。"你们看嵇康，人家让他做官，他把人家骂了一顿；苏东坡则不然，他用字很宽厚。要知道，当一个人下台，而他的敌人在台上的时候，有的人为了讨好掌权的人就会欺压他。那狱吏如果不是对他虐待得很厉害，以苏东坡这样宽厚的性格怎么会说"自度不能堪"！他还说，恐怕旦暮之间，我就要跟你（苏辙）永别了。在那两首诗里有这样的句子："柏台霜气夜凄凄，风动琅珰月向低。梦绕云山心似鹿，魂惊汤火命如鸡。"又说："与君世世为兄弟，又结来生未了因。"秋冬之际，满地严霜，御史台的监狱里是很寒冷的。"琅珰"是什么？是手铐脚镣。可见他被上了刑具。在深夜，如果犯人睡觉了，就没有琅珰的铁锁声。要知道，有许多使用毒苦的刑罚来逼迫犯人的事情都是在半夜里进行，所以我想那一定是狱吏在夜间审问他，给他用刑，就是他所说的狱吏见侵。"梦绕云山"有想念家乡的意思。苏东坡一直非常想念他的家乡四川眉山，他曾经三次离开他的家乡：第一次是到汴京去考试，第二次是为母亲守丧之后，第三次是为父亲守丧之后。第三次离开故乡之后他就再也没能回去。他写过很多诗词怀念他的故乡，像"我家江水初发源，宦游直送江入海"，像"归去来兮，吾归何处？万里家在岷峨"。但是，一个人在被贬官的时候，是不允许辞职回家的，何况他现在被关在御史台的监狱里，就像一只马上要被人宰杀的鸡。苏东坡和他的弟弟苏辙感情很好，因为他们的学问、文章都不相上下，有共同的语言、共同的心思和意念。苏辙曾经上书要放弃自己的官职，以求把哥哥放出来。宋神宗还算是一个明白的国君，当那些攻击苏轼的人摘取他咏桧诗中的"根到九泉无曲处，世间惟有蛰龙知"的句子说他有叛逆之心时，宋神宗说："彼自咏桧，何预朕事！"又说："自古称龙者多矣，如荀氏八龙、孔明卧龙，岂人君也？"后来，神宗就免除了苏东坡的死罪，把他贬到黄州去做团练副使。名义上是团练副使，可是不许他管任何政事。

苏东坡带着妻子老小到了黄州之后生活非常穷乏，无以为生。他的一个朋友认识黄州的地方长官，就替他想办法要来了一片废弃的营地，让他自己去开垦种田。苏东坡真的在这废弃的营地上开出一片地来，他把这片地方取名东坡，自己就称为东坡居士。从那个时候起，他就开始喜欢陶渊明的诗，后来他晚年写了很多首和陶渊明的诗。这不只是因为他自己曾经亲自种田从而想到陶渊明种田的生活，而且还因为他在经过很多挫折患难之后体会到陶渊明在躬耕归隐后内心之中那一份不得志的悲哀和感慨。还不仅如此，更重要的是他还能体会到陶渊明在失意和不得志之中而能有一份自得之意，这才真正是了不起的地方。以前我们讲的都是苏东坡忠义奋发的这一方面和他忧苦患难的这一方面，但光了解了这些还不足以认识苏东坡。刚才我们讲到过苏东坡的一首词中的几句，就是“归去来兮，吾归何处？万里家在岷峨”，通过这首词，我们就能看到苏东坡的转变，看到他怎样从挫折忧患和悲哀痛苦中解脱出来。这是苏东坡很了不起的地方。他要结合儒家和佛老并不是空谈，不是在理论上说说就算了，他是通过现实生活去实践的。这首词的牌调叫《满庭芳》，下面我们就介绍这首词。

归去来兮，吾归何处？万里家在岷峨。百年强半，来日苦无多。坐见黄州再闰，儿童尽、楚语吴歌。山中友，鸡豚社酒，相劝老东坡。　　云何？当此去，人生底事，来往如梭。待闲看，秋风洛水清波。好在堂前细柳，应念我、莫翦柔柯。仍传语，江南父老，时与晒渔蓑。

你看，他开头写的就是他悲哀的一面。他说：“归去来兮，吾归何处？”当做官做得顺利的时候可以归隐，但是在被贬的时候是不能归隐的。更何况，他的家还在万里之外的岷山、峨眉一带！苏东坡被贬到黄州时是四十五岁，在黄州住了差不多有五年，这首词是在他快离开黄州时作的，那时他已将近五十岁了。人生一世，不过百年。苏东坡六十六岁就死了，所以现在他这一辈子已经过去了一大半。他说："来日苦无多"——我知道将来的日子是没有多少了。但是你们要注意下面两句有一个微妙的转变："坐见黄州再闰，儿童尽、楚语吴歌。"黄州是一个遥远的地方，苏东坡被贬官来到这里，过着穷乏、劳苦的生活，所以他前边写得很悲哀。中国的阴历每隔几年就多出一个月，一般来说是五年两闰。苏东坡到这里已经是第五年，经过了两次闰年。"坐"不是真的坐着，而是说他留在黄州没有移动已经有四五年之久了。他们家是四川人，本来讲一口四川话。而现在呢？家里的小孩子们都讲了一口湖北话。"儿童尽、楚语吴歌"是很妙的一句话，"楚语吴歌"说明这里不是故乡四川，但虽然不是故乡，我的孩子却都是在这里长大的，他们都熟悉了这里；不但我的孩子们熟悉这里了，我自己也跟本地的人打成了一片。这一点，是苏东坡的另外一个好处。有的人总是高自标榜，自命不凡；可苏东坡是无论三教九流，无论什么样的阶级、职业，他都能够跟人家打成一片。苏东坡涉猎很广，他可以跟很多人找到共同的兴趣和共同的语言。要是实在找不到共同语言，他就叫人家说鬼，讲鬼的故事，大家对这个都有共同兴趣。我们一直讲的都是苏东坡的挫折痛苦和悲哀伤感，像他在新党专政的时候被贬到杭州去做通判，这是他的不幸。可是你知道他在杭州怎么样？他写了很多首吟咏西湖风景的好诗。大家都知道的那一首"水光潋滟晴方好，山色空蒙雨亦奇。欲把西湖比西子，淡妆浓抹总相宜"，就是那时候写下的。以苏东坡的文学天才，来到西湖这么美丽的地方，那真是相得益彰。对大自然的美丽风景能够尽情地欣赏。历史上还记载说：在苏东坡要到杭州去做通判之前，他去见了欧阳修。欧阳修对他说，杭州有个和尚叫惠勤，能写诗，懂得文学，如果你到杭州没有朋友的话，可以跟他交朋友。所以苏东坡到了杭州不久就去访惠勤和尚，然后就写了一首长诗送给他，开头几句是："天欲雪，云满湖，楼台明灭山有无。”这是苏东坡的另外一首有名的诗，今天我们没有时间讲它，如果以后我们开宋代诗歌的课，那时再讲好了。总之，苏东坡无论到了哪一个地方，都能爱上那个地方的山水，也能爱上那个地方的人民。所以他说：“山中友，鸡豚社酒，相劝老东坡。”“社”是祭祀土地鬼神的节日。每逢过年过节的时候，黄州山中的那些老农夫就杀了鸡，宰了猪，准备了酒，请苏东坡去做客，和他们一起过节。苏东坡曾经带着那么多的悲哀和感慨来到黄州，可是，一个人只要能够以爱心对人，别人快乐，自己也是快乐的，现在，他已经爱上黄州了。

但是苏东坡不能留在黄州，因为皇帝的命令又下来了，把他调到汝州。他说：“云何？当此去，人生底事，来往如梭。”意思是，我离开我的故乡来到黄州，现在已经爱上了黄州，可是为什么连这个地方我也得离开呢？人生为了什么缘故要像织布机上的梭那样来往奔波呢？但后边他又是一转：离开黄州固然很悲哀，但汝州那地方想必也不错。“待闲看，秋风洛水清波。”黄州在长江流域，汝州在黄河流域。汝州是古代的中原之地，洛水就从那里流过。当秋风吹过洛水的时候，那一定别是一番景象。但现在他要离开黄州了，就对黄州的父老说：“好在堂前细柳，应念我、莫翦柔柯。”苏东坡在黄州盖了一所房子，叫作“雪堂”。因为务农要春耕、夏耘、秋收，只有冬天比较清闲，所以农村要搞什么建筑都是在冬天。苏东坡在大雪之中和他的儿子盖了一所“雪堂”，堂前种了一棵柳树。“柔柯”是刚种上不久的小柳树那柔嫩的枝柯。他说：“你们黄州的老百姓要是想念我，就不要砍掉这棵树上柔嫩的枝柯。”这里，他用了一个典故。在《诗经》的《国风》里有一首赞美召伯的诗说：“蔽芾甘棠，勿剪勿伐，召伯所茇。”意思是，我们不要把这棵茂盛的甘棠树砍掉，也不要把它的树枝剪去，因为这是召伯种的树。所以，保存这棵树就是怀念这个人。下边他说：“仍传语，江南父老，时与晒渔蓑。”苏东坡这首词前面有一篇序，说“元丰七年四月一日，余将去黄移汝，留别雪堂邻里二三君子。会李仲览自江东来别，遂书以遗之”。结尾几句就是对李仲览说的，江南也是他的旧游之地，所以“江南父老”也就是旧日江南的父老。他说，希望李仲览告诉这些江南的老朋友：你们今后常常把我穿过的蓑衣晒一晒，保存我的蓑衣，也就是怀念我了，我将来也可能会回来与大家重聚。你们看，苏东坡写得多好！他有他的悲感，他有他的解脱，他有他的排遣，他有他的多情。认识苏东坡就要这样全面地来认识，他把儒家的忠义奋发和不变的操守与佛老达观的思想怀抱结合起来了。我们下一次就要正式讲他的词。

第四节

我们上次讲到苏东坡被贬官到黄州，在黄州住了将近五年，还看了他的《满庭芳》那一首词。从这首词里，我们可以看到苏东坡是怎样从他的悲感之中转变的。有的时候，挫折和苦难也可以成全一个人或者考验一个人，考验你能不能把你所学的东西履践和实行。苏东坡把儒家的忠义传统和佛老的旷观怀抱结合到很完美的地步，他的很多十分有名的作品都是他经过九死一生之后贬官到黄州时的作品。他的《前赤壁赋》《后赤壁赋》《念奴娇》（大江东去）、《定风波》（莫听穿林打叶声）都是在这个时期作的。然后，他就移官到汝州。《满庭芳》那首词里说：“待闲看，秋风洛水清波。”“洛水清波”就是指的汝州。在他从黄州去汝州的途中经过金陵，那时候王安石已经罢相闲居在金陵。讲到这里我要说明一点：过去国内讲儒法斗争的时候，总把苏东坡和王安石对立起来，说王安石是法家，苏东坡是儒家，苏东坡是反对新法的，其实并不是如此。苏东坡到开封考中进士以后所上的策论都是主张变法的。他和王安石的不同，主要在他的为人比较宽大，王安石比较固执、狭隘，所以王安石变法太急，用人也不当。苏东坡说过，音乐的五音六律是一个规则，但演奏的时候每个人的用法都不同；法也是如此，用人是十分重要的。可见，苏东坡并不是绝对反对新法，他只是看到了新法中的某些弊害。王安石也不是一个小人，苏东坡被下在监狱，被贬到黄州，这都不是出于王安石的意思。王安石曾有两次罢相，当大家搞苏东坡的文字狱的时候，正是王安石第一次罢相期间。这一点一定要辨别清楚。所以，苏东坡这次经过金陵，就去拜望王安石。两个人见面谈笑非常和谐，而且苏东坡还写诗送给王安石说："从公已觉十年迟。"意思是：我现在才明白，我愿意追随你，不过这已经晚了十年了。

就在这个时候，主张变法的神宗皇帝去世了。哲宗皇帝即位，年号改为元祐。哲宗年幼，由他的祖母宣仁太后听政，于是，宣仁太后就起用了很多旧党的人，把反对新法反对得最厉害的司马光召回来做了宰相。苏东坡也被召回中央政府来做翰林学士。有一天，宣仁太后和哲宗在皇宫里召见苏东坡，问他："你原先被贬出去那么远，怎么忽然间就把你召回中央政府的翰林院来做事了呢?"苏东坡说："想必是太后和皇帝的恩典把我叫回来的。"太后说："不是。"苏东坡说："那一定是大臣的推荐了。"太后说："也不是。"苏东坡吓了一跳，说："小臣虽然无状，我不敢用其他的方法进身。"太后说："不是我们的意思，也不是大臣的意思，是先帝的意思。先帝曾多少次对我说，苏轼是个有才干的人，可惜没有重用他。所以我们推想先帝的意思把你召回来了。"可见，宋神宗其实也很欣赏苏东坡，只是由于他反对新法才没有用他。可是你们知道苏东坡这次回来怎么样？回来不久他就跟司马光论事不合。这个苏东坡真是没有办法了，可这也正是他的骨气。司马光把新法一概否定，把人一概贬出，苏东坡不同意，他认为新法里的某些部分是可以实行的，争论得最厉害的就是我们上次提到过的差役的兵制和免役的兵制。由于和司马光论事不合，苏东坡就请求外放，于是就被派到杭州去做知州。其后虽一度被召还，不久就又出官颍州，从颍州到扬州，又到定州。

后来宣仁太后死了，哲宗皇帝亲政，就又起用新党的人。他用了章惇做宰相，凡是元祐时被召回来的旧党通通又被贬出去。苏东坡虽然反对过司马光，但他是元祐时被召回来做翰林的，所以也在被打击之列。清朝的王夫之写了一本书叫《宋论》，其中谈到宋朝新旧党争时说，以正为争本来不是一件坏事，如果你有一个正当的道理，你怎么能不争呢？可是争的结果变成以争为正，那就错了。其实，历代的政党之争都应该注意到这一点。苏东坡由于被看作旧党的人，就被贬到广东的惠州，后来又被贬到海南岛的琼州。当他被贬到惠州时，是他自己带着他的小儿子去的，后来他的大儿子把他的家眷送到了惠州。可是他的家眷刚到惠州，另一个贬徙的命令又下来了，他一个人带着小儿子又到了琼州，被安置在澹耳，这时候，他已经六十多岁了。我们且看他在一生经历了这么多挫折苦难之后，晚年在海南岛所写的诗篇。他的眼睛已经开始花了，看不清楚东西，他就说："浮空眼缬散云霞，无数心花发桃李。""缬"在这里是昏花的样子。空中好像都是云霞，什么东西也看不清楚，可是，他说，有无数像桃李一样美丽的花在我的内心之中开放了。这是多么高的一种修养！苏东坡六十五岁时从海南岛被召回，走到真州就得了病，最后死在常州。

苏东坡从海南岛被召回去，当他渡海的时候，写了一首诗。这是我常常引用的一首七言律诗，标题是《六月二十日夜渡海》。全诗是这样的：

参横斗转欲三更，苦雨终风也解晴。云散月明谁点缀？天容海色本澄清。空余鲁叟乘桴意，粗识轩辕奏乐声。九死南荒吾不恨，兹游奇绝冠平生。

这首诗写在他去世的前一年，是他经过一生的苦难挫折之后得到的修养。“参”是参星，“斗”是北斗星。参星斜下去了，北斗星的斗柄也转动了，这代表着时间的转移。当风雨停了之后，天上的星星出现了，时间已经是后半夜。“苦雨”者，是下得很长很久的雨；“终风”见于《诗经》，是很狂暴的大风。他说，经过这么长久的雨和狂暴的风，上天终于也知道给你一个天晴的时候了。苏东坡这时候已经六十多岁，他是经过了那么多的挫折苦难才完成了自己。在苏东坡的天性之中有几点值得注意的：一个是他的旷观，一个是他的史观，一个是他的忠义奋发的思想。他能够把儒家的修养、佛道的旷观和历史家的史观结合起来，对事情能够“通古今而观之”。其实，儒家一方面讲究忠义奋发，另一方面也讲求自己的持守。儒家讲究“富贵不能淫，贫贱不能移，威武不能屈”，这就是一种不变的持守。各种哲学和宗教其实都是为了使人对人生有一个认识，都是告诉你在面对苦难的时候怎样才能保持住自己。苏东坡被贬到黄州的时候，有的朋友写信表示同情他并为他悲哀。他回信说，我们学道的人应该是道理贯于心肝，忠义填于骨髓。如果你看到我现在受到挫折就为我而悲哀，那与不学道的人有什么分别？可见，在中国，学道的人就要跟一般人不同，在遇到挫折患难的时候，学道的人要能够战胜它们。那么旷观是什么呢？旷观就是一种旷达的看法，就是把得失、荣辱、利害置之度外，不会因这些东西而每天烦恼不堪。最能表现苏东坡这种旷达的人生观的，就是他在密州所写的《超然台记》。他说：“凡物皆有可观。苟有可观，皆有可乐。”可是现在一般人的生命是什么样子呢？他说是“美恶之辨战乎中，而去取之择交乎前”。所谓“美恶之辨”和“去取之择”，就是个人的得失，荣辱和利害。但是，这里面有一点要注意：有的人他自以为是达观了，真的是不在乎得失，也不在乎荣辱了，可他有时候就变得黑白不分，痛痒不关，麻木不仁了。古人说，哀莫大于心死，所以那样做是不对的。苏东坡之所以了不起，是因为他把他的达观和他的忠义奋发的操守结合起来了。在他失意的时候，他曾说过要学佛老，学佛老的哲学“以应外物之变”。学了佛老，在遭到挫折的时候就能够有一种旷达的怀抱，能够从人生的得失荣辱利害挫折之中超脱出去。除了旷达的人生观之外，苏东坡还有一种修养就是史观。他能够看到历史上盛衰兴亡的变化，通古今而观之。当你把个人的悲哀放到整个历史之中的时候，那就不是你一个人在负担这种悲哀了，这确实有很大的不同。所谓“参横斗转欲三更，苦雨终风也解晴”，就是看到了人世间那些盛衰的变化。陶渊明也写过这样的诗，他说：“衰荣无定在，彼此更共之。邵生瓜田中，宁似东陵时。”衰荣本来就没有一定的所在，你每天看到苦雨终风就感到很烦恼，可是你要知道这苦雨终风终究有它停止的日子。现在，风终于停了，雨也止了，星星都出来了。现在是“云散月明谁点缀？天容海色本澄清”。当年的阴云都消散了，月亮的光明并没有改变，在那青天碧海之中，一轮圆月悬挂在高天之上，它不需要什么东西来点缀，因为乌云是一时的变化，阴雨也是一时的变化，而天和海的本色永远是澄清的。这在表面上是写雨停止以后的风景，实际上写的是他对整个人生的体验。他被下狱，被贬逐，在各地流转，这是“苦雨终风”。当月亮被遮蔽的时候，大家都看不到月亮了，可是月亮的光明并没有改变；当天空布满阴云的时候，蓝天不见了，可是蓝天依然还在。当阴云散开之后，月亮还是那样光明，蓝天还是那样澄清。这就是苏东坡！他六十五岁被召还，平生经过那么多忧患，但任凭外界如何变化，他本身总有不变的一点。

“空余鲁叟乘桴意，粗识轩辕奏乐声。”“鲁叟”指孔子，因为孔子是鲁国人。孔子说过这样一句话，他说，假如“道不行”——假如我的理想不能实行，我就“乘桴浮于海”。苏东坡少年时有那么多理想和志意，写了那么多的策论，希望报效国家，可是后来却终身流贬在外，平生的志意没有能够实现，所以是“空余鲁叟乘桴意”。可是他说，我虽然被贬到海南岛，但在这种忧患的生活中，我大概体会到了一种东西。“粗”是大约，“识”是体会了解。了解什么？了解了轩辕所演奏的音乐的声音。“轩辕”是中华民族的祖先轩辕黄帝。《庄子》上面有一段寓言故事说，黄帝有一次曾“张《咸池》之乐于洞庭之野”。黄帝所演奏的音乐是什么样子呢？《庄子》上说，那种音乐能短能长，能柔能刚，是与天地造化变化合一的音乐。苏东坡说，我现在就体会到了这样一种哲理，所以我虽然被贬到这么远的地方，几乎死在这南荒之地，但我没有什么遗憾，因为我“兹游奇绝冠平生”——如果不是到了这里，我就不知道大自然中还有这样一种与中原风景不同的山水。这是苏东坡的一种修养，就像他在《超然台记》开头所写的“凡物皆有可观。苟有可观，皆有可乐”。他说，凡是宇宙万物，都有它值得观赏的地方：高大雄伟的山川值得观赏，幽花细草也值得观赏；圣贤伟人有值得你尊仰的地方，田夫野老、稚子儿童也有值得你爱赏的地方。如果有了这种眼光，你就能够在你的忧患之中得到超脱和排解。所以，要了解苏东坡，就必须了解他的各种方面：他的史观，他的旷观，他的超脱荣辱，他对大自然和人生的一种赏爱的心情，还有就是他的持守。他无论在什么地方，总是想为当地的老百姓做些事情，就是在海南岛的时候也是如此。

现在我们已经了解了苏东坡。那么我们就来看他的《念奴娇》（大江东去）这一首词。

大江东去，浪淘尽、千古风流人物。故垒西边人道是，三国周郎赤壁。乱石崩云，惊涛裂岸，卷起千堆雪。江山如画，一时多少豪杰！　　遥想公瑾当年，小乔初嫁了，雄姿英发。羽扇纶巾谈笑处，樯橹灰飞烟灭。故国神游，多情应笑、我早生华发。人间如梦，一樽还酹江月。

《念奴娇》是词的牌调的名字。以前我们讲大晏的词《山亭柳》里边有一句“偶学念奴声调，有时高遏行云”，不知你们是不是还记得？在这一句的注解里曾经说明，念奴是唐朝天宝年间一个有名的歌伎，她的歌声很美。所以，《念奴娇》这个牌调最早可能是一支曲子，是被念奴歌唱过的或者是描写念奴之美丽的，不过原来这支曲子的词并没有传下来，苏东坡的这首词开头四个字是“大江东去”，这首词非常有名，所以后来就有人把《念奴娇》这个牌调也叫作《大江东去》。在牌调的下面还有一个小的题目，叫《赤壁怀古》。我们以前讲的词都是只有牌调没有标题，因为词在早期只是歌筵酒席间流行的歌曲，并不是作者有了某个主题或某种思想和情意然后才写出来有心要抒情言志的作品。它的思想情意是不重要的，所以就没有标题。苏东坡在词的内容方面有拓展，把词“诗化”了，所以他的有些词是有题的，这一首的标题就叫《赤壁怀古》。苏东坡在密州时写过一首《江城子·密州出猎》。写了这首词之后，他在给一个朋友的信里说，他写的词跟柳永的词不同，他是自成一家，别有一种风格。此外，后来也有很多人批评过苏东坡的词，像胡寅在《酒边词序》里就曾说：“眉山苏氏，一洗绮罗香泽之态，摆脱绸缪宛转之度，使人登高望远，举首高歌。而逸怀浩气，超然乎尘垢之外。”“大江东去”这首词就可以做苏东坡“一洗绮罗香泽之态”的这一类词的代表。晚唐五代的词，像温庭筠所写的“小山重叠金明灭，鬓云欲度香腮雪，懒起画蛾眉，弄妆梳洗迟”，那真是绮罗香泽，写的都是闺房儿女。可是你看人家苏东坡，开口便自不凡：“大江东去，浪淘尽、千古风流人物。”

我们以前曾经说过，晚唐五代的时候也有一个作者在风格方面有所开拓，那就是李后主。温飞卿、韦庄他们所写的都是闺阁儿女，可是李后主在亡国以后所写的是人生的长恨，是对无常的哀感。而且李后主的用情是一往无回——他把感情投注进去就不出来。苏东坡则不然，他进去以后还能够再跳出来。现在我就把他们两个作个比较。苏东坡说是“大江东去，浪淘尽、千古风流人物”，李后主说是“自是人生长恨水长东”，大家都写了江水的东流，这不同在哪里？李后主的“自是人生长恨水长东”是从他个人的哀感体会到整个人类人生的哀感，尽管是所有人的人生，但那是所有的人之中每一个个体生命的无常哀感。“春花秋月何时了，往事知多少”也是写无常的哀感，那“往事”，也是每一个人的往事。苏东坡不是，苏东坡的“大江东去，浪淘尽、千古风流人物”有一种超然的旁观的味道，有一种史感。他站在江边，看着那江水向东流去，就想到，古往今来有多少风流人物，有多少盛衰兴亡，都在这江水的滔滔滚滚之中消失了。苏东坡是透过历史来看这些盛衰兴亡，所以他的气魄显得更大。我还要说一说“风流”两个字。现在有很多人把这两个字用得很狭隘，很卑下，当作一种很不好的意思。可是古人所说的“风流”不是这样的意思，那是“如风之行，如水之流”。你看，风行水流，那是多么自然多么浪漫的一种表现！那是一种动态。所谓“风流人物”，是指那些有才气的、富于感发之意兴的人。“大江东去，浪淘尽、千古风流人物”表现了苏东坡的旷观和史观，而他是经过挫辱之后，被贬官到黄州之后，才说出这样的话来。所以我们说，李后主是一直进去不出来的，而苏东坡是进去之后再出来的。苏东坡回顾了当年发生在赤壁的那一场战争，所以他的题目就叫《赤壁怀古》。赤壁在哪儿呢？赤壁是山名，有四个地方都叫这个名字，而且都是在湖北省。第一个在嘉鱼县，就是当年周瑜破曹的地方；第二个在黄冈县，就是宋朝的黄州——苏东坡被贬去做团练副使的地方；第三个在武昌县；第四个在汉阳县。当年，曹操带领号称八十万的大军跟孙权、刘备的联军作战，孙权这边带兵的人是周瑜（周公瑾），刘备那边派来的是诸葛亮。当时曹操是五十四岁，周瑜是三十四岁，诸葛亮只有二十八岁。苏轼说“浪淘尽、千古风流人物”，那么，曹操、孙权、刘备、周瑜、诸葛亮就都在他的笔下了。当时，火烧战船，赤壁鏖兵，那是多么大的战争场面，那是一场多么惨烈的争夺！苏东坡在《前赤壁赋》里说，曹孟德“舳舻千里，旌旗蔽空，酾酒临江，横槊赋诗，固一世之雄也，而今安在哉”？现在剩下的只有“江上之清风”和“山间之明月”了。当时曾经为那些得失成败竞争得那么厉害，可是现在依然存在的就只有大江中那汹涌的波涛，因此，你又何必把你个人的得失、荣辱、利害看得那么重要呢？“大江东去，浪淘尽、千古风流人物”写得是那样超然，其实里边却有相当的悲感，那是透过悲感所表现出来的一种旷观和史观。我们刚才比较了苏东坡和李后主，说他们两个人对感情处理的态度不一样。李后主是入而不返，苏东坡是能入能出。现在，我们还要比较他们两个人的写作方法。李后主那首“春花秋月何时了”是怎么写的呢？“春花秋月何时了”是永恒，“往事知多少”是无常；“小楼昨夜又东风”是永恒，“故国不堪回首月明中”是无常；“雕栏玉砌应犹在”是永恒，“只是朱颜改”是无常。通过这三对永恒和无常的对比，最后他归结道：“问君能有几多愁，恰似一江春水向东流。”我们再看他的“林花谢了春红”那一首，他是从“林花”写起的：

林花谢了春红。太匆匆。无奈朝来寒雨晚来风。

胭脂泪，相留醉，几时重。自是人生长恨水长东。

这首词的写法是从小到大，由微而著，也是对于无常的悲慨。那苏东坡的“大江东去”是怎么写的呢？现在我们来看他这首词。“大江东去，浪淘尽、千古风流人物”是一个大场面；“故垒西边”是地点；“人道是，三国周郎赤壁”是由大镜头拉到特写。这几句是从大场面到地点到点出人物。然后，他把大场面再加以特写：“乱石崩云，惊涛裂岸，卷起千堆雪”是对景物分镜头的细写；下面“江山如画，一时多少豪杰”，“一时多少豪杰”又回到了人，而这人又是泛写；下边“遥想公瑾当年”又集中到一个人的小的特写。所以，这首词的写法是从大到小，从地到人，从大镜头的泛写到特写，从特写到泛写，再从泛写到特写。可见，苏东坡的词变化更多，而李后主的由于写的是小词，所以比较紧凑，比较单纯。苏东坡的词变化很多的不仅是这一首，他在很多首词里都能够把大小的、历史的、个人的情事，以及人的悲感、出的超旷，多方面地结合起来写。我们上次看的他在黄州写的那首《满庭芳》，转折变化就很多。在那首词里，他从悲感到旷达，然后再悲感，再到旷达，把个人的悲感和历史的、哲学的旷观结合到一起了。这是他的一种修养。好，我们就讲到这里。

第五节

上一个小时，我们把苏东坡和李后主作了一个对比。李后主写了“林花谢了春红”，写了“自是人生长恨水长东”，王国维说他“俨有释迦、基督担荷人类罪恶之意”。我们以前也曾经讲过，说中国的抒情诗歌里边最重要的是要有一种感发的生命，而这种感发的生命它有大小、深浅、厚薄的不同。一个作家能否把这种感发的生命写得深厚博大，有两种不同的因素。一个是看你对人生体认的深浅；一个是看你能否与大自然融会，与大自然合而为一。在晚唐五代的作者里边，李后主的词在境界上是有所开拓的，因为他从自己破国亡家的悲苦之中写出了众生无常的哀感，这就是王国维说他"有释迦、基督担荷人类罪恶之意"的原因。李后主是以他个人深情锐感的内心负担了所有众生的无常的悲苦，是把所有的苦难加在他自己一个人的心上，所以他入而不出，往而不返，显得非常沉重。苏东坡则不然了，他能够通古今而观之。我以前讲诗的时候说过，中国的诗人里面，还有一个具有这种史观和旷观的人，那就是唐朝的刘禹锡。刘禹锡喜欢写咏史怀古的诗篇，他能够对盛衰、得失、成败有一种超然的、通达的看法。凡是有这种看法的人，都能够把个人的得失、成败和荣辱放开，能够让历史上的人物跟他分担他的这种感慨和悲苦。因为在历史上，经历过盛衰、成败、荣辱这种种变化的并不只是我一个人，谁没有经历过这些事情呢？其实，历史上很多有持守、有修养的人都有这种达观的看法。像陶渊明所写的"衰荣无定在，彼此更共之。邵生瓜田中，宁似东陵时"，就是对荣辱的一种达观的看法。"大江东去，浪淘尽、千古风流人物"也是如此：当初的那些得失、成败或荣辱，现在不是完全被这江水冲洗过去了吗？那么，像这样的看法会不会引起人们的误会，以为这样岂不就消极了？岂不就萎靡颓废了？不是的，所以我才特别提出过一点要大家分辨清楚。那就是，这种通达的旷观与那种黑白不分、麻木不仁的情绪是不一样的。苏东坡说学佛老就可以"应万物之变"，就是说，无论在什么挫折苦难之中，他都能够有一个应对的方法和态度，有自己的一个持守，从而能够站住脚，不被挫折和苦难所打倒。而那通达的看法，正是完成这种修养、建立这种持守所必不可少的一个因素。所以天下有很多事情看起来相反，其实是相成的。我的老师顾随先生写过这样几句诗，他说："无生法忍众生渡。"又说："知足更励前，知止以不止。"所谓"无生法忍众生渡"就是说，那坚忍的佛法本来是让你把一切生的欲念都消除，可是你学习它的目的却是要达到一个普度众生的愿望。"知足更励前，知止以不止"是说，能够知足，然后才能努力向前；有所不为，然后才能够有所为。如果你在物欲方面知足，你就能在精神上，在思想品格方面有所进取；你自己找一个立足之处，你才能够不随波逐流，不望风披靡。苏东坡就是有这种修养的一个人，不过他和陶渊明有一点点不同。陶渊明是把他的悲苦溶解了，但那悲苦仍然在。而苏东坡呢？有的时候他把悲苦的重担一下子摆脱，跳了出去。所以，超旷虽然是苏东坡的好处，可是有时候他摆脱得太容易了，就不免有一点儿率意的地方。

苏东坡的这首《念奴娇》有很大的开阖变化。他从大的景物写到特写景物的镜头，从人写到景，而且不只是一次的变化，是从人到景，从景到人，从泛写到特写，又从特写到泛写，有一种往复的腾掷和呼应。这就跟柳永的章法不同。我曾经说过，写长调就需要铺陈。铺陈当然要有一个铺陈的办法，可是每个人铺陈的办法都不一样。像柳永的"扁舟一叶，乘兴离江渚。渡万壑千岩，越溪深处"，那是平铺直叙，一步一步向前进的。苏东坡值得注意的一点就是他在章法上的开阖变化。"大江东去"这个形象表现了一种空间的广远。所谓"黄河之水天上来"，长江之水也是如此。你看不到它有一个起源的地方，只看到它从天地的尽头滚滚而来，又向那东方的地平线上滔滔而去。这本来表现了空间上的一种高远和博大，但当他接下来写"浪淘尽、千古风流人物"的时候，这滔滔滚滚的长江水，就不只是空间地理位置上的流水，同时也是时间上的流水了。"浪淘尽"，这好像是说都已经冲洗完了，可是你看，他接着马上又把它提了起来："故垒西边人道是，三国周郎赤壁。”就是说，纵然三国时代那些风流人物都不在了，但是他们当年建立丰功伟业的那些往事，却常常存留在我们后人的心头，何况，他们还留下了这些能够使我们的情怀激励奋发的古迹。这种写法也是苏东坡的一种开阖变化。还有一点很值得注意，就是苏东坡这个人有一种很强烈的自我意味，他常常借古人的酒杯来浇自己的块垒。像这首《念奴娇》里就有“多情应笑、我早生华发”——“我”出现了；还有他的一首《永遇乐》里有“异时对，黄楼夜景，为余浩叹”，“余”，也是“我”。这看起来好像是一个矛盾：你既然把一切都看开了，把得失荣辱都超越了，你怎么还有这么强烈的自我意识？其实，这二者正好是相反相成的。历史上那些能够超然于世俗的得失荣辱、成败利害之外的人物，他们必然对自己生命的意义和价值有一种真切的认识。陶渊明如此，苏东坡也如此。所以这也是我们欣赏东坡词时应该认识的一点。

我们接着看下面：“故垒西边人道是，三国周郎赤壁。”苏东坡在《东坡杂记》中说：“黄州少西，山麓斗入江中，石色如丹，传云曹公败所，所谓赤壁者。或曰非也。”“山麓”就是山脚，“斗”是忽然间。他说，在黄州西边一点的地方，山崖一下子就插到江水里边去，那里的山石都是红色的，人们传说这里就是周瑜破曹操的地方——赤壁，但也有人说不是。因为据考证，周瑜破曹操是在嘉鱼县的赤壁。可是下面他接着说：“时曹公败归华容路……今赤壁少西对岸即华容镇，庶几是也。”你看，这又是苏东坡的另外一种口吻。“庶几”就是大概、也许。当初曹操失败时是从华容道逃走的，那么，现在这个赤壁西边一点儿的对岸就叫华容镇，也许就是当年那个地方吧？但接着他又说了：“然岳州复有华容县，竟不知孰是？”可见，苏东坡自己并没有肯定这个赤壁就是当年破曹的地方，所以才用了“人道是”这三个字。如果你根据这首词说苏东坡这个人搞错了，不符合历史考证的科学，那就是你不了解苏东坡的科学。有一个很有名的故事我还没有讲。苏东坡当年到汴京参加考试的时候，欧阳修出了一个题目叫《刑赏忠厚之至论》，意思是，无论你惩罚还是奖赏一个人，都要存心忠厚才可以。于是苏东坡就写道："当尧之时，皋陶为士。将杀人，皋陶曰杀之三，尧曰宥之三。""皋陶"的"陶"字念 yáo，不念 táo，他是尧舜那个时代的一个执法官员。苏东坡说，在尧的时候，有人犯法了。皋陶执法很严，一定要把这个人杀死，他坚持了好几次说应该杀；而尧是一个仁慈的君主，他想把这个人赦免，所以也坚持了好几次说应该宥。苏东坡用这样一个典故的意思是：不要随便杀人，只要有可以原谅的地方就应该尽量地原谅。当你要杀一个人的时候，也应该想到这个人是不是可以赦，如果这个人实在是万恶不可赦，那时候再杀，则你虽然施了刑，也不失为忠厚。苏东坡的议论是对的。由于这篇文章写得很好，欧阳修把他取中了第二名。可是，"皋陶曰杀之三，尧曰宥之三"的事情不见于古书经典的记录，欧阳修也不知道出处。欧阳修想，这个年轻人文章写得这么好，读书一定很多，想必是他知道我不知道。后来苏东坡去见欧阳修的时候，欧阳修就问他说，你的文章写得很好，只是这两句话不知出于何处？苏东坡回答得很妙，他说："想当然耳。"这又是苏东坡的一个特色——不拘执。这不拘执之中既有他的长处，也有他的缺点。因为这固然使他超旷、洒脱，但有的时候就未免率意。就是说，随随便便一马虎就过去了。那么，我们就要注意苏东坡在这里所用的口气，他是说，"人道是"。他在黄州还写了《赤壁赋》，他说："此非孟德之困于周郎者乎？"用的都不是确定的口气。所以，苏东坡自己是有一个分寸的，他并没有弄错。他也知道这可能并不是当年的赤壁，可是他要用。为什么要用？这就是古人所说的，找个好题目来作诗呀！你要是把这地方认作当年的赤壁，你就可以大大地发挥一番，可以借古人的酒杯来浇自己的块垒。你们看，这就是苏东坡。

黄州的赤壁虽然不是当年曹操兵败之处，可也有一些古代用兵时堆筑战垒的遗迹，就是所谓“故垒”。“故垒西边人道是，三国周郎赤壁”，这里就有他的重点了，他特别提出来的是周郎，是三国周郎的赤壁。这很妙。他这首词是飞扬腾掷，开阖变化，用了很多的对比。刚才他说“浪淘尽、千古风流人物”，好像是什么都不存在了；可他现在又说“故垒西边人道是，三国周郎赤壁”，这故垒还存在。那就是说，虽然周郎已经死去了，虽然浪淘尽了千古风流人物，可是当年的往事、周郎的丰功伟业，到今天还在感动着一些人。当“浪淘尽”以后，这里还有“故垒”犹存，这是一个对比。其实，三国时代的风流人物很多，孙权、刘备、曹操、诸葛亮、周瑜、关羽、张飞，哪一个不是风流人物？为什么只突出一个周瑜？因为，在赤壁之战中，胜利一方主要的带兵人物就是周瑜，赤壁也就被归属于周瑜，成了“三国周郎赤壁”。如果你到中国去旅游就会知道，很多地方的山水都结合有历史人物的故事。一个人要是对国家和民族有某种成就和建树，就能够千古流传。孟浩然有一首诗说：“羊公碑尚在，读罢泪沾襟。”羊公指晋朝的羊祜，他镇守襄阳的时候很有政绩，死后人们在岘山为他建碑立庙，那碑就叫“堕泪碑”。在这两句的前边，孟浩然还说：“人事有代谢，往来成古今。江山留胜迹，我辈复登临。”所以古人说：“读万卷书，行万里路。”因为在你行万里路的时候，你处处都可以看到那“江山留胜迹”，而那些“胜迹”对后世的人起着一种激励的作用。周郎在赤壁立过功，那么这赤壁就属于周郎了。王安石被罢相之后回到金陵闲居，他的门前有个土墩叫“谢公墩”，因为相传东晋的谢安在这里住过。谢安字安石，是东晋的宰相。前秦苻坚来侵略东晋，谢安运筹帷幄，派他自己家族的晚辈去带兵，淝水一战打败了苻坚，保全了东晋。谢安在历史上是受到赞美的，所以大家就纪念他。一个土墩，仅仅因为谢安在这里住过，就被称为谢公墩——这个墩就属于谢安了。可是现在王安石到这里来住了，他就写了一首诗说："我名公字偶相同，我屋公墩在眼中。公去我来墩属我，不应墩姓尚随公。"他说，我的名和你的字偶然相同，在我的屋子窗前就能看见你的这个墩，可是你现在已经不在了，那么这个墩的名字为什么还叫谢公墩呢？不是应该叫王公墩了吗？古人在读书之中自有一种乐趣，他们可以跟千古以上的人来往、开玩笑，就像是当面说笑一样。

"故垒西边人道是，三国周郎赤壁"是从泛写到特写，从景物大江到人物；下边"乱石崩云，惊涛裂岸，卷起千堆雪"就从人又到了景。但这个景不是刚才"大江东去"那种远的大镜头，而是逼近来的镜头了。这两句，各版本不同。有的是"乱石穿空，惊涛拍岸，卷起千堆雪"。你要是比较一下，就会发现它们各有长短。"崩云"写得更有美感，更有变化；而"穿空"则显示了一种直接的、强劲的力量。"拍岸"的"拍"是个比较常见的字眼；"裂岸"的"裂"写得十分有力。所以如果是"乱石穿空"，就要"惊涛拍岸"；如果是"乱石崩云"，就要"惊涛裂岸"。因为如果一个力量很大了，那么另一个就要缓和一点儿。郑骞先生所选择的是"乱石崩云，惊涛裂岸"，他选择得很好。"崩云"比"穿空"更曲折、更形象化："穿空"只是说山石很尖，穿入空中；"崩云"是说，乱石打到空中，震得天上的云彩都散开了。"惊涛裂岸"是说那大的波涛好像把山石的岸都要打得裂了开来。"千堆雪"三个字写得也很好，那澎湃的怒涛打在山石上边，真的是一团团、一堆堆的，像白雪一样。苏东坡这首词在叙述上很有开阖变化，在写了这些之后，他就用"江山如画，一时多少豪杰"收住，这是前片的一个总结。"江山如画"，是把小镜头推远，又成了一个大镜头。古人形容美的东西有时候把真的说成是假的，这是中国的一个习惯。

宋徽宗有一首词描写杏花说，“裁剪冰绡，轻叠数重”，他把真花说成是透明的丝绸做的假花，说它和假花一样的美。修辞上所谓“逼真”，所谓“如画”，都是这个意思，所以他说“江山如画”。要是你问“江山如画”到底像哪幅画，那就是痴人面前说不得梦也。他既然说如画，你对中国山水画的概念就会出现在脑子里边。在你的印象之中最美丽的那一幅画，那就是“江山如画”。“江山如画，一时多少豪杰”，这是对前片人和景的一个总的结束。

第六节

我们已经讲完了《念奴娇》的上半首。在讲下半首之前，我先要讲我们应该取怎样的欣赏角度来看这下半首词。我上次已经谈到过这首词的章法，它有景物，也有人物；有泛写，也有特写，这些内容交互错综地结合得很好。“大江东去，浪淘尽、千古风流人物”，这两句的景物和人物都是泛写；“故垒西边”，这景物就缩小了；“人道是，三国周郎赤壁”，就把景物跟一个特定的人物慢慢地结合起来。既然已经点出主题，那么下面就来描写这赤壁。我上次已经讲了“乱石崩云，惊涛裂岸，卷起千堆雪”，但也许讲得还不够仔细。因为“乱石崩云”这句话可能会引起另外一种解释的联想。“崩”当然是裂开的意思，有人就认为，这是说那一堆堆紊乱的石块就像是裂开的云。如果只看这一句，这样解释也不错，但这一句不是独立的，它的下边是“惊涛裂岸”。其中，“惊涛”是主词，“裂”是动词，“岸”是受事的宾语。“乱石崩云”和“惊涛裂岸”是对句，所以也是同样的句法：“乱石”是主词，“崩”是动词，“云”是受事的宾语。这句的意思是说那些杂乱的山石很高，很尖锐，好像要把天上的云彩都穿裂了。这几句景物写得十分真切，使用的形容词和动词如"乱""惊""崩""裂"都非常有力量。下面"江山如画"是归纳起来的一个总写。从"千古风流人物"到"一时多少豪杰"，这时间就从千古来到一时，而这"一时"就指的是赤壁当年了。你们看，苏东坡在豪放之中有多么细腻的章法层次！集中到一时之后，他就突出了一个人物，那就是："遥想公瑾当年，小乔初嫁了，雄姿英发。羽扇纶巾谈笑处，樯橹灰飞烟灭。"大家可以看到他的上片与下片之间章法上的呼应。他从千古写到一时，然而那一时之间的豪杰也不止一个，刘备、孙权、诸葛亮、周瑜、曹操都称得上是一时豪杰。在这些豪杰之中，他又突出了一个周瑜。

我曾经屡次地说，我们欣赏不同词人的不同风格，要采取不同的角度。不然的话，你用欣赏柳永的角度来看苏东坡，你怎么样也看他不对；你用欣赏苏东坡的眼光去看柳永，你也觉得他怎么样都不对。不仅如此，即使是同一个作者的不同作品，你也要用不同的欣赏角度和眼光来看才可以。上个礼拜我在五一三的班上讲了嵇康的《赠秀才入军》那几首诗，我曾经提到嵇康的特色就在他的气势和口吻。比如他说，"仰落惊鸿，俯引渊鱼"——我抬头就抓住一只高飞的鸿鸟，我俯身就捉来一条水里的游鱼。说得多么轻易！有一类作者——差不多都是有才气的作者——在写作时常常有这样的气势和口吻。曹子建说："仰手接飞猱，俯身散马蹄。"左思说："左眄澄江湘，右盼定羌胡。"我们还没有讲到李太白，李太白也是如此。他说："但用东山谢安石，为君谈笑净胡沙。"谢安石就是东晋的宰相谢安，李白说，你只要能够起用在东山隐居过的像谢安石那样有才干的人——李白指的是自己——他不用费力气，在谈笑之间就能把北方的胡虏都给你平定了。你看，这就是有才气之人的口吻，他说什么事情都是这样容易，这样有气势，这样自命不凡。但是我在讲冯正中的词和阮籍

（嗣宗）的诗时，则曾经尽量地发挥。因为他们都是用很少的字句写了非常深微幽隐的情意。他们的两句词或两句诗可以讲上半天，那是因为确实有很多情意蕴藏在里边。所以在欣赏那一类诗词的时候，就需要细心地吟诵体味。比较豪放的这一类词人则不同，他往往用一排或者一组字句来造成某一种气势，这就需要采取不同的角度来欣赏。像“遥想公瑾当年，小乔初嫁了，雄姿英发。羽扇纶巾谈笑处，樯橹灰飞烟灭”，这几句词没有什么好讲的，一念就明白了。周瑜二十多岁就在东吴仕宦，有了很高的地位。他才华过人，而且很年轻，大家都以“周郎”呼之，由此你可以想见他的风采。东吴乔玄有两个女儿——大乔和小乔，大乔嫁给孙策，小乔就嫁给了周瑜。孙策和周瑜都是一时的英雄人物，而大乔小乔则是东吴最有名的两个美女，英雄美人相得益彰。你想，天下难道还有比这更美好的事情吗？这就是他所要写的那种气势和那种感受。我记得以前讲韦庄的“满楼红袖招”时，曾经引过王国维的几句词。他说：“六郡良家最少年，戎装骏马照山川，闲抛金弹落飞鸢。”他写了有这样好身手的一个青年，而且还得到了美人的欣赏。“何处高楼无可醉，谁家红袖不相怜”，人生最幸福美好、最风流浪漫的事情，莫过于此了，“人间争信有华颠”。“遥想公瑾当年，小乔初嫁了”，苏东坡遥想周瑜新婚宴尔，少年得意的时候。那时周瑜是什么样子？是“雄姿英发”，“羽扇纶巾”。你看，这样的词与那种深微幽隐的词是不一样的，你一看就觉得这真是好，这真是人世间最美好的事情。“英发”两个字用得很好，而且这两个字不是泛指。《三国志》里边讲，东吴的人称赞周瑜，就是用“英发”两个字来形容他的。“英”本来是草木的花，是最有光彩的那一部分。凡是有光彩的、杰出的，在众人之中你一眼就能看见的那就是“英”。“英发”就是一种生命的勃发。“姿”不光是指容貌，它是指一种风姿仪态。一座木雕泥塑，尽管五官塑得很好看，但那不是风姿。风姿里还包括眉目表情和行动言谈。那么周公瑾当年是怎样的“雄姿英发”呢？下边他又给你一个更切实一些的形容，是“羽扇纶巾”。“羽扇纶巾”是什么？大家往往以为“羽扇纶巾”指的就是诸葛亮，这成了一个习惯。因为我们看了不少中国的京戏，周瑜出场是不拿羽扇的，他是雉尾小生，头上有两根长长的雉尾；诸葛亮上场则总是穿着道袍，拿着一把羽毛扇子，而且“一时多少豪杰”里边就既有周瑜也有诸葛亮，诗词是可以多义的，那么这里怎么就不可以是诸葛亮呢？这种说法听起来也很有道理，其实完全是一种错误。因为苏东坡在这首词的前半首就说了：“故垒西边人道是，三国周郎赤壁。”我以前也曾经讲过，如果你想要给人一种感发的力量，那么，尽管你的诗词里用了很多形象，但所有这些形象都要引向同一个方向，要有一个重点，这样才能增强你那感发的力量。“人道是，三国周郎赤壁”是从泛写到集中，他这首词是要集中来写周郎的，这是他的中心。我这只是从诗词的感受来讲的，如果“羽扇纶巾”是写诸葛亮，那么在章法上就显得杂乱破碎。郑骞先生则更用历史的典故来加以证明。他说，《晋书·陈敏传》有“(顾)荣以白羽扇麾之，敏众溃散”，《晋书·谢万传》上则说谢万“著白纶巾”。“纶”字在这里念 guān 不念 lún。“纶巾”是古代男子头上所戴的丝巾，是一种便服，一般是青色的，也有紫色的，有时也有上面间杂着白纹的，叫白纶巾。谢万就戴白纶巾。那是三国两晋时名士们常用的服饰，不但文士如此，武将也是如此。后来，“羽扇纶巾”就用以形容人的轻便洒脱。你要是写一个武将，习惯上老是把他想象得像张飞一样，脸黑得像锅底，其实不尽如此的。像周郎这样年少风流的人物，就有一种文士跟武将结合起来的儒将风度。我们在其他人词中也可以找到一些证明，证明“羽扇纶巾”是可以用来形容周瑜的。南宋有一个词人叫张孝祥，他填的一首《水调歌头》里就有这样一句：“一吊周郎羽扇，尚想曹公横槊，兴废两悠悠。”“吊”就是凭吊遗迹。这里，他说的是周郎羽扇，而不是诸葛亮羽扇。此外，有一本写地理方志的书叫《方舆胜览》，那上边也有一句：“挥扇岸巾，想公瑾当年之锐。”也是说戴着便服的帽子，手挥羽扇来指挥军队。可见，“羽扇纶巾”说的一定是周瑜而不是诸葛亮。否则，在“遥想公瑾当年，小乔初嫁了”之后出来个诸葛亮，那像什么话呢？没有那种章法。“谈笑处，樯橹灰飞烟灭”写的是什么？写的是那种潇洒——在两军决定生死胜负的时候一点儿也不紧张，所谓“绰有余裕”。一个人只能提起三十斤重的东西，给他一把四十斤重的刀他是舞不动的，因为他的力量不够；但如果给他一把二十斤重的刀，他就可以挥舞如风，这就叫绰有余裕。就是说，无论做什么事情，你要做到十分，就需要有十二分的才学和能力，做的时候才能够显得潇洒自如，绰有余裕。古人写打仗有不同的写法，有的写得很悲惨，像杜甫的《悲青坂》说“青是烽烟白是骨”，《悲陈陶》说“孟冬十郡良家子，血作陈陶泽中水”，又说“群胡归来血洗箭”，战争鲜血淋淋，是多么悲惨的事情！苏东坡写东西很少用杜甫那种艰难的、困苦的、鲜血淋漓的字样，他总是潇洒的、超旷的、自然的。这是两个人风格的不同。谈笑之间，敌人的战船樯橹就已经灰飞烟灭了。这里的版本有不同，有的是“强虏”，古人泛称敌人为敌虏，强虏者，强敌也。在谈笑之间就使得强敌灰飞烟灭这也不错，可是我觉得用“樯橹”更好，因为当时是用火攻烧毁了曹军的战船，所以是“樯橹灰飞烟灭”。赤壁一场大战，只用“樯橹灰飞烟灭”六个字就写完了，这真是苏东坡的风格！他才华过人，所以举重若轻，天下的事情到了他的眼中手中都变得很容易。

苏东坡写赤壁怀古，凭吊周公瑾当年建立的这一番功业，可是他主要的目的就是为了写周公瑾吗？我们已经讲过了苏东坡的生平，你一定要了解苏东坡是在什么样的心情和环境下写的这首词，你才真正能够知道他这首词感发力量的重点是在哪里。以苏东坡的才气和志意，二十岁就考中了进士的第二名，他给朝廷上了很多篇策略，提了很多建议，那真是有非常远大的抱负和理想。可是，他经过了好几次挫折，在九死一生之后被贬官来到了黄州。人家周公瑾娶到美丽的妻子，建立了这么一番功业，人生美好的事情已经莫过于此。可他苏东坡呢？已经快要五十岁了，“百年强半，来日苦无多”，大半辈子都消磨了，他完成了什么事业呢？所以他下面接下来一转，才转到这首词真正的悲慨处。读苏东坡的词，不懂他豪放的一面不对，只看他豪放的一面也不对，要看他是怎样把悲慨和豪放结合起来的。“故国神游，多情应笑、我早生华发”，这里郑骞先生有个注解我不同意。郑先生说，“多情”是苏东坡自谓其亡妻。苏东坡的原配王氏很早就死了，他后来的续弦还是王氏，就是他第一个夫人的堂妹。苏东坡时常怀念他的第一个夫人，他有一首悼亡的词“十年生死两茫茫”，就是怀念这位王氏的作品。王氏死后就埋葬在苏东坡的故乡四川眉山。所以郑骞先生认为，“故国”就是指眉山，“多情”是妻子王氏的代名词。苏东坡说，人家周公瑾那么年少就建立了这一番功业，我的妻子要是死而有知就会笑我，说我什么都没有完成就长了这一头的白头发。我认为这样解释是不对的。一首词总要有一个主题，有它的感发生命进行的一条线索。苏东坡从“故垒西边人道是，三国周郎赤壁”到“遥想公瑾当年，小乔初嫁了，雄姿英发。羽扇纶巾谈笑处，樯橹灰飞烟灭”一直都是写的周瑜，而且他这首词的题目清清楚楚写的是《赤壁怀古》，这个“故国”怎么会跑到眉山？这明明是周公瑾的故国，指的是赤壁呀！“故国神游”完全是接着周瑜写下来的。这样，这首词才有一个主线的脉络，它的感发的力量才是集中的、一致的。还有一种解释是：周公瑾的英魂如果死而有知，来到赤壁，看到我苏子瞻，一定会笑我徒然多情——有这么多的志意和这么多的理想却什么都没有完成，现在已经是满头白发了。“多情应笑我”是倒装的句法，应该是“应笑我多情”。这是大家都用的一种解释，《宋词赏析》用的也是这个解释。可是现在就有一个问题了。一般的版本都是把标点点在“多情应笑我”这里，然后才是“早生华发”。那么，“多情应笑我”讲成“应笑我多情”就是非常可能的。但如果你仔细地看一看《念奴娇》这个牌调的格律，这里的句读不应是这样点的，而应是“故国神游，多情应笑、我早生华发”。这个停顿不是在“我”字的后边，而是在“笑”字的后边。

我个人以为，“故国神游，多情应笑我、早生华发”这个讲法并不是很好。我以为苏东坡还是承接着周瑜说下来的，是周瑜故国神游，是“他”多情应笑，是“我”早生华发。“多情”这个词在这里对苏东坡来说并不是很切合的。因此我以为“多情”应是指周瑜，据说周瑜对音乐的感受十分敏锐，别人弹起曲子，如果有一个音节弹得不对，周瑜就会看他一眼，所以人们传说：“曲有误，周郎顾。”那么，以周瑜这样敏锐善感的人如果死而有知，必也仍然是多情的，他大概不会把苏东坡看成一个陌生人。所以他“多情应笑”，笑什么？——“我早生华发”。当然，这只是我个人的看法。

“我早生华发”这五个字之中有很深的悲慨。但苏东坡的词总是把超旷和悲慨结合在一起的，所以他在说了“我早生华发”之后马上就从悲慨中跳出来说：“人间如梦——”这就是苏东坡！他说我现在已经看破了，人生的得失成败和荣辱算得了什么？当年的周公瑾现在不是也“浪淘尽、千古风流人物”了吗？这一句“人间如梦”表现了苏东坡的旷观和史观，并且打回到这首词的开端：“大江东去，浪淘尽、千古风流人物。”不是吗，当年的赤壁之战，不也像一场梦一样地过去了吗？所以“人间如梦，一樽还酹江月”。“樽”是盛酒的酒杯。“酹”是以酒酹地。古时候是要祭祀鬼神的，鬼神不能够饮酒，祭祀的时候得拿起酒杯把酒洒在地上，这就叫“酹”。但苏东坡现在不是把酒洒到地上，他是“一樽还酹江月”——洒给那江上的明月。这说得很好，悲慨和超旷都结合起来了。苏东坡在黄州还写过《前赤壁赋》，那里边说，他和他的朋友泛舟游于赤壁之下，他的朋友说：这里不是当年曹孟德被周郎打败的地方吗？曹孟德固一世之雄也，但是现在在哪里呢？这话说得真是很悲慨。于是苏东坡就安慰他的朋友说：“盖将自其变者而观之，则天地曾不能以一瞬；自其不变者而观之，则物与我皆无尽也，而又何羡乎？”又说：“惟江上之清风，与山间之明月，耳得之而为声，目遇之而成色，取之无禁，用之不竭，是造物者之无尽藏也，而吾与子之所共适。”大自然供给人们欣赏的景物是无穷的，它给人们的启发也是无穷的。我的老师以前就讲过，说要使诗歌的生命扩大有两个途径。一个是人事的扩大，就是说，你的关心面越广，你的作品之生命就越丰富，越博大，越深厚。杜甫之所以伟大，就是因为他把整个时代的血泪，把整个国家民族的悲哀都写到他的诗里边去了。另一个途径是对大自然的融入，你融入自然，你和宇宙同样广大，你的作品的生命自然也就大了。就如苏东坡所说的，我们都可以安然地享受这江上之清风和山间之明月，你又何必拘执于曹孟德之“而今安在”呢？这是苏东坡在《前赤壁赋》里所表达的一种思想，在这里是可以互相印证的。我们还可以用李太白的一首诗来作一个参考，这是大家很熟悉的一首诗——《花间独酌》。李太白说：“花间一壶酒，独酌无相亲。举杯邀明月，对影成三人。”你看，这是多么洒脱！如果你老是想着独酌无相亲，那你就越想越悲哀，越想越孤寂。可人家李太白举杯邀明月，对影就成三人。最后他说：“永结无情游，相期邈云汉。”“游”不光是游山玩水的游，也是交游的游。李太白说得多么好：我不是没有人间的真正的朋友吗，那么我就和天上那无情的明月永远结成最好的朋友。李太白在另一首诗里说：“相看两不厌，只有敬亭山。”——我喜欢看它，它也喜欢看我，我们两个相互之间永远也不厌倦，那是谁呢？只有那敬亭山。这是一种感情的投注。所以苏东坡在“人间如梦”之后，就“一樽还酹江月”——我就把一杯酒洒在那波心的明月之中。写到这里，悲慨和超旷就完全都结合到一起了。

这是苏东坡很有名的一首词，大家常常把它当作苏东坡豪放词的代表。宋人的笔记记载有这样一个故事，说是有一次苏东坡问他的朋友：“我的词比柳七郎的如何？”柳七郎就是柳永，他的大排行行七。他的朋友回答说：“柳七郎的词应该由十七八的妙龄少女手拿红色象牙拍板打着拍子唱他的‘晓风残月’，东坡居士你的词应该由关西大汉手拿铁绰板唱你那‘大江东去’。”你看，这首词就是这样豪放雄伟。这首词的牌调本来叫作《念奴娇》，但是自从苏东坡写了这首词，它的第一句是“大江东去”，这《念奴娇》的牌调从此就有了一个别名，有人再填这个牌调就不叫《念奴娇》而叫《大江东去》了。由此也可以看到苏东坡这首词当年曾经盛传一时。

我们今天就讲到这里。

第七节

人们常常把词分为婉约的一派和豪放的一派。苏东坡词里所用的形象和叙述的口吻都有开阔博大的气象，所以他的大部分词属于豪放派的风格。可是清代的词学批评家周济在他的《介存斋论词杂著》里却说：“人赏东坡粗豪，吾赏东坡韶秀。韶秀是东坡佳处，粗豪则病也。”豪放是好的，可是豪放得太粗率、太随便，那就是缺点了。如果你看一看苏东坡的全集就会发现，苏东坡偶尔有一些词写得就比较粗率。那是因为，苏东坡这个人才气太大了，不用怎么想就一下子脱口而出，有时就难免有率意的地方。苏东坡偶尔有这种缺点的，所以周济说他“粗豪”。但苏东坡还有一类词是“韶秀”的。“韶”本来是一种音乐，在这里的意思是非常清丽而秀美。周济说这才是苏东坡的好处。现在我们就来看他的一首《永遇乐》，这首词表现了苏东坡细腻婉转的这一面，一般人不太注意这首词。

《永遇乐》的“乐”字有两个读音：lè 和 yuè。应该读哪个音呢？当然，最好我们能够知道调名的缘起，但是有的调名我们已经很难考察到它的来由，这时候我们就要查一本书。清朝有一个词人名叫万树，字红友，他编了一本书叫《词律》，专讲词的格律。《词律》里边词调的顺序是取词调名的最后一个字按照韵目来编排的。去年我们讲过诗的押韵。比如说，东、中、风、红，这些字的韵母声音念起来都差不多，它们是同一个韵目里边的，这些字里边的第一个字就成了这个韵的名字，例如这个韵的韵目就叫作“一东”的韵。又比如，阳、香、堂、长就是“七阳”的韵。每一个韵有一个韵目，每一个韵目里边都有很多很多的字。在《词律》中，《永遇乐》是被编在 lè 的韵里，所以它就念 lè。还有一个词牌叫《清平乐》，它被编到 yuè 的韵里，所以那个“乐”就念 yuè。这是一种常识，我顺便谈谈，也许你们将来会用得到。

《永遇乐》的下边还有一个题目：“彭城夜宿燕子楼，梦盼盼，因作此词。”彭城是现在的江苏省铜山县，古代属于徐州的区划之内。苏东坡不是被贬官到过很多地方吗？他曾经有一段时间被贬到徐州，来到彭城，有一天晚上就住在燕子楼里边。燕子楼是什么地方呢？傅榦的东坡词注解上说，唐朝有一个将军名叫张建封，带兵镇守在徐州。关盼盼是徐州最美丽的一个女子，张建封娶了关盼盼做他的姬妾，让她住在燕子楼里边。张建封死后，关盼盼感念张建封对她的恩宠，立誓不再嫁给别人，后来她就绝食死去了。中国古代有很多这一类的故事，讲姬妾感激主人对她们的恩爱，从而为主人殉节，像绿珠跳楼就也是这样一个故事。这首词的题目说苏东坡有一天晚上也住在燕子楼，梦见了关盼盼，于是就写了这首词。但是苏东坡的词流传的版本很多，有的版本上则说是梦后登燕子楼所作。版本不同，题目也不同。那么苏东坡究竟是在燕子楼里边做的梦呢，还是梦醒以后才登燕子楼呢？现在已不可考证，我们知道有这么两种不同的说法就是了。好，那么他这首词和这个梦究竟有什么关系呢？或者说，燕子楼与关盼盼有什么关系呢？我们就要看一看词的本身是怎样说的。我来念一下，大家要注意他所表现的细腻婉转的风格。

> 明月如霜，好风如水，清景无限。曲港跳鱼（这个“跳”字一般都念去声，可是在古代韵文里它读平声，念tiāo——引者），圆荷泻露，寂寞无人见。紞如三鼓，铮然一叶，黯黯梦云惊断。夜茫茫，重寻无处，觉来小园行遍。天涯倦客，山中归路，望断故园心眼。燕子楼空，佳人何在，空锁楼中燕。古今如梦，何曾梦觉，但有旧欢新怨。异时对，黄楼夜景，为余浩叹。

这首词从一开始，它的格律的本身就与《念奴娇》不同。《念奴娇》的一开始是：“大江东去，浪淘尽、千古风流人物。故垒西边人道是，三国周郎赤壁。”你一定要注意，开头的这几句都是单行的句子。这单行的句子和我们过去所讲的单式和双式的句法意思不同。单式和双式是反映一个句子里边的结构。比如五个字一句，它是二三的结构呢，还是三二的结构呢？如果最后一个音节是三个字，那么就是单式；如果最后一个音节是两个字，那么就是双式。现在我们要讲的单行，是指句子在进行之间的变化。不是一句里边结构的变化，而是句子跟句子之间怎样连接。如果中间有对偶，那就不叫单行了，我们就把它叫骈行。骈的意思是两马并列。双马拉车，是一对的，所以是对偶。如果一直都没有对句，而且字数的长短都不整齐，那就是单行。“大江东去，浪淘尽、千古风流人物。故垒西边人道是，三国周郎赤壁。”这就是单行。它里边没有任何两句是对句，它是一口气说下来的，气势奔腾，滔滔不已，造成了一种声势。可是我们现在所看到的《永遇乐》就不同了。“明月如霜，好风如水”是对句。所谓对偶，要名词和名词相对，动词和动词相对，形容词和形容词相对。“明”和“好”是形容词，“月”和“风”是名词；“霜”是大自然的一个现象，“水”也是大自然中的一种东西，所以这两句是对句，是两个对偶的形容。“清景无限”是一个总结，是单句。“曲”和“圆”都是形容词，“港”和“荷”都是名词；“跳”和“泻”是动词，“鱼”和“露”是名词。“曲港跳鱼，圆荷泻露”，这又是两个对句。“寂寞无人见”又是一个总结，是单句。“紞如”是写敲鼓的声音，“铮然”是写干树叶发出的声音；“三”和“一”都是数目字；“鼓”和“叶”都是名词。“紞如三鼓，铮然一叶”又是两个对句。“黯黯梦云惊断”又是一个单句。所以你看，他这开头的几个句子，都是一骈一散、一骈一散这么形式整齐地写下来的，而不是一口气奔腾直下的。从声音和口吻上，这就已经形成了细腻婉转的风格。

当然了，写词实际上是填词。这格律并不是苏东坡自己造出来的，《念奴娇》不管谁写，开端都是单行的句子，《永遇乐》不管谁写，开端都是骈偶的句子。可是你要知道，真正伟大的有天才的词人，他可以打破形式，形式要听他的话。我们在讲《念奴娇》的时候，曾经拿辛弃疾的词来作比较。有的句子，苏东坡的词打破了格律，辛弃疾的词却符合格律。可是有的时候呢？情况恰好相反：辛弃疾的词打破了格律，苏东坡的词却符合格律。现在我们看辛弃疾的《永遇乐·京口北固亭怀古》。我们以后再仔细地讲辛弃疾，现在只是拿这首词作个参考。辛弃疾是个英雄，也是个词人。他生在山东省，那时候山东省被敌人占领了，是沦陷区。辛弃疾是很忠义的，他逃出沦陷区，来到南方朝廷。他希望收复北方，光复家乡，但一直没有成功。当他老年的时候，有一次来到长江岸边的京口北固亭。当年他从沦陷区逃出来就曾经过这个地方。现在他已经衰老了，他登上北固亭，借吟咏古代的历史，来慨叹他这一生英雄失意的悲哀。他写的也是《永遇乐》，和苏东坡这一首的词调是一样的。你看他开头几句是怎么写的："千古江山，英雄无觅，孙仲谋处。舞榭歌台，风流总被，雨打风吹去。"这和苏东坡那几句在形式上是一样的，都是四、四、四、四、四、五。但苏东坡前后两对四字句都是对偶的，辛弃疾则不是。所以在念的时候，你就不能像刚才念那首时那样停顿。"千古江山，英雄无觅，孙仲谋处"，要一口气念到底。这说明，英雄词人他的精神气魄之所在，不是形式可以完全限制住的。辛弃疾打破了骈行的句法，变成了散行的句法，词的整体气氛也就改变了。

以上是对形式的简单介绍，下面我们接着讲苏东坡的《永遇乐》这首词。对于写景，究竟应该怎样写才算好，有不同的说法。有人认为，别人说过的话，你就不要再说，要弄一些比较新奇的字样，写得越不平凡越好。果真是如此吗？并不完全如此。你看苏东坡这首词的开头"明月如霜，好风如水"就并不新奇，而是平凡的。所谓"化腐朽为新奇"，别人用得很频繁，已经成了滥调的东西，你再用的时候只要把你的生命和感情加进去，它马上也就有了生命，不再是一个死去的滥调了。所以，文学创作实在并没有一个绝对的规律可以遵守。写作并没有一个绝对的、死板的规矩。你不能说，写景都要不平凡才是好；但你也不能说，写景平凡就是好。为写作定出一个教条来，这是最笨的办法。创作在乎作者，你可以用新奇，也可以用腐朽，问题在于你创作时有没有真正属于你自己的一份感受。其实，古往今来的作家，很多人都是在平凡之中表现了不平凡。陶渊明的诗表面上看起来很平凡，像“微雨从东来，好风与之俱”，像“有风自南，翼彼新苗”，这都是非常平凡的话，可是他写的时候，有他自己很清新的感受。别的事情可以自欺或者欺人，可是文学这东西，古人说过，要“修辞立其诚”——你自己本身的那种感受的生命一定要很真诚。我的一个朋友曾经说，台湾的小说家白先勇的小说写得非常好。为什么好呢？他说你看白先勇的小说里边所写的背景的景物，比如他写阴天了，刮风了，下雨了，写日本式的房子、古老的松树、血红的杜鹃花什么的，每一个景物都有一种象征的作用，与小说的主题是配合在一起的。他说大陆的小说家，比如浩然的《艳阳天》里所写的那些东西，就没有这一份象征的作用，所以当然就不好了。可是我觉得这是属于两种不同的成就。白先勇所受的教育是西洋文学的教育，他走的就是这一条路子。浩然和白先勇的传统是不同的，他的小说结合了中国旧小说和民间说唱文学的传统。另外，白先勇是书院里边长大的；而浩然只念过三年小学，他是在农村长大的。所以你们看浩然所写的农村的景物，那不是象征，是他自己的生命和农村结合起来的那一份体验和感受。最近，我还看到了另外一位小说家孙犁所写的短篇小说集《白洋淀纪事》。白洋淀是河北省的一个地名，他所写的是抗战时期白洋淀里游击队的故事。他写那些淳朴的农村青年，尤其是那些女孩子们，实在是有他自己真切的感受，他那些短小的景物描写，不是学院派的人能够写出来的。他没有文字上的雕琢，也不用象征的技巧，他写景写的是生命，是风景之中跟他自己的感情结合起来的那一部分生命。我承认白先勇的技巧是好的，可是我认为浩然的《艳阳天》和孙犁的《白洋淀纪事》同样是好的。一定要说这个就是好，那个就是坏，那就太狭隘了。在词里边也是如此，那些新奇的描写是好的；苏东坡的“明月如霜，好风如水”看起来很平凡，但也是好的。为什么好？就因为他把他经验中的一个感受写出来了。夏天在屋里睡觉是比较闷热的，当你半夜醒来到外边散步，一阵凉风吹来，你的身上就像被清凉的水冲过，有一种凉爽的感觉，这就是“好风如水”。李太白说：“床前明月光，疑是地上霜。”月亮是洁白的、光明的。当夜深人静之后你到外边散步的时候，你就能看到从天上到地上的那一片光明，那就是“明月如霜”。所谓“明月照高楼，流光正徘徊”，那种洁白光明的月色，在睡里梦里，在狭窄闷热的房间里是看不到的。所以他说“明月如霜，好风如水，清景无限”，这里边有一种突然之间发现了一片可爱的境界的欣喜的感觉。你突然之间就觉悟到，外边的世界原来是这样广阔无边，这样清新美丽。“明月如霜，好风如水”，这是他梦醒之后来到室外的第一个感受，写得很好。

但是，这头两句只是整体之中的一个最初的感受，是属于最明白、最清晰、最简单的那种感受。下边他就要仔细地写他在小园里散步所看到的一些东西。如果说“明月如霜，好风如水”两句是平凡之中见新奇，那么“曲港跳鱼，圆荷泻露”两句就真的是比较新奇了。我们上次讲苏东坡的“大江东去”，说他用字用得很好，像“乱石崩云，惊涛裂岸，卷起千堆雪”里边的“崩云”“裂岸”，用的字都非常有力量。而现在这曲港的“跳鱼”，圆荷的“泻露”，又写得如此纤细，如此安静。由此可见苏东坡的描写是无往而不自如的，无论是惊天动地的、开阔博大的，还是纤细幽微的，他同样写得非常好。法国的小说家莫泊桑年轻的时候和福楼拜通信，把他的小说给福楼拜看，福楼拜就给他回信说，你在叙述描写的时候应该选择最切当的那一个字，而不要用很多不相干的字。西方把福楼拜的这句话叫作“一语说”。“曲港跳鱼，圆荷泻露”就写得非常好，那真是苏东坡观察体会之所得，把那静夜之美真的写出来了。他说在那弯曲的池岸边，有小鱼在跳，引起了水的微微波动；荷叶上的露珠越聚越大，骨碌一下子就从荷叶上落下去了。这时他醒来已久，看到这些美丽的景色，就恍然有了一种更深的觉悟。原来天地之间并不是没有美好的东西，只是大家都在睡里梦里，没有人能感受得到而已。所以这苏东坡的词就很妙，不但他的“人间如梦”之类是写哲理，就是在他的景物感受之中，都有着一份哲理的体会。这是苏东坡的一个特色。“寂寞无人见”，这里边有很多的慨叹。你要知道，他写的并不只是大自然的景物，里面还有一种幽微的体会，整个人生也有多少人是在昏天暗地的睡梦之中！

这首词，苏东坡用的是倒叙的笔法。他是什么时候看到的这“曲港跳鱼，圆荷泻露”的景色呢？这时候他才倒叙：“紞如三鼓，铮然一叶，黯黯梦云惊断。”“紞如”两个字特指夜晚敲的更鼓的声音，出于《晋书·邓攸传》。那里面说：“紞如打五鼓，鸡鸣天欲曙。”“三鼓”就是三更天，是十一点到一点之间，这是夜正深的时候。更鼓的声音把他从睡梦之中惊醒过来。醒来之后怎样呢？他又听到“铮然一叶”。“铮然”，有的版本是“铿然”。郑骞先生的《词选》用的是“铮然”，他认为“铮然”是对的，因为它有出处。韩愈的诗说：“空阶一叶下，铮若摧琅玕。”“若”和“然”是一样的，都是形容词的语尾助词。“摧”是折断的意思，“琅玕”是一种玉石。秋天刚到，在那寂寞空旷的台阶上，刚刚有一片落叶飞下来，发生了很轻的一个声音。为什么有出处的“铮然”就比较好呢？因为这里是对句，“紞如”是有出处的，所以“铮然”也可能是有出处的。“铿然”也可以，但比较泛，凡是金属的响声都可以叫“铿然”。而“铮然”是和“一叶”有联系的，出于韩愈的诗。所以我也以为“铮”字比较好。“黯黯”是很迷茫很模糊的样子。“梦云”是说梦就像云一样，那样飘忽渺茫，那样不可把捉，像“来如春梦不多时，去似秋云无觅处”，像“春梦秋云，聚散真容易”，都是说梦就像云一样不可把握而且变幻易失。更鼓的声音、落叶的声音，把他的梦惊醒了，所以就：“夜茫茫，重寻无处，觉来小园行遍。”“茫茫”是广大而长远的样子。在这茫茫的黑夜，你要想把这个梦再找回来，那是没有一点儿办法了，就像云彩在天空消失了，你到什么地方找它回来呢？所以，醒来以后，他就在这小小的园子里徘徊行走，看到了“曲港跳鱼”，看到了“圆荷泻露”。我以前讲过大晏的词，大晏说：“无可奈何花落去，似曾相识燕归来。小园香径独徘徊。”大家可以体会到，在徘徊的时候，他的心里有多少思索，有多少感受，有多少追寻。读到这里你才恍然大悟，才明白他用的是倒插笔的写法。正是由于他“小园行遍”，所以才看到了大家都在睡梦之中不能够看见的那些美丽的景色。那景物、那哲理，是他在“小园行遍”之中体会到的。

清末民初有一位夏敬观先生，他说，东坡词“正如天风海涛之曲，中多幽咽怨断之音”，这话说得很不错。在开始讲苏东坡的时候我曾经提到，对苏东坡要从两方面来看。一般人所欣赏的是苏东坡的豪放和超越，是他跳出去的那一面。但苏东坡不光是豪放超越的，苏东坡也有他对人生的很多悲慨，只不过他能够不被悲慨所拘限，在悲慨之中有他豪放超越的气概。在天风海涛之曲里杂有幽咽怨断的声音，这首《永遇乐》就可以作代表。这首词的下半阕就开始写他自己的悲慨了：“天涯倦客，山中归路，望断故园心眼。”我们曾经讲过，苏东坡虽然二十岁左右就考上了进士，但他在仕宦上一直不得意。他有用世的志意，上过不少策论，想要改良国家的政治，可是一直没有机会，一直被贬逐在外边，而且受到很多人的诽谤，后来还被关进监狱。古代做官就没有自由，就得到各个地方奔波，所以他说自己是“天涯倦客”——流落到天涯的一个疲倦的旅客。苏东坡是四川眉山人，那里有很美丽的山。他说，我的心是常常向着故乡的，我的眼也是常常望着故乡的，我什么时候能够回到我的故乡呢？杜甫有两句话说："天畔登楼眼，随春入故园。"杜甫的故乡是河南巩县，在洛阳附近。安禄山起兵叛乱的时候，洛阳先于长安陷落了，杜甫就多少年也没能回到故乡去。后来杜甫到了四川，春天向来是由南往北走的；南方的草木先绿，北方的草木后绿。杜甫说，我身在天涯，登到这么高的楼上，我的眼睛随着春天的草色一直望到我的故乡。现在苏东坡也说是"望断故园心眼"，这个"望"字很微妙。眼睛的望叫望，内心的希望不是也可以叫望吗？他说，我不但是眼望断了，心也望断了。

但是你再看下边，苏东坡就慢慢地在转了。我讲过他的一首《满庭芳》，其中讲到他怎样从悲哀之中转变过来。现在他也是这样，他说："燕子楼空，佳人何在，空锁楼中燕。古今如梦，何曾梦觉，但有旧欢新怨。"你看，他慢慢地就有了一个通古今而观之的看法。这才是苏东坡！我曾经说过，人能够超越自己，有几种不同的情况。在这方面，苏东坡有时候表现为一种哲理的觉悟的旷观；有时候表现为一种史观，也就是通观。什么叫作通观？通观就是：有盛就有衰，有来就有去。就像"有情风、万里卷潮来，无情送潮归。问钱塘江上，西兴浦口，几度斜晖"，那就是宇宙之间一种无尽循环的历史。杜甫有一首《梦李白》的诗说："死别已吞声，生别常恻恻。"一个人，就算你一生没有遭遇到任何不如意的事，就算你富贵寿考，但生死离别你是一定要经过的。苏东坡有一首《江城子》："十年生死两茫茫，不思量，自难忘"，就是哀悼他死去的妻子的。何况他现在"望断故园心眼"，却不能回到故乡去！旧的已经失去了，新来的还有许多不如意，如果老是想你一个人的不幸，老是想你一个人所遭遇到的挫折、哀伤和苦难，那么恐怕你就永远也跳不出去了。但是，在宇宙之间，不管什么人不是都要过去的吗？苏东坡今天晚上住在燕子楼中，梦到了关盼盼，但是“燕子楼空，佳人何在”？当年在燕子楼里住过的人，不管是张建封也好还是张建封的儿子张愔也好，他们都到哪里去了？美丽的关盼盼到哪里去了？他们都不会回来了，只有楼中的燕子每年还回来。不管是多么深重的感情，都要像梦一样地成为过去。苏东坡也会跟关盼盼一样成为过去的，但是充满了这一生的难道就只是那些旧欢新怨吗？因为人家踩了你的脚就跟人家骂起来没完，有没有比这更重要的事情呢？有几个人能在尚未经历完自己的人生的时候，就突然从梦中惊醒呢？有几个人能够从自己的悲欢得失之中跳出来而体会到大自然之中那一份真正的永恒不变的美呢？

在这里我还要插一句，“燕子楼空，佳人何在”这个对偶有一点变化。在诗句里边，你们一定学过“流水对”。流水对也是对偶的句子，但它不是横向平行而是有一点直向承接的意味。你们读过李白的《夜泊牛渚怀古》吗？这是李白的很好的一首诗。全诗是：

牛渚西江夜，青天无片云。登舟望秋月，空忆谢将军。
余亦能高咏，斯人不可闻。明朝挂帆去，枫叶落纷纷。

当然我们今天没有机会讲李白了，但是我们要简单说一下这首诗。李白自负他的天才，希望能有所作为，可是他终身没能完成他这一份志意，他的一生就成了一个天才的挣扎和失落的悲剧。“牛渚”是一个地名。在一个秋天的夜晚，李白停船在西江的牛渚，天是晴的，一片浮云都没有。他站在船上望着那高空中的明月，就想起了当年的谢将军。“谢将军”指谢尚。晋朝的时候有一个叫袁宏的诗人晚上坐船经过牛渚，在船上吟诵他自己写的咏史诗，恰好谢尚出来散步听到了，马上就去拜访袁宏，于是就发生了我们中国所说的“知遇”的这么一个故事。李白说，今天我也泊船在牛渚，我也能够作诗，而且我的诗比袁宏作得更好，可是今天晚上就没有一个谢将军来听我吟诗。明天我就要离开牛渚这个古人曾经在此遇合的所在，而在我以后的道路上，得到遇合的机会就更加稀少了。在这首诗里，“登舟望秋月，空忆谢将军”，“余亦能高咏，斯人不可闻”两联，就都是流水的时间，它们不是完全对称、平衡的。在这里，李太白掌握的是对偶的重点而不是对偶的形式。也就是说，他掌握的是那平衡的重心。比如说，这边是一斤铁，那边也是一斤铁，它们的体积相同，看起来是对称的；这边是一斤铁，那边是一斤棉花，表面上看起来体积就相差很多，但两边都是一斤。这就是重点的平衡。“登舟望秋月”，“望”是动词，“月”是望的宾语；“空忆谢将军”，“忆”是动词，“谢将军”是忆的宾语。这两句，一句主要的动作是望月，一句主要的动作是忆人。“余亦能高咏，斯人不可闻”，“余”是我，“斯人”是他；我的动作是咏，是“能咏”，他的动作是闻，是“不可闻”。它们在字面上不完全平衡，但却是对偶的句子。苏东坡这首《永遇乐》中，“明月如霜，好风如水”“曲港跳鱼，圆荷泻露”是平衡的对偶；“燕子楼空，佳人何在”就是流水的对偶了。“燕子楼”是个名词，“空”是它的述语；“佳人”是个名词，“何在”是它的述语，表面上并不平衡，但它是对称的。所以跟上“空锁楼中燕”，又是两双一单。要知道，像这样安排句式的方法在中国古典文字里一直是非常重要的，还不只在诗词里，散文里也如此。写得很漂亮的散文往往把这一类句子用得很好。而且不但文言文里可以用，白话文里也可以用。它可以给你的文章造成各种气势和感发的力量。像苏东坡的这一首词，用了这么多双式的句子，而且每三句就停了一下，它从声音上就节制了你，使你不能跑得太快，从而造成了一种清丽舒徐的风格。

“异时对，黄楼夜景，为余浩叹。”“黄楼”我们讲过，是苏东坡在徐州时为镇压水患建造的一座楼。他说，将来千百年之后，如果有人到徐州来，看到我所建造的黄楼，不是也要为我而慨叹吗？唐朝的诗人杜牧写过《阿房宫赋》。阿房宫是秦始皇在关中建造的一座非常美丽的宫殿，后来秦被推翻，阿房宫被项羽放了一把火，通通烧掉了。秦好不容易统一了天下，传世却这么短暂，那是由于它的暴虐，所以“后人哀之”。可是如果“后人哀之而不鉴之”，那就“亦使后人而复哀后人也”。“鉴”是一面镜子，从那里可以看到你自己的影子。如果你自己维持得不好，你也会像暴秦那么快就失败的。你已经是后代的人了，你的时代过去之后，另一个时代的人又会为你而哀悼。所以苏东坡说，我现在哀悼张建封和关盼盼，将来到了另一个时代，也会有人面对黄楼为我哀悼。他写的是“浩叹”，好像里边仍然有一种悲哀的慨叹，可是现在并不是一个人的慨叹了，苏东坡现在所写的是古今的慨叹。在中国的旧时代，像苏东坡这样的读书人不能冲破封建的制度和官僚的政治，不能实现自己的价值，只能是“后人而复哀后人”。当然，现在是已经冲破了这些东西，人们不必再为苏东坡所烦恼的这类仕隐问题而烦恼了。现在只要你努力并且有才能，那么不管是大是小你都能做出你的成绩，实现你的价值。苏东坡有他自己人生的悲慨，可是他又能超出自己，变成“古今如梦”之中通古今而观之的一个人物。他无论是写周瑜也好，写关盼盼也好，事实上写的都是他自己的悲慨，而且他能够结合古今，有一种哲理上的觉悟。这是苏东坡的特色。

现在我们就把《念奴娇》和《永遇乐》这两首长调讲完了。苏东坡的这两首词有不同的成就，一首是开阔豪放，一首是细腻婉转。一般人都只看到他豪放的一面，读了《永遇乐》我们就知道，他还有细腻婉转的一面。

第八节

好，现在我们再看他的一首《八声甘州》。

我们在讲柳永的时候说，苏东坡曾经赞美过柳永的词，就是那首《八声甘州》（对潇潇、暮雨洒江天）。一个真正的天才，他能够从他接触的任何事物中都有所得，而且所得的必是那些事物的精华。苏东坡不但读《后汉书》得到了精华，读《庄子》得到了精华；不是汴京流行柳永的词吗？他一接触柳永的词，也马上就看到了它的长处和短处。苏东坡不喜欢柳永那些淫靡鄙俗的词，但是他说柳永的《八声甘州》"高处不减唐人"。这正是苏东坡独具只眼的地方，而且他接受了柳永这一份高远开阔的意境，从这一方面进行了新的开拓。苏东坡这首《八声甘州》开头的景象也是非常开阔博大的。现在我们把这首词读一遍：

有情风、万里卷潮来，无情送潮归。问钱塘江上，西兴浦口，几度斜晖？不用思量今古，俯仰昔人非。谁似东坡老，白首忘机。　　记取西湖西畔，正春山好处，空翠烟霏。算诗人相得，如我与君稀。约他年、东还海道，愿谢公、雅志莫相违。西州路，不应回首，为我沾衣。

什么叫开拓？开拓者，就不是单纯的模仿。学到别人的好处，只能保有它，这不是最高境界。前人都已经写了，天地间还生你出来做什么！你总要做一些别人没有做过的或者比别人做得更好的事情。柳永的"对潇潇、暮雨洒江天，一番洗清秋"是开阔博大的，苏东坡的"有情风、万里卷潮来，无情送潮归"也是开阔博大的，但和柳永有所不同。柳永所表现的是秋士易感的悲秋的感伤；苏东坡就不仅是感情的哀伤，同时还表现了一份哲理，而且是他所特有的通观的哲理。宇宙之间有往复的循环，有离合聚散的变化："有情风、万里卷潮来"显示了那么强大的一种力量，那是一种生的力量、兴起的力量；但是"无情送潮归"，这一切消失得也是那样迅速。这是一种超旷的哲理，而且不是一种理智的思索，是他透过人生所体验到的。你看，"有情"和"无情"，"来"和"归"，这两个对举包举了人生的多少变化！"问钱塘江上，西兴浦口，几度斜晖？"什么地方的潮？钱塘江上的潮。"西兴浦"就是钱塘江看潮的所在。就在这每一天、每一月的潮落潮生之间，有多少人间的事情都消失了，那真是"不用思量今古，俯仰昔人非"——不用去想古今的盛衰，就在你一低头一仰头之间，眼前的事情就已经过去了。这两句说得很有感慨，因为在北宋的党争之中，宦海中的升降浮沉，真比那钱塘江潮水的变化更厉害，有几个人能够不被那狂涛所吞没呢？可是苏东坡他就超脱出来了，他说："谁似东坡老，白首忘机。"这个"忘"字要读平声，"机"就是机诈之机。《列子》上说，有一个人经常在海上和鸥鸟在一起，鸥鸟都飞到他的身边来和他一起游戏。有一天他的父亲对他说："你抓一只鸥鸟来给我看看。"这个人存着想抓鸥鸟的心再来到海上，那些鸥鸟就都"翔而不下"，不来跟他嬉戏了。因为鸥鸟觉察到他有机心——算计人的心。苏东坡平生被新党迫害，被旧党排挤，但他是超然的。他说，我的头发都白了，但是我已经超越了这潮落潮生，我没有害人的心，我也不在乎别人有害我之心。苏东坡的超然旷观与王维的不同，他不是一个不分黑白、不关痛痒的人。他关心国家和人民，有自己的理想，也受到过挫伤，所以苏东坡的词有结合得很妙的一点，就是"天风海涛之曲，中多幽咽怨断之音"——他并不是没有悲哀。新党迫害他的时候，他在杭州做过官；旧党迫害他的时候，他又到杭州做过官，还认识了一个老和尚参寥子，成了好朋友。可是后来旧党又把苏东坡召回京师。如果他回去之后仍然坚持他的政治理想，就免不了再一次受到迫害。他就是怀着这样一种忧危恐惧的心情回京去的，临行前给参寥子写了这首词。上半首他写了在党争的迫害之中他的超脱，下半首就写了他跟参寥子的友谊以及他自己内心之中隐藏着的一种感情。“记取西湖西畔，正春山好处，空翠烟霏。算诗人相得，如我与君稀。”他说，我们都不要忘记杭州这美好的山水，算一算历史上的诗人，能够成为知己好友像我和你一样的，能有几个呢？我现在要走了，我要跟你定一个后会的约期：“约他年、东还海道，愿谢公、雅志莫相违。”这里他用了一个典故。“谢公”是东晋的谢安，他最初隐居在会稽的东山，不肯出来做官。谢安字安石，人们就说：“安石不肯出，将如苍生何！”——谢安石你不出来为国家工作，老百姓依靠谁呢？于是谢安就出山辅佐东晋，淝水一战，打败前秦苻坚，为东晋立了大功。但自古以来就是功高见嫉，就有很多人谗毁谢安。谢安在晚年就离开了东晋的首都建康，当离开建康的时候，他“造泛海之装”，准备“东还海道”，从水路回到他当年隐居的东山去。但是他刚刚走到新城就生病了，又回到建康来治病，不久他就死在建康。苏东坡说，我也像谢安那样有一个愿望，希望将来有一日辞官从海道回到杭州，还跟你参寥子相见聚会，但愿这个愿望不要落空。谢安的愿望是落空了，他没有回到东山就死在建康，而且当他从新城回建康时已经不能走路了，就“舆过西州门”——坐着一个小轿子从西州门经过。谢安有一个外甥叫羊昙，谢安死后，羊昙就“不由西州路”——不再从西州门这里经过，因为一经过这里就会想起他的舅父。有一次羊昙喝醉了酒，不知不觉之间来到了西州门。当他发现这是西州门的时候，就痛哭流涕，哭谢安当年从这里经过之后就再也没有回来。所以苏东坡说：“西州路，不应回首，为我沾衣。”——我希望我这一次不会死在首都，你也不会来到首都为我的死而痛哭流涕。但佛家说：

“才说无便是有。”你说“不要为我的死而哭泣”，那是你心里已经想到了这个。苏东坡不知道他这一次被召回朝廷会遭遇到什么样的命运，才说出这样的话来。所以我的一首论苏轼词的绝句说：

道是无情是有情，钱塘万里看潮生。
可知天海风涛曲，也杂人间怨断声。

这首《八声甘州》就是“天风海涛之曲”和“幽咽怨断之音”这两种情调的结合。

今天就讲到这里，下一次我们再看他的几首短词。

第九节

我已经给大家抄了我的两首论苏轼词的绝句，现在我把第三首也抄下来：

捋青捣麨俗偏好，曲港圆荷俪亦工。
莫道先生疏格律，行云流水见高风。

苏东坡是一个大天才，他的风格是多方面的。我们已经讲了他的《念奴娇》《永遇乐》和《八声甘州》三首长调，我们看到，他的才气真是纵横开阔，驱使古今。可是，在长调里我们可以看他的用字，可以看他的结构，他的才气可以有很多地方施展。那么在短词里呢？这就好比，一个人表演骑马的技术，最好是让他在广阔的草原上跑一跑，要是让他骑着马在我们这个教室里跑一跑，你们说他跑得开吗？可是苏东坡在小词之中也同样表现了他的成功。

东坡词里边有五首《浣溪沙》是他在徐州去郊外谢雨道中所作，写的都是清新秀丽的乡村风光。他说："旋抹红妆看使君，三三五五棘篱门。相挨踏破茜罗裙。"州官平时坐在衙门里办公，很少下乡，现在下乡了，乡下的妇女都想看看他是什么样子，于是都匆忙地打扮一下跑出来，大家互相拥挤，把红色的罗裙都踩破了。他还说："麻叶层层苘叶光，谁家煮茧一村香。隔篱娇语络丝娘。"络丝娘就是缫丝的女孩子，村子里飘满了煮茧的香气，隔着篱笆可以听到那些缫丝的女子柔媚的讲话声。下面他说："垂白杖藜抬醉眼，捋青捣麨软饥肠。问言豆叶几时黄？"谢雨的时候也饮酒的，他饮酒饮得微醺，吃了些乡下粗糙的粮食，觉得也很舒服。豆叶黄的时候就是收获的时候，这说明他很关心当地的收成。他还说："日暖桑麻光似泼，风来蒿艾气如薰。使君元是此中人。"日光照在桑麻的叶子上像是泼了一层水那么明亮，一阵风吹过来，乡野之间的蒿草和艾草都发出了一种薰香般的香气。他觉得，自己本来就应该是生活在这种环境里的人，因为他很喜欢这种乡村生活。中国的田园诗很多，但田园词就比较少。我刚才只是举了一些零零碎碎的断句，大家课后可以自己去看。下面我们要讲苏东坡的另外一首小词《西江月》。

长调一般都要铺叙，要有起承转合，但小令就施展不开了。那么短的小令，你没有办法用铺叙或者用过多的转折，所以小令常常表现一种刹那之间的灵感。苏东坡说：

顷在黄州，春夜行蕲水中。过酒家饮酒，醉，乘月至一溪桥上，解鞍，曲肱醉卧少休。及觉已晓。乱山攒拥，流水铿然，疑非尘世也。书此语桥柱上。

我们以前曾经说过，尽管被贬到黄州是苏东坡不幸的遭遇，但是他在黄州写了很多好的文章和好的诗词。他在贬到黄州之前，曾被人摘取他诗文中的句子说他有叛逆之心，曾被下在御史台的监狱里几乎送命。他是从死生的患难之中解脱出来来到黄州的。我们且看他在解脱之后的那一份逍遥自得的情感！他说我最近住在黄州，在一个春天的晚上骑马走过蕲水——蕲水是黄州附近的一条河流——到一个酒店里去喝酒，喝醉了，就乘着月色走到一座桥上，忽然很想睡觉，于是就放松了马鞍子，把手臂一弯当作枕头，躺在地上就睡着了。你们看苏东坡有多么潇洒！他不是非得回到家中，回到床上，把一切都安排好了再睡觉；他现在想睡觉，立刻就下马睡觉。所谓“醉卧少休”，是说他本想睡一会儿就回家。没想到他老先生喝得太醉了，这一觉就直睡到天亮。黄州在湖北，湖北是有很多山的。天亮时他睁开眼睛一看，只见“乱山攒拥”——无数山峰拥挤在一起；“流水铿然”——桥下的流水哗啦哗啦的十分好听。这写得非常好。在夜晚是看不清那些青山的，天亮了，一睁眼看到如此美丽的风景，简直就“疑非尘世也”，怀疑这一觉睡到天堂上去了。于是苏东坡的脑子里马上就跳出来这一首词，而且马上就把它写在桥柱子上边了。我们且看他写的是什么：

照野弥弥浅浪，横空隐隐层霄。障泥未解玉骢骄。我欲醉眠芳草。　　可惜一溪风月，莫教踏碎琼瑶。解鞍欹枕绿杨桥，杜宇一声春晓。

“照野弥弥浅浪”，这写得真是很好。那天晚上不是有很好的月光吗？而田野之中不是有很多的草木吗？风一吹，月光就在草丛木叶之上闪动，整个田野上都翻动着月光，就像是一片光明的浪。你要知道，这个浪不是水中的浪，而是田野之中的浪，是月光的光浪。李义山有几首很难懂的诗，题目叫《燕台》，里边有一句“月浪衡天天宇湿”。“宇”本来是屋檐，如果把天看成屋顶，天地交接之处就是屋檐了。他说月光像海浪一样布满天空之中，天边都被这月光的波浪打湿了。这就是诗人的想象。“弥弥”是水波流动的样子，出于《诗经·新台》的“河水弥弥”。苏东坡现在说的不是水，而是月光。“照野弥弥浅浪”只有六个字，就把月光下原野中的那种感受很恰当地表现出来了。那么，如果你抬头看一看天上呢？天上是“横空隐隐层霄”。这写得很美。要知道，月夜的景色是不同的，有的时候是万里无云，像李太白所说的“牛渚西江月，青天无片云”；有的时候有很多的云，月影在云海间出没，像李太白所说的“明月出天山，苍茫云海间”。现在苏东坡所写的既不是“青天无片云”，也不是“苍茫云海间”，而是介乎这两者之间。天上有一些很稀淡的薄云，透过云层可以看到月亮，等一下这片云飘走了，月亮就完全露出来了。“隐隐”就是月亮在那种很稀疏的云影之中隐现出没的样子。“层霄”写得很形象。云彩是有高有低的，当月亮出没的时候，你可以看到那些云彩有的地方厚，有的地方薄。月光好像把云彩一层一层地都照出来了。

“障泥未解玉骢骄——”我不知你们有没有人会骑马？据说马鞍两边垂下来两片布，当马跑起来的时候可以挡住脚下扬起来的泥土，不至于溅脏了衣服，这就叫“障泥”。“障”，就是遮蔽的意思。“障泥未解”，说明这时他还没有下马。“玉骢”是雪白的马，西方的神话故事讲到有一个女孩子在梦中思念白马王子，可见西方也同中国一样，人们都以为白马是很美丽的马。“骄”者，是说这马非常精神，非常矫健，绝非一匹疲倦的或憔悴的马，它此时并不需要停下来休息。但是——“我欲醉眠芳草”。他说，看到大自然之间这么美丽的景色，我就想趁着酒醉，在这草野之间、月光之下睡上一觉，岂不是很美的一件事情？小词，也可以表现人的情趣。在这个地方，你就可以看到苏东坡对大自然的欣赏和对生活安排的那种情趣。

其实，要在这里睡上一觉还不仅仅是因为内在的原因，他说还有外在的原因，就是："可惜一溪风月，莫教踏碎琼瑶。""琼瑶"本来是一种美丽的玉石，苏东坡现在所说的"琼瑶"则是溪水之中的月光。他说，你看这溪水之中有多么美丽的月光！我如果骑着马沿水跑过去，就把这可爱的月光都踏碎了。苏东坡是把溪水中的月光看作一个有情的生命，这里面有他自己的一份生活的情趣。于是，他就"解鞍欹枕绿杨桥"。"欹"是斜的意思，睡觉有各种各样的姿态，他是侧身而卧，如同序文上所说的那样，头枕着自己的手臂就睡着了。那么第二天早晨是什么声音把他惊醒的呢？是春天里杜宇鸟的叫声。杜宇就是杜鹃，它叫的声音好像是说"不如归去"。"杜宇一声春晓"——杜鹃鸟一声啼叫，我睁开眼睛一看，天已经亮了，周围是这么美丽的春天。这一句不但是写情趣，而且有一种哲思，有一种顿然觉悟的惊喜：你从睡梦中醒来，忽然看到了一个你从来也没有看见过的世界！我在台湾教书的时候和同学聊天，有一个同学说，他有一次到海边去玩，觉得那里很美，就躺在沙滩上睡着了。等到第二天早晨他醒来的时候，东边的地平线上太阳刚刚升起，海面上全都是金色的日光，海涛一阵阵地打到沙滩上，那真是他从来没有见过的景色。这种感觉是很富于诗意的，以后你们如果有机会的话，不妨试一试看。

下面我们再看苏东坡的另一首小词《定风波》，这首小词里面也表现了他的情趣和哲思。我们先看它的小序：

三月七日，沙湖道中遇雨，雨具先去，同行皆狼狈，余独不觉。已而遂晴，故作此词。

“沙湖”在黄州东南三十里，又叫螺蛳店，“雨具”是下雨时要用的东西，如雨伞、雨靴、雨衣等等。那一天，他们在去沙湖的路上遇到了雨。他们本来带着雨具，但途中觉得不需要就先叫人拿走了。现在下起雨来，同行的人就显出很狼狈的样子。为什么狼狈呢？因为首先他们的心就被雨给打乱了。他们想：“哎呀，我的衣服要湿了，鞋子要脏了。”于是自己心里先紧张起来。其实，不管你紧张还是不紧张，雨都要打到你的身上，你又何必为这件事情而紧张狼狈呢？所以苏东坡说：“同行皆狼狈，余独不觉。已而遂晴——”这就是苏东坡之所以为苏东坡了，他表现出一种达观的、超然的、哲理的思想。暴雨常常是下上一阵就会过去，他说我不在乎。果然，过了不久，雨就停了。下面他说：“——故作此词。”我想，通过这件事情，他是想起了他自己的遭遇，于是就写了这一首词。我们且看他是怎样写的：

莫听穿林打叶声，何妨吟啸且徐行。竹杖芒鞋轻胜马，谁怕？一蓑烟雨任平生。　　料峭春风吹酒醒，微冷，山头斜照却相迎。回首向来萧瑟处，归去，也无风雨也无晴。

这第一句就写得好，很有哲理性。要知道，天下有很多事情，你的紧张并不能使它有所改变，你只是白白地紧张而已。所以在你自己的心理之中要有一种——从宗教来说是一种定力，从道理来说是一种持守，这是很重要的一点。下雨是一件小事情，这不过是自然界的风雨。但是，你生活在人世间，人生的遭遇不也是风雨吗？无论是在大自然的风雨之中，还是人生的风雨之中，都需要有一份定力和持守，才能站稳脚步，不改变你自己的品格和修养。“莫听穿林打叶声”，写得非常潇洒，完全是诗人和词人的口吻。“穿”和“打”都是力量很强烈的字眼。雨点穿过树林，打在树叶上，使得你以为它马上就要打到你的身上来了，当然就很狼狈。可是苏东坡说你不要理会它，这就体现了一个词人的哲思。中国古代的儒家，讲究“富贵不能淫，贫贱不能移，威武不能屈”。“淫”是放纵的意思。有些人在贫贱的时候品德很好，可是一旦富贵了，有了权柄，就滥用权柄。因为权柄这东西可以使一个人昏迷，也可以使一个人疯狂。也有的人，在贫贱的时候为生活所逼迫，就会做出坏事情来。还有一些人，当威胁加在他身上的时候就屈服了。其实，“富贵不能淫，贫贱不能移，威武不能屈”表现了一个人的定力和持守，它不仅是儒家的主张，在宗教里也有类似说法。在这第一句里，“穿”和“打”两个字把打击的力量写得那么强，但是“莫听”两个字把它们全都否定了，这就是一种定力和持守。

陶渊明说：“结庐在人境，而无车马喧。问君何能尔，心远地自偏。”这本是儒家最起码的修养。《三国志》上讲到，管宁和华歆一起读书，听到门外车马喧哗，管宁坐在那里一动不动地继续读书，华歆就把书本放下跑到门外去张望。还有一次，管宁和华歆一起在园子里种菜，路旁好像有一块黄金，管宁看也不看就锄过去了，华歆把它拾起来看了看放在旁边。你们看，华歆这个人，他的内心经常为外物所动，那是因为，他自己没有一个立足的场所，所以总是跟着外边的风气而转移。当然，陶渊明所说的“而无车马喧”还只是喧哗的声音，而苏东坡所说的则是马上就要加到你身上来的强烈的打击。这里面有象征含义，象征他一生经过的那么多的迫害。儒家讲究“泰山崩于前而色不变”，这说起来好像很夸张，但人是应该有这种修养的。

好，既然不听那“穿林打叶声”，那么难道就站在那里挨打？尽管你“富贵不能淫，贫贱不能移，威武不能屈”，可是你在你自己所选择的路途上就不再走下去了吗？你说：“我不在乎挨打。”那算什么？那是鲁迅所说的阿 Q 精神。阿 Q 精神和圣贤所说的修养，这差别在哪里？有许多事情看起来很相似，但只差那么一点点就完全不同。超脱是好的，麻木就是不好的。你可以不在乎外界的打击，但是你麻木迟钝地站在那里挨打就不对了。所以苏东坡接着就说："何妨吟啸且徐行。""何妨"写得多么潇洒，他说，我选择的路我仍然要走下去，而且我过去怎么走现在还怎么走。既然你已经不能避开这一场雨，那么你何必自己先在精神上制造紧张呢？如果你匆匆忙忙乱跑的话，也许反而会在路上滑一跤，跌到泥坑里去。所谓"莫听穿林打叶声"不是说捂起耳朵不听，因为耳朵捂上心还在紧张，那一点儿都不算数的。"莫听"，是说在精神心理上首先就不能被挫败。所以，这两句表面上写的是途中遇雨，实际上是写他面对人生中的打击与摧伤时所表现的一种境界。等一下我们讲完苏东坡马上就要讲秦少游。秦少游和苏东坡是很好的朋友，和苏东坡同时被贬出去。尽管他所受的打击比苏东坡要少得多，可是他一遭到打击，马上就从精神上自己先把自己打败了。苏东坡就不是，任何打击和摧伤加在他的身上始终没有把他打败。他晚年被贬到海南，还写出了"云散月明谁点缀，天容海色本澄清"这样的句子。这就是苏东坡。

所谓"吟啸"是吟诗唱歌。为什么吟诗唱歌呢？那代表了一种赏玩的心情。一个人，要训练自己在心情上留有一个空闲的余裕。你不但不被外界的环境打倒，而且你还能够观察，能够欣赏，能够体会。苏东坡晚年从海南岛渡海回来的时候说，"九死南荒吾不恨"，因为"兹游奇绝冠平生"。人，不只是在顺利的环境之中才能完成自己；在困难的环境之中，也一样能够完成自己。这里边很重要的一点就是要有一种赏玩的余裕。虽然是艰苦患难之中，但是你能保持一种赏玩的心情，那么你就能够有所获得。《圣经·新约》上说过这样一句话："万事都互相效力，使信主的人得益处。"意思是，你只要是信主的人，你就可以在无论什么事情之中都得到益处。如果我们不提宗教，只从哲学修养这一方面来讲，那就是说，假如你真的有一种对哲理的了悟，那么万事都会互相效力，使你无论在什么环境中都能得到益处。苏东坡就差不多达到了这样的境界。在这首词里，他说的只是下雨这么一件小小的事情，却从中悟出了这么多的哲理。我们以前讲过柳永的词，柳永就喜欢写下雨。可是柳永的下雨写的是什么？柳永是："对潇潇、暮雨洒江天，一番洗清秋。渐霜风凄紧，关河冷落，残照当楼。是处红衰翠减，苒苒物华休。"他是从大自然的变化之中体会到生命的短暂无常，是一种"秋士的悲慨"，并没有一种哲理的了悟。至于李商隐就更不用说了，他是"楚天长短黄昏雨，宋玉无愁亦自愁"。他们从雨中得到的只是一种哀感。可是你看人家苏东坡，他说："莫听穿林打叶声，何妨吟啸且徐行。"又说："竹杖芒鞋轻胜马，谁怕？一蓑烟雨任平生。"

我的老师晚年写过和陶渊明的《饮酒》诗二十首，其中有这样两句："知足更励前，知止以不止。"很多人对物质的欲望像一个无底的深洞，叫作"欲壑难填"。如果一个人永远处在物欲的笼罩之下，永远被欲望所控制，那么他就永远不会有任何的了悟。所谓"知足"，不是那种颟顸的、庸碌的、不思进取的知足；而是要你在知足之中，更加努力向前。我常常听到有人说："不是我不读书，是我读书的环境不好啊。"他们往往有很多很多的借口为自己解脱。可是，历史上不是也有很多人是在很艰苦的环境中念的书吗？欧阳修小的时候，家里贫穷，没有钱买纸笔，他的母亲就"画荻教子"——拿一支荻当作笔在灰上写字。辛弃疾有两句词说："莫避春阴上马迟，春来未有不阴时。"他说你不要逃避春天的阴雨而不肯出门，否则，整个春天经常是阴雨天气，难道你就把整个的春天都放过去吗？你老是说，我没有马骑，所以就不出去。那么如果你永远没有马，难道你就永远也不出去了？这是不成的。苏东坡说："我虽然没有马，但是我有竹杖，还有芒鞋。我觉得它们很轻快，比骑着马还舒适。”这就是所谓“知足”。而他后边说：“谁怕?”就是励前，是在知足之中的励前。就是说，不需要欲望的满足，不必等待条件，你也依然能够向前。苏东坡现在没有马，也没有雨具，但是他在风吹雨打之中依然吟啸徐行，走自己的路。“蓑”是渔夫穿的那种蓑衣。渔夫常常在风雨之中驾着船到江上去捕鱼，身上只穿一件蓑衣。“一蓑烟雨”是说整个蓑衣都在烟雨之中，实际上也就是说他的全身都在风吹雨打之中了。他说，我就像那渔夫一样，在风吹雨打之中也要出去，任凭我的一生遇到多少风吹雨打，我都不怕。写到这里，他写的已经是人生的风雨了。

我年轻的时候曾经受到我的老师的影响——还不只是他在文学欣赏上对我的影响，我要说的是他在讲诗歌时所联系到的做人的态度对我发生的影响。我在大学念书的时候写过两句诗：“入世已拼愁似海，逃禅不借隐为名。”我想，我这样写，与我的老师当时和我们谈到诗人的修养很有关系。一个人只要入世生活，一生中总会遇到挫折和打击的。入世，不一定就被世上的物欲所引动，也不必怕世间的艰苦和患难。我的老师说过，要用出世的心情，去做入世的事业。我的一个研究生写了一篇论文，论李白的道家思想。他的论文里谈到，中国古代有一些人常常是先去隐居学道，同时又怀有一种入世求仕的心理，这两者岂不是互相矛盾吗？但是，从六朝一直到唐朝，统治者对那些在山中隐居的高士特别尊重，常常把这些人请出来，要他们入世做官。为什么要请他们做官呢？这些人高在哪里呢？因为，一般入世的人是为了得禄而做官的，但如果这个人去隐居了，那就说明他本来就不要利禄。这样的人要是能出来做官，才真的是要干一番事业，真的是要在国家危亡苦难之际献出他的一份力量。所以，这种入世和出世相反而又可以相成。怀有不追求世俗利禄的出世的心情，而能够做出入世的事业，这样的人才真正伟大。“入世”和“逃禅”并不矛盾。古人说：“不见可欲，则心不乱。”你关起门来去修行，就以为自己是清心寡欲了，其实，那是由于你没有受到物欲的引诱。一旦开了门，有了物欲的引诱，你会不会变，那就是另外一个问题了。孔子说：“鸟兽不可与同群，吾非斯人之徒与而谁与？”意思是说，鸟兽和我们不是同类，我不能与它们同群，如果我不和人类在一起，那么我和谁在一起呢？佛说：“我不入地狱，谁入地狱？”又说：“我不度众生，誓不成佛！”所以佛教的最高境界也是要入世的，但应该虽入世而不受世间的物欲所笼罩和左右。我的老师在课堂上给我们讲文学、讲诗歌的时候，也常常讲到做人的态度。这是因为我国古代的诗人，他们本身真的有这样一种修养的境界。所以你要想了解苏东坡，就先得了解他这种修养的境界。这首《定风波》他表面上写的是下雨，实际上就有一种人生哲理的象征。

“料峭春风吹酒醒，微冷，山头斜照却相迎。”“料峭”是形容词，这两个字永远是形容春寒的。冬天的寒冷是“朔风凛冽”，春天那种乍暖还寒的寒冷就是“料峭”。我以前曾经说过，苏东坡常常喜欢写从梦中醒觉的这样一种境界。像“古今如梦”啊，“人间如梦”啊，“觉来小园行遍”啊……都是如此。但现在他写的不是梦而是酒，“酒醒”同样也是一种醒觉。“料峭春风”有一种寒冷的感觉，《永遇乐》的开头“明月如霜，好风如水”也有一种寒冷的感觉，就是那种寒冷才使你醒来的。可是，“料峭春风”并不是一件坏事情。“微冷”，说得很好，人在醒觉之后，会有一点儿冷的感觉。但后边他说得更好——“山头斜照却相迎”，“相迎”两个字用得非常好。当你经过了风雨，感到寒冷的时候，忽然间一抬头，看到了山头那西斜的太阳，心中马上升起一种亲切和温暖的感觉。这话很难讲，但在人生之中确实有这样一种体会。在这个时候，你就知道下雨之后终究会晴，你就会对宇宙之间的循环有了一种了悟，你就不会永远沉陷在悲苦和挫折之中。由于你对人生有了一个比较彻底的认识，所以在微冷的醒觉之中就有了亲切温暖的感受。这使我们联想到，苏东坡还说过："参横斗转欲三更，苦雨终风也解晴。"西方的诠释学认为，一个作家不管写出多少不同的作品，你都可以透过他所有的作品找出他的一个中心的感情意境之所在。那么，通过苏东坡的这么多首诗和词，我们也可以找到他的一个基本的修养之所在，那就是"山头斜照却相迎"——一种通观。

"回首向来萧瑟处，归去，也无风雨也无晴。""向来"，就是我过去所来的地方。他说，我回头看一看我过去所来的地方，穿林打叶，雨打风吹，那不是很萧瑟很凄凉吗？这实际上是指他平生所经受的那些打击和苦难。他说，我现在悠然自在地走我自己的路，走向自己所追求的那个目的地，在我的心中，既没有风雨，也没有晴天。就是说，他现在已经超脱于风雨阴晴之上了。"风雨"和"晴"指的是什么？"风雨"是打击，是一种不幸；"晴"是温暖，是幸。有的人把打击和不幸看开了，对温暖和幸福却不能看开，那也不对。"也无风雨也无晴"的意思是，无论是打击和不幸也好，无论是温暖和幸福也好，对我的心都没有干扰，都不能转移和改变我。风雨是外来的，我还是我；晴朗也是外来的，我也还是我。现在，他已经不只是通观，而且有了一种超然的旷观。唯其如此，苏东坡在晚年才能够达到一种很高的修养，写出"云散月明谁点缀，天容海色本澄清"这样的句子来。《定风波》虽然只是一首小词，但是他写出了很丰富的对人生的体会。

第十节

我们还要讲一首苏东坡的《木兰花令·用欧公西湖韵》。这也是一首小词。

霜余已失长淮阔，空听潺潺清颍咽。佳人犹唱醉翁词，四十三年如电抹。　　草头秋露流珠滑，三五盈盈还二八。与余同是识翁人，惟有西湖波底月。

我们说，词从五代到北宋到苏东坡，它所走的道路经过了从歌筵酒席间所唱的曲子到诗人抒情言志所写的诗篇这样一个演进过程。苏东坡把词诗化，达到了最高的成就。古人用诗唱和赠答时常常要用韵，但词是写给歌女们唱的，本无所谓唱和赠答。可是苏东坡现在就要唱和赠答，而且用的是欧阳修的韵。苏东坡是在欧阳修当主考官时考中的进士，应该算是欧阳修的门生，所以欧阳修是他的前辈。苏东坡用欧阳修的韵，可见他已经把词的地位看得同诗一样，不再是歌筵酒席之间写给歌伎酒女们的歌词了。

我以前曾经说过，中国的词是从歌筵酒席间的歌词逐渐演进到相当于诗的地位的。到了苏东坡这里，已经是这个演进的最高峰。苏东坡是这个演进的历史过程中成就最大的一个人。我们可以从东坡词里看到他的成就。同时，不知大家是否注意到，苏东坡在词牌下边常常有一个题目，或者是一个短的序文。像《念奴娇》的题目就叫《赤壁怀古》。像《永遇乐》就有一个很短的序文："彭城夜宿燕子楼，梦盼盼，因作此词。"我们刚讲的《定风波》那首小词也有一个小序："三月七日，沙湖道中遇雨，雨具先去，同行皆狼狈，余独不觉。已而遂晴，故作此词。"从这里我们可以看到词向诗转化的一个明显的迹象。

过去的词没有题目，因为它是歌筵酒席上唱的歌曲，只需用漂漂亮亮的词句描写一个女孩子的相思爱情之类，然后交给歌女去唱就是了。苏东坡的很多词都有题目或者有短序，这正说明他是把词当作抒情言志的诗来写的。诗有题目，因为诗写的是诗人自己的怀抱志意。现在词也有了题目，说明词已经演进到与诗具有相同的性质了。

现在我们要讲的《木兰花令》也可以证明这一点。从前没有人用词来酬应或唱和。苏东坡用词来和他的老师欧阳修的韵，可见他已经把词的地位看得相当于诗了。我以前说过苏东坡的才大，能够举重若轻，无论多么困难的题材、多么困难的韵字，他运用起来都能够显得非常自然。《木兰花令》这首词的韵字都不是常见的韵字，但苏东坡写得非常好。苏东坡不只是这一首词用人家的韵用得好，他还有一首《水龙吟·次韵章质夫杨花词》写得比章质夫的原韵更好。我们现在没有时间讲那首词，你们可以把章质夫的原词和苏东坡的和韵加以比较，你们可以看出来，章质夫的那首词写得真是不好。现在苏东坡用的是欧阳修的韵，他们两个人各有各的好处。词的牌调有时有不同的名字。《木兰花令》也叫《玉楼春》，就像《蝶恋花》又叫《鹊踏枝》一样。我们先看欧阳修的原词：

西湖南北烟波阔，风里丝簧声韵咽。舞余裙带绿双垂，酒入香腮红一抹。　　杯深不觉琉璃滑，贪看六幺花十八。明朝车马各西东，惆怅画桥风与月。

你看，欧阳修一开口就有他的特色，他真的是一个懂得赏玩的人。欧阳修曾经在颍州做官，所以这个“西湖”是颍州的西湖而不是杭州的西湖。这个西湖据说现在已经消失了，但当年曾经是很大的一片湖泊，所以他说“西湖南北烟波阔”。一阵微风吹过，管弦的声音在水波上流动，这就是“风里丝簧声韵咽”。那个跳舞的女孩子，裙子上系着绿色的裙带。她一旋转，那带子就飞起来；她一立定，那带子一下子就垂下来了。当这女孩子喝过酒之后，她的脸上就像是抹上了一些胭脂。“舞余裙带绿双垂，酒入香腮红一抹”，这两句把那女孩子描写得很生动，里边有一种赏玩的意兴——并没有什么淫邪的意念，完全是一种对美的欣赏。“琉璃”指的是酒。“杯深不觉琉璃滑”是说，虽然酒杯很深，可是他一下子就干了一杯，并没有感觉到杯里有那么多的酒。为什么呢？因为“贪看六幺花十八”。这“六幺花十八”是当时歌舞曲子的名字，它是歌舞中曲拍和动作最繁杂的一段。好了，到此为止，欧阳修写的都是繁华的歌舞。可是下边他就说了：“明朝车马各西东，惆怅画桥风与月。”这就是欧阳修！他常常在赏玩之中表现出他对人生的一种体悟。欧阳修这首词里的“抹”字、“八”字、“滑”字，用得都很恰当。尤其是“八”字，“花十八”恰好是一个舞曲的名字。但是如果现在要你填一首词，必须押一个“抹”字，你写什么“抹”呢？必须押一个“八”字，你写什么“八”呢？这就很困难。可是你看人家苏东坡的和韵写得真是好。欧阳修这首小词只是写听歌看舞的消遣，而苏东坡这首词从内容上说起来实在是比欧阳修更丰富。苏东坡真是大才！他和人家的韵一点儿也不觉得拘束，而且能用人家的韵字写出非常深远的感情来，头两句就写得极好：“霜余已失长淮阔，空听潺潺清颍咽。”这里边有很多人生的感慨。欧阳修当年在颍州做过官。苏东坡外放的时候也曾经来到颍州，这时距离欧阳修在颍州做官的时候已经是四十三年之久了；而且，欧阳修曾经是苏东坡的主考官，是一个很欣赏苏东坡的人，苏东坡是很怀念他的。淮水是中国的一条很大的河，仅次于长江、黄河。流经颍州西湖的颍水则没有淮水那么大，也没有淮水那么出名。苏东坡在这里有两点写得好。第一是秋景写得好。苏东坡的《后赤壁赋》写秋冬之际他第二次去游赤壁，说是“山高月小，水落石出”。因为夏天一下雨，水就涨起来；而秋冬之际雨量减少，水就浅了。淮水也是如此。夏天一阵大雨之后，水涨起来，河就变得很宽；下过霜以后，天气渐冷，很久不下雨，淮水就变得很窄了。“霜余已失长淮阔”写秋天萧瑟凄清的景色写得很好。可是不止于此，它还有第二点好处，就是有一种象喻的意思。这象喻只有和下一句对比才更明显，这是苏东坡表示对欧阳修的怀念。写对一个人的怀念有不同的写法，有的人就写：“我真是怀念你呀……”尽管他真的是很怀念，可是写得太笨了，一点儿都不给人感动，一点儿都不美。你看人家苏东坡写对欧阳修的怀念写得多么自然、超越，多么形象化！他说那伟大的东西慢慢地已经消失了，欧阳修已经过去了，现在只留下了潺潺的颍水。既然淮水的水少了，颍水的水当然也就少了。当水少的时候，那水流就不会波涛澎湃，而是发出一种类似呜咽的声音。所以，“霜余已失长淮阔，空听潺潺清颍咽”这两句既是写实——写颍州西湖秋景，又是写对欧阳修的怀念，写得真是情景交融，寓托深远。

这首词的头两句写风景是写实的，下边两句“佳人犹唱醉翁词，四十三年如电抹”，写情事也是写实的。大家还记得吗？我们讲欧阳修的时候，说他在颍州写了十首《采桑子》，有“轻舟短棹西湖好”“春深雨过西湖好”“画船载酒西湖好”……都是歌咏当地的颍州西湖的。后来，人们到颍州西湖来游玩的时候，都喜欢唱欧阳修的这些词。四十三年之后，这里的歌伎舞女们唱的依然是当年欧阳修的词，这是真实的情事。可是，这四十三年的往事消逝之快，就像天上的一抹闪电。佛经上所说的“如梦幻泡影”，也是这个意思。苏东坡这感慨今昔写得很好，真是一笔就把所有的繁华都抹杀了。

我刚才说了，“滑”字和“八”字很难押，我们且看苏东坡是怎么押的——“草头秋露流珠滑，三五盈盈还二八”。“流珠”就是露水珠。秋天草叶枝梢上有露水，风一吹，草叶一动，露水珠就掉下去了。人生的短促也就是这个样子。人们写人生的短促时常常说："人生有如朝露。"古代还有一首送葬的挽歌叫《薤露歌》，歌词说："薤上露，何易晞？露晞明朝更复落，人死一去何时归！""薤"是草叶。说是那草叶上的露水是多么容易被晒干！但露水干了，明天早晨还可以落新的露水；人死了这一去，什么时候才能回来呢？所以，草头上的露水就代表了生命的短暂，是说欧阳修已经死去了，四十三年已经过去了。下面，他就要押这个"八"字的韵。这苏东坡真是才大，他说——"三五盈盈还二八"！什么是才大呢？才大有几种情况。一种是"感受"这方面的才——你的感受比别人敏锐，你的观察也就比别人敏锐；另一种就是"表现"这方面的才。我曾经讲过，看一首诗的好坏先要看它感发生命的多少、厚薄、大小，然后就要看这感发的生命传达得如何。这里面一个是"能感"的因素，一个是能写的因素。在"表现"的这一方面包括语汇的丰富和想象的丰富。语汇的丰富是可以训练的，你只要多读书，多背诵，语汇自然也就多了。可是想象的驰骋，那是天生来每个人各有不同的。苏东坡是大才，他在各方面都很丰富。这"三五盈盈还二八"写得真好。他不但把"八"字的韵押得这么自然、通顺，而且这一句所表现的感情和哲理都很丰富。这一句说的是什么？是月亮。因为他后边还有呼应，他说："与余同是识翁人，惟有西湖波底月。""三五"是一十五；"二八"是一十六。每月十五的时候，月亮是圆的；到了十六依然是圆的，看起来和十五的时候差不多。可是月亮在十五和十六如果真的差不多，后来怎么会变成只剩下一半呢？它不是在一天一天地减少吗？事实上，十六的时候月亮已经不圆了，只不过那时候你没有看出来而已。杜甫说，"一片花飞减却春"，可是人们总是要等到花都落下的时候才突然明白：春天已经过去了。月亮有"十五"的"盈盈"，就有"二八"的残缺；

人生也是一样，有聚就有散，有合就有离。苏东坡说，现在西湖的游客已不是四十三年前的游客，和我一样当年曾经认识醉翁欧阳修的人还剩下有谁呢——只有西湖水中的明月！你看，人家苏东坡并不写什么“断肠双泪流”之类的句子，但却表现出十分深刻的今昔怀思的悲感，而且写得非常超越和自然。所以，前人说苏东坡的词“正如天风海涛之曲，中多幽咽怨断之音”，这并不是偶然的。他的词，不管是长调还是小令，都有很高的境界。

缪元朗　安易　整理

第三讲

说秦观词

第一节

我们今天开始讲秦观。我以前说过，我们每讲一个词人，除了讲他个别的成就和特色之外，还尽量要给大家一种历史的线索，使大家能对词的发展有一个认识，而且，我们还常常把后一个词人跟前一个词人作一些对比。秦观字少游，号淮海。他是苏东坡的好朋友，两个人互相欣赏，可是这两个人在为人方面和为词方面是颇有差别的。那么，我们就通过苏东坡和秦少游这两个人为人与为词的不同来介绍秦少游。

我们先从为词的这一方面来讲。词的诗化——把歌筵酒席间的歌词转化为抒情写志的诗篇，这是苏东坡最高的成就。苏东坡是一个超旷、豪放的人，他把他那超旷的风格和情调也表现在词里边了，这是对词的一个很大的拓展，使词演进到一个新阶段。可是不要忘记，词本来是在歌筵酒席之间给那些漂漂亮亮的女孩子们歌唱的，它的本质是婉约、纤细、柔媚的，而秦少游就最能表现出词的这种特质。这不仅是我这样说，以前的读者也有很多人看到了秦少游的这个特点，其中我特别要提出来的，就是冯煦的《蒿庵论词》。这个冯煦我们以前讲过，他跟冯正中同姓，曾经编纂过《阳春集》。冯煦字梦华，号蒿庵，他有一本书就叫《蒿庵论词》，那里边有一句话说："他人之词，词才也。少游，词心也，得之于内，不可以传。""词才"是写词的才能，有丰富的语汇，有丰富的想象和联想，能感受，能观察，这是有词才；而能够蕴涵有词的那种婉约、纤细、柔媚的质素，才是有词心。苏东坡的"大江东去，浪淘尽、千古风流人物"写得也很好，语言和想象都好，可那是豪放的，是另外一种风格、另外一种性质，它与词的本来的特质并不完全相合。而秦少游的词在词的演进上的作用是使诗化了的歌词再回归到词的本质。在所有的这些词人里边，最能够表现词的特质的就是秦少游。清朝的周济是一个有眼光的文学批评家，他的《介存斋论词杂著》里有这样的话："少游正以平易近人，故用力者终不能到。"秦少游的词在外表上很平易很寻常，并不是强有力的，可他正是以他的平易近人使人受到感染。周济说，由于秦少游具有这种特色，所以那些用力逞气的人无论如何也不能达到他的境界。冯煦和周济说的话都很对，可是我们要是没有一个例证就不能更确切地说明秦少游的这种特色。所以，现在我就把他的两首《画堂春》的小令抄给大家看一看：

东风吹柳日初长，雨余芳草斜阳。杏花零落燕泥香，睡损红妆。　　宝篆烟消鸾凤，画屏云锁潇湘。暮寒微透薄罗裳，无限思量。

落红铺径水平池，弄晴小雨霏霏。杏园憔悴杜鹃啼，无奈春归。　　柳外画楼独上，凭阑手撚花枝。放花无语对斜晖，此恨谁知。

这两首小令用的字都很平常，但是里面都含有非常纤细、婉约的感受。我们先看第一首。“东风吹柳日初长”写得真好。有的人写了半天，用了很多字，连一点点自己的感受都没写出来，可是秦观用这么平常的几个字就写出了自己的感受。“东风”是春天的风，春风是比较温柔、轻缓的。天气渐渐地暖和了，柳条垂下来，在春风的吹拂下慢慢地摇摆。宋人的诗句说“风里垂杨态万方”，又说“杨柳微风百媚生”——风里的垂杨柳有各种美丽的姿态，那确实是仪态万方的！欧阳修的小词说：“群芳过后西湖好，狼籍残红。飞絮蒙蒙，垂柳阑干尽日风。”那也是欣赏垂柳整天地在微风之中轻轻舞动的样子。所以“东风吹柳日初长”七个字虽然看似平常，但却有无限情致。次句“雨余芳草斜阳”，写下过一阵雨之后，在落日的余晖中，看到了被雨水洗过的那些碧绿的芳草。在春天花开的时候，如果是日正当中，白花花的太阳光线太强了，你就不能把那些红颜色、绿颜色的明暗看得很清楚；可是如果在黄昏，太阳斜着照射过来，而且刚刚下过雨，那花的红、草的绿，就显得特别地分明。“杏花零落燕泥香”：杏花已经开完了，花落在地上与泥土混合起来，燕子就把这些带着落花的泥土衔去做了它的巢。周邦彦就有一首词说："落花都入燕巢泥。""睡损红妆"：那女孩子在春天这种美丽的天气有一种惆怅寂寞的心情，但是他没有说那女孩子是怎样寂寞哀伤，只是说她没有游春的兴致，所以睡损红妆。那么她的闺房是什么样子？是"宝篆烟消鸾凤，画屏云锁潇湘"。"鸾凤"是鸾凤形状的香炉，"宝篆"是一种盘曲的香。他说篆香的香烟从那形似鸾凤的香炉喷出，然后慢慢地消失了，屏风上的画图是一幅烟云渺茫的潇湘风景。中国人认为潇水湘水一带是南方风景美丽的地方，所以可能画屏上真是画的烟云渲染的潇湘景致，可是这也更能表现女子那惆怅的情怀。"暮寒微透薄罗裳，无限思量"：黄昏时天气很冷，料峭春寒浸透了这女子单薄的罗衣，引起了她的无限思量。这真是很柔细的笔法。

我们再看下面这首《画堂春》。"落红铺径水平池"：落花已经铺满在小路上，池里的水已经涨到和池的边相平了。池里的水为什么涨？那是因为春天下了好几场雨的缘故。你看，他写得多么闲淡，好像是随随便便地写下来的，"铺"字、"平"字都不是带有锋芒棱角的字。然而，他写的是暮春的景色，而且有一种伤春的意思，不过他没有直接写，这"落红铺径水平池"就是他对那暮春景色的细腻的感受。接下来是"弄晴小雨霏霏"。"霏霏"是细小的雨丝在飘的样子。"弄晴"，是说天快要晴了，可是还有一些小小的雨丝在日光之中闪动。"杏园憔悴杜鹃啼"：杏花的憔悴，那是因为美丽的春天已经快要结束；而杜鹃鸟的啼叫，也是暮春的一种象征。"无奈春归"：春天走了，你又有什么办法！由于"落红铺径水平池"的伤感，由于"弄晴小雨霏霏"的迷惘，所以就"柳外画楼独上，凭阑手撚花枝"。"柳外"是柳树的边上。他一个人登上了柳树边的画楼，画楼栏杆外面有高高的花树，他就用手指撚着树上的一个花枝。在手撚花枝惆怅良久之后，他并没有把花枝折下来，而是"放花无语对斜晖"，这感觉真是太细腻了。对于春天快要归去的那一份伤感，对于花快要开完了的那一份怜惜，这些他全都没有写，要靠你自己去想象。“此恨谁知”：这种怅惘和愁恨，不但别人不能够了解，连他自己都很难把它具体明白地说出来了。所以，他只是把他自己的所见所感放到读者面前，大家念这首词，也就像亲自体验到了他的所见所感。这就是秦少游。这就是人家之所以说他有“词心”。

我们下一次再讲秦少游的为人好了，现在先讲了他的词的特质。然而，秦少游的词并不只这一方面的特质，他在晚年经受了挫折之后，词风就有了一种改变。

前人批评说，别人的词是“词才”，少游的词是“词心”。当然啦，所有的诗词作品都注重一种感发的本质。所谓感发的本质，就是内心之中的一种感动。可是为什么特别说秦少游是“词心”呢？因为一般人认为诗跟词在本质上应该是有一点儿差别的。词在兴起的时候是歌筵酒席之间的艳曲，是给那些少女们来歌唱的，所以在本质上比诗柔婉，而豪放一派如苏东坡和辛稼轩，大家都认为他们是词里边的一种变调。我上次说过，苏东坡把词向诗这一方面发展达到一个高峰，而秦少游把词又带回它那柔婉的本质。我曾经举了秦少游的两首小词，特别是那首“落红铺径水平池”，那“铺”字、“平”字，都是非常柔婉的字，你可以把它和李后主的“林花谢了春红”相比较。晚唐五代虽然还没有所谓豪放词，但李后主在晚唐五代的词人中要算是比较奔放的一个，他的感伤也是奔放的、强烈的。而你再看秦少游的“凭阑手撚花枝”，那种伤春惜花的感情写得是多么柔婉、纤细！王国维的《人间词话》引了冯煦的一句话：“淮海、小山，真古之伤心人也。其淡语皆有味，浅语皆有致。”冯煦说，秦淮海（秦观）和晏小山（晏几道）这两个作者真是古代最伤感的词人哪！他们所说的平淡的话里边都有很深的意味，表面上看起来很浅的一句话都有一种姿态。王国维对冯煦的话有一点点不同意，他说："余谓此唯淮海足以当之。"这是指"古之伤心人""淡语皆有味""浅语皆有致"这三句话，王国维认为只有秦淮海才能配得上这样的评语，晏小山是不配的。为什么呢？他说："小山矜贵有余，但可方驾子野、方回，未足抗衡淮海也。"晏小山的词我们讲过了。我说过，晏小山所写的是一种今昔离合的悲哀，例如："记得小蘋初见，两重心字罗衣。琵琶弦上说相思。当时明月在，曾照彩云归。"那都是酒筵歌席上跟那些歌伎酒女们的离合悲欢，虽然写得很动人，很美丽，但他所怀念的是小蘋，所写的也只是小蘋，并不能给人更深远的感发。又如："彩袖殷勤捧玉钟，当年拚却醉颜红。舞低杨柳楼心月，歌尽桃花扇底风。"他所写的就是那么一个穿着美丽的衣服，捧着酒杯给他敬酒的女子，感慨的就是他听歌看舞的生活之中的离合悲欢。而秦淮海则不同。他说："落红铺径水平池，弄晴小雨霏霏。杏园憔悴杜鹃啼，无奈春归。"他说："柳外画楼独上，凭阑手撚花枝。放花无语对斜晖，此恨谁知。"秦淮海的伤春里边，没有被今昔离合悲欢的某一个特定情事或人物所拘限，他所写的是内心深处的最细微的体会，所以写得耐人寻味。他的感觉最敏锐，最纤细，最容易被触动，能写出对美好的光阴、美好的花朵的那份爱惜和珍重；写出对不能够长久保留的美好的东西的哀惋和叹息。这就是秦少游之所以为"词心"的缘故，也是他和晏小山不同的原因。在这点上我同意王国维的话。王国维在后边还说，秦少游的词境"最为凄婉"。我们刚才说过他是柔婉，可是他所有的词都是在柔婉之中表现一种凄凉无奈的感情。我们可以拿大晏来作比较。大晏的词也是很柔婉的，也不用那些强烈奔放的字句，可是大晏在柔婉之中有一种明朗、旷达的理性。大晏也写伤春，他说，"满目山河空念远，落花风雨更伤春"，可是接着就说："不如怜取眼前人。"而秦淮海的词则是在柔婉之中表现了一种凄凉无奈的感情。你看他写的是"杏园憔悴杜鹃啼，无奈春归”，是“放花无语对斜晖，此恨谁知”。他不用“林花谢了春红”“人生长恨水长东”这类强烈的字句，也不用“似曾相识燕归来”“不如怜取眼前人”这类理性的思致，他的词里边总是有一种无可奈何的悲哀。这就是秦淮海词的一个最大的特色。可是王国维又说：“至‘可堪孤馆闭春寒，杜鹃声里斜阳暮’则变而为凄厉矣。”“凄厉”是一种非常强烈的悲惨的感情。王国维举的这两句词的词调是《踏莎行》，这首词我们以后是要讲的。秦少游为什么后来写出这样悲惨的句子来呢？那是因为他在仕宦方面受了挫折，他曾经被贬官到了郴州。要说明为什么他晚年的词风变为“凄厉”，就得讲他为什么事情而被贬官，所以我们现在就要讲秦少游的生平了。

我们在讲词的时候，除了讲一个人的成就特色之外，也结合着历史的发展，拿一个跟他最接近的作者作比较。就像大晏和李后主我们作过比较，大晏和欧阳修我们也作过比较。现在，我们刚讲完了苏东坡又接着讲秦少游，就要把这两个人也作一个比较。苏东坡和秦少游两个人是很好的朋友，但苏东坡比秦少游差不多要大十三岁，两个人在做人的修养这一方面也是不同的。苏东坡这个人很旷达，无论外界给他什么样的打击，他自己内心总有一种不变的持守。从中国的古典诗歌中，你可以看到一个人的修养是多么重要。有时候，一个人遭遇到什么事情并不能够完全自主，因为外在环境的改变有时不是你能够掌握或预料的。可是，对于遭遇到事情之后的反应就是可以自主的了。同样是遭到贬官的不幸，每个人的反应都不同。苏东坡和秦少游被贬官都是因为新旧党争，都被看作元祐党人被贬出去，可是苏东坡的反应跟秦少游就完全不一样。

这里我要插一句，北宋的新旧党争实在是很不幸的一件事情。其实，新党的王安石是有政治理想的，旧党的司马光也是一个有理想的人，自从宋太祖杯酒释兵权之后，由于朝廷重视文人，所以北宋可谓人才辈出，而不幸的是，北宋居然就在这些既有文学才华又有政治理想的人们的斗争之中被送上了灭亡的道路。这真是很可惋惜的事情。之所以如此，有两个重要的原因：一个是王安石、司马光他们虽然都不是小人，但是他们用人不当；另一个就是他们都意气用事，不能客观地平静地考虑新政和旧政中的弊害。现在有人常常说中庸之道不好，矫枉必须过正。我还听见一些年轻人跟我说，他们就是要在曲折之中找一条直的路。可是，如果你太意气用事，太不理性，没有一个平静的反省，那么你不是向这边弯就是向那边弯，永远也走不直。北宋的党争就是如此。

我们接着讲秦少游。历史上记载，秦少游是高邮人，出身于贫士之家。关于他的祖父和父亲没有什么仕宦的记载，只是说他的父亲曾经“游于太学”。秦少游的词风是柔婉而凄凉的，然而从他年轻时的为人来看，却与此全然不同。《宋史》上说他少年时“豪隽”“慷慨”，“好大而见奇”，并且喜欢“读兵家书”。所谓“慷慨”就是很激昂，很容易被感动。那时候，他是一个英雄、豪放的少年，喜欢阅读讲论战争的书，志意远大，而且常常有过人的见解。在秦少游的时代，北宋已经是积贫积弱，西北方的夏、辽都兴起了。秦少游很希望能够为国家建立功业，写过一篇《单骑见虏赋》，说的是唐朝的郭子仪单枪匹马来到敌人的营帐，慑服了敌人，这当然是很有豪气的作品。秦少游对苏东坡是很欣赏和崇拜的。苏东坡曾被贬到杭州去做通判，后来又移到密州去做太守。当他从杭州出发到密州去的时候，就要经过扬州附近。秦少游听说苏东坡要来了，就在苏东坡将要经过的路上题了一首诗，既模仿苏的作风，也模仿苏的书法。苏东坡看到之后十分惊奇地说：“什么人能够写出这样的诗来？”后来有人把秦少游的作品拿给他看，他看了就说：“向书壁者必此郎也！”所以苏东坡对秦少游也很欣赏。后来，秦少游去参加科举考试，但不幸没有考中。而一受到挫折就可以看出人的不同了，有的人不管碰到什么样的挫折，我依然是我，一次考不上就再试一次，像韦庄，一直到五十多岁才考中进士；有的人则是旷达，考不上就算了，不把它放在心上。可秦少游这个人不是这样，受到挫折以后，就把他少年的壮志都挫伤了。过去他写过《单骑见虏赋》，现在就写了一篇《掩关铭》，说从此我就把门关起来再也不求仕了。这时苏东坡已经从密州移官到徐州，在徐州建了一个镇压水患的楼，叫黄楼。秦少游到徐州来拜访苏东坡，为苏东坡写了《黄楼赋》。苏东坡就勉励他去参加考试，理由是他"亲老家贫"。古人说，出来做官不是为了挣钱，而是为了修身齐家以后，应该治国平天下，所以孟子说"仕非为贫"。但是孟子又接着说："而有时乎为贫。"为什么呢？因为你虽然不怕自己受苦，但孝顺是一件很重要的事，当家贫亲老，无以奉养的时候，你就要谋求仕禄以奉养你的父母。另外，古人还常说"扬名声，显父母"，认为这也是一种孝道。所以苏东坡勉励秦少游说，即使是你自己失望了，不想出来做官了，你也应该为你父母的奉养来着想。而那是什么时候呢？正是新党当政，神宗实行变法的时候。后来王安石罢官在金陵闲居，而苏东坡在乌台诗案之后贬黄州，后又移官汝州，路过金陵的时候就去拜访王安石。两人留连累日，唱和颇多，苏东坡曾有诗句说："从公已觉十年迟。"其实苏东坡和王安石如果真的能够合作，那对北宋将是一件很幸运的事情，可惜当时并没有这样一个机会。在这次拜访中，苏东坡就把秦少游的诗文拿给王安石看了，向他推荐秦少游。后来王安石给苏东坡写信说，你对秦少游"口之不置"，并把他的诗文给我看，你走了之后，我读这些诗文也是"手之不舍"。所谓"口之不置"，就是不断地称赞，可见苏东坡很赏识秦少游，确认他是一个人才。

自从唐朝以来，很多要到京城去参加科举考试的年轻人都把自己的诗文写成手卷，送给当时的名公巨卿，先造成一种声望，然后就容易考上了。秦少游经过苏东坡的揄扬，经过王安石的欣赏，就在神宗元丰八年（1085）考上了进士。可是你要知道，宋神宗就是在元丰八年死的，他的儿子哲宗即位，年号元祐。哲宗年岁很小，由宣仁太后执政。宣仁太后不喜欢新法，于是就起用旧党的人，把苏东坡他们都召回来了。秦少游考中进士后，曾被派做定海主簿和蔡州教授，苏东坡一回汴京，就在朝廷里推荐秦少游，于是秦少游很快也被召回来，先是在秘书省做郎官，后来又起用他做国史院的编修官。要知道，从外任调到京城来，做到国史院的编修，这是很不容易的。像李商隐、柳永等人都是终身流落在外边，奔波于道路之中，盼望回到朝廷却没有这样的机会。所以秦少游就应该是很幸运了，不是吗？可是天下的事情真是很难说，老子说“祸兮福所倚，福兮祸所伏”，你认为幸运的事情，也许就造成了你最大的不幸。国史院的编修官是很清贵的官职，但由此就发生了一件事情，就是让他来主修《神宗实录》。古时候皇帝死了要给他写传记。神宗刚刚去世，就需要把他生平的事迹整理出来，叫作“实录”，等后来正式编到史书里边，就叫“本纪”了。但主修神宗的实录实在是一件最困难的事情了。因为神宗是实行变法的，而现在是宣仁太后执政，起用旧党。对神宗的功过，你很难给他一个切实的评价，说他好也是错，说他坏也是错。秦少游因为主修《神宗实录》，就遭到了朝廷上很多人的忌恨，并遭到弹劾，所以他曾经一度以疾引退。苏东坡还想要把他再召回来，但不久之后，宣仁太后死去了，哲宗亲政，重用新党之人，苏东坡又被贬出去了。这时就有人控告秦观主修的《神宗实录》记述不实，于是就把他贬到处州去监酒税，这是很卑微的一种小官。秦少游少年时性慷慨，喜欢大言，好像是很有豪气，可是一遇到挫折马上就经受不住，所以他考不上进士就作了《掩关铭》；被人家谗毁就要请假，要辞职；被贬官到处州之后，他就要去学佛了。于是就又发生了谒告写佛书的事。宋人所说的“谒告”就是请病假。由于他在请病假的期间写佛书，就又被人检举了，这真是一种莫须有的罪名！要知道天下有一些小人，他们没有真正的是非观念和正义感，他们所能做的事情就是跟风和承意希旨：看这个人倒霉了，就落井下石；看那个人得意了，就锦上添花。晋代的陆机遭受冤枉被杀死了，他手下的一个司马站出来替他说话，说他是冤枉的。这非常难得。肯站出来替不幸的人说几句话，这样的人是很少的。通常是，一看到谁被打了，大家就跟着打。秦少游不是被贬官了吗？就有一些承意希旨的小人给他落井下石。不然的话，他远在处州，他请病假写不写佛书谁知道？总之，不是因为中央政府还要贬他的官，就是因为地方上的小人给他打小报告，又一道贬谪的诏书下来，把他从处州贬到郴州。郴州在湖南，当年柳宗元被贬到湖南的永州写了《永州八记》，那都是些很荒凉的地方。经过这次打击，秦少游就更加悲伤绝望。王国维说他“变而为凄厉”的那首词就是他贬官到郴州时写的。在郴州不久，又把他贬到广西的横州；在横州只一年，又把他贬到广东的雷州。在唐朝和宋朝，人们都认为广西和广东是很僻远很荒凉的地方，被贬到那里是很不幸的。苏东坡其实被贬得更远，一直被贬到海外的孤岛海南岛上，可是人家苏东坡写出什么样的诗？苏东坡说“兹游奇绝冠平生”——那是什么样的胸襟和气魄！那么秦少游呢？

今天我们先讲他去郴州时在旅途上所写的两首诗。

门掩荒寒僧未归，萧萧庭菊两三枝。
行人到此无肠断，问尔黄花知不知。

这是第一首。第二首是：

哀歌巫女隔祠丛，饥鼠相追坏壁中。

北客念家浑不睡，荒山一夜雨吹风。

郴州在湖南，湖南是楚地。从《楚辞·九歌》里你就知道，楚地的人“信鬼而好祠”。“巫”是沟通人和鬼神的人，《九歌》就是巫们祭祀鬼神时所唱的歌。“祠”是祭祀鬼神的小庙，“祠丛”是很多的小庙。“哀歌巫女隔祠丛”是说在远远的一群小庙那边，传来了女巫们悲哀的歌声。“饥鼠相追坏壁中”是说饥饿的老鼠们在破烂的墙壁里跑来跑去——那真是一种悲哀而荒凉的气氛。“北客念家浑不睡”：秦少游的家乡是高邮，在长江北岸，他说自己是一个北方的客人，由于怀念家乡，简直不能成眠。“荒山一夜雨吹风”：他这一整夜就只听到荒凉的山野之中风雨的声音。前面第一首是说他住的那个小庙非常荒凉、寒冷，一个和尚都不见，只有几枝菊花。他说，旅客之肠早已断尽，到了这个地方已经无肠可断了，你们这些菊花能够晓得我的悲哀吗？

所以你看，秦少游一被贬官，马上就写出这么悲哀的诗来。他被贬到雷州时，苏东坡也被贬到海南，据说那时候他们还通过书信。后来哲宗去世了，徽宗继位，就把旧党的人又召回去，秦少游就死在北归的路上了，当时只有五十二岁。关于他的死还有段传说。说秦少游曾经在梦中作了一首词，其中有两句是：“醉卧古藤阴下，了不知南北。”意思是，他喝醉了酒，躺在古老的藤萝架下，把南北方向都完全遗忘了。而他这次北归路过藤州，在光华亭休息，他说他口渴，叫人拿水来喝，水拿来了，他就拿着这个水杯，“笑视之而化”。就是说，他看着水杯一笑，然后就死去了。这消息传到苏东坡那里，苏东坡非常悲伤，他说：“少游已矣，虽万人何赎！”意思是说，像少游这样一个有才华的人死去了，别人就是死去多少，也换不回他这样的一个人了！这句话出于《诗经·黄鸟》的“如可赎兮，人百其身”，说是如果能挽回这个人的死亡，每个人都愿意把自己牺牲一百次。

我们在讲秦少游的“词心”时，曾说到他的感受非常敏锐。正因为他感受的敏锐，所以在遭遇挫折之后受到的打击也就更大。李后主如此，秦少游也是如此。好，我们下一次讲秦少游的词。

第二节

今天开始讲秦观的词。

上次，我已经把秦少游这个作者和他的词的特色简单地介绍过了。前人认为，秦少游最有“词心”，他的感受最柔婉，最细腻。那意思是说，词里虽不是不能写豪放的风格，像苏东坡或辛弃疾那样，可是，由于词的源流是在歌筵酒席上给女孩子们唱的歌曲，所以它本来的性质是比较柔婉的。秦少游虽然和苏东坡同时，可是他对于词的柔婉细腻的这一方面的特质特别能够有所发挥。而且，我们说，秦少游的柔婉纤细是得之于心的，他有一种“词心”。这里有几点值得注意。所谓“词心”者，就是说，他内心的感受与词的柔婉纤细的特质特别接近，这是天生如此的。而且，他这种“词心”的感受可以分为外在的与内在的两方面：当他观赏景物的时候，他有柔婉纤细的感受；当他抒写他自己感情的时候，他也有柔婉纤细的感受。这是他的特质。无论是写景还是抒情，他都表现了柔婉纤细的特质。唯其如此，他在短小的小令之中，就特别能够把情景结合，使情景相生。像上次我们讲过的他的《画堂春》（落红铺径水平池），就可以作为这一方面的代表。

秦少游柔婉纤细的特质不仅是表现在小令中，也表现在长调里。他的长调也同样结合了这样一个特质。不过，长调不像小令这么紧凑，所以有的时候他的景与情是分开写的：写景就单写景，写情就单写情。因为长调要铺陈，所以往往前边一大段写景，后边一段才写情。虽然分开写，可是他在情景之间还是互相有一个映衬，有一个呼应，结合得很好。

上次我特别讲到，这种柔婉纤细的“词心”，这种感受的特质，是秦少游本来就具有的。但后来，他在仕途中受到了挫折，他的词风就变而凄厉了。秦少游被贬官是无辜的。那是因为他修神宗的实录，人家说他修得不好。可是，神宗的实录本来就不容易修。在那新旧党争之间，你说他好也不对，说他坏，也不对。秦少游就是因为写神宗实录而获罪了——这当然不是秦少游的罪过。第二次，他又被贬官了，那是因为他在请假的时候写了佛经，当然这也不是他的罪过。而秦少游这个人，他是不能够经受挫折的。苏东坡在挫折苦难之中自己可以安排，可以解脱；可是以秦少游那柔婉纤细的词心，遇到这种挫折，他就写出了非常悲苦凄厉的作品。

好，现在我们就开始看他的词。我们要看他的几首词，这几首词是可以为他性格上这几个方面的特色作出证明的。第一首我们要看的，就是他的《望海潮》。很多词的选本都把这首词选在秦观词的第一首。

梅英疏淡，冰澌溶泄，东风暗换年华。金谷俊游，铜驼巷陌，新晴细履平沙。长记误随车。正絮翻蝶舞，芳思交加。柳下桃蹊，乱分春色到人家。　　西园夜饮鸣笳。有华灯碍月，飞盖妨花。兰苑未空，行人渐老，重来是事堪嗟。烟暝酒旗斜。但倚楼极目，时见栖鸦。无奈归心，暗随流水到天涯。

你看他这种柔婉纤细的感受！无论是写景也好，无论是写情也好，你都可以看到他这种特质。第一句就写得好——“梅英疏淡，冰澌溶泄，东风暗换年华。”

最近，我跟蔡宝珠开车子过来，经过 Marine Drive 路上的一大片樱花树，蔡宝珠常常发生感慨。因为，我们每天经过那里的时候都看到它的转变。在两三个星期以前，我们开车从那里经过，看到它含苞待放，然后慢慢地盛开，那么红艳，充满了光彩，充满了生命；现在，我们再开过那片樱花树的时候，它的颜色就越来越黯淡了，越来越失去了光彩，蔡宝珠说它“病了”。

所以你看，秦少游就把这个感觉写出来了。大家都有这种感受，可是人家怎么就把它写成一首诗或者一首词呢？这就是我们所要学习的。秦少游的感觉是柔婉纤细，他在写词的时候，不用那种很突然的很强烈的字眼，总有一种慢慢地慢慢地感受的意味。他说，“梅英疏淡”。“疏”的形容，“淡”的形容，写得很好。“英”是花瓣。那梅花的花瓣是“疏”了，减少了，因为它的花瓣零落了。它的颜色呢？你很清楚地看见，它从红的颜色慢慢地慢慢地越来越黯淡了，现在就变成了戴绮华所说的“贫血的颜色”了。我们现在所说的花是樱花，它是春天开的，现在已经是春天了。秦少游所说的是梅花，梅花在中国是冬天过年前后开的。在腊月的时候，在雪中，我们就要赏梅花，梅花是冒着寒风冰雪而盛开的。所以，当梅花的花瓣稀疏了，当梅花的颜色黯淡了，当“梅英疏淡”的时候，冬天的冰雪也就快要融化了。所以他接着说，“冰澌溶泄”。什么是冰澌呢？一大片很厚的冰，像中国东北松花江上可以跑车马的那种很厚的冰，那不叫冰澌。“澌”是薄冰，是一片片的、细碎的薄冰。温哥华这个地方冬天不是很冷，今年冬天就根本没有什么冰雪。我在台湾住了很多年，台湾没有冬天，冷的时候也不结冰的。可是，当我在密西根州的大学教书的时候，就赶上了冰雪严寒的一个冬天。唯其经历过冰雪，你对春天来到的感受才特别的鲜明。密西根州大学的校园里有一条小河，那小河上面都结了冰。我每次上课都要路过那小河边，我亲眼看到，那河面上的雪逐渐融化了，然后，冰也开始融化。它逐渐变得很薄，变成一片一片的，然后就裂开了，然后随着水流一片一片地流走了。这就是秦少游所写的"冰澌"。"澌"，就是那薄片的、碎裂的冰。冰澌在水里慢慢地融化，然后就随着水流走了，这就是"溶泄"。你看，秦少游在写景时他的感受是多么柔婉纤细！

"梅英疏淡，冰澌溶泄，东风暗换年华"，这里面每写一个字都写得好。"疏"和"淡"，"溶"和"泄"，每一个字用的分量都是恰到好处。"东风暗换年华"，"暗换"两个字也写得很好。什么叫作年华呢？年华是一年的芳华，最美丽的日子。秦少游说，当春风吹来的时候，就暗中把景色改变了，就把一年中最美丽的一段日子带到你的面前了。就像欧阳修所说的"雪云乍变春云簇"，你就"渐觉年华堪送目"了。你自然就会觉得，一年的芳华原来是这样的美丽。秦少游说是"暗换"。怎样叫暗换呢？暗换就是，今天看起来它跟昨天没有什么不同，可是，它一天一天不就是这样改变的吗？像我们每天开车经过的那片樱花树，冬天那树上什么都没有，没有叶子也没有花。某一天你会突然发现它已经长出了小小的萌芽，然后长成花苞，然后开放。这就是暗换。你觉得今天看它和昨天看它没有很大的不同，可它就是在你不知不觉之间把一年的芳华带来了。

秦少游这首词所写的地点是洛阳。有的选本选这首词时说是"洛阳怀古"。其实，这首词怀古的情绪不多，他就是写洛阳，写他游洛阳时的一种今昔之感。我们以前曾经讲过，秦少游参加过科举的考试，可是他有两次没有考中：一次是乡试没有考中，一次是考进士没有考中。后来，他又到首都开封来考试，考中以后，被放出去到一个小小的县里做一个属官。后来，又把他召回到开封来。开封和洛阳相距是不太远的。我想，秦少游是江苏高邮人，年轻人第一次到北方来，到开封来考试的时候——考上没考上是另一回事情——他很可能顺便就游了洛阳。他没考上进士就走了，后来又来过，这样来往了几次。过了很多年以后，当他又到洛阳去游历的时候，他写了这首词。所以，他有一种今昔的感慨。你要知道，在北宋时洛阳是一个很重要的城市，那时把开封叫作东京，把洛阳叫作西京，就像是陪都的性质。东京和西京，在北宋要算两个最繁华的城市。你想，秦少游当时还是少年气盛，历史上说他慷慨豪隽，志大而见奇，他带着他满腔的少年豪隽之气，来到北方的东京和西京这种繁华富庶的地方，所以他写道："金谷俊游，铜驼巷陌，新晴细履平沙。长记误随车。正絮翻蝶舞，芳思交加。"

秦少游的长调情景结合得很好，他把今昔结合得也很好。除了他的感受之外，我们先看他的章法结构。"金谷俊游，铜驼巷陌，新晴细履平沙"这几句我们先放在这里，等一下回来再讲，我们先看后边"长记误随车。正絮翻蝶舞，芳思交加"。请注意他的章法。"长"，是久远的。秦少游说："我一直不能忘记的，是从前有一次'误随车'。"所以，从"长记"以后，他写的一定是过去。但这就出了个问题啦，那"金谷俊游，铜驼巷陌，新晴细履平沙"是过去还是现在？秦少游这首词里有过去也有现在，是交杂在一起的。从"长记误随车"以后写的是过去。这过去的回忆到哪里才完呢？一直到下半首的"兰苑未空，行人渐老，重来是事堪嗟"之前，中间这一大段都是过去。那就是说，他开始写的"梅英疏淡，冰澌溶泄，东风暗换年华"是现在，从"长记误随车"以后就是过去，到"兰苑未空，行人渐老，重来是事堪嗟"又是现在。那么"金谷俊游，铜驼巷陌"是过去还是现在？有人说是过去，有人说是现在。我自己以为，这几句正是引起他回忆的原因，是过去如此今日依然如此。所以，是过去也是现在。他正是把过去和现在都结合在这里面了。

什么叫“金谷俊游，铜驼巷陌”？我在五一三的班上刚刚讲了西晋的诗人，我说西晋有一个人，他既是诗人也是个大富翁，那就是石崇。石崇盖了一个最美丽的花园，就叫金谷园。这是历史上有名的。因为石崇是豪富，所以园子盖得非常美。我曾经到过洛阳。现在新盖的洛阳火车站就是石崇金谷园旧址所在的地方。因为年代久远，这个花园老早就已经不存在了。可是，秦少游写词的时候那金谷园还存在，所以他说“金谷俊游”。所谓“俊”者一般是说“英俊”，就是说，那些杰出的、有文采的、风流的少男少女们在金谷园中游春。“铜驼巷陌”，那也是洛阳的事典。因为西晋的首都就是洛阳，所以皇宫就在洛阳。在宫城的对面，那条最大的街道就叫作“铜驼街”。为什么叫铜驼街呢？据说是因为在宫门前的大道上立有铜做的驼。那是洛阳最繁华最热闹的一条大街。秦少游说，当春天到来，当“东风暗换年华”的时候，那金谷园中，有多少文采风流的少男少女，在铜驼街上——还不只是大街，秦少游写得很细致，是“铜驼巷陌”，铜驼街上每一条小的巷子——他们就“新晴细履平沙”。

那天英国女王来，我和蔡宝珠开车过来，看到洒水车在大街上喷水，把大街清扫得很干净，这就跟中国的皇帝要出游一样。那会儿没有柏油马路，怕尘土飞扬，所以当皇帝要出来的时候，就“黄土垫道，净水泼街”——铺上一层黄土，喷上一层水，尘土就不飞扬了。现在游春的这些个士女，没有人特别给他们洒水，可是上天刚刚下完一场雨，现在正是新晴之后。王维写过一首送别的曲子，第一句是“渭城朝雨浥轻尘”，他说，渭城早晨刚刚下过一场雨，把路上的尘土都打湿了。“浥”，就是打湿了。我到天津去教书的时候，天津刚刚地震不久，正在拆旧的盖新的，满街都是尘土飞扬，所以我很害怕上街。有一天下了一阵雨，尘土不大飞扬了。于是，我就趁这个时候上街了。所以“新晴”是一个很好的时候，新晴之后是适于出来游春的。古时候没有柏油路，都是些沙土的街。秦少游是很细腻的，他写了“疏淡”，他写了“溶泄”，他写了“暗换”，他在这里写的是什么？他写的是“细履”。“履”，是脚踏在上面。细履什么？细履平沙。你要知道，中国古人穿的鞋子大多是布底的，穿着布底的鞋子走在路上的时候，那感受可以从鞋底传进来，传到你的脚上，你会感觉到你是走在什么样的路上。那路面是硬的还是软的？是松的还是紧的？是高低不平的还是平的？你的脚一踩上就可以体会到。我去年回国，去山东爬泰山，我家里人说穿皮鞋不方便，穿中国鞋才方便，我就听了他们的话，穿布鞋去了。那个鞋很轻便，这是它的好处，可是也有它的坏处。它的坏处何在呢？那就是它的鞋底太薄了。你走在路上，什么不平啦、道路硬啦，什么感觉都能感受得到。现在，我就要讲这一句，“新晴细履平沙”。“细履”两个字用得很好。你可以感觉到，你的鞋子踏在那平坦的、刚刚被雨打湿的沙土路上，有一种松软的感觉。所以说，秦少游的感觉是很纤细的。同时，“细履”两个字不只意思好，声音也好。你有没有注意到，“细履”这两个字，都发“i”或“ü”这类声音。先不要管它的意思，它的声音本身就有一种很纤细的感觉，“新晴细履平沙”——今天，我又走在铜驼街上，又踏在这么松软、美丽的道路上，而且心情也正像美丽的春天，由此我就想到当年了。所以我说，这几句既是写现在，也是写从前。

从前，也是这样的季节，也是这样的地点，也是这样的感受，他说：“我就记得当年曾经‘误随车’。”什么叫误随车呢？我记得从前在我们班上讲过五代的一首小词，写的是一个年轻的男孩子要追一个漂亮的女孩子。他说：“晚逐香车入凤城。”——男孩子骑着马游春，女孩子坐着车游春，一阵风吹过，把车帘子掀起来，这个男孩子就看到车里的女孩子很漂亮，于是就骑着马去追。可是你知道，游春的人太多了，而且车差不多都是一样的，把车帘子一放下来，你就不知道要追的是哪辆车了。所以他就“误随车”——追了半天发现追错了。这是极写游春人之多，而且你可以想见少年人意气飞扬的那种豪兴。“随车”两个字表现了少男少女游春的这一份兴奋的感情，那是一种春天的感情。所以他说这时候的景物“正絮翻蝶舞，芳思交加”，外边正是满天的柳絮在飞扬。柳絮也引起一种很纤柔的感觉。大晏有一首词写柳絮说：“春风不解禁杨花，蒙蒙乱扑行人面。”那一份沾惹，那一份撩动的感觉，直接向你扑来。欧阳修也写过一首游春的诗，他说：“草惹行襟絮拂衣。”——春天对你到处都是沾惹都是撩动，到处都是多情的，不但人多情，草木也多情，你看那草，就好像是特别要沾惹你的衣襟，那柳絮就在你的身边飞来飞去。秦少游则说是“絮翻蝶舞”。蝴蝶采花，那自然更是代表一种多情的形象。“芳”是芬芳的、美好的、缠绵的。“芳思”就是，大自然引起了你这种多情的心意，引起了你的情思。“交加”，极写其多的样子。意思是说你被这些“絮翻蝶舞”惹动了多少这种多情的感受！“交加”两个字用得很好。杜甫也曾经写过两句诗，他说：“种竹交加翠，栽桃烂漫红。”“交加翠”是指那绿的颜色交叉的样子，“交加”极言其盛多。

在这个时候，铜驼大街上是“絮翻蝶舞”，是“芳思交加”。但是，大自然的春天到来的时候，难道就只到铜驼大街，不到那些鄙陋的贫苦的小巷子吗？不，大自然是公平的。天下没有一个地方没有春天。所以他说：“柳下桃蹊，乱分春色到人家。”秦少游写得真的是很好。他说不只铜驼街上一片春光，而且每棵柳树，每片桃花下边的小路，“柳下桃蹊”，到处都是春光。“蹊”是小路，是人走过的小路。《史记》的李广列传说：“桃李不言，下自成蹊。”——桃花和李花虽然不说话，可是因为它们的花是好看的，果子是好吃的，人们自然就会走来；人们常走过的地方，就自然形成一条小路。秦少游说，“柳下桃蹊，乱分春色到人家”，这个“乱”字，在这里不是坏的意思而是好的意思，是“交加”的意思，众多的样子。是说，每一个人家都分到了春天的景色，普天之下大家都享受到春光的美好。这是写在这个季节里一般的情景。而后面就说到，在这样的季节，他们还有更美好的事情。

“西园夜饮鸣笳。有华灯碍月，飞盖妨花。”这句是什么意思呢？秦少游在这里用了曹丕和曹植诗文里的句子。曹植有这样的诗句：“清夜游西园，飞盖相追随。”说是在很寂静很凉爽的夜晚，他们（曹氏兄弟、建安七子）这些文人到西园去游玩。盖是车盖，就是车的蓬子。大家都坐着车，一辆车接着一辆车，跑得很快，所以说“飞盖相追随”。曹丕给吴质的书信里有这样两句：“清风夜起，悲笳微吟。”曹丕还有两句说：“同乘共载，以游后园。”曹植的“清夜游西园，飞盖相追随”里边有“西园”，有“飞盖”；曹丕的“清风夜起，悲笳微吟”里边有“笳”。所以，现在秦少游就用了曹丕和曹植诗文里的句子。他说，我们这些朋友们，这些诗人墨客，我们也跟曹家兄弟、建安七子一样，在这样美丽的春天，当然也就要有美丽的聚会啦！李太白写过《春夜宴桃李园序》——这么美好的春天，有花，有月，你怎么能不享受呢？所以他们就聚会了。他们在西园里饮酒，还有人吹奏笙笳等乐器。当他们聚会的时候，他们就点上很亮的灯。华灯，就是很亮的灯。本来，月光很好看，如果你要赏月的话，你就该把灯都灭了，你才能看到月光的美。但是他们点了这么多灯，而且是“华灯”，使得月光都黯淡了。华灯遮掩了、压倒了月的光辉，这就是“华灯碍月”。现在有一个问题，我们说赏月是要把灯都灭了，一个人寂静地来赏月，才能看到月光的美，那么“华灯碍月”岂不就是不好了吗？可是你要知道，这“华灯碍月”正是写人间的美盛。人常常羡慕天上，其实，你要是坐着飞机晚上在一个大城市降落，你从天上看地下的大城市，到处灯火辉煌，你就会想到，假如天上有人而且有知的话，一定会羡慕人间。再说“飞盖妨花”，“盖”就是车篷，“飞盖”就是跑来跑去的车，如果车子有一个车盖，车上的人就只能看远处的花，头顶上的花就被车盖挡住看不见了，而且，当车篷经过时，有时也会碰到路旁的花。所以，“华灯碍月，飞盖妨花”这两句都是极写人间的美盛——大自然本来就是美的，但是人间的美盛超过了大自然。

从“长记误随车”开始，到“华灯碍月，飞盖妨花”，秦少游极写了人间的美盛。然后，他写现在他又回到了洛阳：“兰苑未空，行人渐老，重来是事堪嗟。”“兰苑”就是种有芬芳美丽的花草的花园。他说现在花园没有空，花还在。有的人感慨今昔，是说从前有美丽的东西，现在没有了。像刘禹锡说“桃花净尽菜花开”——长安附近有一个庙叫玄都观，观中的道士种了有千树的桃花，每年春天，长安的士女都到那里去看桃花，可是后来桃树都被人砍走了，刘禹锡就感慨说：“桃花是没有了，现在这一大片园子都变成菜园子，只剩下菜花了。”秦少游所写的不是这种改变。他不是说现在荒凉了从而发生感慨，不是的。现在和从前一样繁华盛美，只是你已经不是当年的你了。所谓“物是人非事事休”，花还是美的，春天还是美的，别的游人也像你当年一样充满了“芳思交加”的感情，可是你，就不再是当年的你了。虽然“兰苑未空”，可是“行人渐老”——来游春的人，一年比一年衰老了。秦少游曾经离开汴京和洛阳很久，现在再回来，他有许多感慨。所以“重来是事堪嗟”。“是事”是很多事情，每一件事情。“堪”，是值得、使得。他说，现在我重来这里，每一件事情都使得我叹息。那当年的“絮翻蝶舞”“柳下桃蹊”不都是好的吗？可是我今天再来，再看到那“铜驼巷陌”，再去“细履平沙”，再看那“絮翻蝶舞”和“柳下桃蹊”，都使我感叹，因为只有我不再是当年的我了。

那么，今天怎么样呢？下面就是写今天的情景了。他说是："烟暝酒旗斜。但倚楼极目，时见栖鸦。"当年他做什么？你记得，他是"长记误随车"——他在那条路上追逐着人家的车。他现在再没有追车的兴趣了，也不是追车的年龄了。现在他在哪里？他一个人孤独寂寞地在酒楼上。"在酒楼上"，这四个字恰好是鲁迅先生的一篇短篇小说的名字。当你在酒楼上对着一杯酒的时候，是很容易兴起今昔无常的那种感慨的。"烟暝"，就是外边的烟霭昏暝。黄昏的时候，你会看到远方有一种烟霭昏暝的样子，会引起一种迟暮的、黄昏的、苍茫的、昏暝的感受。再加上那酒楼上斜斜地插着一个酒旗，所以是"烟暝酒旗斜"。这个时候，他再也不到路上去追那香车了，他只能做什么事情呢？只有"倚楼极目"——靠在酒楼上，极目向天边远望。就"时见栖鸦"——看见那苍茫的暮色之中，乌鸦们都归巢去栖息了。可是他秦少游呢？他的归宿在哪里？他的人生目的和结局在哪里？他没有。当他看到乌鸦在黄昏都投到自己的巢里去歇宿了，他就想，自己什么时候才能离开北方的洛阳，回到南方的老家高邮去呢？所以他就"无奈归心，暗随流水到天涯"。

我们不能确切地知道这首词究竟是哪一年所作，但是我们从他说"重来是事堪嗟"判断，这一定是他隔了很多年以后再到洛阳来游春时写的。刚才我们说过，秦少游是多次来过北方的。这期间他经历了很多事情，像贬谪啦，外放啦，挫折啦，考试考不中啦……所以他有很多感慨。他说"无奈归心，暗随流水到天涯"，这有两种原因。一个是，他既然已经出仕，那就身不由己了，就不能够随便回到他的故乡高邮去了；另一个是，他虽然已经出仕，却并不得意。我们以前讲过，宋神宗去世以后，旧党的人被召回来了。由于苏东坡的推荐，秦少游也被召回来了，而且在秘书省里做过官。可是由于秦少游编修了当时的国史，遭到一些人的攻击，后来不久就被贬出去了。所以，他出仕后的身不由己，以及他出仕不得意的感慨，就都在这首词的最后两句里表现出来了。“暗随”，是只有我自己知道的内心的怀想。中国的西北高，东南低，流水都是向东南方向流的。而秦少游的家乡就在南方。所以当流水向东南流的时候，他那颗怀念故乡的心也就随着流水流向天边那遥远的地方。所以你看，从秦少游的长调里，我们也可以看到他感觉的柔婉纤细和他写的情景的映衬。那种配合，是写得很好的。

好，现在我们讲完了这首长调。刚才我曾经说过，因为是长调，就要铺陈。所以我们就看到这首词里有很多写景的句子。像“梅英疏淡”“冰澌溶泄”“絮翻蝶舞”“柳下桃蹊”，都是写景，不过他的景和情配合得很好。下面，我们再看他的一首小令。我们要看他的一首《浣溪沙》，就是“漠漠轻寒上小楼”那一首。好，下课了，我们下次再看。

第三节

我们上次讲秦少游的时候说到，秦少游是感觉很纤细很敏锐的一个人。而且我们上次讲到，他那纤细敏锐的感受有时是向外的，是对于外界大自然景物观察的感受，有时是向内的，是他自己心灵感情之中的感受。我们上次讲了他的《望海潮》“梅英疏淡”那一首。《望海潮》是一个长的调子。你要知道，内容和外表的形式永远有很密切的关系。长的调子你一定要铺陈，就是说要把它展开来写。所以在这首词里你看到，他有的时候是向外，是写景的；有的时候是写情的。比如他说：“梅英疏淡，冰澌溶泄，东风暗换年华。金谷俊游，铜驼巷陌，新晴细履平沙。”写的都是外在的景物。等到后来他说：“但倚楼极目，时见栖鸦。无奈归心，暗随流水到天涯。”这就是写他的感情了。他有的句子写景，有的句子写情，而这景与情的关系呢？我们说是情景相生。他把景物跟感情陪衬得很好。

今天我们要讲的这个词调是《浣溪沙》。《浣溪沙》是个小令，凡是短小的词，我们把它叫作令词。小令的篇幅是很短小的，要写得很集中，所以就不能够铺陈展开。因此，在这首词里他所写的不是情景的相生，而是情景的交融。就是说，他把他心灵感情上的感受和外在的景物结合起来写了。《望海潮》呢？因为长调要展开，所以在那首词里他是把景物和感情分开来写的。

刚才李淑洁问我，为什么秦淮海的词写得这么好，一般人却对他不大注意，好像是没有苏东坡等人那么有名？那是因为，他的词从外表看起来比较平淡，他的用笔比较淡，比较轻。像苏东坡的“大江东去”，那是一开口就不凡；“明月几时有，把酒问青天”，那想象也很不平凡。苏东坡的想象和笔法都是不平凡的，你一看就会觉得：哎呀，这是别人从来没有说过的，他怎么就会有这样的想象，怎么就能够说出这样的话来！可是秦少游的词不是这样，他总是说得淡淡的、轻轻的、平平常常的。这正是秦少游的特色。就因为他特别纤细特别敏锐，所以他写得很淡很轻；又由于淡与轻，才表现了他的纤细。他的特色就是在淡与轻之中表现了一种韵致。上次我们讲王国维的《人间词话》时写过这么一句：“淡语皆有味，浅语皆有致。”那是清朝有一个人名叫冯煦，他赞美秦少游和晏小山说：“淮海、小山，真古之伤心人也。其淡语皆有味，浅语皆有致。”王国维说这两句只有秦淮海才足以当之，说晏小山没有这种境界。晏小山写的词是很美的，但如果你一定要比较他们的不同你就会发现：晏小山的词比秦淮海的秾丽，色彩也深，像“彩袖殷勤捧玉钟”就是如此。可是除了色彩之外，他内容的情韵（韵致与情意）反而比较少。因为他怀念一个女子就是怀念一个女子，就是这么一件事情，很单纯，也很狭窄。可秦淮海不是这样，秦淮海写的是他心灵感情之间的一种感受。他不被某一件事情拘束，也没有小山写得那么秾丽。他写得比较平淡，可是他的情韵深厚。所以王国维说，“淡语皆有味，浅语皆有致”这两句“唯淮海足以当之”——只有秦淮海才配得上这两句话。秦淮海在平淡之中有很纤细的一种感受，这是有情韵的。

今天我们要看的这首小词，很能代表他的这种风格。这首词在郑骞《词选》的第五十六页：

漠漠轻寒上小楼。晓阴无赖似穷秋。淡烟流水画屏幽。
自在飞花轻似梦，无边丝雨细如愁。宝帘闲挂小银钩。

这真是秦淮海的词！你不要看它平淡，可是平淡之中是很有特色的。他说：“漠漠轻寒上小楼。”你看，他写得多么轻，多么美！不但是写得美，而且他真的有一种感受。有很多人的词就只是写得美，里边没有感受。像我常常举的晚唐人的两句坏诗：“鱼跃练川抛玉尺，莺穿丝柳织金梭。”写得很美，但没有感受。我在五一三班还举过六朝时候虞炎的诗“黄鸟度青枝”，这句写得好像挺漂亮，但没有感受。这个人他自己对这景色连一点点欣赏的感受都没有，只把外表上的黄鸟、青枝都写下来了。可是秦淮海不是，就是在很平淡之中秦淮海都有他自己很纤细很敏锐的感受。“漠漠轻寒上小楼”的“漠漠”两个字就写得很好。我说过他要表现自己的感受，但那感受怎样表现？诗歌都是用文字写的，当然是从文字表现。就是说你要找到最恰当的动词、最恰当的形容词、最有效果的结构和句法，把你的感受表达出来。这“漠漠”两个字很好，有很多的意思。你们知道吗，中国的诗有时很难翻译？因为有时候一个词能给你很多的联想、很多的意思。

可是你要把它翻成另外的一种语言，你就只能选择其中的一个意思，所以就把它变得很死板很单调了。这“漠漠”两个字有哪些意思呢？一个是广漠的意思。广漠是一大片，就是说整个的外在环境都充满了寒冷的感觉。“漠漠”还有第二个解释，就是中国有时用这个“漠”字形容一种漠然的意思。“漠然”是无所关心的样子，也许人觉得很寂寞，很寒冷，可是外在的天气它不管你心里的感受怎么样，它对你是漠然的。苏东坡说月亮“何事长向别时圆”？他说：“你这个月亮，为什么偏偏在我们离别的时候你就要圆呢？”但实际上，月亮不管你离别不离别，月亮要圆就圆了。李商隐写蝉说：“五更疏欲断，一树碧无情。”他说，到了秋天，蝉在树上直叫到五更天气。秋天已经很冷，五更当然就更冷，蝉叫的声音越来越稀疏，都快要断了，蝉的生命将要灭亡了，蝉的啼声这样凄凉，可是树呢？满树的绿叶子显得非常无情，不管你叫得多么悲哀，树还是树，它不管你。所以这“漠漠”有两个意思：一个是广漠的，是四面充满了寒冷的感觉；一个是这些寒冷的感觉是漠然的，使人觉得已经被寒冷所包围，而这寒冷是这样冷漠。不是还说“冷漠”吗？“漠然”就有一种冷漠无情的样子。所以他这“漠漠”两个字很平常，但写得很好。

“漠漠轻寒上小楼”，这又是秦淮海的特色了。你要知道，得冷到什么程度你才能感觉到寒冷呢？李商隐有一句诗：“冻壁霜华交隐起。”他说四面墙壁上都是寒霜，寒霜凝结起来是一个个的花——凡是结晶的东西它都是凝成这样的向外放射的花的样子。四壁霜花交叉地、重叠地、隐约地、一层一层地凝结起来，变得越来越厚。这是多么寒冷！李商隐写寒冷写到了极点。可是有些人对寒冷的感觉很敏锐，不是要到这么冷的时候才感觉到悲哀、伤感和痛苦，而是在“轻寒”的时候就有所感觉，这就是秦淮海了。“漠漠轻寒”不是极端的寒冷，但是由于他的感受特别敏锐，所以这一点点的寒冷他就感觉到了。在“漠漠轻寒”之中他怎么样？他是“漠漠轻寒上小楼”。李后主有一首小令说：“无言独上西楼，月如钩。寂寞梧桐深院锁清秋。”上楼，不是一种向高处的攀登吗？而且到了楼上你是可以远望的。我常常说，凡是远望，就往往会引起你一种怀思的、向往的感情。在这种动作形式之中，它带给你一种什么样的感受？这是中国词之很难讲的地方，也是秦淮海的词难讲的地方。你已经感觉到外边是一片冷漠和寒冷，你为什么要上小楼？这就需要你用感受。由于他所写的是纤细敏锐的感受，所以你也要用纤细敏锐的感受去体会了。（也有人以为“上小楼”所写的并不是“人”的“上楼”，而是“轻寒”的“上小楼”，也可以讲得通。）

“晓阴无赖似穷秋。”他说，那是早晨，而且是阴天。他写的是春天，很近于现在这个季节，也是那些花开始飘落的时候。阴天的时候就很寒冷，虽然是春天，你会觉得有一点点像秋天那样的肃杀的感觉，所以说“晓阴无赖似穷秋”。什么叫“无赖”呢？无赖者，乃是无可奈何。我们说这个人真是无赖，那就是你对他没有办法，你怎么说他也是那个样子。秦少游对这“晓阴”的天气就有一种无可奈何的感觉。这两句写的是外在的天气、外在的景象，但这是和他的内心结合起来的，写他心灵上的感受很细腻，然而很难具体把它说出来。“漠漠轻寒上小楼。晓阴无赖似穷秋”是写向楼外看，看到外面是阴天；下一句“淡烟流水画屏幽”就是向楼内看了。外边是“晓阴无赖似穷秋”，那么你再回头看看你的房子里边是什么样子？于是，他就看到他房间里的一个画屏，那上面画的是“淡烟流水”——一片烟雨迷蒙。“幽”是幽静，有一种寂静凄凉的感觉。屋子外边的景象是寂寞的，屋子里边的景象也是寂寞凄凉的。

下边是他很有名的两句：“自在飞花轻似梦，无边丝雨细如愁。”真是写得很好。“自在飞花轻似梦”，这感觉是很难说的，他也没有具体、详细地写出来。是相思？是离别？是怀人？是什么样的具体悲哀的事，他都没有说。还有，你看他的句法。一般人常常把抽象的情思用一个具体的形象来表达，秦少游有时候也用这种手段。比如秦少游有一首词说："欲见回肠，断尽金炉小篆香。""肠"代表内心的情意，"回肠"代表千回百转、缠绵不解的感情。他说，你想要看见我内心这种缠绵的、千回百转的情意吗？我的回肠，就像金炉里那寸寸断尽的小篆香。"回肠"是抽象的情思，"断尽金炉小篆香"是具体的形象。这写得很好，是那样热烈，是一寸一寸地烧尽，是在那么珍贵的金炉里，而且是那么芬芳的一段情意。这是秦少游用具体的形象来表现抽象的情思。可是现在他反过去，他先说"飞花"。那"自在飞花"很轻，像什么一样？像"梦"一样。那"无边丝雨"很细，像什么一样？像"愁"一样。这就很妙了。他现在是把具体的物象比作抽象的情思。可是你要知道，当你把飞花比作梦，把丝雨比作愁的时候，那是因为你心里边先有了梦，先有了愁，所以你看到花才联想到梦，看到雨才引起愁的感受。"欲见回肠，断尽金炉小篆香"是先有情思，再找一个形象来比。而这里呢？是先有形象，然后再说到抽象的情思。可是事实上，他也是先有了抽象的情思，然后一看到外边的形象，才引起来把它们比作梦和愁。要知道，金炉小篆香是你常常看见的，所以你就把回肠比作金炉小篆香了。而也因为你的心里边就常常有这个梦，有这个愁，所以你看到飞花，就想到轻似梦；看到丝雨，就想到细如愁。在飞花和丝雨之中，事实上已经混合了你的梦和你的愁。所以我们说它是情景合一的，景就是情，秦少游已经把他自己的感受和外在的物象完全结合起来了。我们刚才说，秦少游写那种淡淡的哀愁是很敏锐的。国破家亡了，李后主自然感到悲哀。秦少游这首词并没有一个很具体的悲惨的事情，他只是凭着敏锐的感受，有这样一种难以言说的梦和愁。他说那就是"自在飞花"和"无边丝雨"。你看，他写得多么好！他没有写凄凉的落花，而是“自在飞花”，花被风吹落下来在空中飘舞的时候自有一种姿态。冯正中说：“梅落繁枝千万片。犹自多情，学雪随风转。”落花还是很多情的，它学着雪花随风飘舞。所以，“飞”字有飘舞的样子，而且那风是微微的小风，花是慢慢地在空中飞舞。他说，“自在飞花”那种自由和无拘无束的样子，那种轻轻的飘舞，那姿态就像我的梦一样。花，是美丽的；花，是飘舞的；花，是自由的；花，是没有拘束的。秦少游说：“我的梦就像花一样美丽，像花一样飘舞，像花一样可以随风到各处去。”苏东坡的“梦随风万里”写的是杨花，说是希望他的梦能像杨花一样随风飘舞，飘到万里之外。而这里秦少游说“自在飞花”就“轻似梦”。可是尽管美丽，尽管飘舞，尽管自由，你要知道那花毕竟是落花。秦少游写得很美，但是里边带有很惆怅的悲哀，这是很难讲的。

“无边丝雨细如愁”：你看那没有边际的宇宙天地都在丝雨之中，而那丝雨的迷蒙、丝雨的纤细，就像我的愁一样。秦少游的雨不是倾盆大雨而是细雨，是很密的、很长的雨丝，他的风也是微风。他对一切都用了很淡的笔法，用无边丝雨来比喻纤细的、迷蒙的、无边无际的、难以排解的那一种忧愁。愁从哪里来？台湾前几年拍过一个电影，叫《风从哪里来?》。你当然也可以问：“愁从哪里来?”但是你找不到一个缺口，那整个天地都笼罩在迷蒙的、无边的丝雨之中。他这首词一直没有具体地写他的悲哀到底是什么事情，而且用了一种很闲淡的笔法来结尾：“宝帘闲挂小银钩。”宝帘是一种很美丽的帘子。中国古时候有各种各样的帘子：有珍珠穿的珍珠帘，有水晶做的水晶帘，有绣花的绣帘……他用了一个“宝帘”。总而言之，这是最美丽的一个帘子。前两天我曾讲到沈祖棻的《宋词赏析》，有的地方我同意她，有的地方我并不完全同意她。沈祖棻认为“宝帘闲挂小银钩”的帘是垂下来的，可是我以为这个帘是挂起来的，是打开的。因为他前面说“自在飞花轻似梦，无边丝雨细如愁”，“飞花”和“丝雨”都是楼外的景色，帘子放下是看不见的，所以他是把帘子打开了。闲者，是很松的样子。就是说宝帘不是卷得很高挂得很紧，而是没有卷起来很高，是松松地挂在那小银钩上。因为宝帘是打开的，所以他现在就把室内人的梦、室内人的愁和室外的花、室外的雨打成一片了。如果说，你不愿意看到花，不愿意看到雨，因为你害怕看到“飞花”会引起你的梦，看到“丝雨”会引起你的愁，所以你就把宝帘垂下来了，那当然也是一种解释。可是我认为秦少游所说的都是一种淡淡的哀愁，他大概没有把帘垂下来的意思。就是在这室内与室外打成一片之中，他自己也欣赏这一份“轻似梦”和“细如愁”的境界。

这是秦少游很有特色的一首小词，他把这种纤细幽微的感受写得恰到好处。可是你要知道，这还是秦少游比较早期的词。上次我说过，秦少游天生来就是一个感受纤细敏锐的人，这是他的本质。他并没有像李后主经历了国破家亡的悲哀，可是他就有这样一种怅惘哀伤——“自在飞花轻似梦，无边丝雨细如愁”。他天生就有这样的本质，即使他不遇到外边的挫折和打击，他也会在那飞花细雨之中感受到这一份哀愁的。可是后来秦少游他毕竟是遭遇到了挫折和哀伤。当他遭受了挫折之后，他的词风就改变了。王国维说，秦少游一般的词是属于“凄婉”的；可是他后来受到挫折打击以后，所写的词就变成“凄厉”了。我也说过，是不是能经受得住挫折和打击，每个人都不相同。人家苏东坡经受了多少挫折和打击，可苏东坡还是苏东坡，他是“莫听穿林打叶声”。秦少游就不然了，遭受挫折打击以后，他马上就变得非常悲哀和痛苦。这，就是秦少游。我记得我上次在班上介绍秦少游的生平时，曾经引了他两首诗，是他被贬官到郴州时所写的两首七言绝句。他说：“哀歌巫女隔祠丛，饥鼠相追坏壁中。北客念家浑不睡，荒山一夜雨吹风。”经过挫折打击之后，他马上就充满了哀伤，而他这种哀伤又分成两个阶段。我上次讲，我们讲文章都是要先讲作者的生平，知道了他是在什么时候写的这样的词，然后你才知道他这个词为什么有这样的感情，你才能有更深的体会。像西方的艾略特（T.S.Eliot）所说的 intentional fallacy——这是他在一篇论文里谈到的，intentional 是指你的意愿，指作品里你的情意的方向，台湾把这句话译作“作者原意谬论”。意思是说，你要讲作者当时是什么样的感受情意，这是错误的。这就是艾略特这个西方文学批评家提出的看法。他的意思是：你讲这个作品就讲它的本身，你不要牵扯到作者，也不要讲作者的生平。可是，西方与中国是不同的。因为西方所说的诗的范围很广，包括了史诗和莎士比亚的戏剧等等。他们有些作品不是代表他们个人感情的，所以能够只谈作品，不谈它的作者。中国的诗呢？中国的诗一般都是主观抒情的，你要真正体会它的情意，就一定要对作者有一个了解。而且，对艾略特的说法，现在西方讲语言学和哲学的人也认为不完全对。因为讲语言学的时候，讲这个人说话时是什么背景、什么环境、什么对象、什么动机，这对于了解这句话有很大的关系，要不然你就不了解这句话。如果你不知道这个人说话时的背景、身份、所说的对象，对于随便一句话你就不能够真正掌握它的意思。我讲这些的意思是要说，就是因此我们才要讲作者的生平，而且要讲到秦少游作风的转变。

秦少游词风从凄婉到凄厉之间有两个阶段的转变，现在我们先看他第一个阶段的转变——《千秋岁》：

水边沙外，城郭春寒退。花影乱，莺声碎。飘零疏酒盏，离别宽衣带。人不见，碧云暮合空相对。　忆昔西池会，鹓鹭同飞盖。携手处，今谁在。日边清梦断，镜里朱颜改。春去也，飞红万点愁如海。

后边有郑骞先生的注解。他说少游四十六岁到四十八岁的时候谪监处州（浙江丽水县）的酒税。就是说，秦少游被贬谪了，让他到处州去管理酒税。当他四十七岁的时候——就是他被贬到处州的第二年——游府治南园作此词。当时地方政府所在的地方有一个花园叫南园，他在游南园的时候写了这首词。后来南宋诗人范成大“爱其花影莺声之句”，就在这个地方盖了一个亭子，叫莺花亭。此事见于秦瀛所编的《淮海先生年谱》。后边郑先生还说，根据《花庵词选》，知道这个亭子南宋的时候还存在。所以，你要知道这首词是秦少游四十六岁到四十八岁被贬到处州时所作的。好，后边那首《踏莎行》我们今天不讲，只是看一下五十七页的注解。《踏莎行》后边的注解说，此词及下《阮郎归》俱谪郴州（湖南郴县）时作。秦少游当时是四十九岁。要知道，他是先贬到处州，后贬到郴州，越贬越远，而他表现的感情也越来越悲哀，越来越绝望。一定要经过比较才能看到他的作风的转变。刚才我们讲的“漠漠轻寒上小楼”和现在的《千秋岁》以及下次我们要讲的《踏莎行》，你把这三首词放在一起比较，你就会知道我们所说的秦少游一个阶段一个阶段的转变和不同了。

我们现在就来看这首词。秦少游这时候刚刚开始被贬到处州，他有悲哀，可是没有像他后来所写的《踏莎行》那样的痛苦和绝望。在这首词的开始他说：“水边沙外，城郭春寒退。”从这几句单纯的写景你可以看到，秦少游在那个时候对外在的景物还有一种欣赏的余裕。就是说，他心里边有悲哀，可是还没有完全被悲哀所压倒，他对于美丽的景物还有一种欣赏的心情。以后你再看他写的《踏莎行》，他就连这一点点欣赏的心情都没有了。“水边沙外”，他说，他所在的这个地方（就是处州的南园）是在水边，在一片沙滩的外边。也就是说，水边的一个沙滩过去，就是这个南园。“城郭春寒退”，他说，春天来了，处州城里城外的寒意就慢慢地慢慢地减退了。你看，他还有欣赏的余裕，春天又来了，难道只有首都汴京的春天才美？处州的春天也一样美。而且不只是“水边沙外，城郭春寒退”，还有“花影乱，莺声碎”。他说，满地繁花的影子缭乱，满耳听到的都是黄莺的叫声。“碎”者，是言其纷纭众多的样子，一声连一声地，到处都是黄莺鸟的叫声。

这时，如果换上苏东坡他就会说：“汴京的春天好，处州的春天不也挺好的吗？”可是秦少游这个人就不然了。他说的是：“飘零疏酒盏，离别宽衣带。”他说，处州的春天虽然好，但是我“飘零”了，我是被贬官沦落到这里，所以我就疏远了我的酒杯，不再有同朋友们饮酒看花的乐事了；由于我和过去聚会的那些朋友都离开了，所以我的身体也憔悴消瘦了，衣服上的腰带也越来越宽松了。衣带宽松，是形容人的憔悴、消瘦的样子。“人不见”——他不但跟苏东坡不同，跟晏殊也不一样。人家晏殊说：“满目山河空念远，落花风雨更伤春，不如怜取眼前人。”秦少游则不然。他总是想着汴京当年的情景，想着那些人现在都不见了，所以就“碧云暮合空相对”。“碧云暮合空相对”一方面可能写的是当时真正的景物，一方面是用了古诗。古诗有这样两句：“日暮碧云合，佳人殊未来。”说是天已经日暮黄昏，天上的碧云都凝成一片了，可我所怀念的那个美丽的人还没有来。天上都是白云，怎么还有碧云呢？其实就是指那一望无际的碧天。所以，这“日暮碧云合”是表现一种怀人的感情。“碧云暮合空相对”不但是写碧云，而且还有那种暮霭从四方逼近的样子。苍然的、灰蒙蒙的那一片暮霭，从四方逼近来了，空对着天上的碧云暮合，却看不到我所怀念的人。

处州有“花影乱，莺声碎”，你欣赏欣赏好不好？他不。他总是怀念从前，想到了当年的“西池会”。“西池”后边有注解，说《淮海集》里有《西城宴集》诗题注——就是他自己注解他自己的诗。题注说：“元祐七年三月上巳，诏赐馆阁官花酒，以中澣日游金明池、琼林苑，又会于国夫人园。会者二十有六人。”按年谱，秦少游这一年正在秘书省做正字，是所谓“馆阁官”。你看，对这秦少游我们真是无可奈何！他就记得在秘书省做官的时候，皇帝召集他们这些馆阁清贵的大臣赴宴，赏给他们花和酒，他总是怀念那个盛会。他说：“忆昔西池会，鹓鹭同飞盖。”鹓、鹭是两种鸟，据说这两种鸟飞的时候总是有次序的。他们这些大臣被皇帝赏赐了花酒，又一同到西池去游园聚会。每个人都有自己的车，车上都有伞盖。鹓鹭是两行，他们整齐有序地排成两行，坐着车来到西池。可是——“携手处，今谁在。”他说：“当年我们携手游春的地方，今天还有谁在那里呢?”这就涉及当时北宋的党争了：秦少游被贬了，苏东坡被贬了，黄庭坚被贬了……这些人都被贬出去了。

“日边清梦断，镜里朱颜改”——这就是秦少游！受到挫折，他一定就是悲观绝望的。所以你一定要了解这个人的两个方面。我们不是说过秦少游少年的时候有大志的吗，所谓大志者，是说他有用世的志意。他还写过《单骑见虏赋》，用的唐代郭子仪的典故，希望自己能建立如郭子仪一样的功业。“日边清梦”也是有一个典故的。那是说，伊尹还没有遇到商汤以前，有一次做梦梦见自己在天上游，经过日月的旁边。后来，伊尹就得到汤王的召见和赏识，从而辅佐成汤，实现了他用世的志意。李太白也曾经说：“闲来垂钓碧溪上，忽复乘舟梦日边。”所以，中国古人说梦到日边都是代表用世、代表仕宦的。“日”就代表君主和朝廷。秦少游说“日边清梦断”，就是说他梦中那种用世的志愿现在完全断绝了。他已经快要五十岁了，对着镜子看一看，他的容颜一天比一天衰老，什么希望都没有了。所以——“春去也”，李后主说“流水落花春去也”，这“春去也”三个字是非常绝望的。他说，我那一切少年的壮志豪情和梦想都断送了，春果然是留不住，是走了。你看那“飞红万点愁如海”——花都零落了，一片花都留不住了，而我的哀愁像海一样深，像海一样广阔和没有边际。

这就是秦少游。他一贬官，就写了这样悲观绝望的词。不过，这一首在开始的时候他对美丽的风景还有一点点欣赏的余裕；等到他再次贬官，贬得更远，他就更绝望了。我们下节课再看秦少游下一个阶段的词。

第四节

人的遭遇是不一样的。我不记得我是在我们班上说的还是在别的班上说的：有的时候，人的遭遇不是完全可以由自己控制的，这有点儿像中国迷信所说的“命运”。遭遇有时不是你能够控制的，可是遭遇到什么事情之后你的反应怎样，这就在乎你自己了。人与人是不一样的，同样是被贬出去，苏东坡和秦少游两个人的反应完全不一样。秦少游刚刚被贬到处州去监酒税，就写了《千秋岁》这首词，说：“春去也，飞红万点愁如海。”我上次说，李后主也写过“流水落花春去也，天上人间”，也写过“问君能有几多愁，恰似一江春水向东流”，李后主的词在沉痛之中还有一种奔放的姿态，比较起来，秦少游在沉痛之中实在是更消沉一点。后来，他又被贬到更远的地方郴州去了。我们再看他的一首词——《踏莎行》。那个时候，秦少游是四十九岁。

雾失楼台，月迷津渡。桃源望断无寻处。可堪孤馆闭春寒，杜鹃声里斜阳暮。　　驿寄梅花，鱼传尺素。砌成此恨无重数。郴江幸自绕郴山，为谁流下潇湘去。

开头三句“雾失楼台，月迷津渡。桃源望断无寻处”所写的是一种绝望的感情，是说对天下美好事物的那种追求和向往之情完全都落空了。这开头三句，我以为是一种象喻性的写法，我现在就要讲一讲什么叫象喻性的写法。我在开始讲词的时候就说过，词从外表上看起来都是写什么伤春悲愁啊、相思离别啊等等很狭隘的感情，可是有的时候，词可以表现很多的意思。词有比兴的这种作法，也有比兴的这一种读法。不管是比还是兴，从心理学和美学的角度来说，都是一种联想的作用。我们讲过，“兴”是由物及心，是说你看到一个外物，引起了你内心的感动，这个是兴。“林花谢了春红。太匆匆”这就是一种兴。“比”呢？“比”是由此例彼，就是用这个东西来比那个东西。“比”一般是由心及物的，是你心里边有一种什么样的感情，这个感情人家不能看见，所以你用一个东西来比。“欲见回肠，断尽金炉小篆香”就是比。把回肠比作那断尽的、盘曲的香，是由心及物。可是除了这种情形之外，还有一种比是由物及物，就是从这个东西联想到那个东西。像苏东坡所说的“明月如霜，好风如水”，说明月的月光像霜一样，好风的清凉像水一样，这是物跟物来作比，是由物及物。那么，这里我们所讲的这个情形，还有秦少游所说的“自在飞花轻似梦，无边丝雨细如愁”，他的心和物是交融的。当他说自在飞花和无边丝雨的时候，他已先有了一种梦和愁的感觉，所以他看到飞花和丝雨时就说：“自在飞花轻似梦，无边丝雨细如愁。”这种比兴的关系就是心与物之间的联想的关系：有的时候可以由物及心，有的时候可以由心及物，有的时候可以由物及物，有的时候可以心物交融。总而言之，所谓物者，是一个外物的具体形象，有一个物象。不管是小篆香啊，不管是明月啊，不管是霜啊，不管是什么，总要有一个物象。我们刚才所举的这些个例证——“林花谢了春红”是林花，“断尽金炉小篆香”是篆香，“自在飞花轻似梦”是飞花，“无边丝雨细如愁”是丝雨。不管所说的是什么物象，也不管这物与心或物与物之间是什么关系，总而言之，截止到现在，我们所讲的词里的例证，这个物象一般来说都是外在实有的，是现实真正具有这样一个物象。可是现在秦少游在这里所用的这个方法，这个象喻，就更进一步了。秦少游这一首词的开头几句，我以为他所写的不是实有之物。有的人讲这首词，把楼台、津渡、桃源都讲成是现实真有的东西，我不大赞成这样的讲法。为什么呢？因为“雾失楼台”是有雾的，“月迷津渡”是有月亮的，那是有雾的、有月亮的一个夜晚，可是当他说了“雾失楼台，月迷津渡。桃源望断无寻处”之后他说的是什么？他说：“可堪孤馆闭春寒，杜鹃声里斜阳暮。”他后边所写的这个时间和景象与他前边所写的时间和景象是不一致的。如果现在是“斜阳暮”的时间，就不会是有雾有月的那个夜晚。因为这个缘故，所以我以为他后边这两句“可堪孤馆闭春寒，杜鹃声里斜阳暮”写的是实景；而他所说的“楼台”“津渡”都不是实景，都是一种象喻。所谓喻者，就不是真的，是一种比喻的意思。而这个比喻，它的这个形象，也不是现实所有的形象，是一种象喻之象。我以为开头两句不是写实的，因为它跟后边两句的时间景物是冲突的、矛盾的。秦少游为什么开头就这样写？这是很奇怪的一种现象。一般我们过去所读的词都是写现实景象，而秦少游现在所写的不是现实的景象。这并不是他有心跟大家不同，有心要写一个象喻。他不一定那样想过。那他为什么写出这样的词来？就是因为在他内心之中对那种美好东西的向往追求落空之后，绝望之后，他要把他那痛苦绝望的心情表现出来。一切美好的东西都落空了，他就是以这种沉痛绝望的心情，创造了这样的形象。

好，“楼台”这两个字、“津渡”这两个字，都不是现实所有的，而是一种比喻的、假的形象，是喻言的形象。那么这个喻言的形象“楼台”代表什么呢？“楼台”代表一种崇高的境界。“津渡”代表什么呢？“津渡”代表一种指示出路的所在。因为津渡是码头，你可以从那里上船，可以前进，就像西方存在主义哲学家所说的那个exit，它表现为一个出路。可现在在秦少游的心中，这些东西都失去了。他说，本来在我的想象之中有一个崇高的楼台——“西北有高楼，上与浮云齐”，这是想象中的一个崇高境界，可是现在这个崇高的境界被大雾遮掩了，看不见了。他又说，我本来想找一个渡口，一个出路，可是在月光之下的迷蒙之中，在这有雾的夜晚，我看不见这个渡口了。我记得我以前看过一个英国电影，描写伦敦一个夜晚大雾迷蒙的样子。在夜晚有雾的时候，很多东西都看不见了，所以他说“雾失楼台，月迷津渡”。像这种完全用假想的形象表现一种内心的感受，在诗里边，是李商隐表现得最好。“沧海月明珠有泪，蓝田日暖玉生烟”，他那形象就是假想的，不是真的看到了，而是表现他内心的一种感受。在词里边，清末民初的王国维最喜欢用这种办法。他写过一首《蝶恋花》，里面有这样的话：“忆挂孤帆东海畔，咫尺神山，海上年年见。一霎天风吹棹转，望中楼阁阴晴变。”他说，记得年轻的时候，我在东海的海边上把孤帆升起，想要出海——要知道，这都是假想的，是写对远大理想的追求。“咫尺”是很近的距离，“神山”是相传东海之外有神山。王国维说，我觉得那座神山就近在咫尺，而且看见过不止一次，是“海上年年见”。所以我就一个人张起船帆，出海去追求这美丽的山。天下有很多崇高美丽的东西常常是一个人去追求的。你如果能带领大家去追求当然是很好，可是世界上一般人都沉迷在眼前的利害、物欲的享受之中，很少有人能够真的把眼前的利害得失和物质欲望放下来，去追求一个高远的理想，所以常常要一个人去走这样的路。可是，我以为我真的看见那个理想之地了，当我的船出海之后却“一霎天风吹棹转”——忽然顷刻之间起了强风，就把我的棹（船桨）吹转过来，改变了船的方向，不能再向前进了。我再看一看海上我所追求的那座神山，本来它的琼楼玉宇是非常美丽的，可现在也完全是烟雾迷茫了。“阴晴”的意思是，本来是风和日丽，可现在却是一片阴云笼罩，或者是雷声滚滚，闪电交加了。王国维所写的也不是真的。难道他年轻的时候真的挂帆在东海畔？没有这回事。他完全是用假想的形象来写内心的一种感受。

秦少游现在也是这样。我们从晚唐五代讲下来直到现在，用假想的形象来表示内心之中一种很深刻很幽微的感受的，秦少游是我们所讲到的词人之中最值得注意的一个人。也许你们会注意到，在秦少游以前我们还没有讲到过这种情况。“雾失楼台，月迷津渡”是假想的形象，是他那些崇高美好的追求都失落之后，用这种假想的形象来表达他的感受。他在后边用了“桃源”的典故。这典故的出处是陶渊明所写的《桃花源记》，这是很有名的一篇文章。很多人把《桃花源记》当作一个故事来看，其实不是的，陶渊明的《桃花源记》也是假想的，也有象征和比喻的性质。可是，即使是用假想的故事也都有一个由来。秦少游为什么用桃源的典故？因为《桃花源记》中说：“晋太元中，武陵人捕鱼为业。”说明这个桃源是在武陵。武陵在哪里？武陵在湖南。现在秦少游被贬官在哪里？在郴州。郴州在哪里？郴州也在湖南。所以，秦少游之所以想到用这个假想的景象来作比喻，中间是有这么一个触发的因素。那陶渊明写《桃花源记》也是假想的，中间也有一个触发的因素。你看在魏晋之间，曹氏之篡汉，司马氏之篡魏，一直到西晋初年的八王之乱，有多少人不得好死！我们在五一三的班上正在讲魏晋的诗。我们讲过的不少诗人一个个不都是被杀死的吗？嵇康、陆机、陆云、石崇、潘岳、张华，这些人都是被杀死的。所以在魏晋战乱之间有一种情形，就是一些人集合起来，建筑一种坞堡，聚族而居，自己保卫自己。正是由于当时有这种现象产生，所以陶渊明才联想到桃花源。桃花源自然是一个假想的地方，里边有他的寓托，可是陶渊明能够联想到有这么一个与世隔绝的地方，是因为魏晋之间真的有坞堡存在，有这种现实的因素。《桃花源记》说，那里的“黄发垂髫，并怡然自乐”，写出了一种和平的、安乐的、与世无争的社会。要知道，魏晋之时经过了那样的砍杀、那样的丧乱，西晋不久就灭亡了，因为西晋自己就是骨肉残杀。到东晋的时候，中国的北方就大部分被外族侵略、占领了，而陶渊明就是东晋时候的诗人。《桃花源记》里边有几句话说得很沉痛，说桃花源里的人“不知有汉，无论魏晋”，说那些人从暴秦的时候就来此避难，所以他们根本就不知道后来有汉朝，更不用说像魏晋这样残杀、堕落的时代了。陶渊明所想象的就是这样一个没有篡夺和残杀的所在。那么，天底下有没有这样一个地方？陶渊明说武陵那个渔夫曾经去过一次，并在路上做了很多记号，等他后来要再去的时候却找不到这些记号了，所以他就再也不能回到这个好地方去了。后来南阳有一个人叫作刘子骥，是“高尚士也”，他听到这个故事就想去寻找桃源这个地方，可是他也没能找到这个与世无争的好地方。后边陶渊明说了最悲哀的一句话：“后遂无问津者。”他说，这以后就连一个要找桃源的人都没有了。以前的人是要追求一个美好的地方却找不到，后来的人是根本连追求的理想都没有了，那人类的希望就完全断绝了。

我昨天看的电视新闻里说，美国一个小城镇里有一大群人游行表示对社会的抗议。每人都拿着一个小缸或小碗，在里边点着一根蜡烛。为什么游行呢？因为小镇上有四个人在一家酒店里轮奸一个女子，这四个人做这种坏事的时候，旁边围了一圈人给他们叫好。你想，这个社会堕落败坏到了何等地步！假如一个社会里大家都是堕落败坏，连一个追求理想的人都没有了，那真的就是我们所说的“绝望”了。我以前写过一首诗，诗的题目是《雾中有作》：“高处登临我所耽，海天愁入雾中涵。云端定有晴晖在，望断遥空一抹蓝。”我说，到高处去望远是我所喜欢的一件事情，“耽”者就是我喜爱的意思。从前我们在 Buchanan 的那个楼上看远山远海，不是很美丽吗？我想，在那座楼上上过课的人都知道，在高楼上望远是很美的事情，所以我说“高处登临我所耽”。可是下雾的时候，远海遥天都被大雾遮住了，美丽的风景都看不见了，“海天愁入雾中涵”了。不过这没有关系，“云端定有晴晖在”，我说在这阴云大雾的上边一定是有晴明的太阳的，所以“望断遥空一抹蓝”——在远远的天边有一线好像是光明的蓝颜色，那就是仍然存在的一线希望。我和蔡宝珠开车过来，常常指给她看，我说，周围的天总有一边是比较亮的。后来她发现我说得很对，确实总有一边的天比较亮。“云端定有晴晖在，望断遥空一抹蓝”就是说，天上一定还有光明的，要是追求光明的人越多，那么天地之间这光明的东西也就越多一点儿。总而言之，虽然你自己的力量很小，可你是把自身增加到光明的这一面还是增加到黑暗的那一面？每个人都应该负起责任来。陶渊明所说的“后遂无问津者”这句话就很沉痛了——连一个想追求的人都没有了，这才是最可悲哀的一件事。

现在秦少游也是如此。“雾失楼台”——那崇高美丽的楼台不见了，“月迷津渡”——那指示出路的渡口也不见了。那美丽传说中的桃源呢？他说，就算我“望断”，我也找不到这样一个桃源了。所以，前面三句完全是用假想的形象来写他沉痛绝望的心情。由于有这三句心情的描写，所以他说“可堪”：“可”是“能”的意思，“可堪”就是“能堪”。这句话应该是疑问感叹的口气——“可堪孤馆闭春寒?”我能够忍受么？他的意思是：我怎么能够忍受我一个人被贬谪到这么遥远，来到郴州这么一个孤独的客舍之中！“孤馆”是客馆，不是一个家。他的家人没有跟他出来，所以他是一个人孤独地住在客馆之中。春天本来是美好的，可是他一个人在客馆之中就不能体会到春天的美好，只能感到春寒的料峭。何况还不仅是“可堪孤馆闭春寒”，还有“杜鹃声里斜阳暮”。杜鹃叫起来是什么声音？中国古人都说，杜鹃鸟的啼声就像在说：“不如归去，不如归去。”又到了一天的日暮了，他秦少游什么时候回去？上次我讲他的《千秋岁》，里面说：“日边清梦断，镜里朱颜改。”他认为他再也回不去了，过去的理想都落空了。所以他说“可堪孤馆闭春寒，杜鹃声里斜阳暮”。他已经断送了整个的春天。

“驿寄梅花，鱼传尺素。砌成此恨无重数。”秦少游一个人被贬谪到这么远，他的妻子、家人、亲友都在远方。有这样一个故事：古时候有一个人在南方，他有个朋友在北方。春天的时候他就从南方寄一枝梅花给他北方的朋友。因为北方梅花开得晚，这时候还没有开呢。于是，秦少游就说，我也想把南方的梅花寄给我远方的友人，可是我跟他们离得这么远，要寄一枝梅花得经过很多驿站。驿站是古时候行路的车马休息的所在。把一枝梅花从那么遥远的地方传过去，要经过多少驿站！传到那里的时候，花是不是就已经零落了呢？法国有个小说家写过一本书，他说书信所能代表的只是过去的感情。我去年不是回中国大陆住了一年吗？我在台湾住过十八年。台湾有我的亲戚、朋友、学生，还有很多我认识的人。我在这里，他们也给我写信；可是我一回到大陆就不能够给台湾写信，台湾也不能给我写信了。要是有点什么事情要写一封信给我台湾的朋友呢，我就得把信寄回加拿大，从加拿大再寄到台湾；台湾的回信也要寄到加拿大，加拿大再转给我。往往要一两个月我才能收到一封信。所以信所代表的是过去的感情，你收到信时读到的已经是两个月以前的事情了，是不是？“驿寄梅花”不是说没有人可寄，而是纵然我有像梅花这样美好的感情，我要一个驿站一个驿站地那么遥远地传过去，得要多久才能传到我所要寄的人手中？“鱼传尺素”，古诗上有这样几句：“客从远方来，遗我双鲤鱼。呼儿烹鲤鱼，中有尺素书。”是不是古时候寄书都用鱼来寄？

鱼寄书有几种情形：一种是指书信的函，就是把书信用盒子装起来，这盒子的形状是鱼形的；另外一种是古人的传说，就像秦末陈胜吴广起兵的时候，在白绸子上写了“大楚兴，陈胜王”几个字，然后放到鱼肚子里去，等鱼被剖开，就发现了这些字，就说这是预言。可见我们中国的古人认为鱼是可以传书的。“尺素”就是书信。古时候纸还不流行，就用一些一尺长的白绸子写字，这就是书信。秦少游说：“驿寄梅花，鱼传尺素。砌成此恨无重数。”这就是我刚才说的：我要把梅花寄给我所想念的人，可是在经过那么遥远的路程到达那里的时候，这梅花还在不在？也就是说，我们之间一段美好的感情，中间要经过那么多的阻碍，要经过这么长远的距离，这种痛苦就“砌成此恨无重数”。你看秦少游用的字：他说我这个恨啊，是一点一点地“砌”成的。大家见过砌墙，你要把砖一块一块地连起来，中间还要用黏土把它们黏住。那是非常坚固的，是一点点铸造出来的。秦少游说，我的恨就是这样坚固地、一点一点地铸造出来的；就是这种遥远，就是这种距离，就是这种阻碍一点一点地砌成的。人，相爱怀念的人，为什么不能够生活在一起？为什么要把他一个人贬谪到这么远？为什么要跟家人远离？为什么寄一封信要几个月都收不到？所以就“砌成此恨无重数”。那已远不只是悲哀而是数不清的一种悲恨，是人生的一种憾恨。这中间有一种愤慨：为什么会如此？为什么会有这样不公平和不幸的事情落在人的身上呢？

前面几句都写得很好，也很容易讲。但是他后边的两句一直是很难讲的。他说：“郴江幸自绕郴山，为谁流下潇湘去。”中国古人常常说，诗里边有无理之语，但这无理之语常常是至情之言。就是说，你说出的话是没有道理的话，但为什么说出这没道理的话？就因为你内心之中有一种非常深刻的感情，才说出这样的话来。秦少游不是被贬官到了郴州吗？郴州有一座山就是郴山。你要知道，凡是水的源头一定都是在山中的。所以他说郴江的江水也一定就是从郴山发源的。“郴江幸自绕郴山”，他说那郴江最幸福的事情就是它自然就应该围绕着郴山，不离开它发源的源头。台湾有一首歌，说阿里山的姑娘美如水，阿里山的少年壮如山，说溪水长绕着青山转，就是说，从这里发源的水永远不离开它发源的地方。谢冰心的《寄小读者》也曾说：最幸福的是永远不离开母亲怀抱的孩子。总而言之，你与你所亲爱的人，与你本来归属的所在永不分离，这是一种幸福。现在很多人都要寻根，你要找到你的一个根源而且与它有联系，这是人生一种幸福美好的事情。所以郴江就应该“幸自绕郴山”，可是它为谁就“流下潇湘去”了呢？为什么这个郴江就不能够留在郴山，它为什么要流到那么遥远的潇水和湘水之中去呢？而潇水湘水是什么地方？那是屈原放逐的所在，是屈原自沉的所在。屈原自沉在汨罗江，汨罗江在湖南，西北流注入湘水之中。潇水也注入湘水称为潇湘。郴江为什么要流到那么遥远、那么悲哀、那么不幸的地方去呢？这是他自己对他平生遭遇的愤慨不平，所以他才写出这样的话来。你看，秦少游的词写到这里，就跟《千秋岁》所写的不一样了。在《千秋岁》的开头，他还写“水边沙外，城郭春寒退”，还写“花影乱，莺声碎”，那还比较缓和，还有一种余裕。可是这首词从开头“雾失楼台，月迷津渡”所写的就是他内心之中一种绝望和落空的感情。他为什么写出这样一首词来？正因为这种痛苦绝望的感情在他心中已凝聚了很久了，所以他脱口而出，一开头就是那样悲哀的句子。

我现在要说，对于诗词的欣赏，不同的人有不同的反应。现在西方的文学批评理论讲接受美学，讲读者的反应。就是说，一个作品本身完成了之后，它只是一个艺术的成品，是一个没有生命的东西。它只有在得到审美的人阅读了之后才完成了自己的美学价值，成为美学的客体。对那些读者来说，每一个人的背景、思想、所受的教育都是不同的，所以对同一篇作品往往也是仁者见仁，智者见智。就以秦少游的这首《踏莎行》来说，欣赏的人就有不同的看法。我们曾经讲过，王国维认为“可堪孤馆闭春寒，杜鹃声里斜阳暮”两句写得好，说是到这两句就变而为凄厉了。然后王国维就批评说：“东坡赏其后二语，犹为皮相。”宋人笔记上记载，秦少游死了以后，苏东坡就把“郴江幸自绕郴山，为谁流下潇湘去”这两句词写在自己每天用的扇子上，并且叹息说：“已矣少游，虽万人何赎！”可见，苏东坡是欣赏这两句词的，而王国维就认为他的看法浮浅，是“皮相”。这是因为，他们两人欣赏的观点是不同的。王国维的境界说主张写景要如在目前。就是说，他认为写得真切才是好的，而在秦少游这首词里，“雾失楼台，月迷津渡”就不是眼前的真景物，“郴江幸自绕郴山，为谁流下潇湘去”那更是非理性的说法。在全首词里，写景物最真切的两句就是“可堪孤馆闭春寒，杜鹃声里斜阳暮”，所以王国维欣赏这两句。可是苏东坡为什么欣赏他非理性的那两句呢？我认为一个原因是苏东坡的天才，他能够欣赏庄子的哲理，有一种飞扬的想象力；另一个更重要的原因是，他和秦少游有同样的遭遇，因此他才能体会到这两句词的好处。“郴江幸自绕郴山，为谁流下潇湘去”这种非理性的质问所代表的实在是最大最深的一种悲慨：宇宙之间，世界之上，为什么就让这种不幸的事情发生呢？李商隐曾经说：“人间从到海，天上莫为河。”——人间的长恨就任凭它奔流到海吧，可是天上的牛郎织女为什么也有一条银河的阻绝呢？人间有不幸，天上为什么也有不幸？李商隐又说：“何日桑田俱变了，不教伊水向东流。”——哪一天让那沧海桑田都改变过来，不叫那代表人生长恨的流水再向东流去！这种质问在中国有一个传统，那就是楚辞的《天问》。那是一种非理性的质问，问的都是天地宇宙之间永远如此不可改变的东西。

好，现在还有一点儿时间，我们再对秦少游作一点儿补充。截止到现在，我们讲的秦少游所写的景物，像“冰澌溶泄”啊，像“梅英疏淡”啊，都是同时写情也写得很好，有时情景可以交融。不但如此，他还用假想的形象来写他内心之中最幽微深隐的感情，这种象喻他也写得很好。那现在我们再看秦少游所写的人——他所写的女子，是什么样的女子？人们常常说，对一个人的判断有时候是会错误的。孔子就曾经说过：“以言取人，失之宰我；以貌取人，失之子羽。”那么，什么时候是不会错误的？那就是你自己的想象——你所描写的你心目之中的想象。李商隐写过四首《燕台》诗，还写过三首关于柳枝的诗。当他写柳枝诗的时候，他在前边写了一个序文。柳枝是一个女子，李商隐用了一大段的描写，把柳枝写得非常美丽。柳枝是否真的是这个样子那是另外一回事，但这种描写是代表了李商隐心目之中所想象的美好的女子，他认为那美好的女子应该是这个样子的。好，那么现在我们来看秦少游所想象的女子是什么样子的。他有一首词叫《八六子》，在郑骞《词选》的第五十五页：

倚危亭，恨如芳草，萋萋刬尽还生。念柳外青骢别后，水边红袂分时，怆然暗惊。　　无端天与娉婷。夜月一帘幽梦，春风十里柔情。怎奈向、欢娱渐随流水，素弦声断，翠绡香减；那堪片片飞花弄晚，蒙蒙残雨笼晴。正销凝，黄鹂又啼数声。

这是写对一个女子的怀念。我们先看第一句：“倚危亭，恨如芳草，萋萋刬尽还生。”危者高也，他说，他怀念这个女子的地点是在“危亭”。他站在一个高高的亭子上，倚着它的栏杆。亭子不是一个屋子，亭子的四面都是空的，你四面都可以看得见。那么他看到什么了？看到一片无边无际的、碧绿的芳草。看到芳草他就说了：“恨如芳草，萋萋刬尽还生。”这真是秦少游！在刚才我们讲的那首词里他说“砌成此恨”，真是咬牙切齿，说得很沉重，现在他说，我心头有这样一种憾恨——一种遗憾和悲恨——我想要摆脱它，可是没有办法，它就像天涯那无边无际的芳草，我把它用刀刬除了，它又长出来了。现在夏天快来了，温哥华每一家都要割草，可是那草“萋萋刬尽还生”：你今天把这草割了，下个礼拜它又长得老高了；你老不割，它越长越高，你简直就没有办法。这其实与我们以前所讲的五代词人冯正中的一首词的开头很相像。那首词说：“谁道闲情抛弃久。每到春来，惆怅还依旧。”又说：“河畔青芜堤上柳。为问新愁，何事年年有。”冯正中说得很缠绵，可是秦少游的“刬尽”则很有力量。那是一种什么样的遗憾和怨恨？——“念柳外青骢别后，水边红袂分时，怆然暗惊。”他说就是这样一件事情：我为什么要跟这样的人离别呢？柳外是柳树边，青骢是黑白花的马，袂是衣袖。他说当我骑着青骢马走的时候，那个女孩子是在水边，穿着红色的衣服。也许两人是携手或者握手，然后告别，所以说“红袂分时”。他说现在我已经跟她离别很久了，可是每当我想到当年我们离别的那一刻的时候，我内心还是这样“怆然”。你看这个“怆”字，如果换一个侧刀边不就是“创”吗？“创”是创伤的意思。当你内心受到一种创伤因而产生悲痛的时候就叫作“怆”。我昨天晚上看电视，看了一个电影故事，写很短暂、很美好的一个聚会，但转眼之间就离别了，而且是永远也不能回来的离别。现在秦少游也是这样。所以他说：“念柳外青骢别后，水边红袂分时，怆然暗惊。”

现在我们来看，秦少游所怀念的这个女子，是一个什么样的女子呢？他说：“无端天与娉婷。夜月一帘幽梦，春风十里柔情。”李商隐不是也用过“无端”两个字吗？李商隐说的是“锦瑟无端五十弦”。“无端”是无缘无故的、莫知所为而为的，是不知道它为什么就如此了。

别的乐器有五弦的琴，有七弦的琴，有十三弦的筝，有四弦的琵琶，你这个锦瑟为什么要五十弦？为什么要这么多根弦？这是“无端”的。李商隐写得很好。秦少游则说“无端天与娉婷”——为什么上天就生下了这样一个美丽的女子？为什么又偏偏叫我碰上了？所以这真是“无端”，真是无可奈何了。而且这个女子还不只是外表的娉婷，她是“夜月一帘幽梦，春风十里柔情”。你看这个女子有多么好，有多么美好的心灵！他说，在那明月当空的夜晚，在那洒满月光的帘下，这女子的心中充满了美丽的心灵的想象；当春风吹过的时候，那十里温暖的和风，就像那女子温柔的感情。可是现在呢？中国的词里边常常说“怎奈向”，这个“怎奈向”就是“怎奈何”的意思。因为“向”字的发音可以是 hàng，上海就把“巷”（xiàng）说成 hàng。所以“怎奈向”就是“怎奈何”。“怎奈向、欢娱渐随流水，素弦声断，翠绡香减。”他说，你怎奈何，欢娱的事情随着流水慢慢地慢慢地就消逝了，过去的事情再也不会回来了。“素弦声断”就是当时在弦上弹音乐的声音没有了，都断绝了。“翠绡香减”，绡是一种丝织品，是指女子所用的手巾之类。他说那翠绡上的香气也消减了。于是，站在危亭之中，我就“那堪片片飞花弄晚，蒙蒙残雨笼晴”。“那堪”也是“何堪”，我怎能忍受眼看着一片片飞花跟过去那些美好的往事一样在傍晚斜阳之中飞舞飘落下来，而且还下着蒙蒙的细雨。笼晴者，是一半阴，一半晴，雨丝笼罩着日光。下边他说：“正销凝，黄鹂又啼数声。”张相的《诗词曲语辞汇释》讲过“销凝”这两个字，他说销凝就是销魂、凝魂之意。所谓销魂是出神的意思；凝是凝神，就是发呆。他说，正在想着往事，正在销魂凝神之际，耳边听到了树上黄鹂鸟叫的声音。人在悲哀的时候听什么声音都是悲哀的，所以他觉得这黄鹂鸟的叫声就触动了他怀念的感情。你看他写的感情——“萋萋刬尽还生”，写得这样深刻；你看他写的女子——“夜月一帘幽梦，春风十里柔情”，写得这样多情。这个就是秦少游。一般说起来，秦少游的词是敏锐的、柔婉的，不管写景写情都是如此。可是当他受到打击的时候，他也可以写出很沉重、很凄厉的句子来，不管是写爱情还是写贬谪，都是如此。

好，秦少游我们就结束到这里，下一次我们讲周邦彦的词。

缪元朗　安易　整理

附　　录

苏轼诗化之词的得失

“词”这种文学体式，本来是隋唐间所兴起的一种伴随着当时的流行乐曲——燕乐而歌唱的歌辞（今天常写作“歌词”）。当士大夫们开始着手填写这些歌辞时，在他们的意识中并没有要借之以言志的用心。可正是这类并无言志之用心的作品，有时却无意中流露出作者潜意识中的某种深微幽隐的心灵本质，因此也就形成了小词佳作的一种要眇深微的特美。这可以说是五代及北宋初期小词的一种最值得注意的特质。

不过，词的发展并没有停止在“歌辞之词”的阶段，它是不断地向着诗化之途径默默进行着的。这种演进到了苏轼出现后形成了一个高峰，而在苏轼之前，柳永则是一个关键的人物。

柳永的词就性质而言，仍是属于交付乐工歌女去演唱的歌辞之词，其主题也多为对于美女、爱情、相思怨别的描摹叙写。不过，柳词中一部分羁旅行役之作，已经改变了唐五代词以闺阁中女性口吻为主所写的春女善怀的情意，而转变为以游子口吻叙写的秋天易感的情意，并且在写相思羁旅之情中，表现了一份登山临水的极富于兴发感动力量的高远兴象。再就表现手法而言，柳永已开始大量使用长调慢词，因此在叙写时自然就不得不重视一种次第安排的铺陈的手法。虽然，早在唐代的俗曲中就已经有了慢词的歌曲，但在柳永以前的那些诗人文士们，他们所作多为小令。究其原因，一是慢词本是流行于市井间的俗曲，因而不免受到士大夫们的轻视；二是小令的篇幅短小，声律也多近于诗，这是士大夫们乐于接受也易于填写的。而慢词篇幅较长，其音律的转折变化比小令要困难繁复得多。这对于一般的、对音乐没有什么修养的士大夫而言，自然会感到无能为力了。

柳永则不然，他既能在观念上突破士大夫的迂腐之见，又精通音律。据叶梦得《避暑录话》的记载，“柳耆卿为举子时，多游狭邪，善为歌辞；教坊乐工每得新腔，必求永为辞，始行于世”。所以从柳永开始，就能用铺陈的手法大量填写慢词了。可是，当柳永以这种铺陈的长调，用通俗的语言来叙写市井间歌儿酒女们现实的感情和生活时，不仅在意境方面不能像以前那些小令佳作一样足以引发读者高远的联想，而且在表现方面也缺乏了那种含蓄典雅的风致。试举其《定风波》为例：

自春来、惨绿愁红，芳心是事可可。日上花梢，莺穿柳带，犹压香衾卧。暖酥消，腻云亸。终日厌厌倦梳裹。无那。恨薄情一去，音书无个。　　早知恁么。悔当初、不把雕鞍锁。向鸡窗、只与蛮笺象管，拘束教吟课。镇相随，莫抛躲。针线闲拈伴伊坐。和我。免使年少，光阴虚过。

这首词平铺直叙，大胆而露骨地写了一个女子对远别的情人的思念。他虽把人物形象刻画得十分鲜活，但丝毫没有了托寓和理想的色彩，也没有令人回味的余地。正因为柳词中的这类作品，使得一些传统批评家对柳永一直颇有微词。王灼在其《碧鸡漫志》中就曾说柳词“浅近卑俗……声态可憎”；陈振孙在其《直斋书录解题》中也认为柳词“格固不高”；而冯煦甚至认为柳永“词多媟黩”，即不仅俗，还是淫亵的。

尽管柳词中的某些作品确有平浅柔靡之失，但经过柳永的开拓，其他文士们也开始按柳永的音乐形式来填写慢词长调了。不过，柳永以慢词长调来叙写美女和爱情，使得其词失去了令词佳作那种“若隐若现”“欲露不露”的富含言外意蕴的美，而变成了一种全无言外意蕴的现实的陈述。在这种缺点慢慢显露出来时，“眉山苏氏，一洗绮罗香泽之态，摆脱绸缪宛转之度”（胡寅《酒边词序》），就开始有意识地进行自抒襟抱的“诗化之词”的创作了。

为了更好地理解“诗化之词”，我们先要对诗与词的不同有一点基本的认识。

早在今文《尚书·尧典》中，就曾有“诗言志”之说，《毛诗·大序》中也曾有“诗者，志之所之”及“情动于中，而形于言”之说。可见，中国诗歌的传统，主要是以言志和抒情为主的。就创作主体而言，诗歌的创作是其内心情态的一种显意识的活动。作者必先有一种志意或感情的活动存在于意识之中，然后才写之为诗。一般说来，中国诗歌传统向来重视一种直接的感发力量。钟嵘《诗品·序》云："气之动物，物之感人，故摇荡性情，形诸舞咏。"所以，作者需先在内心中产生一种兴发感动，有话可说，有话要说，然后再把这种感动传达出来，并带着丰富的兴发感动的力量，使千百年以下的人读了此诗仍能产生强烈的感动，这样才不失为好的诗歌。

词就不同了。上文也已经提到，词，原本是给歌女们唱的歌辞，是男子用女性的口吻，写女性的形象和情思的作品。起初，其创作者并没有借词言志的用心。不过正因如此，词中的某些作品却形成了一种既可以显示作者的心灵本质，又足以引发读者丰富联想的微妙作用。

词最初产生于民间，后来，一些诗人文士开始参与了词的写作，而这些人本是早已经习惯了诗学传统中的言志抒情的写作方式的。于是他们对词的写作也就逐渐由游戏笔墨的歌辞而转入了言志抒情的诗化的阶段。由敦煌俗曲到《花间集》中的艳词，由温庭筠词易引起读者托寓之联想的精美物象及韦庄词中使人感到的真挚抒情，到南唐冯延巳与李璟李煜父子对词境的开拓，再到北宋前期晏、欧诸公以个人之襟抱、性情、学养、经历等融入小词，歌辞之词向诗化之词的演进是不断进行着的。而且早在《花间集》中就已经出现了诗化之词。比如鹿虔扆的《临江仙》（金锁重门荒苑静）一词，就抒发了作者对前蜀败亡的一种沧桑的悲慨。再比如李煜，他在亡国之前所作的歌辞，如《玉楼春》（晚妆初了明肌雪）以及《一斛珠》（晓妆初过）等等，都是写美女和爱情的歌舞宴乐之词；及至亡国破家之后，其词则一反前期风格，诸如《虞美人》（春花秋月何时了）、《乌夜啼》（林花谢了春红）以及《浪淘沙》（帘外雨潺潺）等词，皆能做到以沉雄奔放之笔，写故国哀感之情，于沉哀中有雄放之致，显然已是诗化之词了。正因为如此，王国维在其《人间词话》中才说："后主之词，始变伶工之词为士大夫之词。”

所以，当歌辞之词这种形式产生后，文人、诗客便运用这种形式来写美女和爱情；而当这些人真正遭遇到生活上的重大的变故之后，他们自然会用词这种习惯的形式来写他当时真正的悲慨了。可见，诗化之词的产生，势有必至，理有固然。只不过在苏轼出现以前，那些曾写过诗化之词的作者，如鹿虔扆、李后主等人，他们并不是有心要改变词的内容和风格，他们根本没有这种理性的觉悟（awareness）。直到苏轼出现，他开始用这种合乐而歌的词的形式，来正式抒写自己的襟抱志意，对歌辞之词进行了有意识的开拓与创新。也就是说，苏轼词中所表现的性情襟抱，已经是带着一种有意创新的觉醒了。即如苏轼在《与鲜于子骏书》中就说：“近却颇作小词，虽无柳七郎风味，亦自成一家。”(《东坡续集》卷五《书简》) 又如俞文豹《吹剑续录》载：“东坡在玉堂，有幕士善讴。因问：‘我词比柳词何如？’”其有心要在当时流行词风之外自拓新境之意是一望可知的。当苏轼以词的形式来言志抒情时，就产生了几种不同类型的作品。

第一类词，既改变了歌辞之词女性描写的内容，也失去了词的特美，然而却由于其“诗化”的结果，而形成了一种与诗相合的特美。这一类词我想举苏轼的《江城子·密州出猎》作为代表。

> 老夫聊发少年狂。左牵黄。右擎苍。锦帽貂裘，千骑卷平冈。为报倾城随太守，亲射虎，看孙郎。　酒酣胸胆尚开张。鬓微霜。又何妨。持节云中，何日遣冯唐。会挽雕弓如满月，西北望，射天狼。

这首词写得激昂慷慨，自属苏词中纯具诗美的一类。从内容上看，作者通过对一次出猎盛况的叙写，抒发了自己的壮志豪情。它既不同于歌辞之词的不经意而为，也没有小令佳作的那种深远曲折、耐人寻绎的特美，而是直接透出一种强烈的感发力量，这点是合于诗美的。从形式上看，这首词五、七言句式较多，它的停顿（pause）、节奏（rhythm）、韵律（metre）跟诗也是接近的。可见，这首词不但在内容上是言志的诗，在形式上接近于诗，而且在美感上也带着诗歌直接感发的力量。尽管它不合于词的美感特质而合于诗的美感特质，但那些习惯于欣赏诗歌美感的读者，对于这类诗化之词是能够接受的，并不以为它跟词有什么背离。

第二类词，是既未能保有词的特美，也未能形成诗的特美，因而成为这一类诗化之词中的失败之作。这一类作品我想举苏轼的《满庭芳》词作为例证：

蜗角虚名，蝇头微利，算来着甚干忙？事皆前定，谁弱又谁强。且趁闲身未老，尽放我、些子疏狂。百年里，浑教是醉，三万六千场。　　思量。能几许，忧愁风雨，一半相妨。又何须，抵死说短论长。幸对清风皓月，苔茵展，云幕高张。江南好，千钟美酒，一曲满庭芳。

这首词从头至尾，都是平铺直叙，直白到没有丝毫可以让人回味的余地。因为过于粗浅率直，而缺少了一种曲折含蕴之美。同时，这首词多是四个字一顿，因此没有了诗歌的那种奔腾的直接感发的力量。所以这类词既没有词之意蕴深微的美感，也没有诗之直接感人的力量，而是两头落空了。

第三类词是虽然改变了歌辞之词中女性叙写的内容，然而却仍保存了歌辞之词所形成的多重意蕴的美学特质。关于这一类词，我们举苏轼的《八声甘州·寄参寥子》为例证：

有情风、万里卷潮来，无情送潮归。问钱塘江上，西兴浦口，几度斜晖？不用思量今古，俯仰昔人非。谁似东坡老，白首忘机。　　记取西湖西畔，正春山好处，空翠烟霏。算诗人相得，如我与君稀。约他年、东还海道，愿谢公、雅志莫相违。西州路，不应回首，为我沾衣。

近人夏敬观曾将苏词分为两类，认为其上乘之作“如春花散空，不着迹象，使柳枝歌之，正如天海风涛之曲，中多幽咽怨断之音”（见《唐宋名家词选》引《吷庵手批东坡词》）。这首词，我以为实在是苏词中最能代表其“天海风涛之曲，中多幽咽怨断之音”的作品。孟子曰：“颂其诗，读其书，不知其人，可乎？是以论其世也。”（《孟子·万章下》）所以，为了更好地理解这首词，我们不妨对苏轼的思想生平作简单的介绍。

《宋史·苏轼传》中记载了两则故事。一则是说在苏轼十岁时，“父洵游学四方，母程氏亲授以书，闻古今成败，辄能语其要。程氏读东汉《范滂传》，慨然太息。轼请曰：‘轼若为滂，母许之否乎？’程氏曰：‘汝能为滂，吾顾不能为滂母耶？’”另一则是说苏轼长大后，“既而读庄子，叹曰：‘吾昔有见，口未能言；今见是书，得吾心矣。’”这两段故事集中表现了苏轼性格中两种主要的特质：一种是像东汉桓帝时“登车揽辔，慨然有澄清天下之志”（《后汉书·范滂传》）的范滂一样，有一种忠义奋发，愿以天下为己任，虽遇艰危而不悔的用世之志意；另一种则是如同庄子在其《逍遥游》中所写的“藐姑射之山，有神人居焉。肌肤若冰雪，绰约若处子，物莫之伤，大浸稽天而不溺，大旱金石流土山焦而不热”，以及《养生主》中所写的“庖丁解牛”，“恢恢乎其于游刃必有余地矣，是以十九年而刀刃若新发于硎”，有这样一种不为外物之得失荣辱所累，即使在患难中仍能保持精神上之余裕的超然旷达的怀抱。苏轼正是一个把儒家用世的志意与道家旷观的精神做了极圆满的融合，虽然在困穷斥逐之中，也未曾迷失彷徨，而终于完成了自我的人。"用世之志意"为其欲有所作为时用以立身的正道，而"超旷之襟怀"则为其不能有所作为时用以自慰的妙理。

认识了苏轼性格中的两种主要特质，我们再来看一下他平生的经历。苏轼是四川眉山人，仁宗嘉祐二年，他与父洵、弟辙一同进京赶考。当时欧阳修做主考官，出的题目是《刑赏忠厚之至论》。考毕，欧阳修很欣赏苏轼的文章，并且说："吾当避此人出一头地。"（《宋史·苏轼传》）所以，苏轼早年高中科名，既受到朝廷重臣欧阳修的赏识，又恰值宋仁宗这样的皇帝执政，他本来是可以在仕途上尽情施展一番的。然而，中进士不久，东坡丧母，因此还乡守制三年；三年之后回京做官，未及两年，又因父丧还乡守制三年。等到他父丧期满，再度还朝时，已经是神宗熙宁二年（1069）了。当时，神宗已经任用王安石进行变法。王安石是个想有作为的人，其变法的用心也很好，但书生论政，许多现实问题考虑不到，再加上落实政策的地方官吏贪赃枉法、积习难改，致使新法在实行过程中出现了许多弊病。苏轼从四川眉山到河南汴京，一路上看到了这些现象，回到朝廷自然因政见不合而与新党之间发生了摩擦，因此招致嫉恨，多次被贬。在此期间，他下过乌台狱，而且几乎被处死。后来神宗死了，哲宗继位，其祖母宣仁太后听政，改年号元祐，苏东坡等人也被召入京。回京后，司马光主国政，对新法一律否定，而苏轼则认为新法中某些部分还是可以参考实行的。二人政见不合，于是苏轼请求外放，结果被调到杭州任知州。

前文已提到，苏轼的天性中有用世之志意与超然之襟怀两种特质，这在其立身之道上得到了充分的体现。苏轼一生屡经迁贬，但他无论流传何方，无论在朝在野，那种立言忠直的作风和欲以天下为己任的用世志意丝毫没有因忧患挫折而改变过。关于其立身的态度，有两封书简颇可注意。一是当他贬官黄州时，在给李公择的一封信中写道："吾侪虽老且穷，而道理贯心肝，忠义填骨髓，直须谈笑于死生之际，若见仆困穷便相怜，则与不学道者大不相远矣。"另一封信是元祐年间，苏轼在朝中与旧党论政不合，想要请求外放时写信给杨元素，信中云："昔之君子，惟荆是师。今之君子，惟温是随。所随不同，其为随一也。老弟与温相知至深，始终无间，然多不随耳……进退得丧，齐之久矣，皆不足道。"（《续集》卷六《书简》）从这两封信中可以看出，苏轼在立身之道上，既有其坚毅的持守；在处得失之际时，又有其超旷的襟怀。而这种用世之志意与超旷之襟怀相结合后所形成的一种特质，则为其词的写作开拓出一片广阔而高远的新天地。即如元祐年间，当他因与朝中旧党论事不合而请求外放，两年后又被召还朝，曾写过的《八声甘州·寄参寥子》一词，就是这种结合的一个很好的例证。

"有情风、万里卷潮来，无情送潮归"这两句写万里风涛，气象开阔，笔力矫健，外表看来似乎很是超脱，然而在"有情"与"无情"之间，在"潮来"与"潮归"之际，却实在隐含有无限的感慨悲凉之意。多少沧桑，多少盛衰，祸福相倚，庆吊相及，古往今来皆是如此。接着："问钱塘江上，西兴浦口，几度斜晖？"钱塘江的西兴浦口是观潮最好的地点，而无数次的潮去潮回，无数次的日升日落，多少兴衰，多少祸福，就这样消磨过去了。接下来二句，"不用思量今古，俯仰昔人非"，你且不管千古的盛衰如何，就是在人生短短的几十年内，在新党旧党的竞争恩怨之间，有多少人起来了，又有多少人倒下去了。以上几句写了古今推移之中，人间的盛衰无常，这正是对开始二句所透露的苍凉之感的补述和完成。而在这种悲慨之后，作者突转入"谁似东坡老，白首忘机"二句。他说自己已是满头白发，早已把一切与别人追逐竞争的机智巧诈之心都忘记了。

再看下半阕。“记取西湖西畔，正春山好处，空翠烟霏。”在这里，作者换笔写记忆中难忘的西湖美景。他说，当春天来临之时，在西湖西畔美丽的春山中，那空蒙的翠色，那霏微的烟霭扑人衣袂而来。这两句写得真是清丽舒徐，颇得“韶秀”（周济《介存斋论词杂著》）之美。而后接以“算诗人相得，如我与君稀”二句，写苏轼自己与参寥子二人之间的交谊。在前面两句所写之美景的衬托下，这一份“诗人相得”之情显得弥足珍贵。因为二人不仅相知相得，而且都是诗人，所以他们有共同的兴趣，有共同的理解。而现在，苏轼就要离开美丽的西湖，离开相知相得的好友；到朝廷后，政海波澜，以自己一贯正直忠义的个性，安危祸福，实在不可逆知。所以作者要与好友定一个约会：“约他年、东还海道，愿谢公、雅志莫相违。”谢公即东晋的谢安，他入仕以后曾因为淝水之战克敌之功，官至太保之职，然而也曾因功高见忌而出镇新城。他曾经造泛海之舟，打算循江路而归隐东山，可不久便一病不起，东归之志遂化为泡影。苏轼在这里用谢安的故事以自喻，“东还海道”，即有暗指重返杭州与参寥子重聚的愿望，也表现了自己此度还朝，也正像谢安当年那样，既有用世的志意，也有出世的向往。而自己终不知将来这种双重的愿望与志意能否实现，言外自有一种深恐志意终违的悲慨。最后三句“西州路，不应回首，为我沾衣”，用的还是谢安的典故。据历史记载，谢安自新城遇疾后，重返都城建康，乃舆病入西州门。谢安死后，他的外甥羊昙十分悲痛，从此不肯从西州门经过，一日醉中不觉行至西州门，乃悲感不已，痛哭而去。在这里，苏轼将历史典故改为宽慰之辞，希望不要落得使参寥子西州痛哭的下场，但佛经上说：“才说无，便是有。”所以究其实，还是苏轼心中正有这种生离死别的悲感。

综观这首词，作者不仅写出了今古盛衰之慨，死生离别之悲，也写出了他对政海波澜之忧畏，与知交乐事之难再，百感交集，并入笔端，而他表现得又是如此的开阔博大。开阔博大，是言志之诗的美感。同时，它又有这么丰富深厚的意味，供给读者去思索吟味。这是好的诗，也是好的词，是诗化之词中的上乘之作。

透过以上的例证，我们可以看出，词在诗化以后，固仍当以具含一种深远曲折、耐人寻绎之意蕴为美。至于那些已经脱离了词之深隐曲折之美的作品，其上者或许仍不失为长短句中的诗，而其下者则不免流于粗犷叫嚣，岂止不得目之为词，实在也不得目之为诗。由此可见，是否能保有词之深隐意蕴之特美，实为评价诗化之词之优劣的一项重要条件。

总之，词的诗化，是词体本身发展方面的一种要求开拓的自然趋势。而苏轼生当北宋词坛之盛世，既禀有开阔博大之高才卓识，又兼具儒家用世志意与道家超旷襟怀的双重修养。他一方面汲取了柳词中富于感发力量的高远兴象，另一方面又除去了柳词的浅俗柔靡之失，遂带领词之演进而走向了超旷高远且富于感发之途，使之达到了诗化的高峰，终于为五代以来一直被视为艳科的小词，开拓出一片高远广大的新天地。

曾庆雨 整理

3 第三章 北宋后期

第一讲

说贺铸词

关于贺铸的词，历代对他的批评有很大的不同。一般来说，有的词人所得的批评和看法是比较一致的，像李后主和苏东坡等人，而柳永的词别人对他的批评则是毁誉参半。贺铸是除了柳永之外的另一个没有定评的词人。我们先简单地看看贺铸的传记生平，以及别人对他的批评，再用他的词来作例证。

贺铸（1052—1125），字方回，晚号庆湖遗老，生长卫州（河南辉县)，留有《庆湖遗老集》，其中收有诗文，也有词。从他的诗文里面，我们知道他本姓庆不姓贺。庆湖是浙江镜湖，又名鉴湖，早期孙中山革命时的女革命家秋瑾，别号就是鉴湖女侠。贺铸的别号庆湖就是鉴湖，因为他本是战国时吴王僚的儿子公子庆忌的后代，故以庆为氏。到了汉朝时提倡孝道，东汉孝安帝的父亲名庆，因古代封建社会对皇帝名要避讳，庆氏故改姓贺。总之，贺方回的远祖是吴国的公子，后来经过迁移，宋朝时代已经移居卫州，也就是现在的河南了，但他祖先居住的庆湖就是山阴的镜湖。因为先世居山阴，所以自称越人。

王国维曾经写过一篇文章叫《屈子的文学精神》，屈子就是屈原，王国维把中国的民族性格分成南方的性格和北方的性格两种：一重实践，一重空想；一个是好隐居，一个是比较有为的。他认为屈原是兼有南北两者的长处，他从中国历史上举了很多有名的哲学家、文学家来证实。王国维自己的祖先是北方人，而出生在浙江，有北方的血统，南方的性格。贺铸则相反，是南方的血统而长在北方的，因此有混合的性格。当然这并不是一定的，南方人也有生下来像北方人，北方人也有生下来像南方人的。一般来说，如果是同时得到南北两方面性格的人，在成就上比较会有多方面的表现。说实话，我很希望中国大陆、台湾将来有一天统一了，这是中国最大的希望。我认为台湾有台湾可宝贵的成就，尤其在建设上，文学创作方面，小说诗歌方面有相当的成就。而中国自从新中国成立以后，很多工农出身的子弟能够受教育，他们的思想、感情、看法都有一种很新鲜的感受，如果能够把旧传统中美好的部分保留，革命以后新兴的文化的好处也吸收，再加上台湾现在所有的各种长处，中国将来应该有一个统一发扬光大的局面，如果一切都做得好，中国会有一个很好的集大成的未来。唐朝为什么是文学史上的黄金时代？为什么在中国文学史上有这么大的成就？因为唐朝是在南北朝东晋时代五胡乱华与宋齐梁陈的分裂之后，继承了南北双方的文化的大统一，再加上胡人外来的文化，统统吸收以后改革发扬光大。如果大家都能够以国家民族为重，而不是争权夺利，中国应该有一个混合的、统一的、很好的时代。吸收的方面多，融会贯通以后才会更好。所以根据王国维的分析，很多有很好成就的人都混合有南北两方面性格，有兼收并蓄的精神。

贺铸的血统、籍贯是兼融南北的，他的性格也是两方面的。柳永的被批评和被赞美形成毁誉悬殊，那是因为柳永在性格上就有两种很不同的性格，因此自然就有不同方面的表现。贺铸也同样是有着两种很不同的性格。

贺铸的生平，据历史记载说，他初隶右选，授右班殿直。右选是武职，当时在中国做官有文职、武职之分。贺铸最初是武职。他的性格也有属于豪纵的一面，他的传记上说他年少时往往纵酒使气，豪气盖座。他喜欢武术剑术，喜欢没有节制地喝酒，喝酒以后使气，借酒装疯。豪气盖一座，气魄是很雄壮的，全座的人都被他的豪气所折服，这是他性格的一方面。可是史传上也记载说，他有时候伏案写细如牛毛的工笔小楷，埋头桌上阅读点校古书，“雌黄不去手”，“反如寒苦一书生”。从这些记载看，我们知道他有发扬的一面，也有收敛的一面，不过他最初的出身是武职，不是从考进士出身的。中国封建社会中对一个人的出身是非常讲求的，是特科出身，还是常科科举出身？如果是特科，哪一年？什么科？贺铸不是进士而是武职出身。中国过去的习惯对武职是非常轻视的。他的朋友李昭玘曾代他写过一篇《代贺方回上李邦直书》，写到他内心的感慨：“迫于致养，遽从一官……一忤上官，呵诋随至，且虞诛责之不可脱，则无以侍亲、畜妻子，故垂头塞耳，气息奄奄……百步十蹶，一食三噎，又安能必后日之志哉？”他说因为家里贫穷，有父母妻子儿女，怎么能够不养活他们呢？因为被生活逼迫，没有等到正式考进士的机会，匆匆忙忙就做官去了，给人家当侍卫，如果违背了长官的意旨，责骂跟着就来了。骂已经算是好的，他们还可以免你的官，甚至把你杀死。那时候就没有办法侍奉父母，养活妻儿了，所以去做官，只有低下头来忍受责骂。人家骂我责怪我，虽然心里害怕，我都假装没有听见。像他这样一个本来纵酒使气、豪气盖座的人，出去做事要对上官如此地低头，在人生的道路上好像走一百步就要跌一跤，吃一顿饭就要噎三次，不能好好地吃，像这样的生活，又怎能够完成以后的志愿呢？

古时候中国的读书人像我们讲过的秦少游、苏东坡等都曾经遭遇到不幸，贺铸也是一样。后来转入文官，曾经做过泗州和太平州的通判，通判是州郡的一个随从小官，并不是地方长官。“以承议郎致仕”，他最后做到承议郎就不再做官了。辞职以后还是回到自己所认为的故乡——江南去，常往来于苏州、常州。因为一生仕宦很不得意，此后便闭门高隐不再做官，但是为了生活，于是便以权子母致息来维持生活。以前陶渊明曾说“人生归有道，衣食固其端”，就是说人生当然应该要有人生的理想，但是人要生存，生存的开始就是穿衣吃饭。如果连饭都没得吃，还有什么道理可谈？总要有一个谋生的办法，才能保持理想。所以陶渊明认为天下很多事情不是你受人家欺负，就是自欺欺人，不要同流合污，唯一可以清白的是尽自己的力量，得自己的收获。所以陶渊明就选择了躬耕的生活，不过那至少要有可耕的田地才可以，若是没有呢？

所以贺铸就靠权子母致息来维生，就是以放债为生，“母”就是本钱，“子”就是利钱。他后来为了生活，就以放债为生，可是他的放债和人家稍有不同，“有负者，辄折券与之”，每当有人欠了债而没有能力偿还时，他就把借券撕毁了。至于他的形貌，据记载说：铸身长七尺，貌奇丑，寡发，面色青黑而眉目耸拔有英气，时人谓之“贺鬼头”。可见他很不好看。在中国历史上有很多人，尤其是文学家，有的以美貌出名，如古代的诗人宋玉、潘岳，人家常说“貌比潘安，颜如宋玉”，就是这个道理。潘岳号安仁，简称潘安，每次他坐车出去，如果有妇女见到他，就把鲜花水果扔到他车上送给他。相反地，同时的另一个诗人叫左思，长得很丑陋，妇女们要是见他走过，就丢石块。三国的王粲、唐的李商隐，据说也长得不漂亮。贺铸身高七尺，容貌很丑陋，头发脱落了，脸色青黑像青铁的颜色。可是他的眉目很耸拔，他的豪侠和精神从他的眉目之中透露出来。因为他长相难看，人家叫他贺鬼头。他的妻子是宋宗室赵克彰的女儿，宗室是皇帝的本家，当贺铸还很年轻时，赵克彰就看到贺铸的作品了，认为他很有才干，就主动把女儿嫁给他了。

传记又说，他“喜谈当世事，可否不少假借……人以为近侠”。方回有理想，对天下事很关心，常常大谈特谈，可是得到他赞同满意的很少很少，经常都是使他不满意的，对当时政治人物作了很多批评，人家都认为有豪侠的作风。

可是他的诗词却写得温柔秾丽，他写词喜欢引用典故，而且书读得很多，喜欢校书，校对用的丹黄几乎不离开他的手，每天读书读得很勤。他的诗非常清新，婉转秾丽而细密。做起官来对任何小事情都很仔细，非常精明能干，“言理财治剧之方，亹亹有绪”，“剧”是艰难的事情，碰到艰巨的事情，大家都束手无策时，只有他有办法。他也善于理财，他讲起话来讲得头头是道，井然有序。与他早年纵酒使气的为人，很不相同，所以他的性格是有两方面的。

晚岁退居，远离世故，英光豪气，收敛殆尽。少年时代那种英发的光彩，那种豪侠的气概都消磨收敛起来了。讲到这里，我想到朱自清。其实中国近代很多写白话文章小说的人，诗词都写得很好，胡适之提倡了半天白话文，其实他的诗词也写得不错。朱自清写白话文是最有名的，其实他的诗也是很好的。许多新文学家的旧学修养都非常好，像老舍的旧诗也很好。朱自清曾有两句诗说："圭角磨看尽，襟怀惨不温。"他说一个人年轻时常常锋芒毕露，到年老了就把锋芒棱角磨去了。从前可能是满腔热情，可是遭遇到很多艰难困苦以后，你的胸襟怀抱就留下很多悲惨的记忆，就失去了从前的温暖。贺方回也是晚年就收敛了他的"英光豪气"，他少年时"喜谈当世事，可否不少假借"的豪侠之气都消磨殆尽了。贺方回的作品留下来的有《庆湖遗老集》，词集叫《东山词》。

我们下面来看看别人对贺方回的批评。宋朝的张耒替贺铸的《东山词》写了序，他说："方回乐府，妙绝一世。"（宋元之间另有一个文学批评家也叫方回，是姓方名回，与贺方回不同）张耒说贺方回的词是"妙绝一世"，当代少有，又说："盛丽如游金张之堂，妖冶如揽嫱施之祛。""盛"是美盛，"丽"是秾艳，"金张"是汉朝时的贵族金日磾和张安世，这是描写贺方回的诗词很美，好像进到金、张那种贵族的厅堂里面一样。那种妖冶，那种吸引人的魅力，就好像我们挽住西施、王昭君这样美丽女子的衣袖一样，"嫱"是王嫱、王昭君，"施"是西施。又说"幽洁如屈宋，悲壮如苏李"，"幽"是很深刻的，"洁"是很清高的理想，是说贺方回像屈原、宋玉一样有很崇高的理想，至于他的感慨悲哀就像苏武、李陵一样，苏、李都曾经流落到匈奴，经常写些诗歌描述他们远离故国内心的悲哀和雄壮的气概。"览者自知之，盖有不胜言者！"意思是说，你们看他的人自然就知道他的诗是很好的，我是没有办法完全描写出来的。

郑骞先生的《词选》在这一段评语后加了个按语说："此序语气似含讥意。"说这篇序文的语气是赞美的，可是他好像说的是相反的话，有讽刺的意思。

李清照除了自己写词外，也喜欢批评当时的作者，她说贺铸不能够典重，这也是很多人认为他的词不好的地方。王国维也是不喜欢他的，王国维的《人间词话》里说“北宋名家以方回为最次”，是说北宋有名的作者里面，以贺方回最差，“其词如历下、新城之诗，非不华赡，惜少真味”。历下是明朝七子之一的李攀龙。新城是清朝的王士禛，是主张神韵派的诗人。贺方回的诗如同明七子和清朝的王士禛的诗，有什么不好呢？明朝的前七子是模仿唐诗，因为明朝标榜的是模仿唐诗，但是他们所模仿的只是唐诗的外表，而没有唐朝诗人那种感发人的力量，王士禛提倡的神韵就是写诗的时候不要把话都说穿了，要留一些韵味给人家去回想。王士禛经常描写景物，至于透过这些景物表达的是些什么样的感情，他就不说，让读的人自己去感发。近代的批评家钱锺书曾经写过一本书叫《谈艺录》，就是批评文学艺术的。他曾经批评王士禛的神韵说，以为王氏以不说为好，其实是无话可说。虽然外表上看起来很漂亮，实际上欠缺一种感人的力量。司马迁说：“同明相照，同类相求。”有共同兴趣的，就如同光线的光度色彩都一样，彼此相得益彰。是同类的就喜欢互相寻求，跟你性格相近的你就能够欣赏；跟你不相同的，你就没有办法欣赏了。所以王国维是喜欢晚唐五代和北宋词的。在《人间词话》里，他批评得最好的是五代的冯延巳和李后主。王国维所欣赏的是富于感发的力量的，至于以词采之美或以技巧见长的诗人，王氏对之就不大能欣赏，那是因为他写《人间词话》时刚过三十，还很年轻，他喜欢那些感动力量很强烈的作品，写得比较明白的、比较显露的，像冯延巳和李后主、清朝的词人纳兰性德等等，至于周邦彦，他就非常不喜欢。可是他晚年时又写了一本《清真先生遗事》，“清真”就是周邦彦，这本书里对周邦彦口口声声以先生称之，而《人间词话》里凡是提到周邦彦的都用另一别名“美成”，对美成的批评都是非常不好的，可见王国维早年和晚年的欣赏有很大的改变。他对贺铸的批评是在《人间词话》里边，晚年没有再写过任何有关贺铸的作品，如果有的话，说不定也像对周邦彦一样，可能有所改变。

下面我们来看贺铸的一首词《石州引》：

薄雨收寒，斜照弄晴，春意空阔。长亭柳蓓才黄，倚马何人先折？烟横水漫，映带几点归鸿，东风消尽龙荒雪。犹记出关来，恰如今时节。　　将发，画楼芳酒，红泪清歌，便成轻别。回首经年，杳杳音尘都绝。欲知方寸，共有几许新愁，芭蕉不展丁香结。憔悴一天涯，两厌厌风月。[①]

蓓蕾是花苞，花还没有开以前叫蓓蕾，两字都是上声字，只是俗音念成平声了，在词里面为了平仄的格式，要念成仄声。这首词用的是入声韵。《石州引》是词调名。词的前半首写塞外的离别。“薄雨收寒，斜照弄晴”，“薄”是轻薄，轻轻细细的微雨；“收寒”是早春的天气，通常天冷时是下雪，一到春天就开始下雨了，春天的细雨使寒气收敛了。“斜照弄晴”，等到云彩散开了，太阳露出来了；“斜照”是太阳把它落日的余晖照射在给雨洗过的草木上；“晴”是落日的余晖，看那落日的阳光照在草木树叶上，那种闪动的样子，使你感觉是西斜的太阳在赏玩自己的光彩。把太阳看成有情，好像它故意在炫弄自己的光彩。向远方看去，“春意空阔”，春天真的是来了，天气暖和了，下了一场雨，在日光的照耀下，看那叶子发出嫩绿的色彩，草地上有点茵茵的绿色的烟雾，从树梢上到草地上都是春天的气息了。“长亭柳蓓才黄，倚马何人先折”，古时候多以车马为交通工具，车马需要休息，所以每隔一段路就有一个驿站，十里一长亭，五里一短亭。“蓓”是柳树的嫩芽，长亭边柳树的嫩芽刚刚露出嫩黄的颜色。有一个人站

① 此词在《花草粹编》《御选历代诗余》《词综》《词苑丛谈》《御定词谱》《词律》中皆收，今人唐圭璋编《全宋词》中也有收入，但文字与此处所引多有不同。——编者

在马的旁边，就快要上马走了。离别的时候折一根柳条送别，柳条细长，表示温柔绵长的情感。而且“柳”字与“留”字声音相近，故古人都以折柳道别。是什么人在这样早春的天气就要离别呢？贺方回的特色之一是在他的诗词里，时间和空间经常错综表现，交代的不是很清楚。前面几句词写的是从前和一个令他怀念的朋友在早春的天气，在长亭边离别的情景，他们曾经折柳送别。以上几句写的是当日离别时的情景。而现在呢？“烟横水漫，映带几点归鸿，东风消尽龙荒雪”，写的是现在，而用“犹记出关来，恰如今时节”把过去和现在结合起来，从前是送别，现在他看着远方的天空，望不见他的故人，也望不见他的故乡，只看见几点烟雾横在空中，看到地面上的流水漫无边际地流到天边。“烟横”是天上，“水漫”是地上，天上的烟霭横空，地上的流水流到天边，他所怀念的故人和故乡在哪里呢？

贺铸的“烟横水漫，映带几点归鸿”，写的是春天。春天的时候天气暖和了，鸿雁从南方飞到北方，方回自己是在北方，而当年和朋友离别的地方是南方，现在到了春天，鸿雁又飞回北方了，看那远方烟雾尽头的天空，那流水流到天边的大地，天地之间，陪衬了几点从远方飞来的鸿雁，人什么时候能像鸿雁一样地飞来飞去呢？“东风消尽龙荒雪”，春天的东风把龙荒的雪都消融了，“龙荒”指的是匈奴所在的地方——龙城，“荒”是荒远之地，在边疆的龙城荒远之地雪都消尽了。诗人还记得当他从关内温暖的南方来到北方关外来的时候，恰好也是这样早春的时节，当年他跟所爱的人分别的时候是春天，现在又到了分别时候的春天了，春天是当日离别的季节，现在又到了春天，就更加怀念故人了。“将发，画楼芳酒，红泪清歌，便成轻别”，诗人还记得当年离别，就要出发的时候，是在一个美丽的楼上，准备了有芳香的美酒，他说我还记得你的眼泪流在你擦着胭脂的脸上，泪都成了红颜色了，我们凄清地唱着离别的歌，就这么轻易地就分别了。

李后主说“别时容易见时难”，你有没有想到你和那些你所怀念的事物景象那么容易地就分别了，而要想再和他们见面是何等困难。“回首经年，杳杳音尘都绝”，“杳杳”是非常遥远的样子，“音”是声音，指的是音信消息，“尘”本是地面上走过的脚步的痕迹，就是踪迹。我回头想一想，我们离别的时候是春天，现在春天又来了，我们离别已经是一年了，没想到隔得这么遥远，消息音讯都完全断绝了。下面说：“欲知方寸，共有几许新愁，芭蕉不展丁香结。”人的内心不过是方寸之地，所以方寸表示内心，如果你想要知道我内心的离愁别恨有多少，就像芭蕉叶子的不能开展，也像丁香花瓣的密结，春天本来就容易使人有离愁，何况我们别离的时候是春天，现在春天带来了新愁。“憔悴一天涯”，我一个人憔悴到天涯；“两厌厌风月”，厌厌是情绪不振、精神萎靡的样子。春天是多么美丽，可是我跟你不在一起，风月对我来说是快乐不起来的，对你来说应该也是不再快乐的。

有人不喜欢贺铸的词是因为他的跳接，就是从过去的情景跳到现在而中间不太连贯，这种跳接办法就是把时空错综地结合，和中国有条有理的传统作风很格格不入。温庭筠、贺铸及南宋末的吴文英，都有这种作风。贺铸另外引起批评的一点是他经常引用古人的诗，像“芭蕉不展丁香结”就是一字不漏地引用李商隐的诗，有人批评他引用得很生硬，其实只要引用得当，并没有什么不好，像曹操的《短歌行》“青青子衿，悠悠我心”就是出自《诗经》。曹操的时代较早，文学的私有观念不是很强，所以没有招致非议，如果是将诗句引用到词曲等不同体裁形式也不会引起争论。

青玉案

凌波不过横塘路，但目送芳尘去。锦瑟年华谁与度？月台花榭，琐窗朱户，惟有春知处。　碧云冉冉蘅皋暮，

彩笔新题断肠句。试问闲愁都几许？一川烟草，满城风絮，梅子黄时雨。

“凌波”出自《洛神赋》，三国曹植写洛水上的神仙走在水波上的情景，后来用以形容女子走路轻巧的样子。有一个女孩，你看她走路那种轻盈美妙的姿态，就像走在水面上一样，我每天都看到这个女孩走过，可是她从来不走到我这里来，她离我不过一条横塘路而已。方回本是山阴县人，后搬到姑苏醋坊桥，有小筑在盘门之南十余里地名为横塘，所以他词中所写是确有其地的。“但目送芳尘去”：“但”，是只能够，这个女孩长得很美，她离我不过一条横塘路，可是从来没有走过来过，我每天都看她从我前面走过，可是没有交往，只能够目送她的芳尘。脚步走在地面上所引起的尘土叫芳尘，女子走过的尘土都变得芳香了。这么美的女子，她的生活如何呢？“锦瑟年华谁与度”出自李义山的诗，“锦瑟无端五十弦，一弦一柱思华年”，锦瑟的弦有五十根，比其他的乐器多，每一根弦都使人怀念逝去的韶华。锦瑟年华是指非常年轻的岁月，这个美丽的女孩是和谁一起度过她的华年呢？“月台花榭，琐窗朱户”：我是不晓得是谁陪伴她度过她的华年的，我想象当明亮的月光照耀在她那高高的楼台上，当高大的树木开满繁花在她庭台的两边，她在那有明月、有繁花的亭台楼阁上，她在那雕有花纹的窗户和红颜色的房门里边是有谁陪伴着呢？榭是指有树木有水的建筑物，琐窗是雕有花纹的窗户。“只有春知处”，是说只有春天的春神那种浪漫的情感才会知道她在里面的生活。“碧云冉冉蘅皋暮”：出自无名氏的古诗“日暮碧云合，佳人殊未来”，在日暮黄昏的时候，我等到那碧蓝的天空上的云彩都合起来，天都黑了，我所等待的佳人还没有来。我每天就在这里看这个女孩从对面走过去，有的时候等了她很久，等到天上的云烟都冉冉地合起来了，“冉冉”是云彩飘动的样子，“皋”是低湿之地，“蘅”是一种香草。贺铸说我看到碧云冉冉，天都黑了，在这长满了香草的横塘路上，已经是日暮黄昏，我所等待的女孩今天怎么还没有出现呢？“彩笔新题断肠句”：彩笔的典故是六朝时代有个文学家江淹，他的诗赋都不错，相传有一天他梦见一个神仙给了他一支五彩的笔，他的诗自此就写得很好；后来他又梦见神仙把彩笔收回去了，他的诗文也写得不好了。这当然只是传说，彩笔是诗文都写得很好的那种笔，既然我所等待的美丽女孩不来，我又不能跟她交往，我就用我的彩笔写下很多断肠的句子。“试问闲愁都几许”：“闲”是不重要的，本来这个女孩与我并不认识，所以只能说是“闲愁”，如果你要问问我的这种闲愁有多少。“一川烟草，满城风絮，梅子黄时雨”：川是水边的路，我的闲愁就像那水道路旁的青草那么多，还像那满城随风飘动的柳絮，更像那暮春夏初梅子由绿变黄时的雨那么多！方回因这三句比喻得很好，因此也有一别号叫“贺梅子”。

秦观有一首《八六子》，曾经写一个女孩子说：“无端天与娉婷，夜月一帘幽梦，春风十里柔情。”“娉婷”是美丽的女孩，上天给了这个女孩不只是容颜的美丽，上天为什么要给她这么多？无端是为什么。李清照写过“造化可能偏有意，故教明月玲珑地”，“造化”是创造宇宙万物的神，造化是不是特别有情感，所以才能在宇宙之间创造那么明媚的月亮，故意让明月这么光明玲珑，可能是宇宙造化把特别偏爱的情意加到明月身上，所以给了我们这么皎洁的一轮明月。李义山的“锦瑟无端五十弦”，也是说别的乐器都只有四弦、五弦、七弦、十三弦，为什么锦瑟要有五十根弦呢？秦少游则是说，为什么上天要给这个女孩这么多呢？“夜月一帘幽梦，春风十里柔情。”每当有月亮的夜晚，这个女孩看到透明的帘外的月亮时，会有多少幽微的梦想呢？每当春风吹起的时候，春风所吹动的也是这个女孩的不断的温柔的感情。据说有个叫柳枝的女孩特别欣赏义山所写的四首《燕台》诗，她一听到有人吟诵《燕台》诗就说：“谁人有此？谁人为是?”谁能有这样深挚的情感？谁能写出这么好的诗来？后来义山写了几首以柳枝为题的诗，诗序描写她可以作天风海涛之曲，奏幽咽怨断之音。秦观所写的女孩是“夜月一帘幽梦，春风十里柔情”的女孩子，贺铸所写的是“月台花榭，琐窗朱户，惟有春知处”的女孩子，他们所描写的都不只是外表的美丽，还有内心之中另有一种感动人的情意。不像张先所写的只是外表的美丽，不像张先的《谢池春慢》里所写的那么肤浅。张先所写的女孩只是“秀艳过施粉，多媚生轻笑”而已，不像李义山、秦少游、贺方回所写的女子有更深微幽远的情思和涵养。

下面，我们再看贺铸的另一首词《天香》：

> 烟络横林，山沉远照，逦迤黄昏钟鼓。烛映帘栊，蛩催机杼，共惹清秋风露。不眠思妇，齐应和、几声砧杵。惊动天涯倦宦，骎骎岁华行暮。　　当年酒狂自负，谓东君、以春相付。流浪征骖北道，客樯南浦。幽恨无人晤语，赖明月、曾知旧游处。好伴云来，还将梦去。

这首词是写他仕宦非常不得意。他在天涯作客时，听到有人在秋天敲击砧杵的声音，是秋天准备过冬缝制寒衣的时节了。“砧杵”，有人说是为了把衣服洗干净，有人说是因为生的丝绢较硬，要经过捣后比较柔软。秋冬之际听到捣衣声，告诉我们冬天就要来了，一年的光阴就要消逝了。诗人想到自己漂流在天涯，他说对于做官，我已经疲倦了，因为做的不是理想的官。“骎骎”本来是马跑的样子，光阴的消逝也像马一样跑得快，这一生一世美丽的年华已经到迟暮了。“当年酒狂自负，谓东君、以春相付”：想当时年轻的时候，贺铸曾经好酒使气，喜剧谈世间事，“自负”是自命不凡以为自己的才华应该能作出一番事业；“东君”是指春天的神仙；贺铸说我以为春天的神仙会把它所有的春天都给予我。人们在年轻的时候觉得来日方长，以为天下事都是属于自己的，认为自己有才干、有能力、有理想，可以有所作为。可是现在我发现，“流浪征骖北道，客樯南浦”：“骖”是指驾车的马，“征骖”是说在陆地上曾乘着车马走过长远的路；“樯”指帆船，是说在水上也曾乘船走过长远的路；当年我原以为会有一番作为，可是我这一辈子就在漂泊流浪中过去了。我内心有多少的悲哀愁恨，没有人可以和我相对谈话，我这种悲哀失意的感慨，没有人可以倾诉，只有那天上的一轮明月，知道我过去的生活和经历。“好伴云来，还将梦去”：每天当月亮伴着云彩出现的时候，它把我旧日的回忆都带回来了，当月亮走的时候，也带走了我所有的梦想。所以贺方回的词，所写的内容情意还是有足以感人之处的，并不仅是外表的秾丽而已。只不过他所写的也仍然都是离别相思和感慨失意的内容而已，并没有什么更新更广的开拓，只不过偶然有一些颇为精警的字句，所以虽然也算是北宋词人中的一位名家，却决非大家。我以前常说诗歌主要的质素在传达一种感发的生命，文艺的技巧只能帮助作者传达表现得好，至于所传达的生命的深浅、厚薄、广狭、大小，才是衡量一位诗人是否伟大的更重要的条件。贺铸在这方面当然是无法与苏辛等大家相比的。

小蔡 整理

第二讲

说周邦彦词

第一节

我们从晚唐五代的词开始讲起，讲了北宋初期的词、北宋中期的词，现在我们就要讲北宋后期的词了。一个朝代、一个国家，从它的开创，到它的兴盛，到它的衰落，到它的败亡，是有一个过程的。现在，北宋就正在走向败亡，我们可以从周邦彦的词里边看到一点消息，他的词在词的历史发展上处于一个十分重要的转折点。周邦彦以前的作者，我们讲过温、韦、冯、李、大晏、欧阳、柳永和苏东坡，他们每一个人都有自己的风格和自己的开创。但是大家要注意到，这些作者基本上有一点是相同的——都是以直接的感发取胜。这实在是中国人的一个悠久的传统。中国从《诗经》开始就讲赋比兴。什么是赋比兴呢？“比”是由此例彼：你先有一种情意，然后找出一个形象来作比喻。像《诗经》里的《硕鼠》，作者先想到一个剥削者，然后把他比作硕鼠，说“硕鼠硕鼠，无食我黍”。从现象学的观点来说，比的关系是由心及物的关系。“兴”是见物起兴，就是说，先看到一种物象，然后才引发了情意。像《诗经》里的《关雎》，作者看到“关关雎鸠，在河之洲”，于是就联想到“窈窕淑女，君子好逑”。兴，是由物及心的。“赋”是直陈其事，就是说，不需要一个过渡的桥梁，在直接的叙述之中本身就带着感动了。像《诗经》里的《将仲子》就是如此，它直接写一个女子对她的情人所讲的话，在叙述之中自然就带着一种感发的力量。赋，是即心即物的。所以，赋、比、兴这三种写作方法，它们所表示的实际上是引起感发的三种不同的方式。你要使你的诗歌产生一种感动的力量，那么你可以用由心及物的方式，可以用由物及心的方式，也可以用即物即心的方式，它们都可以引起感发。可是，无论你用赋用比还是用兴，引起感发的方式虽然不同，但引起来的都是一种直接的感发。

我曾经把西方的情意与形象的关系简单地同中国作了一个比较。我发现，西方所有的文学批评术语里边，不管是暗喻（metaphor），不管是明喻（simile），不管是象征（symbol），不管是客观关联（objective correlation），总而言之，它们由情意到形象都经过了一种安排思索。如果把所有这些情意与形象的关系总结起来用一个字来表示，那就是 metaphor。metaphor 实在就是中国的“比”，是由心及物的关系。而凡属由心及物的关系，都是有一点点安排思索的性质的。西方有一些诗人，虽然他们也喜欢写大自然的风景，有时也带有一种由自然景物引发的情意，但值得注意的是：英语中没有“兴”这个字。西方的批评术语里边没有相当于“兴”的这么一个英文字，从来没有的。1960年代，我在美国参加过一个研究中国文学的会议。那时候加州有一位陈士骧教授，他写了一篇论文专门讨论中国诗歌里的“兴”。那次会议的论文，原则上规定要用英文写作。由于没有一个英文字相当于中国的“兴”，陈士骧教授论文里的“兴”字只能用拼音。可见，重视兴的感发乃是中国传统的特色。这正代表了我们中国的民族性——比较重视实践的体验而比较不重视思想理论。我们的长处在这里，我们的缺点也在这里。我们中国的医学中有很多精华，可是没有经过科学的整理。在文学上也同样是如此。我觉得我们现在所应该做的工作是：用西方的逻辑性的思维方式把中国传统文化中的精华和糟粕区分开来。可是，要把这件工作做成功，首先要对自己的文化传统有比较深的了解，如果缺乏这个了解，那么你接触西方之后，目迷乎五光十色，耳乱乎五音六律，在迷乱之中就很难找到一个解决的办法和途径了。

我们刚才所讲的重视兴的感发是指作者在创作时的意识活动，在几千年前，在《诗经》的时代就有了赋比兴的创作方法，后来又有了赋比兴的术语。但还不止如此，中国之重视兴的感发还体现在读者阅读时的意识活动中。《论语》里边有很多地方谈到了诗，孔子其实是一个非常有诗意的人。在《论语》中记载，孔子有好几次谈到“兴”。但他说的“兴”不仅是指创作时感发的“兴”，而且更是指诗歌对读者的一种感发作用。孔子要他的学生们学诗，因为诗能够培养出一颗善于感发的心，也就是所谓“诗可以兴”。我们上次讲过柳永的词“对潇潇、暮雨洒江天，一番洗清秋”，苏东坡说这几句“不减唐人高处”。为什么不减唐人高处？因为它给人以感发的力量，引起人一种“秋士易感”的悲哀，它能够使人联想到宋玉的《九辩》、屈原的《离骚》。屈原说：“老冉冉其将至兮，恐修名之不立。”人的年华很快就会消逝，当秋天草木凋零的时候，你的生命是否也落空了呢？这就是读者的一种感发。王国维曾经从唐五代北宋的一些小词里看到了成大事业大学问的境界，那也是一种感发。这些都是带着直接感发力量的作品。从我们开始所讲的温庭筠，到我们最近所讲的柳永、苏东坡、秦少游，都是属于这个传统。但是现在出现了一个作者，他的出现使得词发生了一个大的改变。这个作者就是周邦彦。

我所说的周邦彦使词发生了一个大的改变，并不是指内容方面的改变，而是指叙写方式上的改变。中国文人的词最早是小令，小令完全以感发取胜，在叙写方式上要一针见血。因为小令没有很大的空间给你铺陈叙述，你必须写得非常扼要，一句话就能掌握要点，打动读者。后来柳永开始写长调，由于长调需要铺展开来，所以他就开始重视铺陈和层次。但比较来看，柳永的铺陈是有序的展开。像“冻云黯淡天气，扁舟一叶，乘兴离江渚”，然后“渡万壑千岩，越溪深处”，他从某处出发，然后又经过什么地方，基本上是顺着次序展开的。从柳永开始，用长调写词的人就慢慢多起来了。写长调当然就要重视铺陈，周邦彦是受了柳永影响的，所以他也重视铺陈。但是，周邦彦铺陈的方法和柳永不一样。柳永是有序展开，周邦彦是勾勒，而不是有序的。如果说，柳永长调的展开是直接的、叙述性的；那么周邦彦的展开可以说是小说式或戏剧式的。周邦彦用思索安排的方法来写词，他在写景写情时是用勾勒的手段，在叙事时则用小说式或戏剧式的方式。这是周邦彦的特色，也是词在发展历史上的一个很大的变化。

以前我也曾简单提到过，我说周邦彦是“集北宋之大成，开南宋之先声”的一个重要人物，可是有的人不十分欣赏他，而他所不被那些人欣赏的地方就正是他开南宋之先声的所在。所以，一定要注意到这一点。因为有一些人，他们从晚唐五代北宋的词一直读下来，心目之中已经建立了一种衡量词的标准，已经习惯了一个欣赏词的途径。可是周邦彦的词有一些地方并不适合于他们所建立的标准，不适合于他们所习惯的途径。你一定要另换一个标准，另走一条路才能够欣赏周邦彦的词。而这一条路正是周邦彦开出来的。南宋的很多作者后来都走的这一条路。周邦彦不只是开南宋的先声，他还集北宋之大成。就是说，他把晚唐五代到北宋以来的写词技巧集了大成。他写词最工丽，人称他的词是“富艳精工”。工是工整细腻，丽是写得非常典雅而且繁丽。我们这样说是很空洞的，还是先看一看前人对他的批评，然后再来加以解说和印证，看别人的说法是对还是不对。

王国维在《人间词话》里说：“美成深远之致不及欧、秦，唯言情体物，穷极工巧，故不失为第一流之作者。但恨创调之才多，创意之才少耳。”美成是邦彦的字。刚才我说有人不满意周邦彦，他们不满意他的什么呢？现在我们就来看看王国维不满意他的什么。王国维说“美成深远之致不及欧、秦”，是说周邦彦在深刻高远的意致方面比不上欧阳修和秦少游。他说周的好处就是“言情体物，穷极工巧”，说他写得很细腻，而且非常典雅非常繁丽。这就是说，周邦彦的技巧好，但他内容的意境和情意是写得不够好的。周邦彦这个人和柳永一样，也是懂得音乐的。他曾经自己创了很多新的曲调。我们以前讲别的词人，他们所作的只是配曲子的歌词，只是文字。可是周邦彦和柳永两个人都懂得音乐，所以他们所创造的不只是文字，而且还有曲调。因此，王国维说他是“创调之才多，创意之才少”。

是不是只有王国维一个人对周邦彦有这种不满意的批评呢？好，我们再看张炎《词源》的一段话。他说：“美成负一代词名，所作之词浑厚和雅，善于融化诗句，而于音谱且间有未谐，可见其难矣。”又云：“美成词只当看他浑成处，于软媚中有气魄，采唐诗融化如自己者，乃其所长。”后边来了一句：“惜乎意趣却不高远。”张炎说美成词浑厚和雅，善于融化诗句，说美成词只当看他浑成处，这都是他的好处。可是他的缺点呢？是“意趣却不高远”，说他内容的情意、趣味不够高远。这也就是王国维所说的“深远之致不及欧、秦”。

我们这个词选后边附录的只是郑骞先生摘录的一些批评，不是所有的人对周清真的批评（清真是周邦彦的号）。其实，其他还有些人也谈到了这一点。他们都认为周清真的词在功力这方面很好，可是内容的意境不够深远。王国维还更加了一层批评。王国维说，词里边不是不可以写艳词，可是艳词也要有一个境界。他说，美成词比之晏、欧，“便有淑女与倡伎之别”。就是说，周美成的词要和晏殊、欧阳修的词相比，就好像一个是淑女——意境很高远，一个是娼妓——意境就不够高远。晏、欧虽然也写艳词，一样是男女的相思离别，可是晏、欧所写的相思离别的那个女子就是淑女，而周清真所写的女子就像娼妓了，在品格上就不同了。说美成深远之致不及欧、秦，说美成词比之晏、欧有淑女与娼妓之别，这都是王国维在《人间词话》里的批评。可是，王国维另外还曾写了一篇著作名叫《清真先生遗事》，书中说：“故先生之词，文字之外，须兼味其音律。……今其声虽亡，读其词者，犹觉拗怒之中自饶和婉，曼声促节，繁会相宣，清浊抑扬，辘轳交往，两宋之间，一人而已。”又说：“词中老杜，则非先生不可。”你看，这有多么悬殊！他刚才说人家是娼妓，现在又说人家是老杜了。他说，如果你拿宋朝的词来比唐朝的诗，要找一个在宋词里相当于老杜的人，那你非推周清真先生不可。而且，王国维在写《人间词话》时老是说美成这样美成那样，可是在《清真先生遗事》中就称周邦彦作清真先生。这说明，他的衡量标准不同了，态度也就不同了。

那么，用什么标准来看他就变成娼妓，用什么标准来看他就变成老杜了呢？我们讲过，杜甫是一个集大成的人，他把汉魏六朝以来各种写诗的技巧都吸收了，而且都融会贯通了，所以他是个集大成的人物。如果从写作技巧之能够集大成来说，则周邦彦也是如此。周邦彦在写作上所表现的功夫和技巧非常好，吸收了前人所有的长处，尤其在叙写的手法这方面。我现在这样说还是空洞的，下面我要仔细地讲一讲他是怎样好，他是怎样集大成的。

第一我们要从声音这方面来讲。因为词这东西本是配合音乐来歌唱的，它从一开始就和音乐结合了很密切的关系。所以词的声音非常重要。我们讲过温庭筠的词“小山重叠金明灭”，“叠”和“灭”都是入声字，入声字很短促，不能拖长。而“山”字、“重”字、“金”字、“明”字都是平声字。平声字和入声字结合，从声音上就表现出一种跳动的感觉。因此这句不但在意思上表现出折叠的小屏风上有日光在闪耀，在声音上也给人一种明灭闪动的印象。我们还讲过温庭筠的“藕丝秋色浅，人胜参差剪”，那是剪的花胜——用五彩丝绸剪出各种花样来，那些花样剪得很纤细，很不整齐，很琐杂。“秋色浅”“参差剪”从声音上就给你那种纤细、琐碎的感觉。所以，凡是写词写得好的人，都是把意思和声音结合起来的。不仅温庭筠如此，李后主的“问君能有几多愁，恰似一江春水向东流”，“恰似”以下九个字的长句贯串下来，那整个句子的声吻——声调和说话的口吻——滔滔滚滚一泻而下，也是和“一江春水向东流”的意思配合起来的。李后主还有“离恨恰如春草，更行更远还生”，那“更行更远还生”六个字是两个字一折，两个字一折，两个字一停顿，两个字一停顿，就表现出他一步一步向前走的那种离恨。那跟滔滔的江水就不相同。

我们现在讲了词的声音之美的不同的原因。像“金明灭”“山重叠”之美是因为四声平仄的关系；像“秋色浅”“参差剪”之美是因为双声叠韵的关系。此外，当我们讲柳永的时候，还曾特别提出过他的一首词“危楼独立面晴空。动悲秋情绪，当时宋玉应同”。郑骞先生赞美他这首词，说它是既有“流利”之美，又有“顿挫”之美。柳永有流利和顿挫，是因为他有单式的句子和双式的句子。就是说，同样是一个七字句，你的停顿是一六的，还是三四的；是四三的，还是二五的？前几天有个研究生葛瑞丝方（Grace Fong）和我讨论吴梦窗的词，里边有这样一句——“梦凝白阑干”。这一句，她除了和我讨论过，也和我们系里的另一位先生讨论过。这位先生也是我们学校毕业的，从前也跟我念过书。那时候我没开词的课，只开了诗的课。他只跟我念过诗，而且他的论文也是论的诗。因此他就习惯于诗的句法而不习惯词的句法。所以 Grace 去和他讨论，他就认为这句是“梦凝、白阑干”。如果是诗，他说的就一点都不错，可是按照词的格律，这句实在不是这样读，尤其是吴文英的词。在这句话里，“梦”是一个领字：“梦—凝白阑干，化为飞雾。”这是很奇怪的，吴文英常常有非理性的形容词。“白阑干”是可以理解的，但什么叫“凝白阑干”呢？“凝白阑干”就是说，那栏杆是白色的、玉石的。玉石的那种坚硬、那种光润，就像“凝”，像什么东西凝冻起来的样子。所以“凝白”就是白色之中有坚硬和光润的感觉。吴文英写的是一个非常高的楼，叫作齐云楼。他说，那个凝聚着白色的栏杆，在我的梦里就化为飞雾。因为这栏杆太高了，而且本来就是白色的，所以印象之中那一片白颜色在梦中就变成天上的一片白色的云雾。这是吴文英的修辞，我们不去管它。我们现在要讲的是词的句法不像诗那么简单，它有各种不同的句法。同样是七个字一句，它可以有一六句法、三四句法、二五句法等不同。所以，平仄四声、双声叠韵、用双式的句子或单式的句子，这各种不同的原因就造成一首词的声调之美。

周邦彦是集大成的。这就是说，周邦彦词里的平仄四声、双声叠韵、双式和单式，都结合得恰到好处。他能把所有的人写词这一方面的技巧集合起来，而且都用得很好。我们刚才提到了王国维在《清真先生遗事》里讲的那一段话。王国维说，读清真词要同时体会玩味他的声音，虽然那乐曲今天的人们已经不会唱了，可是读他的词“犹觉拗怒之中自饶和婉”。什么叫“拗怒”呢？“拗怒”就是平仄不通顺。我们一般对平仄有一个习惯，像“平平平仄仄，仄仄仄平平”，平仄间隔，就觉得很通顺。但周邦彦的平仄有时就不通顺。如《兰陵王》里的“似梦里，泪暗滴”，就是“仄仄仄，仄仄仄”。它不合乎我们一般的习惯，似乎很不和谐。可是要知道，和谐配合起来，自能造成一种“拗怒之中自饶和婉”的效果。周邦彦总是把音调的浓淡疏密配合得很好。在声韵学里，有清声，有浊声；“抑”是低的声音，“扬”是高的声音。王国维说，周清真把这轻重高低的声音配合得恰到好处，就像是“辘轳交往”。什么是辘轳呢？辘轳是井上汲水的器具，是木头的，上边有个把儿，可以转，有根绳子绕在上边，下面有个吊桶，可以循环上下。王国维说周邦彦的词中声音的轻重高低就像辘轳来回的循环一样，就是说，他把轻重高低都配合得很美。而两宋之间能把声音写得这么美的，只有周邦彦一个人而已。所以王国维承认说：“词中老杜，则非先生不可。”他认为周清真可以比得上老杜的在哪一点？就在他的集大成。哪一方面的集大成？就是写作技巧能力的集大成，就是叙写表现的能力最好，集合了前人所有的各种手法。而这里边的第一点就是他的音调好。关于这一点，我只是简单地讲上面这些。

还有哪一点他可以和老杜的集大成相比呢？从前人对周邦彦的评论来看，大家都赞美他“浑厚和雅”，说他写的词是“浑成”。这又是他的一个好处。这浑厚和浑成你还要分别来仔细地看。浑者，就是完整的；厚者，就不是很薄的——不把它削得很薄。如果是一个整体，就不薄；变成一片片的，就薄了。所以，说他的词是浑厚的、浑成的，意思就是说，他的词有一种整体的作用。小令比较容易浑成，像李后主的《相见欢》：

林花谢了春红。太匆匆。无奈朝来寒雨晚来风。　　胭脂泪，相留醉，几时重。自是人生长恨水长东。

这首词整个是滔滔滚滚的一片连下来的。可是，长调就不容易了。因为它太长了，于是你就要分段落，就要有层次，就要有分别的叙写。结果，写来写去，有时就显得零碎，有时就显得堆砌，有时还犯重复，这都是写长调时容易出的毛病。可是周清真的长调就写得很好。究竟怎么个好法呢？那我们就要把他的"浑成"里边的因素分析一下。刚才我们说浑成是完整的意思，可是写长调是要分开来叙写的，周清真所用的一个手法便是勾勒，无论写景还是写情，他都善于使用勾勒的手段。下面我们再看一段关于周清真词的批评，那是郑骞先生《词选》后边所附的周济《介存斋论词杂著》里的一段话。以前我常常赞美周济，说他是个具眼的批评家。就是说，他很有眼光，很有见解。他提出了几点，非常重要。他说："美成思力，独绝千古，如颜平原书，虽未臻两晋，而唐初之法至此大备。后有作者，莫能出其范围矣。"又云："钩勒之妙，无如清真，他人一钩勒便薄，清真愈钩勒愈浑厚。"他提出了周清真的两点好处：一个是他的思力，一个是他的勾勒。

我们先来说，什么叫作勾勒。绣花时画花样子要勾描，就是用线条勾描出一个东西的轮廓，这也叫勾勒。那需要一笔一笔地细致地描，有时你觉得这一笔描得不太正确还可以添上一笔。勾勒不是展开，而是在原来的地方盘旋重复。周济说，周清真就最善于这种细致的勾描，能够一笔一笔地把一件事情清清楚楚地勾描出一个轮廓来。他说别人一勾勒就薄了，这是为什么呢？因为你勾了一笔再勾一笔，有时就显得琐碎；你说了一句再说一句，有时就显得重复。他说，周清真不是这样的，是“愈钩勒愈浑厚”。周清真重复地说，可是说了之后你并不觉得他重复和琐碎，你会觉得他是完整的。浑厚就是完整。不但是完整，我们刚才还念过一段对周清真的批评，说他在软媚之中能够有气魄。中国古人的文学批评理论是很通俗的，它不给你作理性的分析和说明，可是所用的字，那真是人家古人几十年的修养、创作和阅读的经验。像这句话就说得很好，说周清真“于软媚中有气魄”，这就是周清真的一个特色。周清真的词，内容也是相思离别，而且对女子啊，对爱情啊，他都很仔细地描绘，所以说他软媚。可是他整个地描写出来之后，就有一个完整的气势，所以说他在软媚之中能有气魄。浑成浑厚，在软媚之中有气魄，在勾勒之中不失完整，这是周邦彦词的一个特色。如果我们现在要举例证的话，就会扯得很远，所以我们还是先把总论结束了之后，再用词的例证来证明这些话。以上是第二点——周邦彦的浑厚，而且是在勾勒之中表现的浑厚。

那么他第三点的好处是什么呢？这就与他的“思力”有关系。第三点又可以分成两个方面来讲。第一个是他的用字造句。我们刚才念过前人的批评，说他多用唐人诗句。他常常把唐诗的句子变化融会，用到他的词里边去，这里边就有他的思力，有一种安排。李后主的词脱口而出，那是一个天才，而周邦彦的人工是很多的。他很用心地写词，要把词写得很美，所以在用字造句方面用了很多的思索和安排。王国维为什么一方面赞美他像老杜一样集大成，一方面又说他深远之致不及欧、秦，说他与晏、欧有淑女娼妓之别？现在我们就要讲这个原因了。我们刚才说，像李后主那样的词是文章天成，脱口而出；像大晏和欧阳，是从冯正中继承而来的。我以前还曾经说过，南唐冯、李的这一个系统最富于感发，而且是直接的感发。“菡萏香销翠叶残，西风愁起绿波间。还与韶光共憔悴，不堪看”，这是南唐中主的词。而王国维就赞扬说，南唐中主的词有“众芳芜秽、美人迟暮之感”。南唐中主本来写的是荷花，可是他那“菡萏香销翠叶残”是直接的感动：荷花零落香销，连碧绿的荷叶都残破了，一阵西风从水面上吹起，就令人从菡萏这美好生命的凋零联想到美人的迟暮。李后主的词也是如此，他能够从“林花谢了春红”联想到“人生长恨水长东”。所以，从南唐这一个系统下来的，都富于直接感发的力量。读这些词的时候，不是用脑子去思想，而是你的感情、你的心灵一下子就被它打动了，这是这一派词的好处。以前我们也曾经讲过，大晏和欧阳就是继承南唐这一个系统下来的，所以我们现在就可以把整个词的发展连贯下来了。王国维提到大晏的两句词：“昨夜西风凋碧树，独上高楼，望尽天涯路。”这也是相思呀：上高楼就是望远，望远就是怀念远方的人。昨天晚上，一夜秋风把我窗前绿树的叶子都吹得凋零了，所以就空旷了。于是，我就一个人到高楼上，一直望到天边最遥远的地方。望尽，就是望到天的尽头。这是写相思，是写怀人，可是他所表现的登高望远的这种感情直接给你一种精神上的提升。让你去登高望远，不但是让你用眼睛去望，而且让你觉得从心灵上应该向高远的东西去追求。所以，王国维在《人间词话》里说，这是成大事业大学问之人的第一个境界。他在另外一篇文章《文学小言》里还说，这是成大事业大学问之人的第一个阶段。两句话的意思是一样的。

我不知道我有没有讲过欧阳修的另外一首词，是写一个美丽的女子。他是这样写的：“越女采莲秋水畔。窄袖轻罗，暗露双金钏。照影摘花花似面，芳心只共丝争乱。”越女是浙江吴越一带的江南女子，这个女子到秋水的水边去采莲，她穿着轻薄的罗衣，袖子是窄窄的。不工作的女孩子可以让袖子长长的，像戏台上那样，可是工作的女孩子就不行，否则，你的手还没进水，袖子先进水了，那怎么行！

所以是“窄袖”。你看：越女，多么美丽的女子；采莲，多么美丽的事件、多么美丽的动作；秋水畔，多么美丽的地方！窄袖是那样纤细，轻罗是那样轻飘！而且，这个女子还不只是窄袖轻罗，在她窄窄的罗衣袖之中还隐约地露着一对黄金的手镯。这写得很妙。你看那种美好，那种珍贵！这美好的黄金手镯她并没有戴在外边而是藏在袖子里边，只是隐约地露出来。那种含蓄、隐约的感觉写得很好。这美好的人物、美好的动作、美好的地点、美好的衣服，所有这些美好的东西，都是含蓄在里边的，是“暗露双金钏”。这个女子要采一朵荷花，可是当她去采这朵荷花的时候，一低头，水里就倒映出自己的脸，水中的荷花和水中的人面一样美丽。大家记得吗？我们从讲温飞卿的词时就讲了中国一个古典的寄托的传统，那是什么？就是“且自簪花，坐赏镜中人”。温飞卿的“照花前后镜，花面交相映”就是写对自己美好品质的珍重，写这种爱美的心灵。而且你要知道，荷花这种植物，要是折断它的梗，中间有很多丝连着。那女子把花梗折断，里面就扯出了一条条的丝，于是就“芳心只共丝争乱”：这女子多情锐感的心灵就和那些丝一样零乱，一样纤细，一样缠绵。欧阳修写的是一个采莲的女子，可是他能够把采莲的境界提高到一种有寄托的、可以比美于美人香草的传统上来。所以，不管是大晏所写的相思怀人，不管是欧阳修所写的采莲女子，现在就都变成淑女了——其实还不是淑女，而是变成君子了。他们都可以给你一种精神品格上的美好境界，从而暗合于中国的传统。他们通过直接的感发，通过这美丽的叙写，就能够给你这样的感动。

如果我们看惯了这一类词，老是用这个标准来看周清真，那就不得了了。因为周清真所写的词不是这样的词，他所写的情事都是一些很具体的事件。比如周清真写一个女孩子——这首词我们的《词选》上有，叫作《少年游》：

并刀如水，吴盐胜雪，纤手破新橙，锦幄初温，兽香不断，相对坐调笙。　　低声问向谁行宿，城上已三更。马滑霜浓，不如休去，直是少人行。

大晏和欧阳是写出一种品质来，而周清真不是，他写的是一个故事。“并刀”是并州出产的刀，像水一样快。“吴盐”是吴地所产的盐，像雪一样白。女孩子那纤纤的素手拿起这刀切开了一个新的橙子。这时候，锦帐里刚刚熏得温暖了，香炉里的香气不断。这个女孩子就跟她所爱的人坐在那里调笙，并且剥橙子吃。女孩子低声问那男孩子：“向谁行宿？”“行”读 hánɡ，不读 xínɡ。“谁行”就是“谁那里”。这“行”字总是放在一个人称的代名词后边，就是“那里”。这女孩子就问：今天晚上你在哪儿过夜呢？你看现在天已不早了，城上都打三更鼓了，地下有很多霜，要是骑着马走，那也很滑。今天晚上你还是别走了，留在这儿吧！——这一定不是他的妻子，这当然是娼妓，对不对？因为他所写的就是娼妓的故事。那虽然是个很多情很美丽又懂得音乐的女子，可是他不给你提到一种品格上的高度，缺乏那种本质的美好。大晏和欧阳的词呢？是从你的精神感情方面让你提升起来，让你感到另外的一种美好。所以这就是王国维对周清真不满意的一点。现在我们就讲到这儿，下一点钟再接着讲他的思力，看他的好处在哪里。

第二节

刚才是对周邦彦词的一个整体的介绍。我们讲到，周邦彦的词有两个特色：一个是汇集了北宋的大成，一个是开启了南宋一些词人的先声。他集北宋之大成的这一方面，主要是他的功力技巧，他把各种叙写表现的方法都能够用得很好。刚才，我们是把这一方面分成几个部分来讲的。第一点我们讲到的音律和音节，说他是“清浊抑扬，辘轳交往”，音节配合得很好。第二点我们讲到他的浑厚，而且他这浑厚是跟勾勒结合起来的，说他是越勾勒越浑厚。而勾勒又可以分两方面来说。一个是从他的用字和用词来说，这方面我们曾经提到，他的词常常融会有唐人的诗句。他最有名的一首词的调子叫作《西河》，这首词里用的很多句子完全都是唐朝刘禹锡的诗句。他很善于融会唐人的诗句，即使是刚才那首《少年游》，这么短小的一首词，也用了很多唐人的诗。你们看《词选》后边的注解就知道了。例如，“并刀如水”，用的就是杜甫的诗“安得并州快剪刀”，因为中国传说并州（山西）出产的剪刀是最快的。“吴盐胜雪”用的是李白的诗，李白说“玉盘杨梅为君设，吴盐如花皎如雪”。可见他用字用得好，其中一个原因就是善于融会前人诗句。橙和橘子是不同的，橘子皮很松，可以剥下来，橙子的皮就不容易剥下来，要把它切开，所以要用并刀。另外，橙橘之类的水果有酸性，为了解除它的酸，有很多人吃的时候要配上盐。台湾就有这种习惯，他们吃凤梨什么的都要配合盐来吃，所以说，“吴盐胜雪”。

这首词还有一个传说。在《词选》的后边，郑先生说：“此不过寻常狎邪之词。”什么叫狎邪呢？狎是亲狎的意思。邪是不正当，就像你走路走那种小路，那种偏斜不正的路。狎邪，也可以写成狎斜。“狎邪之事”是什么呢？就是指那些和歌伎酒女们来往的行为。就像刚才讲的那首《少年游》，你看了当然知道那不会是写他的妻子。他的妻子怎么会说“今天晚上你到哪儿去住啊”之类的话！所以那一定是他跟妓女们来往所写的词。这在当时就是写一般的人，因为北宋的风气就是如此，你们看看宋人笔记的记载就知道了。我们讲柳永的词时也说过，那时候，北宋的东京到了晚上华灯初上，长街上那些歌伎酒女都化好妆了站在楼上，“望之缥缈如神仙”。当时士大夫之中很流行这种生活，所以说是“寻常狎邪之词”。但是，关于这首词有一个传说，出自宋人笔记《贵耳集》，作者叫张端义。“耳”就是听说的，是听说的传闻之词，所以就未可尽信。张端义的《贵耳集》说，这首词是在李师师（北宋时很有名的一个歌伎）的家里作的，写的是宋徽宗与李师师的故事，而且造出了一大段故实。郑骞先生认为这件事不可信，所以根本就没有写这个故事，而且说“殊为诞妄”。“诞”就是荒诞，“妄”就是胡说，不可靠。郑先生说，王国维写过《清真先生遗事》，考证了周邦彦的生平，曾经把这件事情考证辩白得很详细。那么这个故事说的是什么呢？说是有一天周邦彦到李师师家里去，正赶上宋徽宗也来了——李师师很有名，宋徽宗也和她有来往。周邦彦不敢让皇帝看见，就躲在李师师的床底下。宋徽宗和李师师两个人调笙啦，谈话啦，都被周邦彦听见，就写成了这首词。这首词一传唱，徽宗皇帝非常生气，就把周邦彦贬出京城。周邦彦离京时，李师师去送，他又写了另外的一首词，这首词就是我们以后要讲的《兰陵王》。那一天，正赶上宋徽宗又到李师师家去，李师师不在，等了很久她才回来，回来时眼睛都哭红了。宋徽宗问她到哪里去了，李师师不敢隐瞒——欺君之罪在古代是要杀头的，只好老老实实地说是送周邦彦去了。宋徽宗很生气，问周邦彦有没有又写词，李师师说写了。宋徽宗就叫李师师唱来听一听。于是，李师师就唱了那首《兰陵王》。宋徽宗听了认为这首词写得很好，很高兴，就复召周邦彦为大晟乐正。这个故事是不可相信的，王国维已经考证得很清楚。从周邦彦的年龄算起来，这件事情并不可能发生，它不过是个传说而已。

我们刚才讲过，王国维说晏、欧的词与清真的词比起来有淑女与娼妓之别。我刚才开玩笑，说像《少年游》这首词你一看就知道一定是娼妓了。因为，家里的妻子不会说这种话，闺中女子也不会说这种话，只能是娼妓的口吻。可是大家一定要知道，王国维所说的淑女与娼妓之别并不是说一定要娼妓的口吻才是娼妓的词。不是的，他并不是指词里写的真的是淑女还是娼妓。就好像欧阳修那首词里写的是采莲的女子，可是采莲女怎么也可以代表淑女呢？可见，问题并不在于词里所写故事的女主人是什么人，问题在于词里所表现的那种感情的品质。大晏和欧阳所写的词，不管是写相思怀远，还是写采莲的女子，都不一定存心有所寄托。而且，大晏所写的相思怀远又安知不是一个娼妓在怀念她所爱的一个人呢？当然也是可以的。可是，不管他所写的是一个什么人，他的词里边的本质——这话真的很难讲——词里那种感情的本质是有高下的。就是说，同样是爱情，但这爱情有很多不同之处，品质上大有高下的分别。王国维的意思是，从品质上看起来，晏、欧的词是淑女，而周邦彦的词是娼妓。王国维为什么会这样说？因为，我们开始所讲的唐五代到北宋前期的一些词可以给人联想，具有一种直接的感发作用。就像我们刚才所举的南唐中主的"菡萏香销翠叶残"，大晏的"独上高楼，望尽天涯路"，欧阳修的"照影摘花花似面"，它们都给人一种感发，让你联想到比较高的一个精神或者品格的境界。可是周邦彦的词则不然，他特别善于勾勒。我们刚才说过，周邦彦的勾勒分两个方面，一个方面是用词用字上十分精致，善于描写；另一个方面呢，就是富于故事性。勾勒不是要勾出一个轮廓吗？周邦彦不管是写人还是写事情，都能勾勒出一种故事性。像这首《少年游》，有人物，有说话，有场景，这一切都说得很清楚。这不就是一个故事吗？既然是勾勒，就得笔画清楚。他一笔一笔地描写，每个词字都用得很仔细，最后就给你一个很清楚的轮廓。周邦彦也写感情，像他有一首《解连环》就是写感情的，写感情的破裂。中国古代的故事常常写弃妇：女子很痴情，男子很薄幸，男子抛弃了女子。可是这首《解连环》很妙，它写的不是弃妇而是"弃男"，是女子不理男子了，可那男子很痴情，还在怀念这个女子。这首《解连环》通首就是要写这样一种感情——一种怨怀无托的感情。周邦彦用了种种笔法来描绘这种感情，这也就是所谓勾勒。除此之外，还有他的《瑞龙吟》《夜飞鹊》，这些词的勾勒都是刚才我们所说的第二个方面的勾勒。他由从前说到现在，再回到从前，再说到现在，把情事的今昔、先后，回环往复地叙述。所以说，周邦彦的勾勒有两种手段，一种是在用字造句上的勾勒，另一种就是在叙述的情节口吻上的勾勒。他写感情，把感情回环往复地描写；写故事，把故事也回环先后地描写，而所有这一类的描写都是要有思索和安排的。这话就很奇妙了。文学这个东西真的有生命，这是没有办法的一件事情。我一直认为艺术的创作都要有生命在里边。你这个作者的生命是怎样成长的，怎样表现的，读者就要按照你的方法去欣赏。李后主的词是直接感发，是脱口而出的，对这一类词你就也可以用直接的感发去欣赏。可是像周邦彦的词，他是通过思索安排写出来的，不给你这种直接的感发和直接的联想。他思索安排得很好，把现在啊，从前啊，先发生的事情啊，后发生的事情啊，来来回回地叙写，非常有故事性。可是他写一个故事就是一个故事，不给你联想。所以，王国维就认为周邦彦这样的词不好，并说周邦彦的词和晏、欧的比起来有淑女和娼妓之别。王国维说“淑女”，意思是说它的品格高尚，可以比美于君子，可以寄托。他认为周邦彦词的缺点就是缺少直接的感发，不能给人一种品格境界的联想。

那么，我们要欣赏周邦彦的词就应该换一个角度了。这就是我们曾经说过的，批评不同的词有不同的标准；欣赏不同的词有不同的途径。周邦彦是通过思索安排来写作的，所以我们就不能像欣赏李后主、大晏、欧阳的词那样用直接的感受来欣赏，而是也要透过思索安排来欣赏。周邦彦的这种写作方法，影响了南宋的一些词人。像姜白石、史达祖、吴文英、王沂孙这些人，他们都用思索安排来写作，读者当然也要透过思索安排去欣赏。这种情形就造成了另外的一个结果。

刚才我说周邦彦的词经过了思索安排，所以写得很有故事性。可是这样的词是不是就像它的外表一样，写一个故事就是一个故事了呢？除了这个故事之外它是不是还有什么意境？它是不是也可以像大晏、欧阳的词一样能让我们有一些寄托的联想呢？可以的。联想有两类：一类是从直接的感发引起联想——你一想“菡萏香销翠叶残”，就联想到美好的生命凋零了；另一种是要从思索安排去欣赏，在欣赏之后，也可以引起你的联想。你会想到：“啊，它可能是有寄托的吧？”可是这个寄托不是从直接的感发得到的，必须透过思索。像什么一样呢——有一点点像猜谜语一样，要去猜测，你才能想到它里边有什么寄托。南宋的姜白石、史达祖、吴文英、王沂孙都属于这一类。而对这一类作法，王国维一直没有真正学会怎样去欣赏。所以王国维的《人间词话》就特别欣赏五代和北宋前期的作者，而对周邦彦则有所贬低。他晚年虽然写了《清真先生遗事》，承认周清真的功力是好的，可他还是认为周邦彦的词在意境方面不高。这是因为，他认为周邦彦的词不能从直接的感发引起联想，他不知道这一类词是运用思索去引起人的联想的。运用思索安排去欣赏的这一条路子，王国维一直没有能够体会到。所以他的《人间词话》对从周邦彦到姜、史、吴、王这些人一直十分贬低，说他们的词缺少内容，没有意境，品格很低下。

好，现在我们再讲回来。我们说过，透过思索去欣赏，这一类词里也可以产生寄托和联想。那么，是什么样的寄托联想呢？对吴文英和王沂孙这些人来讲，他们生在南宋末年——尤其是王沂孙，他亲身经历了亡国之痛，所以有很多首词都有寄托，写的是亡国的悲哀。

表面上，他们常常是咏物，咏一个物体（object）。王沂孙的词有咏白莲花的，有咏蟋蟀的。周邦彦也咏物，周词里有咏蔷薇花的。从表面上看，这些词说的是蔷薇、白莲花和蟋蟀，实际上却不是，它里边都有第二层的意思。这些词不像五代的词那样通过直接感发来写，它们都是通过思索安排来写的。我们说，南宋的词人经历了亡国之痛，所以他们写的是亡国的悲哀。那么，周邦彦的词呢？如果我们也用思索安排去体会，也用猜谜语的办法去猜的话，周邦彦的词里边有什么样的寄托呢？要了解周邦彦的词里边所可能有的寄托，就必须把周邦彦放到他的历史环境之中去体会。所以说了解一个作者，实在是不能脱离他的历史和生平的背景的。以上，我们把刚才提出来的问题结束了。这就是：欣赏周邦彦的词一定要换一个标准，换一个途径；而且，周邦彦的词开了南宋的先声。自周邦彦以后，不少词人就也开始用勾勒、描绘、思索安排来写词了。而我们欣赏这些词也要透过思索安排来欣赏；此外，我们也可以透过思索和猜谜的方式体会到这些词可能有的某种深意。对周邦彦，王国维欣赏他的那一方面是他在功力技巧上集了北宋的大成；王国维不欣赏他的那一方面就是他的用思力安排而不用感发的写作方式。我想，现在我们已经可以把刚才的话结束。至于透过他的思索有什么寄托，我们就要讲一讲周邦彦的生平和他所处的时代了。

周邦彦是钱塘人，二十四岁来到首都东京。他来东京做什么呢？是进入太学"为太学生"——到东京的国立大学太学里当学生。他是从他的故乡钱塘被推举来的。那么周邦彦年轻的时候是一个什么样的人呢？周邦彦有一部《清真先生文集》，文集前边有一篇序文，序文的作者是宋朝人楼钥。楼钥自云其先世与周邦彦两家有世交，所以为周邦彦编辑了这个集子，并且写了序文。王国维的《清真先生遗事》中，有些考证就引了楼钥的这篇序文。此外《宋史·文苑传》也有周邦彦一篇传，说周邦彦年轻的时候“疏隽少检”。什么叫“疏隽少检”呢？“隽”同“俊”，是杰出的意思。有过人的才华，就叫“才俊”。“疏”和“少检”是一个意思，“疏”就是“疏略”，“检”就是约束。周邦彦是很有才俊的。才子嘛，就比较多情，生活比较浪漫——当然有的才子也并不如此，比如杜甫，就从来没听说他怎么浪漫。周邦彦少年时是有一些浪漫的。他自比周郎，把自己读书的书斋叫作“顾曲堂”。因为三国时的周瑜懂得音乐，只要人家弹奏的音乐有一个音符不对，他马上就看人家一眼——所谓“曲有误，周郎顾”。周邦彦也懂得音乐，他能写那些给歌伎乐工去歌唱的词。当然，那些词的内容就是只是写歌伎酒女，并没有什么寄托。此外，周邦彦还博览群书，有很强锐的志意，颇有急功近利、不甘寂寞之心。来到太学以后，他不肯平平凡凡地做个太学生，他要出人头地。那时候正是宋神宗元丰初年。宋神宗就是用王安石变法的那个皇帝。变法开始时是熙宁，后来改了年号叫元丰。元丰时太学生有几千人，这正是宋神宗新法发展教育的一个结果。周邦彦也是受到新法利益的一个人——因为新法扩展了太学，他才被推荐来做了太学生。在几千名太学生中，他怎么出人头地？周邦彦有办法。因为他的才学很好，所以就献了《汴都赋》。我们不是讲过左思吗？左思就写过《三都赋》，还有班固啊，张衡啊，也写过《两都赋》《二京赋》。古时候有些文人想逞才示博，就长篇大论地写一篇赋。这赋里边得用那么多典故，得懂那么多事情，由此就可以看到作者的才华和学识。《汴都赋》现在传下来了，你们可以看得到。它很长，有七千字，而且里边多用古文奇字。那是一篇歌功颂德的文章，它赞美首都东京的繁华富丽，同时歌颂当今天子宋神宗变法的一切成就。周邦彦真的是歌颂新法，因为，他自己本来就是一个新法的受惠人嘛！赋这种东西不但要铺陈描绘，写得很美，而且音节上也要很好听。赋都是要朗诵的。从汉朝开始，汉武帝就喜欢听人朗读赋。司马相如当初不太出名，他的赋传到长安，汉武帝听了就说：我恨不与这个作者同时。当时有一个宦官正站在皇帝旁边，听了这话就对汉武帝说：陛下正好与这个作者同时，因为这个作者就是本人的同乡。这个不是我编出来的，当时真的有那么回事。皇帝就喜欢听人读赋，因为这些赋都是歌颂赞美他的，所以越听越爱听，宋神宗也是如此。神宗让人念了周邦彦的《汴都赋》，很欣赏他的才学，于是就召见他，一下子把他从太学生提拔起来做了太学正。太学正就不是学生而是学官了。历史上还记载，皇帝叫人念他的赋时，念赋的人不认得他赋里边的字，就只念一个偏旁。皇帝也糊里糊涂，有的听得懂，有的听不懂，反正是歌颂赞美自己的就是了。楼钥说周邦彦“壮年气锐，以布衣自结于明主”，指的就是献《汴都赋》这件事。周邦彦被任命为太学正的时候是元丰六年，可是宋神宗在元丰八年就死了。宋神宗是很欣赏他的，可是在这一年多的时间里却没有来得及再提拔和重用他。小皇帝哲宗即位时年岁很小，不能处理朝政，就由他的祖母宣仁太后（英宗的皇后）当政，宣仁太后是不喜欢新法的，一当政就罢黜新法，起用保守派的人。于是就把司马光、苏东坡等人都召回来了。要知道，周邦彦是赞美歌颂过新法的呀，所以他在这个时期很不得意，后来就被“外放”——放到外边去做官。他曾做过卢州教授、江苏溧水县的知县，还曾流转到荆楚一带地方。后来宣仁太后死了，哲宗自己当政。哲宗是喜欢新法的，他当政之后不久就把周邦彦叫回来。在旧党当政的时候，周邦彦的《汴都赋》就不流行了。大家听说他写过《汴都赋》，可都不知道《汴都赋》是什么样子。哲宗皇帝当政，打算再用新法，就召见周邦彦叫他重献《汴都赋》。于是，周邦彦就写了一篇重献《汴都赋》的表文。《汴都赋》和这篇表文都保留下来了，现在我们都能看到。那次被召回京以后，周邦彦又做过秘书省校书郎、卫尉卿、考工员外郎等官。可这些官职一般说起来虽然地位比较高，却并不是很有实权。哲宗死去之后，徽宗即位了。神宗和哲宗都是倡用新法的，而徽宗却是一个很浪漫的、有艺术天才的皇帝，不但会填词，还擅长绘画和书法。徽宗也很欣赏周邦彦，主要是欣赏他的才艺，所以就派他提举大晟府——一个掌管乐律的国家机构。

从以上那些事情来看，周邦彦经历过北宋新旧党争的政海波澜。而且，当哲宗起用他以后，如果他还像早年那样热衷进取，本可以做更有实权的官。但是，就像楼钥在《清真先生文集序》里说的，他晚年"学道退然，委顺知命，人望之如木鸡"。"退"就是不急于进取，不想跟人家争逐什么权力禄位。"委顺"就是不强求，委天顺命，一切听凭命运。"木鸡"是比较呆的样子，就是说，不表示喜怒，不表示明白的政治态度，不随便乱讲话。为什么他晚年有这样一种性格上的转变呢？那就是因为他经历了政海波澜。我们讲过北宋的党争像苏东坡之下监狱啦，被贬到海南岛啦；像秦少游被贬到郴州啦，不少人就死在外边再也不能回来。所以，党争实在是很可怕的一件事情。周邦彦的一些词里边就隐约地透露了对当时北宋政坛上这种起伏波澜的感慨。周邦彦的词不直接给你感动，你必须要想一想，而且要明白北宋的历史，才能够体会到那一种寄托的深意，才能够明白清真词的意境并不是像一般人所说的那样肤浅和不够深远。

但有一点是需要说明的。诗歌，它一定要反映一个人的修养和人格，这永远是如此，没有办法避免。因为不管作者使用什么形象，使用什么语言，表达什么情意，归根结底是反映他自己。我们曾经比较了苏东坡和秦少游经受挫折之后的不同反应。现在我们又看到了周邦彦在经受挫折之后的反应，我们可以把周邦彦和苏东坡也作一个比较。苏东坡早年上过万言书，周邦彦早年也上过近万言的赋，这看起来有相似之处，可实际上完全不同。苏东坡的万言书写的是他对政治的理想，表现出他对国家的关怀；周邦彦的万言赋是歌颂的成分居多，借以使自己登上一个较高的地位。当苏东坡受到打击之后，他以庄老的旷观作为对自己的一种解脱和慰藉，这是他在苦难之中活下来的一个办法；秦少游没有这种旷观，遇到一点挫折就忍受不住，所以很早就死了。但是，苏东坡的旷观只是对己的，每次被召回朝廷的时候，该说的话他还是一定要说。这就与周邦彦不同。我上次提到过王维，王维说，“束带见督邮”有什么关系？你为什么不安安稳稳地享受你的富贵呢？他认为，陶渊明不能屈身向乡里小儿，因而解印绶去职，忍受了那么多苦难，那是没有必要的。王维的旷观就不是对己的，他是黑白不分，对国家和民族的事情不关痛痒，却以为这是自己的一种修养，那是完全错误的。楼钥曾经到过溧水，他在那里看到了当年周邦彦做溧水知县时建筑的“萧闲堂”和“姑射亭”。“姑射”就是《庄子》上所说“藐姑射之山，有神人居焉”的那个“姑射”。苏东坡小时候读了《庄子》不是感到“有得于心”吗？从表面上看，这也是周邦彦和苏东坡的相似之处，其实完全不同。苏东坡的旷观是真的把自己的生死荣辱都置之度外了，而周邦彦却恰恰是对自己的生死荣辱有所畏惧。何以见得呢？苏东坡是有理想的，而且一直没有放弃。他不管是新党当政还是旧党当政，只要看到有不对的地方，职责所在，就一定要说。而周邦彦虽然早年很有才俊，曾经很快就打出一个知名度来，可是晚年被召入朝，受到哲宗欣赏的时候，他却“委顺知命”，不再进取了，而且喜怒不形于色，“人望之如木鸡”，还“自以为喜”。这就是周邦彦和苏东坡的不同之处。

以上是我们欣赏周邦彦的词所应该做的一点准备，下面我们就要看周邦彦最有名的一首词《兰陵王》了。相传，这是周邦彦得罪了宋徽宗被贬出京，李师师给他送行时所写，但这并不可信，原因刚才已经说过了。《兰陵王》是很长的一个调子，我先把它念一遍，大家要注意它的句法和结构，从中可以看到周清真的勾勒和安排。

柳阴直。烟里丝丝弄碧。隋堤上、曾见几番，拂水飘绵送行色。登临望故国。谁识。京华倦客。长亭路，年去岁来，应折柔条过千尺。　　闲寻旧踪迹。又酒趁哀弦，灯照离席。梨花榆火催寒食。愁一箭风快，半篙波暖，回头迢递便数驿。望人在天北。　　凄恻。恨堆积。渐别浦萦回，津堠岑寂，斜阳冉冉春无极。念月榭携手，露桥闻笛。沉思前事，似梦里，泪暗滴。

在开始讲这首词之前，我们先把注解看一下。在郑骞《词选》第六十四页的注解里有《樵隐笔录》中的一段话："绍兴初，都下盛行周清真咏柳《兰陵王慢》，西楼南瓦皆歌之，谓之《渭城三叠》。以周词凡三换头，至末段声尤激越，惟教坊老笛师能倚之以节歌者。其谱传自赵忠简家。忠简于建炎丁未九日南渡，泊舟仪真江口，遇宣和大晟乐府协律郎某，叩获九重故谱，因令家伎习之，遂流传于外。"刚才我们讲到，周邦彦晚年已经是宋徽宗的时候了，《兰陵王》这首词就是那时写的。徽宗在快要亡国的时候传位给他的儿子钦宗，后来，父子两人都被金人俘虏，北宋就灭亡了。于是，宋高宗赵构就在南方即位，这就是南宋，南宋的首都在临安，就是现在的杭州。"绍兴"是宋高宗的年号，"瓦子"是宋代歌伎酒女们住的地方。当时，西楼南瓦的歌伎酒女们都会唱周邦彦的这首词，称它为"渭城三叠"。为什么叫渭城三叠呢？因为唐代诗人王维写过一首诗《送元二使安西》，是为送他的朋友元二到远在中国西北方的安西出使而作。诗的全文是这样的：

渭城朝雨浥清尘，客舍青青柳色新。劝君更进一杯酒，西出阳关无故人。

在唐代首都长安附近的渭城，早晨刚刚下过雨，尘土都被打湿了。在一个客馆门前，春天的柳树新长出青青的嫩芽。诗人说，你现在要出使到那么遥远的安西去了，临走之前，我劝你再喝一杯酒，因为出了阳关之后，你就到了蛮荒的地方，就再也没有熟识的人了。唐朝喜欢武功，西北方常有战事，很多人都是在渭城这个地方送别，所以这首诗里所写的感情就适合很多送别者的感情，于是大家就传唱这个曲子。由于这个曲子的开头有"渭城"两个字，人们就叫它"渭城曲"；又由于这个曲子的最后有"阳关"两个字，也有人叫它"阳关曲"。至于"三叠"，有人说是每一句重复三次，可这未免重复得太多了。也有人认为，是后三句每一句重复一次。这个说法还有别的证明，我们今天不讲它，以后再说。总而言之是唱的时候有三个重叠，所以叫"渭城三叠"，也叫"阳关三叠"。

那么周邦彦所写的《兰陵王》也是送别的曲子，在南宋绍兴初年也是传唱一时的，所以人们就把它比作王维的"渭城三叠"。为什么也叫"三叠"呢？因为这首词是三段。这在讲柳永词的时候我们已经讲过，词有时可以分为三段，假如这前两段的开端数句句法字数相同，就叫"双拽头"；如果这三段的每一段句法字数都不同，就叫作"三换头"。周邦彦这首词也是三段，而且是"三换头"，每当唱到最后一段的时候，那声调特别地高亢、激越，只有教坊里最有经验的老笛师才能吹出那么高的声音来陪衬唱歌的人。至于这首曲子的乐谱，说是传自赵忠简的家里。"建炎"也是宋高宗的年号。建炎丁未九日赵忠简从北方南渡，曾在仪真江口停船，遇到徽宗宣和时代在大晟府管音乐的一个人。"九重"指皇宫。赵忠简向这个人探问，就得到了皇宫里面旧日的曲谱，于是就叫家里的歌伎学唱，所以这个曲子才得以流传。你们不要忘记，周邦彦在宋徽宗时代是提举大晟府的，这个乐曲很可能经过了周邦彦的安排和整理。通过这个曲调，也许能看到周邦彦的一些音节上的特色。

我不知道同学们对中国古代的音乐有没有一个认识。一般说起来，应该知道“五音”和“十二律”。中国古代早期只有五音，就是宫、商、角、徵、羽，相当于现在简谱的1、2、3、5、6，没有4和7。十二律有黄钟、大吕、夷则等，我只简单举这几个，同学们可以自己去查《辞海》。从理论上讲，五音和十二律配合起来可以产生六十个调，如黄钟宫、黄钟商、黄钟角等。后来音复杂了，有了变徵和变宫（相当于4和7)，成了七音。七音配十二律，从理论上就可以产生八十四个曲调。但理论上是一回事，实际上常用的曲调并没有那么多，大致只有十几个。我们以前讲过的词人像晏殊、欧阳修这些人，他们都是以筹划政事和写诗写文之外的余力来写词的，都不注重词的音乐性，所以他们的词都没有注上宫调。可是像柳永和周邦彦，他们都是音乐家，同时又是词人。他们的曲调当时都是能够歌唱的，而且还常常创造新的曲调。所以他们的词集里往往有词的曲调。像我们要讲的这首《兰陵王》在周邦彦的词集里就注着是越调的《兰陵王》。南宋王灼的《碧鸡漫志》上记载说：“今越调《兰陵王》凡三段……此曲声犯正宫……周氏好用犯调，如六丑、玲珑四犯、倒犯、花犯等。”《康熙词谱》上说：“以上诸犯调皆始自周氏。”说越调《兰陵王》一共有三段，这是很清楚的：从“柳阴直”到“应折柔条过千尺”是第一段；从“闲寻旧踪迹”到“望人在天北”是第二段；从“凄恻。恨堆积”到“似梦里，泪暗滴”是第三段。但是说“此曲声犯正宫”，这就多出一个音乐上的问题了。一般的乐曲，越调就是越调，就如同现在的B调就是B调。可是周邦彦这个音乐家总是喜欢把乐曲制造得非常复杂。特别是他晚年提举大晟府的时候，制造了一些新的曲调，其中就有很多都是所谓犯调的曲调。犯调，就是说这个曲调的中间有许多的转折和变化，比如从B调转成C调，又转成D调。现在我们所要讲的这首《兰陵王》本来是越调，可是后来它犯正宫，就从越调的音调转成正宫的音调了。越调和正宫，都是五音十二律配合而产生的曲调的名字。你们一定要注意到这一点：周邦彦这个人特别喜欢制造这种繁难复杂、高低变化很大、唱起来特别困难的曲调。他的曲调像六丑、玲珑四犯、倒犯、花犯，都是犯调。康熙时编定的词谱说，以上这些犯调全都始自周氏。《兰陵王》从越调犯正宫，只是两个曲调相犯；而《玲珑四犯》是犯了四个不同的曲调；《六丑》是犯了六个不同的曲调。为什么叫"六丑"呢？周邦彦说古代有六个有才能的人，可是面貌十分丑陋；而他这个曲调音乐很美，唱起来却十分困难，所以叫"六丑"。我们还曾经引了宋人笔记《樵隐笔录》里的一段记载，说《兰陵王》也是从大晟府传出来的一个曲调，那已经是周邦彦晚年的作品。《兰陵王》这个曲调就很难唱，连吹笛子配奏的人都很难吹出这么高的声音。这就是周邦彦！

本来，别的词牌我都没有详细讲过，为什么对《兰陵王》这个牌调要讲这么多呢？因为它对说明周邦彦写词的作风有相当重要的关系，周邦彦所喜欢制造的这种繁难的曲调，就影响了他的词的风格。我已经多次讲过，唐五代的小令和北宋初期大晏、欧阳修他们的作品都重视直接的感发；从周邦彦开始，他把词的创作引上了另外一条途径，就是重视安排与思索。周邦彦之所以形成这种重视安排与思索的风格有两个原因。第一个是音乐方面的原因。大家知道，小令的词句和诗歌是相近的。像晏殊的《浣溪沙》说"一曲新词酒一杯，去年天气旧亭台"，像欧阳修的《玉楼春》说"雪云乍变春云簇，渐觉年华堪送目"，像冯正中的《蝶恋花》说"梅落繁枝千万片。犹自多情，学雪随风转"……总而言之，凡是七个字一句和五个字一句的，基本上与诗的平仄相接近。要知道，中国诗歌的平仄声律是很奇妙的。现在大家对诗的声律不熟了，所以觉得它是一个枷锁，是一种束缚，可是古人非常熟悉这些声律，“仄仄平平平仄仄，平平仄仄仄平平”，他都哼惯了，这调子就在他脑子里回旋，所以他出口成章，一张口就合声律，而且他的感发也正是伴随着这平仄的声律涌现出来的，就像刘三姐唱山歌一样，因此古人注重吟诵，他的感发是直接用声音带出来的，而不是一个字一个字地用思想安排出来的。周邦彦则不然了，他制造的曲调是那么繁难，与一般诗歌的声律不同。有的时候他用很多双式的句子，这是诗歌里边没有的；有的时候他连用六个仄声字，像“似梦里，泪暗滴”，这也是诗歌里没有的。所以说，是音乐的影响，使得周邦彦走上了重视安排思索的这样一条途径。周邦彦走上这条途径还有第二个原因，那就是他自己写作的习惯。周邦彦的《汴都赋》将近一万字，他善于写赋，也用写赋的笔法来写词。写赋就要铺陈，在铺陈之中就要勾勒；另外，赋都写得很繁复，像那《三都赋》和《二京赋》，写一个地方的山怎么样就一大堆都写山，写一个地方的水怎么样就一大堆都写水。周邦彦把这些都带到词里边来了。

好了，我们下节课再讲这首词。

第三节

我们今天接着讲《兰陵王》。上一次，我们把这首词读了一遍，并且看了郑骞的注解。注解中说，这首《兰陵王》的曲调，是从皇宫之中传出来的。我们也讲过周邦彦的生平，说他曾经提举大晟府，就是宋徽宗时候的宫廷乐府，是宫廷之中掌管音乐的官署。那么，这个乐曲可能——只是可能而不是必然——经过了周邦彦的审定。但这并不是说这个曲子完全是由周邦彦创造的。因为，唐代人所写的笔记《隋唐嘉话》中还有一段记载，说《兰陵王》这个曲子最早始于南北朝的北齐，北齐的兰陵王长恭勇敢善战，但是他的脸长得特别白，像是一个美妇人，所以每当他和敌人作战时就戴上一个假面。于是，北齐人就作了《兰陵王入阵乐》来赞美他。这个《兰陵王入阵乐》究竟是什么样的曲子，现在已经亡佚不可知了。中国的音乐资料是最少的，现在不但没有人会唱北齐那个曲子，连周邦彦的《兰陵王》也没有人会唱的。我讲这些是为了说明，《兰陵王》这个乐曲可能经过了周邦彦的审定，但不一定是周邦彦创作的。因为北齐时就有这样一个旧曲，也许是周邦彦改写的。这就是关于《兰陵王》的一些历史常识的背景。另外，在讲这首词之前，我还要作一些说明。这首词有一个题目叫“柳”。《唐宋名家词选》和其他很多选本都在这首词的词调下面加了一个“柳”字；郑骞先生的《词选》则没有加这个“柳”字。这是为什么呢？因为这首词开头一段写的是柳树，所以大家都说它是咏柳的。事实上，它只是以柳开端，是一首送别之词。这就又出了一个问题：既然是送别之词，那就至少有两个人物，一个是行者——送走的那个人，一个是居者——留下来的那个人。它的感情也一定包括行者和居者两个方面。在讲《古诗十九首》的第一首《行行重行行》的时候我们也研究过它写的究竟是走的那个人的感情还是留下的那个人的感情。那时我们说，诗是可以有多义的，“行行重行行”写的是一种很基本的离别感情，从行者的感情来讲可以讲得通，从居者的感情来讲也可以讲得通，这两种感情都包含在里面。所以，前人批评周邦彦的这首词也就有不同的意见。宋人笔记《贵耳集》里记载了周邦彦与李师师及宋徽宗的传说，我们上次已经讲过了，说是周邦彦被贬出京，李师师去送他，他就写了这首《兰陵王》。如果是这样的话，这就是行者之词了，而且还是周邦彦自述之词，因为他本人就是行者。可是清人周济认为这是居者之词。周济也发现这首词写得很含混，既像远行人的话，也像送行人的话，所以他就说，这是“客中送客”之词。即自己本身就是客，同时又送另外一个客人走。当代的几位词学学者如俞平伯、夏承焘、沈祖棻等人，他们的书里都选了这首《兰陵王》，因为这是周邦彦的很有代表性的一首词。可是，他们三人的说法各不相同。俞平伯认为这是行者的话；沈祖棻认为是居者的话；夏承焘就和周济一样，说这可能是“客中送客”的话。

这首词，从第一段的口吻来看是居者之词，从后两段的口吻来看就是行者之词了。这正是周邦彦词的一个奇怪的地方，就是说，他的口吻不是很清楚的。李后主说：“林花谢了春红。太匆匆。无奈朝来寒雨晚来风。　胭脂泪，相留醉，几时重。自是人生长恨水长东。”从头到尾都是他自己的口吻，说得很明白。而周邦彦的词则写得很沉郁，往往有让人不大明白的地方。于是陈廷焯的《白雨斋词话》就说：“美成词操纵处有出人意表者。”又说：“美成词有前后若不相蒙者。”“操纵”指掌握词的章法结构的技术，他说周邦彦的词在操纵上往往有出人意外的地方。“蒙”是相连接，周邦彦的词有时候前边和后边好像不相衔接。清真词写得很沉郁，使人感觉到他有感慨，可是又很难加以详细的说明。像这首《兰陵王》，使人看不出是居者的口吻还是行者的口吻。也许有人认为这是缺点，其实这正是周邦彦的感慨之所在。这一首词，它反映了当时那一个时代的新旧党争和政海波澜，而这一点读者是需要通过思索才能领会的。

对于一首词，每个人都可以有他个人的看法。因为诗词不像散文那样把一件事情说得很清楚，往往写得很含蓄很蕴藉，每个人都会有不同的感受和不同的想象。我个人对这首词也有自己的一点看法。我认为这首词是从泛写到专写，应该分成两大部分。前边一大段是泛写一般的离别——这是让大家感到含混的原因之一。我们讲过苏东坡的《赤壁怀古》像“大江东去，浪淘尽、千古风流人物”就是泛写大江和历代盛衰兴亡，等他说至“三国周郎赤壁”“遥想公瑾当年”，就是专写一个人物了。周邦彦在第一大段中所写的感情就适合任何人的离别送客，所以有人就误会这是送客之词。但是，这首词的后两段就是专写了，他所专写的，就一定是行者之词而不是送行人的话了。为什么一定是行者之词呢？那要等我们讲到那里的时候再来证明。

现在，我们就来看周清真这首词的第一段，首先我们要看他的勾勒。他说：

柳阴直。烟里丝丝弄碧。隋堤上、曾见几番，拂水飘绵送行色。登临望故国。谁识。京华倦客。长亭路，年去岁来，应折柔条过千尺。

这开头是从柳写起的。可是，中国的柳树总是让人想起离别的悲哀。“杨柳又如丝，驿桥春雨时”，唐宋诗词中都是这么写。柳，与送别有关。古人在送行的时候都喜欢折柳来赠给行人，这是为什么呢？一方面是由于柳树的柔条能代表送别时那种缠绵婉转的感情；另一方面是由于“柳”字和“留”字的声音相似，可以代表一种希望挽留的情意。这首词从柳写起，暗示的就是离别。我们不是要看周邦彦的勾勒吗？勾勒就是，你把一个题目或一个主旨说一句再说一句，这样一句一句地描绘。那么我们来看：“柳阴直”，就是柳树了；“烟里丝丝弄碧”，还是柳树。苏东坡说“大江东去”，这滔滔滚滚的大江是一个广大的镜头；等到他说“乱石穿空，惊涛裂岸”，就慢慢地转到局部的细写了。现在周邦彦也是如此。“柳阴直”跟“大江东去”一样，都是广远的一片。我要说，这个“直”字用得很好。一棵柳树，不能说它是柳阴直。“直”字的意思不是说柳条直垂下来，因为下面一句说“烟里丝丝弄碧”，这柳条是动的，不是垂在那里僵直不动的。“直”，指的是一长排行列的直，这一点一定要弄清楚。沿着河岸种的都是柳树，放眼望去，就是“柳阴直”。那么，这些柳树在哪里？这些柳树就在隋堤，周邦彦一直到第三句才点出了这个地点——“隋堤上”。大家知道，隋炀帝开了大运河，大运河在河南境内就是流经东京的汴河，汴河疏通了河道，可以一直通到江都，那两边的河堤岸就叫作隋堤。而且，隋炀帝还在运河两边的堤岸上都种了柳树。白居易写的《隋堤柳》里就有这样的句子——“绿阴一千三百里”。你们还要注意，运河和自然形成的河流不同，除非不得已，它尽量要开成直的。由于两岸没有弯曲，可以望得很远，所以是“柳阴直”。这是隋堤柳树的特色。“柳阴直”是他写的大镜头，然后再把镜头推向那细细的柳条。柳条十分茂密，越是远方的柳条越看不清，好像是烟雾迷蒙，近处的柳条则一棵棵看得很清楚。所以，在一大片烟雾般的背景之中，你可以看到丝丝轻柔的柳条在那里“弄”——做出一种舞弄的姿态。这个“弄”字当然写得很好，王国维在《人间词话》里就曾赞美北宋词人张先的一句词“云破月来花弄影”。那是说，云散开了，月亮出来了，照在一束花上，花被风吹得摇摆，花影就好像在地上跳舞一样。“弄”，是舞弄的样子，同时还有一种赏玩的意味。而这赏玩也可以从两方面来看：一个是旁观的人欣赏你这舞弄的姿态，一个是你自己也自我欣赏这舞弄的姿态。“花弄影”的花就有自我赏玩之意，好像它觉得自己很美，所以在月下舞弄自己的影子。这里的柳树也是如此，它也是那样美丽，可以赏玩。所以说：“柳阴直。烟里丝丝弄碧。”这真的是泛写，是写那一大片广远的景色。可是我们说过，他用柳开头，实际要写的却是离别。怎样从柳的景色里引出离别的感情呢？他写道：“隋堤上、曾见几番，拂水飘绵送行色。”你看，周邦彦的词真是细腻！他的勾勒是非常有层次的。前人批评说，你要是读惯了周邦彦的词，你就会觉得别人写的词都太粗了。你看，从柳树写到离别，他说是“送行色”。中国的古人常常说“色”，也常常说“行色”。欧阳修有一首咏春草的《少年游》写道："千里万里，二月三月，行色苦愁人。"每年到二月三月的时候，绿草就长遍了千里万里，它陪伴着远行的人一直走到天涯。所谓"行色苦愁人"这个"色"，不一定是指颜色（color），而是指那种情状。"拂水飘绵送行色"，这又是周邦彦的勾勒。他写得真仔细，哪一个地方都不肯马马虎虎地过去。"拂水"是说那柳条的长和柳条的柔。不是吗？它从树上长长地垂下来，而且在水面上摆来摆去。柳条的长和柔代表什么？那是一种送行的感情，那是一种柳树的生命。不只是"拂水"，还有"飘绵"。"绵"指柳絮，也就是柳花。我不记得我有没有在你们这个班上讲过大晏的那首词，词中说："春风不解禁杨花，蒙蒙乱扑行人面。"杨花就是柳絮。大晏说，春风怎么就不知道禁止那杨花乱飞呢？因为那杨花一飞起来就"蒙蒙乱扑行人面"——一大团一大团的柳絮扑在远行人的脸上，那种迷蒙的感觉就增加了他远行离别的哀伤。我还讲过欧阳修的一首游春的词说"草惹行襟絮拂衣"，说那草好像要牵住我的衣襟一样。这也代表了离别时心中那种零乱的、千丝万缕的感情。李商隐也说过："絮乱丝繁天亦迷。"他说满天空都是柳絮和繁丝飞舞，这种景色不但使人的心头缭乱，天若有情，也会被它迷乱。你们看周邦彦写得多么细，写得多么好！不用写到人的离别，就是那柳条，在拂水飘绵之中已经有了多少离别的情感！但是，周邦彦的勾勒还不止于"拂水飘绵送行色"。我曾经说，他的第一段是泛写别情——不是写某一个人的离别，而是写一般人的离别。"曾见几番"就是"曾经看见有多少次"。每年春天都有人离别，每年春天这里的柳树都"拂水飘绵送行色"，这已经是年年如此了。我们看过"曾见几番，拂水飘绵送行色"，回过头来再看"隋堤上"，就又多了一层意思。刚才我们讲"隋堤上"时只是证明：由于人工开凿的运河是直的，所以柳阴也是直的。可是现在你又看到，年年有人在隋堤上送别。为什么在隋堤上送别就多了一层意思呢？因为，隋堤在哪儿？隋堤在东京的城外。东京是什么地方？东京是北宋的首都。周邦彦生在什么时代？周邦彦生在新旧党争最激烈的时代。在那个时代，今天你被贬出去了，明天我也被贬出去了，每天在这里来来去去的，都是那些在政海波澜里沉浮的人们。这里，只有结合周邦彦的生平，才能体会到他写词的细腻笔法。

说他有政治上的感慨，并不是凭空设想。因为接下来他就说了："登临望故国。谁识。京华倦客。"这三句，又发生了一点点问题。我们不是说过人们对这首词的说法有各种不同吗？像俞平伯、夏承焘、沈祖棻他们都各有不同的说法。沈祖棻的《宋词赏析》写得很不错，有很多好处，可是她对这首词的说法我不大同意。她说这首词是送客之词，而且是周邦彦自己在送客。由于那些客人回到故乡去了，所以周邦彦也怀念起他的故乡。意思是说，我在这里登上一个高楼遥望我的故乡钱塘，谁能知道我在京华作客已经感到很疲倦了呢？在这里，沈祖棻把"故国"解释为"故乡"，这看起来好像也很通顺，可是我认为不是这样子的。我认为这是行者之词，不是周邦彦自己在送客。我为什么要这样说？因为周邦彦在第三段里说："凄恻。恨堆积。渐别浦萦回，津堠岑寂，斜阳冉冉春无极。"这一个"渐"字就已经出发了，前进了。"别浦萦回，津堠岑寂"都是途中景色。他是说，我离开了东京城外隋堤的堤岸，跟送我的那个人告别之后，我的船就出发了。"浦"是水岸。他说我经过了一个水岸又一个水岸，经过了一个沙洲又一个沙洲，一路上我所看到的就是"津堠岑寂，斜阳冉冉春无极"。而且，我认为"故国"不是故乡。沈祖棻举了一个例证，说杜甫《秋兴八首》里有一句"故国平居有所思"，她说那里的"故国"指的就是故乡。这完全不对。不但周邦彦这个"故国"不是故乡，杜甫那个"故国"也不是故乡。一定不是的。杜甫的《秋兴八首》都是在夔州怀念长安，这一句诗在《秋兴八首》的第四首，第四首的全文是：

闻道长安似弈棋，百年世事不胜悲。王侯第宅皆新主，文武衣冠异昔时。直北关山金鼓震，征西车马羽书迟。鱼龙寂寞秋江冷，故国平居有所思。

杜甫的这首诗从一开头就点出了是长安。而且，杜甫的故乡巩县有“王侯第宅”“文武衣冠”吗？没有。只有在长安才有这些东西。所以，杜甫《秋兴八首》里的“故国”一定是长安。用杜甫的诗来做证明，不但不能证明“故国”是故乡，反而更能证实“故国”指的是首都。有人以为，一定要国家亡了才能说“故国”，其实不是的。要知道，中国古人所说的“国”的范围和现在所说的“国”的范围不同。我们现在说“国”，指的就是整个国家。可是古人所说的“国”有时代表全国，有时只代表国都。例如说被贬谪的人有“去国怀乡”的悲哀，那并不是像我们跑到国外，跑到北美洲，离开了自己的国家，那只是被贬出了首都。所以那个“国”就是指的首都。当然，灭亡的国家也可以是“故国”，李后主的词“故国不堪回首月明中”，那个“故国”就是指亡了的国家。可是杜甫的《秋兴八首》明明点出是长安，他的“故国”绝不是亡了的国家。因为那时候唐朝没有亡国，而且当时长安已经收复了。杜甫的“故国”是什么意思呢？“故”是古老的，“国”是都城。“故国”就是一个古老的都城。《孟子》上说：“所谓故国者，非谓有乔木之谓也，有世臣之谓也。”“世臣”者，就是老臣。孟子说，不是有了高大的树木就可以叫作故国，还必须有世世代代忠心耿耿、鞠躬尽瘁的开济老臣，才是故国。所以，故国也不一定是灭亡了的国。我个人以为，周邦彦的这个“故国”就是指一个古老的都城，而不是指他的故乡。那么，人们之所以误会的缘故，就是因为“登临望故国”里的“望”了。“望”，当然是远望。隋堤就在东京城外，为什么要“望”呢？可是你要知道，古人的诗里就有这样写的。王粲的《七哀诗》里有“南登霸陵岸，回首望长安”。霸陵在哪里？霸陵就在长安城外。杜牧之说：“欲把一麾江海去，乐游原上望昭陵。”乐游原也在长安的郊外，昭陵是太宗的坟墓。所以，周邦彦来到汴河的河边，回头一望东京，自然也可以说“望”。而后边他说“酒趁哀弦，灯照离席”，看来应该是有一个酒楼的。站在酒楼上回望城内，就是“登临望故国”。那么都城里怎么样呢？都城里正卷起新旧党争的政海波澜，所以他说“谁识。京华倦客”：对京城里政海波澜中的生活我早就厌倦了，可是竟没有一个知音能了解我这一份悲哀的心情！

下面他接着说：“长亭路，年去岁来，应折柔条过千尺。”“长亭”是古人的离亭。古人送别，五里一个短亭，十里一个长亭。汴河是送别的一条河，河边上就有长亭。长亭又叫驿亭，也是旅客们休息的地方。“年去岁来”是说，旧的一年去了，新的一年来了，年年如此经过。朱自清的散文《匆匆》说：“去的尽管去了，来的尽管来着；去来的中间，又怎样地匆匆呢？”这就是“年去岁来”的含意。读周邦彦的词，一定要把中间的结构都弄清楚：他前边说“隋堤上，曾见几番”的“几番”就呼应到这里的“年去岁来”；而“长亭路”就是刚才的那个“隋堤上”。这就是周邦彦的勾勒，你懂不懂？他不是一笔就写完了，他回来再描它一笔。可是他越描越浑厚，而且不轻薄，不琐碎，不杂乱。这是因为，他的感情越写越深厚。他说，多少人走了，都要在这里折柳送别，那么多年过去了，那些被人们折下来的柔软的柳条加起来已经不知道有几千尺了！这里是第一段的结束。第一段是从柳写起，然后感慨离别。虽然是泛写，但他写了“京华倦客”，写了“登临望故国”，就暗中有对首都政治盛衰的感慨在里边。当然，这感慨是含蓄的，没有明白地说出来。今天，我们就讲到这里。

第四节

上一次我们讲了《兰陵王》的第一段。周邦彦很善于勾勒，有人批评周邦彦的词，说他的用笔是“无笔不缩”。这是用写字的方法来比喻作词的方法：写字不能一笔拉出去就不回来，一定要收回来一点儿。周邦彦的词也是这样。说他无笔不缩，就是说，他的叙述都是有余不尽的，都是含蓄的，而且都是有呼应和反复的。比如第一段里，“柳阴直”是泛写，“烟里丝丝弄碧”是细写，都是写柳，是重复；“隋堤上、曾见几番”和“长亭路，年去岁来”就是互相呼应；“应折柔条过千尺”的“柔条”和“烟里丝丝弄碧”也是呼应的。那一丝一丝的不就是柔条吗？同一个意思，他能够回环往复地写，使你不觉得他重复，因为他中间有很多曲折婉转的地方，你只觉得他越写越细腻，越写越深刻，从他的呼应之中会有很多的体会和感受。这就是清真词的一个特色。

下课的时候，有些同学对我说，“长亭路，年去岁来，应折柔条过千尺”这几句他们还不大明白，现在我就再补充说明一下。我想同学们可能是对这个“应”字不明白，因为“应”字一般都是说你应该如何如何，但这里这个“应”字却不是说应该折断千尺柔条，而是说料想该是如此。这句话其实他写得很好。你们一定要注意到，读周邦彦的词不能像读李后主的词那样只用直接的感受。因为他是用思索、用很细腻的功夫去写的，所以读的时候也要用思索，要仔细地想一想，才能品出那个味道来。周邦彦的词总是有余不尽的，总是呼应反复的。这个“长亭路”就是刚才所说的“隋堤上”，因为这里的长亭就是东京城外隋堤上的驿亭。“长亭路”不但呼应了前面的“隋堤上”，而且跟后面的“应折柔条过千尺”也有关系。这些柳树长在哪儿？它们要是长在你家的院子里，人们就不会去折它，对不对？我们讲过苏东坡的词，说他被贬到黄州，后来又移官汝州，临走之前他就写了一首《满庭芳》，词中说："好在堂前细柳，应念我、莫翦柔柯。"苏东坡在黄州盖了房子，四壁画的都是冰雪的风景，就叫作雪堂，还在堂前亲手种了一棵柳树。他在黄州住了将近五年，现在要走了，他就说："你们黄州的老百姓如果怀念我，就请不要伤损这棵柳树上柔嫩的枝柯。"我小时候曾经从同学家弄了很多竹子种在我家的院子里，这些竹子现在已经不见了。因为中国住房很紧张，我们那个院子现在住了很多人家，房子还是不够住，你搭一个小棚子，他搭一个小棚子，竹子就都不见了。可是当年我家种的一棵柳树还在那里。我的意思是说，种在人家院子里的柳树当然不会受到那些损伤，可是现在我们所说的这些柳树在哪儿？它们长在长亭路上，长亭路是送别的所在，而送别的时候人们又有折柳条的习惯。唐朝有一个诗人韩翃，他认识一个倡优人家的女子柳氏，与她感情很好。后来韩翃离开了，这柳氏可能就跟别人结婚走了。于是韩翃就写了一首词说："章台柳，章台柳，往日依依今在否？纵使长条似旧垂，也应攀折他人手。"你要是家里边的柳树，你就一定不会被人剪走；可是你是长在长亭路上的柳树，你是天生就注定要被人们剪走的啊！我不是说过这首词是从柳树写起而写到送别的吗？每一年春天这里都有人送别，这么多年了，一定有不知几千尺的柳条都被人们折断了。他写的是折断柳树的柔条，但这柔条是什么？都是别情！每折断一枝柔条，就代表一个人离别的感情。这么多年折断了千尺的柔条，那就是千尺的别情。从这里我们可以看到周邦彦的细腻。这是这首词的第一段。因为有同学问我，所以我就重复了一下。

下面，我们就来看这首词的第二段：

闲寻旧踪迹。又酒趁哀弦，灯照离席。梨花榆火催寒食。

愁一箭风快，半篙波暖，回头迢递便数驿。望人在天北。

这周邦彦写词真的是有章法。他的第一段是景中有情——以写景物为主而透露了离别的感情。这第二段就是情中有景——以写离别的情事为主而以景物为陪衬了。“闲寻旧踪迹”的“闲寻”两个字用得很好。什么东西你一眼就看见了，那就不用寻。“寻”字有一种仔细追寻的意思。李清照的《声声慢》流传众口，大家都赞美她用了很多叠字。她说：“寻寻觅觅，冷冷清清，凄凄惨惨戚戚。”这“寻寻觅觅”说得真是好。她在家里寻什么？像我的书桌上那么乱，我就常常寻寻觅觅。我的笔不见了，不定是丢到哪个书堆、夹到哪个本子里去了。可是李清照和周邦彦说的“寻”不是我的这种“寻”，不是寻一个具体的东西。他们寻的是一种情事，是往事。“闲寻旧踪迹”，这个“旧踪迹”有两个意思。所谓踪迹就是你走过的脚印。如果你走过沙地或雪地就有脚印；如果你走过这个教室，可能就没有脚印。往事也是如此，往事可能已经没有痕迹，可是它在你的脑子里却有痕迹。你看到这个教室，看到这把椅子，就想到当年曾经在这把椅子上坐过。这两者合起来就是那往事的痕迹。比如说你们毕业以后过了很多年又回到这里，看到这个房间、这些桌子、这些椅子都还是老样子，但是人物已经不是现在的人物，而且也不再有今天的情景。它们都成为往事存在于你的记忆里。同样，周邦彦的隋堤上的杨柳、驿亭都是一直存在的，可是当年那些送别的往事就都过去了。一个是你记忆中的往事，一个是眼前看到的曾经发生那些往事的地方，所以就要“寻”。这个“寻”字里边藏有很多怀念的感情。那什么是“闲”呢？“闲”是慢慢地、仔细地、一点一点地回忆的，所以你如果真的带着怀念的感情去某一个地方，你一定不会走马看花，一定要流连很久。因此他说是“闲寻旧踪迹”。

我们说，周邦彦这首词是从泛写离别到专写行者。所谓泛写离别，就是写一般的离别，但这一般的离别并不是仅指现在长亭上有多少人在送别，他是结合了过去和现在一起写的。他不是写他一个人的离别感情，而是把年去岁来那么多人的离别感情都集中在这里了。所以他说："又酒趁哀弦，灯照离席。梨花榆火催寒食。"这个"又"字，就又是一个重复的字，它是呼应"年去岁来"的。周邦彦的用笔无笔不缩。"又"就不止一次：去年前年都是这样，今年又是这样。是怎样呢？又是一样的离别的场景和离别的感情。是什么样的离别场景呢？是"酒趁哀弦，灯照离席"。酒楼上有人在饮酒送别，送别的时候都在唱离别的歌曲。我们不是说过王维有《渭城三叠》吗？那就是很流行的送别时唱的曲子。欧阳修有一首词说："樽前拟把归期说，未语春容先惨咽。"又说："离歌且莫翻新阕，一曲能教肠寸结。"欧阳修不是点出"离歌"了吗？"趁"是配合着，"弦"是弦索。唱歌要弹奏音乐，而离别的歌自然也需要悲哀的音乐了。古人说："悲莫悲兮生别离。"离别的酒伴着离别的歌，酒筵上的灯照着一个离别的宴会，这真是很凄凉的场景。那么这是在什么样的季节呢？他说是"梨花榆火催寒食"。暮春的时候，差不多是阴历的三月、阳历的四月，有一个节叫清明节，中国人有在清明节踏青扫墓的习俗。清明节又叫寒食节。《左传》上记载，晋献公的宠妃骊姬为了让自己的儿子做国君的继承人，陷害了献公的太子申生。申生死了，申生的弟弟重耳逃亡了。逃亡的路上十分艰苦，有很多天没有饭吃，跟随重耳逃亡的介之推就割下自己腿上的一块肉煮了给重耳吃。重耳知道以后十分感动，说将来如果能够回到晋国去，一定不会忘记跟自己同经苦难并对自己有恩德的人。后来，公子重耳得到秦国的支持，回到晋国继任做了国君，这就是晋文公。晋文公奖赏那些当年跟随他逃难的人，可就是忘记了介之推。介之推从来不提他自己有什么功劳，应该接受什么禄位，他“不言禄，禄亦弗及”——禄位也到不了他那儿。后来公子重耳想起来了，说对我最有恩德的是介之推，他曾经把他腿上的肉割下来给我吃。于是，就叫介之推出来接受奖赏。这时，介之推已经和他的母亲隐居在绵山，不肯出来接受奖赏。有人就替晋文公想办法，说你要是放火烧山，他一定会逃出来。晋文公真的就放火烧山了，没有想到这个介之推就是不肯出来做官，和他的老母一起被烧死在山上。晋文公非常后悔，就订了一个规矩：每年到了介之推被烧死的这个季节，家家都不许举火。所以，每年到了这个时候，人们都要先把饭准备出来，不能点火来热，要吃冷饭，因此叫寒食。寒食禁火的日期也不一样。有的禁七天，有的禁五天，有的禁三天。等到禁火的日子过去了，你就要重新点火。古时候还没有发明火柴，要钻木取火。古人钻木取火是有一些实践经验的。他们知道在什么季节钻什么木最容易得到火。清明的时候，你要钻那榆木或柳木，才容易钻出火来，这就是周邦彦所说的“榆火”。这也正是梨树开花的时候，所以说“梨花榆火”，就正是清明时节。你们要注意到，长调常常有一个领字——用一个字引出一大排字来。《兰陵王》也是长调，这个“又”字就是一个领字，它一直贯串了“酒趁哀弦，灯照离席。梨花榆火催寒食”。这里面不但包括了在离别的酒筵上喝离别的酒，听离别的歌，而且也点出了离别的季节。要知道，冬季冰天雪地，旅行很不方便，所以每到春天送别的人最多。一个“又”字，就领出了这一串离别的情事。

还不只如此，你看这首词直到现在都是泛写离别的感情，可是下边他用了一个“愁”字就把它推开了，就开始写行者了。这个“愁”字又是一个领字：“愁一箭风快，半篙波暖，回头迢递便数驿。望人在天北。”他说，我们现在忧愁的是什么？忧愁的是酒席一散就要握手告别了。古时候是帆船，如果一帆风顺就走得很快。遇到很强的风，船可以快得像箭一样。篙是撑船用的竹篙。船靠岸时，都是停靠在岸边的浅滩上；船出发时，要用竹篙来撑，才能离开浅滩。什么是"半篙"呢？因为竹篙很长，岸边浅滩的水也不是很深，只要有竹篙的一半没入水中，船就离开岸边了。"波暖"又回应了"梨花榆火催寒食"，因为这时已经是暮春季节。寒食节是不许烧火的，那几天都要吃冷饭。可是春天的光阴过得很快，等到梨花开了，等到你用榆木点火的时候，那寒食不是就过去了吗？这几句里，他连着用了三个数量之词："一""半""数"。"一"和"半"都表示少的意思，而"数驿"的"数"表示多的意思。他用这么多数量之词表示一种什么感情？那就是大家常说的"别时容易见时难"。水面上的冰都解冻了，天气已经很暖和了，这时，远行的人也就要走了。现在大家还坐在酒席上，听着离别的歌，喝着离别的酒。可是等一会儿，远行的人上了船，那竹篙向水中一撑，帆被风一吹，船就像箭一样出发了，等你再一回头时，你的船已经走过了好几个驿亭。汴河边每隔五里十里就有一个驿亭，"迢递"是很远的意思。汴河通往江都，所以船是向南行，而你所怀念的那个人则留在北方的东京，所以说"望人在天北"——水的尽头是天，而人还在天的北边，那就更远了。这第二大段写了自然景象——梨花、榆火；写了离别场景——酒趁哀弦，灯照离席；写了行者的忧愁——一箭风快，半篙波暖：写得情景交融，而且很有层次。

下面我们来看第三段：

凄恻。恨堆积。渐别浦萦回，津堠岑寂，斜阳冉冉春无极。念月榭携手，露桥闻笛。沉思前事，似梦里，泪暗滴。

他所怀念的人已经在天的那一边了，所以心中充满了悲凄悱恻的感情。悲哀有很多种，有的是情伤，有的是心伤，有的是神伤。"凄恻"很难加以解说，它就是你内心之中的一种悲凄的感觉，它使你的心恻然而动。你看，他的船在前进，他的感情也在进行着。他说，那离别的愁恨不但没有因为我越来越远而淡忘，反而随着我越来越远而加深。有的人见面很亲热，过去之后就都忘记了；有的人相反，离别越久，感情越深。周邦彦写的就是这后一种感情，所以说“凄恻。恨堆积”。下边的“渐”又是一个领字。写长调的人都非常会用领字，因为他必须一层一层地向前进行。“渐”是船慢慢地在前进，走过一段路，又走过一段路。“浦”本来是水边，水中沙洲的旁边也叫浦。由于运河的开凿结合了自然的河和人工的河，所以水路有主流也有支流，远处支流中有一个沙洲，那就叫“别浦”。“别浦萦回”就是，那些地方的水有向这边流的，有向那边流的，有在水中间转个圈圈的，那种曲曲折折的样子就叫作“萦回”。而在水岸边，则有“津堠”。“津”，就是我们讲过的“月迷津渡”的“津”，是渡口。什么是“堠”？古代记载，每隔五里有“只堠”，每隔十里有“双堠”。现在坐火车不是有大站有小站吗？小站就是只堠，大站就是双堠，那里也有码头休息的所在。现在坐火车有直达的快车，直达快车小站不停，只在大站停。船也是这样，它不是在每一个码头津渡都停。只有本地的渡船才在小站上停，到远方去的大船则不在中间小站上停。可是你要知道，不管是码头还是车站，都是船和车要开的时候挤着一大堆人，船和车开走了，车站和码头也就冷冷清清了，因为人们是为了上车上船或为了送人上车上船才到车站和码头去。所以周邦彦说“津堠岑寂”，“岑寂”就是寂静无人的样子。他的船向前走，沿途看到有些小码头现在没有船渡，显得很寂静。可是，他现在还不只是看沿途的景色。要知道，他每经过一个津堠，就离他所怀念的东京的那个人更远了。五里一个只堠，十里一个双堠，又过了五里又过了十里，又过了五里又过了十里……这中间带着一种远别的感情。

前面我们讲的不管是“酒趁哀弦，灯照离席”，还是“别浦萦回，津堠岑寂”，景物和别情都结合得很密切。可是下边一句笔墨就宕开了——“斜阳冉冉春无极”。这句就似乎是单纯写景，与别情没有必然的关系。其实这句话宕开得非常好，它把别情都融化了。所有的别情都融化到“斜阳冉冉春无极”的景色里，使得那遮天盖地的春光里都是离别的感情——这话很难讲，但确实是如此。我讲过唐代王昌龄的一首诗：“琵琶起舞换新声，总是关山离别情。撩乱边愁听不尽，高高秋月照长城。”满天的月色之中都是他写不尽的那些离别的感情——这真是一个很高明的手段。在这里，情景交融已经写到这样一种地步：表面上单纯是写景物，事实上完全都是感情。温庭筠有一首《望江南》：“梳洗罢，独倚望江楼。过尽千帆皆不是，斜晖脉脉水悠悠，肠断白蘋洲。”朱光潜先生认为，如果停在“斜晖脉脉水悠悠”那就更好。因为尽管不提离别的感情，但那斜晖脉脉江水悠悠却尽是离别的感情。清朝一个词学批评家谭献曾经说：“斜阳七字微吟千百遍，当入三昧出三昧。”“三昧”是佛经上的话，梵文叫“三摩地”，中国人简称叫“三昧”。佛教的“禅”，也叫“定”，“定”里边最纯正的那种修养叫“正定”。这“正定”我们就叫它“三昧”。凡追求一个道理，如果能追求到那最高的、最好的，就是得到了“三昧”。谭献的意思是说，这句词你要是低低地吟来吟去吟上千百遍，你就在那最高的道理之中三出三进了，就可以完全体会了。所以，大家也回去念念这七个字。我们今天下课了。

第五节

上次下课的时候，我们正讲到“斜阳冉冉春无极”这一句。我提到谭献的一句话：“斜阳七字微吟千百遍，当入三昧出三昧。”这句话是谭献在周济写的《词辨》上的评语，这本书一般叫作《谭评词辨》。我常常说，诗一定要吟诵，你如果真的要学古典文学就一定要对吟诵有一点儿体会。你们大家一定发现，我讲课的时候，只是偶然看看注解，一般不看书，就是这样讲。因为，当你面对着书的时候，你可以把它看得很仔细，可是你的思想——就是说感受，就好像被眼前一个东西遮住一样，以致不能够飞跃。这话说起来简直很神奇，真是一点儿道理都没有，但是我一定要把真诚的话说出来。也许你很用功，你把每一个字都看清楚了，把每一个注解都看清楚了，可是这个时候你只能够懂得字中之意，你不能够飞跃。你一定要把诗词念得很熟，而且最好能学会一个吟诵的调子。为什么呢？因为你如果只是这样读："柳阴直。烟里丝丝弄碧"，这就太平淡了。如果你低低地吟诵，你的声音就可以拖长，而拖长的时候，就可以给你一种体味，给你一个空间，就可以引起你很多的想象。我还要说，吟诵诗词一定不可以像唱歌那样。台湾以前做过一卷吟诗的录音带，向海外也卖过的。他们就是把吟诗谱成像曲谱一样，而且组合了一群学生，分成高音、低音几部来合唱，听起来倒也好听，可那不是中国吟诗的根本的办法。中国的吟诗，一定不能谱成一个调子，一定不能有死板的音节，一定要有绝对的自由。为什么不能谱成一个调子呢？因为你每次读一首词都可以有不同的感受，而且不同的人读这首词也可以有不同的感受，吟诵的时候一定要把你自己对这首词的体会和情意用你自己的声音表现出来。我在五一三班讲到，晋宋之间的人还不止于吟，他们还吟啸，还有歌呼之类，那调子是绝对自由的。好听不好听，别人爱听不爱听，你都甭管它，你就只管把你自己的感情投注进去，就是这样吟。我今天说的话是很真诚的，这是读古典诗词真正体会它里边含意的一种办法。光是拿着课本读，得到的只是字中之意，你要把它背下来，而且要能够很自由地把自己投注进去，把那情调用声音表现出来。那时，你的想象和体会可以随着声音的拖长而有一种飞跃，一定要达到这种地步才成。所以谭献才说，要是把那句词微吟千百遍就能够入三昧出三昧。“三昧”也叫三摩地，这都是梵文的发音，从意思上讲就是“正定”之意。参禅之后就可以入定，入定时就把外边的一切都遗忘了，都放下了，从精神上得到一种光明的、彻悟的境界。当然，入定的时候有的人也会走火入魔。所以必然是正定，是最正宗的禅所达到的那样一种体会和境界。其实，像谭献这样说词，这是中国传统批评中一个最大的缺点。什么叫“微吟千百遍，当入三昧出三昧”？这太抽象了，没有理性，没有逻辑。严羽的《沧浪诗话》以禅言诗，缺点也在这里。

我上次曾经说，周邦彦这首词之所以好，是因为他有很多的勾勒、很多的承接、很多的呼应。这第三段里，“凄恻。恨堆积”当然是正面写离别的感情；“渐别浦萦回，津堠岑寂”也是写离别后沿路所见。这些话里都有一种别情的痕迹可寻。可是当他写到“斜阳冉冉春无极”的时候，表面上是放下了别情，实际上他所有那些离别的感情都跟那“斜阳冉冉春无极”打成一片了。上次我还给大家举了一个例证，是唐代王昌龄的边塞诗:“琵琶起舞换新声，总是关山离别情。撩乱边愁听不尽，高高秋月照长城。”边疆接近胡地，弹奏的乐器常常是琵琶，有人随着音乐起来跳舞，琵琶弹了一曲又是一曲，但不管换了多少个曲调，弹的总是离别的曲子。那些离开故乡和妻子儿女戍守边疆的兵士的心就都被这种离歌扰乱了。可是王昌龄的最后一句不再写边愁，也不再写离歌了。他从这里面跳出去说“高高秋月照长城”——在秋天的夜晚，一轮明亮的圆月照在那边塞的长城上面。表面上他不说边愁了，事实上，在月光的笼罩下，从天上到地面，整个都充满了他那离别的感情。中国的文学批评常常讲能入能出。就是说，你要对你写的那一份情事真的有很深的体会，但也不能一味地总是离别啊、难过啊等等，有时候需要脱出来。就像我刚才说的，在欣赏时你光读字中之意还不算，还要飞跃起来，有一种体会和想象的联想，要能把那个感发扩散出去。“斜阳冉冉春无极”就是从感情之中跳出去了，他把感情完全融入景物之中了，所写的景物就都是感情。谭献只是说这几句微吟千百遍可以入三昧出三昧，没有说它到底为什么好。我尝试着替他解释，以上就是我所解释的第一个原因。

既然说第一个原因，那就还有第二个原因。这句词之所以写得好，还因为它里边有非常复杂的情调。“斜阳”是日暮，是一种惆怅的感情，而“春无极”是一种正在生发和生长的感情。斜阳日暮的惆怅和春天的繁花绿柳春水碧波是矛盾的景色，这使我想到明末清初的一位词人陈子龙。清朝是词的复兴的时代，词在金、元特别是在明朝的时候都是没落的，缺少感发的生命。而把词带领复兴起来的一个重要作者就是明末清初的陈子龙。陈子龙为什么能把词带领复兴起来呢？因为他身经了明朝亡国的苦难和悲哀，而且他是一个志在复国的志士。他跟南宋那些只会咬文嚼字的词人不同，他真的参加了起义的军队，投入了复国的战争，最后，他是跳水自杀的。我一直说词这东西一定要有一种真正发自内心的感发的生命，陈子龙就是用他的血泪和感发的生命来写词的，他的词多是小令。要知道，词从南宋以后渐渐多写长调，注意字句的雕琢，就把感发减少了。陈子龙之所以使词复兴，一个是因为他真的有爱国志士的一份深厚博大的感情，再一个就是因为他回到了小令的体式，小令是完全以感发为主的。他有一首小令，其中有这样几句：“一双乳燕，万点飞花，满地斜阳。”他写的就是我们现在这样的春天季节。你们可以看到，沿街上那些花现在都在飘落，正是“万点飞花”；而到了黄昏的时候，就是满地的斜阳。这是一种对消逝的伤感和惆怅。可是，那一对做巢的燕子，正准备哺乳它们的雏鸟，那是一种正在生发的生命。这本是两种矛盾的感情，可是陈子龙把它们结合在一起了，正是这种矛盾使人感到愈发无可奈何。《红楼梦》的开头说贾宝玉梦游太虚幻境。在警幻仙姑那里听了一套“红楼梦”的曲子，最后两句说：“好一似食尽鸟投林，落了片白茫茫大地真干净!”金陵十二钗也好，多少繁华富贵的情事也好，最后都成为过去了。黛玉死了，惜春出家了，探春远嫁了。各人有各人的下场，就好像飞鸟各自投林，只剩下一片白茫茫的大地了。所以宝玉才能够放下，才能够解脱，才能够出家。可是你要知道，“斜阳冉冉春无极”“一双乳燕，万点飞花，满地斜阳”就正是放不下之处。这种矛盾的感情，正是“知其不可为而为之”——明明知道那种消逝的无可挽回，但那中间有你放不下的一种东西。这个话是很难讲清楚的，我只能说到这里。王维的一首诗中说：“大漠孤烟直，长河落日圆。”你如果坐船在一条河上走，你会看到西方那水天空阔的地方一轮落日正在一点一点地向下沉没。它的消逝是无可挽回的。然而，四面却是这样美丽的春天！对此你是无可奈何的。所以杜甫才会说：“一片花飞减却春，风飘万点正愁人。且看欲尽花经眼，莫厌伤多酒入唇。”这就是在消逝之中有他放不下的东西。大家都认为“斜阳冉冉春无极”这七个字好，究竟怎样好呢？我想就是由于这两个原因：一个是它融情入景，一个是它包含了上面的那种复杂的感情。

周邦彦是善于勾勒的，他写词就像写字那样无笔不缩。他不肯一口气说完，总是有一个呼应，让你再回头联想到以前所说的事情。刚才王昌龄那首诗写到“高高秋月照长城”就完了，朱光潜说温庭筠那首词写到“斜晖脉脉水悠悠”也应该是完了，可人家周清真不是，写到“斜阳冉冉春无极”并没有完。当然你会说这词调子还没有完，但词调子没有完是因为他那笔法正好配合了这词调子。他又回来了：“念月榭携手，露桥闻笛。沉思前事，似梦里，泪暗滴。”周邦彦在前边说过：“闲寻旧踪迹。又酒趁哀弦，灯照离席。”可现在他已经走得很远了，已经是“渐别浦萦回，津堠岑寂”了。但他用一个“念”字一下子就回到前边来。“榭”从木，有木曰榭。就是说，一个前边有树木的高的建筑就叫“榭”。我们常说“台榭”，土高为台，台前有花木叫作“榭”。时间在月夜的时候所以叫“月榭”。“露桥”就是没有遮蔽的桥。周词常用“露”字，比如“露饮”，就是在院子里饮酒。周邦彦说，我们曾经在一个有花木的高台上携手赏月，还曾在一座桥上听所爱的人吹笛。“沉思前事”——现在我就沉入当年种种往事的回忆之中，那“月榭携手，露桥闻笛”的种种事情回忆起来分明就在眼前，可是实际上就像梦一样，因为毕竟已经离开了。现在已经没有人可与述说，也没有人关心、注意我了，我只有暗中流下泪来。“似梦里”是总结过去所有的回忆，“泪暗滴”是正写现在所有的悲哀。而且，“似梦里，泪暗滴”这六个字全是仄声：“似”和“梦”是去声，“里”是上声，“泪”是去声，“暗”是去声，“滴”是入声。去声是很沉重的，上声稍微扬起，然后再沉下来，再停顿。前人批评说，这两句是“重笔”“拙笔”。重笔、拙笔并不是不好的意思。我们刚才讲，“斜阳冉冉春无极”是从正面写离别的感情中跳出去了。可是现在呢？现在又回来了。现在他是朴实的、直说的，跟刚才把感情融到“斜阳冉冉春无极”中不一样。这样写，你一定要配合得恰到好处才可以。都用重笔、拙笔是不好的；都用那种轻飘的笔，都出去了，也不好。清朝有一个诗人王士禛，别号渔洋山人，讲诗专门标举神韵。他最大的缺点就是能出而不能入。王渔洋总想写那种漂漂亮亮的风花雪月，总是跳出去而不能够进来，这是因为他的感情不够深厚。在诗人中，重笔和拙笔用得最好的还不是周邦彦，而是杜甫。而杜甫的重笔和拙笔之所以用得好，就正是因为他的感情特别诚挚和深厚的缘故。

除去以上所提到的几点好处以外，周邦彦的词还有另外的一些特色。在开始讲《兰陵王》的时候我曾经说，有一点是值得注意的，这就是周邦彦的“登临望故国。谁识。京华倦客”里边有一种感慨。在他生活的时代，北宋朝廷里有激烈的新旧党争：有多少人被贬出去了，有多少人被召回来了……盛衰穷达、仕途起伏，有那么多的变化。所以东京城外的送别就不是普通的送别，周邦彦这首词实在有更深一层的悲慨。我们说过，柳永写的是秋士易感的悲慨，现在我们又说，周邦彦写的是政海波澜的悲慨。两个人都有悲慨，可是他们却常常把这悲慨归结到对爱情的相思怀念，这是为什么呢？这种情况有两个原因：第一，婉约派词人的作风和习惯就是总要把一些爱情的内容写到词里边去，这是这一派词人的特色。第二，这是时代的生活背景造成的。因为当时的东京有两重含意：一方面代表歌舞，一方面代表仕宦。所以东京这地方既给了他们歌舞和爱情的梦想，也给了他们仕宦的梦想。而他们就常常把这两者结合在一起，在怀念首都东京的时候，既带着对仕宦的感慨，也带着对爱情的留恋。但是，一般人常常认为周清真写的都是儿女之情和相思离别。说他有政治上的感慨，也许有人觉得这一点很可怀疑。那么，我们现在就用很少的时间讲他的另一首词，目的是要证明：周邦彦的词里边确实有对当时政治的感慨。这首词在郑骞先生《词选》的第六十九页，词牌是《渡江云》。《兰陵王》那首词主要是写离开东京到外边去的路上的悲慨，而这首词是写由外边回到东京来的路上的悲慨，大家要注意这个对比。

我先把这首词念一遍：

晴岚低楚甸，暖回雁翼，阵势起平沙。骤惊春在眼，借问何时，委曲到山家。涂香晕色，盛粉饰、争作妍华。千万丝、陌头杨柳，渐渐可藏鸦。　　堪嗟。清江东注，画舸西流，指长安日下。愁宴阑、风翻旗尾，潮溅乌纱。今宵正对初弦月，傍水驿、深舣蒹葭。沉恨处，时时自剔灯花。

你们要注意到这几句话："指长安日下""风翻旗尾，潮溅乌纱"。我以前曾经写过一篇文章叫《常州词派比兴寄托之说的新检讨》。我在那篇文章里提到过判断一首词有没有寄托的三个标准：第一个是结合作者的生平来看，第二个是从作品叙写的口吻来看，第三个是结合时代背景来看。在那篇文章里我举的例证是辛弃疾，因为辛弃疾的寄托表现得更为明显些。但在这里我们也可以用这三个标准来判断一下周邦彦的这一首词。从作者的生平来看，周邦彦经过新旧党争的冲击，所以有寄托的可能；从作品的口吻看，"长安日下"和"风翻旗尾，潮溅乌纱"都有寄托的可能；从整个时代背景看，北宋时期有那么多人受到新旧党争的冲击，所以也有寄托的可能。而且，当我们读到下半首，读了"长安日下""旗尾""乌纱"之后，返回来再看上半首就会发现，上半首的很多地方也是有寄托的。周邦彦的词写得很含蓄，人们认为他的词很有思力，所以读他的词必须仔细地思索。我们的重点是看他的下半首，但我们应该从上半首一直看下来。他说："晴岚低楚甸，暖回雁翼，阵势起平沙。"这是写沿途所见的春天的景物，你可以和《兰陵王》作个对比。《兰陵王》说："别浦萦回，津堠岑寂，斜阳冉冉春无极。"那也是在春天，是离开东京；而这个也是在春天，是到东京去。"楚"是湖南、湖北一带地方，他这里所指的应该是荆州的所在。"甸"是郊外的平原。辛稼轩的词说"楚天千里清秋"，周邦彦不说"楚天"，说的是"楚甸"。总而言之，是写那与江北不同的江南景色。"岚"是山气、山上的烟霭。在晴明日光照耀之下的山上的烟霭低低地笼罩着楚地的平原，这景色写得很旷远。"暖回雁翼"是说温暖的春季回来了。何以见得呢？从鸿雁的翅膀上就可以看到。因为鸿雁很快就要张开翅膀向北方飞去了。雁都是一群一群地飞，或者排成一个"一"字，或者排成一个"人"字，很像一个阵势。他坐在船上，看到远处平坦的沙滩上飞起了一群鸿雁，所以说"阵势起平沙”。这首词你要是只看这上半首，那就完全是写春天的景色。可是等你看到下半首，看到“长安”“乌纱”等字样，你就知道他指的是做官和政治上的事情。北宋的首都是东京不是长安，但中国历来拿长安当作首都的代名词。有了这种了解，你再回过头来看上半首，你就会发现，他在写景之中都有寓托。这不是直接给你的感动和联想，而是你通过思索才知道的。你要仔细地想一想才会恍然大悟，知道其中有某种含意。那么周邦彦要写的是什么呢？他要写的是政海的波澜，就是在当时的新旧党争中一批人被贬出去、一批人被召回来这样的现实。

我们曾经讲过，周清真在宋神宗时代入大学，他写了一篇《汴都赋》赞美歌颂新法，得到神宗的欣赏，被选拔做太学正。神宗死后，哲宗即位。先是宣仁太后执政，任用旧党的人。后来宣仁太后死了，哲宗自己执政，就改元叫绍圣，重又起用新党的人。周邦彦就又被召回东京，而且，哲宗还叫周邦彦重献《汴都赋》。现在这首词说：“清江东注，画舸西流，指长安日下。”他不但说长安，而且明明说到“日下”。“日”是君象，“日下”就是天子的脚跟下，那正是首都的所在。王国维写过《清真先生遗事》，他考证周邦彦应该是在荆州居住过一段时间的，很可能是担任教授之类的职务。他被外放，先是做庐州的教授，然后从庐州到荆州，然后才从荆州到溧水。可是这首词不是周邦彦第一次到荆州时所写的词，是他从溧水被召回东京的时候，因为荆州是他的旧游之地，所以他很可能又绕道经过荆州。这后一说不是王国维考证的，是当代的一个研究词的教授罗忼烈先生考证的。他是香港大学的教授，专门研究周邦彦的词。那么，从“清江东注，画舸西流，指长安日下”来看，周邦彦是从南方到北方去，是到首都东京去。知道了这个背景，你再来看“暖回雁翼，阵势起平沙”那个“起”，它是从南向北飞的“起”，而且不是一只雁“起”，是一大片雁阵“起”。这中间就可以有一种联想：曾经被贬出去的新党的人现在又都被召回来了。这个也不是我的猜测。我讲到过语码，有的语码是很明显的，像屈原的美人芳草之类；有的语码是不明显的，如果你对中国传统的诗歌不熟悉，就不知道它还暗藏有别的意思。你们知道，杜甫有一首诗，题目是《登慈恩寺塔》，里边有一句：“君看随阳雁，各有稻粱谋。”杜甫说的是那些追随温和阳光的大雁。但是在中国的成语里，“追求温暖”换一句话来说是什么，下边已经有人说了——“趋炎附势”。一点儿都不错，就是这样的联想。雁总是哪里暖和就往哪里飞。杜甫就用雁来比喻那些趋炎附势的人，他们并不是为了国家或者为了人民，而是为了自己物质上的所得，为了那一点点做官的利禄。下边他说：“骤惊春在眼，借问何时，委曲到山家。”“骤”是忽然之间。有的时候政治上的改变是忽然之间的：前边的领导死了，新领导一即位马上政策就都改变了。改变都是不能让你事先知道的，否则人家就会有了防备。像哲宗从元祐到绍圣，就是由于宣仁太后一死，忽然之间就变了，这是政治气候的改变。所以就“骤惊春在眼”——忽然之间眼前桃红柳绿，已经到了春天。当然这也是写实，因为当时真的是春天。他说，请问春天，你是什么时候来的？我怎么没有注意忽然间花就都开了呢？而且，春天如果也走路的话，那么它还不只走过江边，催开了江边的绿柳红桃；它也曲曲折折地走到山的深处，使山背后那几户人家门前的柳也绿了，花也开了。这句话很妙：“山家”是荒僻冷落的山村里的人家，本来是不被人注意的，可是春天居然没有把它忘记。这里面就有一点点自喻的意思，比喻自己也被召回东京了。这几句从表面上完全可以只讲第一层的意思，就是描写春天，写春天来到了山村。可是当你看到下半首再返回来看，就知道它们都有寓托的可能。春天来了，所有的花都“涂香晕色，盛粉饰、争作妍华”。“晕”是画画的时候用笔蘸了水涂在纸上把颜色晕开。

"粉饰"就是装饰。"妍"是鲜艳的、美丽的。"华"就是花。这句是说，所有的花都涂上了香气，染上了颜色，争着开出美丽的花朵。其实花的香不是涂上去的，是它本来就香；花的颜色也不是染上去的，它本来就有美丽的颜色。所以现在他说的实在是人，是说那些人都在装模作样，趋炎附势，说一些跟风的、迎合政治气候的话，争着表现自己，把自己打扮得漂亮些。

把春天花草的美丽芳香比作政治气候，也不是只有周邦彦一个人这样做的。辛弃疾有一首词，词牌叫《汉宫春》，第一句说："春已归来，看美人头上，袅袅春幡。"他说春天已经回来了，怎么知道的呢？因为每逢立春日，女子就用五彩丝帛剪成花朵的样子戴在头上，叫作幡胜。这首词，你要结合辛弃疾的生平和他的作品来看。他写这首词的时候，正是韩侂胄用事。韩侂胄是主张北伐的，他要起用一些主战派人物，而辛弃疾平生的志愿就是要北伐中原。于是韩侂胄就要请辛弃疾出山。所以，所谓"春已归来"是写政治气候的转变。但他后边又说："却笑东风从此，便薰梅染柳，更没些闲。""没"是入声字，所以我读"mò"而不读"méi"。这句是说，韩侂胄号召主战的人都归附到他的旗帜之下。这和周邦彦的"涂香晕色，盛粉饰、争作妍华"作用是一样的，都有寓托的意思。

"千万丝、陌头杨柳，渐渐可藏鸦。""陌"是街道，有人说南北方向的街道叫陌，东西方向的叫阡；有人说南北方向的叫阡，东西方向的叫陌。这个我们不去管它。"陌头杨柳"就是街道上的杨柳，它们的柳条已经很密了，如果有一只乌鸦栖落在柳树上，你可能就不会发现它。乌鸦，在中国一直认为是不好的，它代表不祥和邪恶。所以"渐渐可藏鸦"表面是说春天草木之茂盛，暗指在这转折之中一些危机也就都隐藏在里边了。

在这么美丽的春天从南方回到北方，而且是到京城去，本该是一件好事，可是周邦彦却说："堪嗟。清江东注，画舸西流，指长安日下。"他说，这真是值得我叹息的事，江水向东流，我的船向西行，而且我的方向是指向朝廷的所在。回到朝廷有什么不好？为什么要叹息呢？要知道，"清江东注，画舸西流"这就是写一种矛盾。周邦彦现在是恬适的，他不想到首都去追求名利禄位，可是朝廷召他又不能不去。当他离首都越来越近的时候，他就产生了一种忧畏："愁宴阑、风翻旗尾，潮溅乌纱。""宴"并不是说他们真的要举行一个宴会，那并不关紧要。"宴"是说新党的人都回来了，又聚在一起了，这就是一个盛宴。以前的那场酒席散了，新的酒席开始了。可是新的酒席也有散的时候，到那时说不定一阵狂风就把船头的旗折断了，一个浪头就把你的乌纱帽打湿了。这里又出了两个语码可以引起你的联想。"乌纱"一直是代表官职的；"旗"，当然船上也可能果真有旗，但旗和船是一种政权和党派的标志。所谓"风翻旗尾，潮溅乌纱"，所谓"长安日下"，都是说在政海波澜的起伏之中，这个起来又倒下去了，那个倒了又起来了。也许你现在觉得你是起来了，可不知哪一天你就又倒下去了。所以，他还没到京城，就先想到"愁宴阑、风翻旗尾，潮溅乌纱"。下面他说："今宵正对初弦月，傍水驿、深舣蒹葭。沉恨处，时时自剔灯花。""初弦月"是月亮要圆还没有圆，而他也是要到京城去还没有到。今夜，他的船就停在一个水村驿站。"舣"是停泊，船停泊在一丛芦苇的深处。古人点油灯，点得时间久了，灯芯结了花，灯就暗了，这时就得把灯花剔掉。他说，我沉思细想，有这么多的愁恨却无人可与诉说，我就"时时自剔灯花"，"时时自剔"就不止剔一次，可见他一直没有睡觉。为什么呢？因为他在叹息，在发愁，不知道一去将会怎么样。我们讲周邦彦生平的时候，曾提到楼钥在《清真先生文集序》里说，周邦彦晚年"学道退然，委顺知命，人望之如木鸡"。那是因为他早就有了这种想法，所以他回到京城就不去争名夺利。他经过了朝廷党争的打击，有了一种觉悟。从这首词里就可以看到他的这种觉悟和感慨。

有一件事情是很奇妙的，就是天下有很多事可以欺骗人，唯独写中国的旧诗不能骗人。有的人讲话讲得头头是道，有的人写论文可以写出很多花样来使人莫测高深，可他要是写一首诗，填一首词，马上就把底儿都掉出来了。这真是一点办法都没有的事情。所谓把底儿掉出来，还不只是说他对旧诗的修养，也不只是说他的平仄、格律、用韵对不对，主要的是，这个人的品格、性情和修养一下子就看出来了。也许你们看不出来，那是因为你们读的诗词还少，没有那么多的经验。所以说对周邦彦，尽管他的艺术修养和音乐才能是那么好，但是说到心灵和感情的品质，说到高远的境界，那我们真的还不能不同意王国维的话："美成深远之致不及欧、秦。"苏东坡、欧阳修、秦少游，他们的词里边总有某些可以从精神上提升你的地方，一首写爱情的小词也能使你看到更高远的境界。周邦彦则不成，他写爱情如《解连环》之类，都还停留在爱情之中。他写政治方面的感慨，也是考虑个人得失的成分多，关心国家安危的成分少。从个人的性情来讲，这是没有办法的一件事。

我们下次看他的《解连环》。

第六节

周清真的词我们讲完了一首《兰陵王》和一首《渡江云》，今天我们要开始看他的《解连环》。《解连环》在郑骞《词选》的第六十六页。在讲周清真的《兰陵王》这首词的时候，我们所注重的是他的艺术表现，也就是说，注重他的勾勒、他的情景交融、他的章法和他在情景中间的衬托。后来，我们又简单地看了一首《渡江云》。这一首词，我们的重点不是分析他的艺术技巧，而是要看他在里边的寄托。从“长安日下”“潮溅乌纱”这些词语里，我们可以清清楚楚地看到周邦彦对当时政坛上的风云起伏有他的感慨。今天我们要看的这首《解连环》，则主要是写一种感情。写什么感情呢？就是这首词开头的四个字——“怨怀无托”。《兰陵王》那首词是从柳树写到离别，里边有一个层次，有回忆从前，有现在，有当时的背景，有很多景物情事的进行。《解连环》则不然，它纯粹是写一种感情，一种“怨怀无托”的感情。以前我曾经说过，中国古代写诗一般都是写女子被抛弃，男子的感情转变了，是“弃妇之词”，可是这一首词我以为它是“弃男之词”。不只我以为是弃男之词，俞平伯也认为是弃男之词，还有我跟大家提过的写《宋词赏析》的沈祖棻也认为是弃男之词。可是，一些清朝的词学批评家以及比俞平伯、沈祖棻的时代稍早一点儿的人，他们就认为这首词是弃妇之词。我想，这是因为他们脑子里有一个传统的观念，认为只有女子才是被抛弃的。我还要补充说明一点，不管是弃男也好，弃妇也好，总而言之，这首词写的是一种爱情的悲剧。爱情本是男女双方面的，可是现在有一方面的爱情转变了，按照传统的看法，被抛弃的一定是女子；思想稍微新一点，把男女平等看待的，就认为也可以有弃男之词。可是后来又有了更新的说法，那是在大陆“文化革命”的时候。“文化革命”中有一阵子讲儒家和法家的斗争，认为凡是法家就是好的、革命的、进步的；凡是儒家就是保守的、腐败的、落后的。于是就有人配合儒法斗争来讲周邦彦的词。北宋的“神宗变法”是一次很明显的斗争。对王安石，他们认为是法家，是进步的、革命的。周清真不是写了歌颂赞美新法的《汴都赋》吗？所以他们认为周清真也是属于法家的，也是进步的、革命的。而且，他们把周邦彦一些写爱情的词都认为是有寄托的，是赞美新法的，是批评旧党之人的。周词有时确实有寄托。例如我上次所说的那一首《渡江云》就真正是有寄托的，因为它所用的字汇“长安日下”“潮溅乌纱”等分明有寄托的含意。至于周邦彦其他关于爱情的词，我认为不一定要牵强附会说成是有寄托的。就是说，如果他表面上写的是爱情，如果我们又没有“长安日下”“潮溅乌纱”等字样来证明他有寄托，那我们最好还是按照爱情的词来解释。而且，就算是周邦彦偶然在一两首词里边有寄托，可他并不是每一首词里边一定都有寄托的，他的大部分词仍然是写爱情的。因为北宋词一般的风气就是写爱情的。

我顺便还要再提出一点，就是在北宋的词坛上还流行以俗语写词。这些词是写给那些歌伎酒女们为市井之人歌唱的，所以也是按照他们的口吻来写的。不但周邦彦写这样的词，柳永也写这样的词，秦少游也写这样的词。不过，一般的选本都不选这一类俗词。周邦彦有一首词的词牌叫《青玉案》，上片是这样写的：

良夜灯光簇如豆。占好事、今宵有。酒罢歌阑人散后。琵琶轻放，语声低颤，灭烛来相就。

他说，这是一个美好的夜晚，油灯的灯芯结成一朵灯花，灯光聚集在一起，圆圆的一团像一个豆。中国的古人迷信，认为灯花是报喜的。所以油灯结了一朵灯花就说明今天晚上一定有好事发生。要知道，油灯一定要点得很久才能结出灯花，那时已经是深夜了。这个女子本来在弹琵琶，现在就把琵琶轻轻地放下，用很低的、有一点害怕和害羞的语声来同这个男子讲话，并且吹灭了蜡烛。那后半首还有几句：“只愁彰露，那人知后。把我来僝僽。”说是假如这件事情被另外的那一个人知道了——可见这个女子有另外一个情人——他一定会跟我发脾气，让我受苦受罪。像这样的词就很俗，绝对是写男女爱情，看不出有什么托意。

老一派的、旧传统的说词人从来不提周邦彦的词里可能有寄托。因为要是提到政治，周邦彦一定是属于新党，他的《汴都赋》确实是赞美新法的。而旧传统的人都尊重儒家，尊重苏东坡和司马光，认为凡是新法就是坏的。他们要说周邦彦好，就不能提他赞美过新法。王国维所写的《清真先生遗事》就是如此，他知道周邦彦写过《汴都赋》，可是他不敢真正提出来说周邦彦果然是拥护赞美过新法的。这是老一派的旧传统说词人的缺点。香港的罗忼烈先生敢于提出周邦彦的《汴都赋》是赞美新法，周邦彦的词里边可能有政治的托意，这很有眼光，很有见解。可是罗先生把周邦彦很多写爱情的词都说成有政治寄托，有时就不免使人觉得稍微牵强了一点。我认为，周邦彦的词里边有的有政治的感慨，有的就只是写爱情。他写爱情有的用俗语来写，有的用文雅的语言来写，但不管怎样写，他写爱情就只是爱情。

以上我们把一些基本的看法弄清楚了，现在我们就来看《解连环》。刚才我说周邦彦写爱情有用俗语写的，有用文雅的语言写的。那么，《青玉案》当然是用俗语写的，而《解连环》就是用文雅的语句写的。我以为，凡是他用俗语写的词都是为市井的歌伎酒女们写的，而他用文雅的句子来写的词就很可能有一种个人的体验在其中。《解连环》可以跟另外的一首词参看，这首词在郑骞《词选》的第六十五页，就是《夜飞鹊》。《夜飞鹊》也是写离别的，但它跟《兰陵王》所写的就不一样。《兰陵王》所写的是东京城外的离别，所写的是“京华倦客”，是“登临望故国”，所以里边可能有对朝廷政治的感慨。而《夜飞鹊》这首词写离别就只是写离别，而且是以男子的口吻写与女子的离别。这个女子是怎样走的？这个女子是坐船而去的。现在，《解连环》这首词就是写一个男子怀念一个女子而想象那个女子是坐船走的。这两首词都是写男子与女子的离别，都是男子怀念女子，而那女子都是坐船走的，所以我认为这其中很可能有一些本事在背后。不过我们找不到确实的证明。好，现在我们来看《解连环》：

怨怀无托。嗟情人断绝，信音辽邈。纵妙手、能解连环，似风散雨收，雾轻云薄。燕子楼空，暗尘锁、一床弦索。想移根换叶，尽是旧时，手种红药。　　汀洲渐生杜若，料舟移岸曲，人在天角。谩记得、当日音书，把闲语闲言，待总烧却。水驿春回，望寄我、江南梅萼。拚今生、对花对酒，为伊泪落。

这首词整个押的是入声韵。周邦彦是江南钱塘人，在他的口音里是有入声字的。后来南宋的很多作者也都是南方人，所以一般说起来，他们都很注意入声字的使用。周邦彦用思索和安排写词的方法，对南宋的词人产生了很大的影响，在声韵上则表现为重视四声。北宋的小令一般只分平仄，那是和诗一样的。可是从周邦彦到南宋的词人，他们不但分四声，还分阴阳。就是说，四声的每一声都可以分出阴阳，有阴平阳平、阴上阳上、阴去阳去、阴入阳入。不知在座的有没有会说广东话的同学？他们可以发出这些音来。

《解连环》这首词的主旨就在“怨怀无托”四个字。“怨”字写得很好，它是一种哀怨，与悲哀是不同的。一件很不幸的事件发生了，它既不是人力所能造成的，也不是人力所能挽回的，这时你只有悲哀，却没有什么可怨的。怨是埋怨，就是你以为有些人在人事上做得不对，这悲剧是由人所造成的，那你就可以怨。怨不只是悲，所以他不说“悲怀无托”，而说“怨怀无托”。这整首词都是写这种哀怨，怨那个女子不再理他了，他内心中这种哀怨的情感就是“怨怀”。由于那个女子不在这里，尽管你满心都是哀怨，你却不能解决，没有一个可以寄托和发泄的地方，而且你也不能够把你的感情转移，所以就“怨怀无托”。周邦彦是善于勾勒的，在提出了“怨怀无托”这个基本的感情之后，就围绕着它一笔一笔地来描绘。为什么怨怀无托呢？是因为“嗟情人断绝，信音辽邈”。他说，我所叹息的是我当年所爱的一个人与我断绝了。所谓断绝不仅是那个人走了——有时人虽走了但相思怀念的感情没有断——而且现在那个人是“信音辽邈”。“辽”是遥远；“邈”是渺茫，意思是无可把握，等不到她的消息。“邈”字不读 miǎo，在这里押韵，读 mò。所爱的人走了，连一封信都不再给他写，后边他就真的是怨了。他说：“纵妙手、能解连环。”“纵”是果然的意思。他说你纵然是一个妙手，竟能解开这连环。“连环”指的是玉连环。那本来是一块整玉，把它雕成两个连着的玉环，中间没有缺口，这两个玉环是注定不能分开的。他说，我们两个人的感情原来就像一对玉连环那样连在一起不能分开，可是你居然就把这种不能够解开的感情给解开了，所以你真的是一个妙手。

“妙手解连环”是一个故事，这个故事见于《战国策·齐策》。《战国策》一国一国地记载了战国时那些钩心斗角的政治上和军事上的斗争，介绍齐国这些事情的就是《齐策》。《战国策·齐策》记载，齐湣王无道，被人杀死了，他的儿子法章逃到莒地，在太史敫的家里当了一名佣工。太史敫的女儿很欣赏王子法章，认为他不是一般的人，就和法章发生了感情，两个人就结婚了。后来法章被迎回齐国做了国君，就是齐襄王；太史敫的女儿就做了王后，被称作君王后。襄王不久就死了，君王后的儿子建继位做了国君，那时候齐王建年龄很小，于是就由君王后掌管政事。历史上认为这个女子是很有眼光的，她能够看出襄王不是一个平凡的人，而且她能辅佐她的儿子，使敌国在她掌权的时候不敢加兵于齐国。那时秦国已经越来越强大了，有吞并六国的野心，可是它竟有四十年之久不敢加兵于齐国。有一次，秦王派人拿了一对玉连环送到齐国去，说你们齐国人这么聪明能干，谁能把玉连环解开？这是一种挑衅，如果齐国没人能解开就丢了脸面。可是这连环是一块整玉雕的，怎么能够解开？君王后看了说："好，把锤子拿来。"她用锤子一砸，就把玉连环砸破了，告诉秦国的使者说："谨以解矣。"由此可以看到，君王后是个很有智谋和魄力并且能够应付紧急状况的女子。这就是"妙手解连环"的故事。

现在你就知道，这妙手是男子之手还是女子之手？是女子之手。下面周邦彦一连用了四个比喻。"风散雨收，雾轻云薄"——像风吹过了，像雨停止了，像雾散开了，像云彩变得淡薄了。就是说，你把我们过去的感情看得完全没有了，就像风雨云雾一样在天空中消失了。要知道，中国古人说云和雨，往往有一种浪漫的情意在里边。宋玉写过《高唐赋》和《神女赋》，说是楚王到高唐游历，在梦中见到一个女子，自称是一位神女，"朝为行云，暮为行雨"——早晨变成在天上飘浮的云，黄昏时变成天上降下来的雨。后来，人们就拿"云雨"来代表男女之间的爱情欢会。周邦彦说"风散雨收"，这也就是暗示爱情消逝了。

"燕子楼空，暗尘锁、一床弦索。"你看周邦彦真是会勾勒，刚才他那一串都是比喻，现在这几句都是写实。我们在讲苏东坡《永遇乐》的时候曾经说过，唐朝的张建封（也有人说是张建封的儿子张愔）有一个宠妾叫关盼盼，她在主人死了之后守节不肯再嫁，后来就死在燕子楼中。这个周邦彦真是妙得很，刚才他用风散雨收来作爱情的暗示，现在他又用一个对爱情坚贞不改变的女子来作反衬。苏东坡的《永遇乐》词里用过"燕子楼空"四个字，是"燕子楼空，佳人何在"。说那个美丽的女子关盼盼已经死去，不在燕子楼里了。现在周邦彦也用"燕子楼空"这四个字，使你马上就联想到苏东坡的下句"佳人何在"。可现在这个女子不是死去了，而是离去了。那女子住在这里的时候常常弹奏音乐，“弦索”就是代指琴、瑟、琵琶之类上面有弦的乐器。“暗尘锁”写得很好。“锁”的意思是封锁，就是完全盖满了，没有一点点空隙。什么是“暗尘”呢？1950 年代我住在台北的时候，门前还没有修柏油马路，每天车来车往，尘土飞扬，一开窗子，屋里马上就是一层尘土。但这不是暗尘。我最真切地体会到“暗尘”这个词，那是 1979 年在天津南开大学教书的时候。那时候唐山地震过去不久，天津有很多被震毁的房子，还有很多“临建”。有的临建在拆迁，到处尘土飞扬。我住在天津饭店，那里边看起来很干净，但是当我往柜子里放东西的时候，用手一摸就是一手的尘土。我把柜子里边擦干净，用塑料袋子把我的录音带包起来放在里面，过了两天拿出来打开一看，录音带上已经有了一层尘土。想想看，它是被包在塑料袋里，而且被放在柜子里，进去的都是那种能钻进最小空隙的最细微的尘土。那可真是“暗尘”！现在周邦彦说，那个女子已经离开很久了，所有那些琴瑟上都盖满了这种暗尘，没有人再碰它们，连一点清扫过的痕迹都没有，它们就像是被尘土封锁了。

“燕子楼空，暗尘锁、一床弦索”是说室内，他下面几句又跑到室外去了：“想移根换叶，尽是旧时，手种红药。”你看，这么一点感情，他就这样四方八面地勾勒描写。他说，房子里边你留下的那些琴瑟乐器都被尘土封盖了，可是窗外呢？窗外还有你当时亲手种的红药。“药”是芍药。芍药花和牡丹花一样，是大朵的。植物的根在地底下可以不断地发展，从这里滋生到那里；而植物的叶子今年掉下去，明年又会长出新的来，这就是“移根换叶”。他说，房子外边那些芍药的根大约已经长出很远，叶子秋落春生，也不知换了几次，你已经走了很久了。可是，尽管移根换叶，那些芍药全都是你当年亲手种的呀！芍药，是多么丰盛的花朵；红色，是多么热烈的颜色。那就是你当年在这里的时候跟我的感情。现在你已离去，可在我的心上依然留着你亲手种的红色芍药。在若干年前，台湾大学《文学杂志》上刊登了一篇散文，那作者好像是一个女孩子。她说，你的感情已经深深地种在我的心中，现在你要把这感情收回去，就如同把这棵植物连根拔起来，那么我的这颗心也就随着根的拔起而完全破碎了。“尽是旧时，手种红药”虽只是两句，但每两个字一顿，音节停顿很多，千回百转，从声音上就表达了一种缠绵郁结的感情。

“纵妙手、能解连环，似风散雨收，雾轻云薄。”“纵”是一个领字，“似”也是一个领字。但是“似”及其领起的句子，是包含在“纵”所领起的一串句子之中的。下面他说：“想移根换叶，尽是旧时，手种红药。”“想”又是一个领字。“纵”是你纵然如此，“想”是我想。前者是写女子的断绝，后者是写男子的不能舍弃。你们看，这就是周邦彦繁复的地方。同样是注重领字，柳永和周邦彦就不同。柳永说：“渐霜风凄紧，关河冷落，残照当楼。”一个“渐”字带起三句，就完了，不像周邦彦这么复杂。这首《解连环》用的都是双式的句法，最后的停顿总是两个字的。“纵妙手、能解连环”虽然是七个字，但它是双式；“似风散雨收”虽是五个字，但也是双式；“想移根换叶”五个字，也是双式。“移根换叶”下边接下来八个字的长句，也是两个字一顿——“尽是旧时，手种红药”。“尽”和“旧”是双声；“是”和“时”不但是双声，而且是叠韵。这声音确实是很美的。

第二段他说：“汀洲渐生杜若，料舟移岸曲，人在天角。”你看他的过渡：前面说到移根换叶，那是草木的发生，所以现在就写到春天了。“汀洲”是水边的沙洲。“渐生”是慢慢地长起来。“杜若”是一种香草。《楚辞》上说：“搴汀洲兮杜若，将以遗兮远者。”“搴”就是摘取；“遗”读 wèi，是赠送的意思。就是说，把水边沙洲上的香草杜若摘下来，送给所怀念的那个远方的人。古人常常折一枝花或一枝芳草送给人以表示怀念，《古诗十九首》里就有这样的内容，就是“将以遗所思”——送给所思念的人。所以你看，周邦彦这些文雅的词里边有多少历史传统的背景！像“燕子楼空”是用苏东坡的词，“雨收”“云薄”是用宋玉的赋，妙手解连环是用《战国策·齐策》，这里又用了《楚辞》。他说：人家不是都把杜若采来送给所怀念的人吗？你是坐船走的，你的船不是也经过水边的沙洲吗？你不是也会看到那些已经生长出来的杜若吗？你会不会折上一枝托人带来给我呢？这里边还有一个故事：南北朝时，陆凯和路晔是很要好的朋友，而陆凯是吴人，路晔是北方人，有一次，陆凯就把江南的梅花折了一枝寄给路晔。另外，秦少游的词“驿寄梅花，鱼传尺素”也是说托一个送信的人，把一枝梅花一站一站地送到所怀念的人手中。那么，那个女子有没有送来一枝杜若呢？没有。他说：“料舟移岸曲，人在天角。”“移”是移动，“岸曲”就是岸边。这句的意思是说，我料想你的船还在沿着河岸向前走，而你已经在天的那一边了。

由于走的人没有一点儿消息，他就说：“谩记得、当日音书，把闲语闲言，待总烧却。”“谩”是徒然的意思。你现在是连信也不给我了，可是你刚走时还给我写过信呢！本来两个人感情很好，刚走时写的信都是缠绵悱恻的、海誓山盟的，可是现在看起来，都成了闲言闲语。要知道，两个相爱的人在一起谈话，别人听起来很没意思，只有他们两人才觉得有意思。而当这两个人感情转变了的时候，他们就也会觉得那些话都是空话了。所以他说要把这些闲语闲言“待总烧却”。说到这里，他的意思好像是：你既然忘了我，我也就把你的书信都烧掉算了。可是没有，他接着说：“水驿春回，望寄我、江南梅萼。”——春天已经回来了，当你经过水边驿站的时候，我盼望你把江南的梅花折一枝来寄给我。这里不但是勾勒，而且是感情的起伏。他想，今年春天也许你会突然间怀念起我来，说不定就会给我寄来一枝梅花呢！然而这只是想象，梅花并没有寄来。于是他说：“拚今生、对花对酒，为伊泪落。”“拚”字在这里读pàn，是“不顾惜”的意思。“伊”是她——那个女子。他说，我已注定今生今世永远不会忘记你，每当我看到春天的花开，每当我饮酒的时候，我就会想起你，我会为此流下泪来。“对花对酒”，这很沉重，因为“想移根换叶，尽是旧时，手种红药”就是很沉重的句子。这首词，周邦彦就只是单纯写了一份“怨怀无托”的感情。可是他的勾勒、描绘、四方八面的起伏转折写得非常好。

好，我们星期三还有一次课就可以把周邦彦结束了。

第七节

我们上次看了周邦彦的《解连环》，证明周邦彦在单纯写感情的时候也能够反复勾勒。他从正面写，从反面写；从这个女子现在不跟我好了，想到她以后还可能跟我好；有真的事情，有假的事情；有过去的事情，有现在的事情：反复勾勒描绘，写出了一种“怨怀无托”的感情。今天我们要简单看他的另外一首词，然后再详细讲他的一首小令。由于我们的时间不够，我把词分成详读的和略读的，有的进行比较详细的分析，有的只简略地看一看，证明他有这样一类词就行了。《兰陵王》我们是详读的，《渡江云》我们是略读的，《解连环》我们是详读的。现在我们要看一首《夜飞鹊》，是略读的。这首词在郑骞《词选》的第六十五页。我们看这首词的目的是要了解周邦彦词的另外一种成就，就是它的故事性。晚唐五代的词都比较短小，它们多半以抒写感情为主，不能加入很多故事。后来词调发展得很长了，就需要有铺陈的叙述和反复的勾勒，有时候也可以有一种故事性的叙述。陈廷焯的《白雨斋词话》曾说“美成词操纵处有出人意表者”，又说“美成词有前后若不相蒙者”。这首词的安排就有这种情形。它很有故事性，情节是错综的、倒插笔的，不像柳永的词那样按次序叙述。现在我们就来看这首词：

河桥送人处，凉夜何其。斜月远堕余辉，铜盘烛泪已流尽，霏霏凉露沾衣。相将散离会，探风前津鼓，树杪参旗。花骢会意，纵扬鞭、亦自行迟。　　迢递路回清野，人语渐无闻，空带愁归。何意重经前地，遗钿不见，斜径都迷。兔葵燕麦，向残阳、影与人齐。但徘徊班草，欷歔酹酒，极望天西。

这首词分成上下两段，却有三个不同的时间。你要一步一步地看下去，才能发现时间的不同。“河桥送人处，凉夜何其”，这是第一个时间和地点。《解连环》那首词里说“水驿春回”，说“舟移岸曲，人在天角”，可见他所怀念的那个女子是坐船走的。而这首词里送人的地点是河桥，时间是在一个凉爽的秋天的夜晚。

周邦彦的词句比较典雅，他喜欢用前人的诗句，特别是唐诗的诗句。那是因为他善于写赋，而写赋是要用很多典故的，他必然对古代的诗文非常熟悉。所以他用的字常常有来历。“河桥送人处”出于苏武和李陵的赠别诗“携手上河梁”。用典故有种种的不同：如果你所写的与这个典故的故事有关，那就是用典；如果与这个典故的故事无关，那就只是一个出处。“河桥”在这里就只是一个出处，它与李陵、苏武没有关系，只是为了引起读者对离别的一个联想。因为从李陵、苏武那个时代起河桥就是一个送别的所在。我曾经说过，有的人读中国的旧诗词读不出滋味来，那是因为他与中国旧传统的文化离得太遥远了，不知道中国古典文学里的每一个词语作为一个“符码”的作用。比如一说到“蛾眉”，就联想到美女等等一大堆；一说到“河梁”，就联想到离别等等一大堆。中国是有这么一个传统文化的背景的。我们接着看下面一句“凉夜何其”，这出处就更遥远了。“何其”两个字见于《诗经·小雅·庭燎》，里边有一句“夜如何其”——夜怎么样了？意思是：现在是夜里什么时候啦？“其”读jī，是个语助词，只有声音，没有意思，就像《楚辞》里的“兮”字一样。“凉夜何其”也是问时间。因为他是在送行，对于送行的人来说，时间是很重要的。他们摆下了离别的酒席，明天一早，行人就要出发了。那么现在是什么时间了呢——“斜月远堕余辉”。月亮已经带着它黯淡的光辉向远方沉没了，而且“铜盘烛泪已流尽，霏霏凉露沾衣”——铜盘上的蜡烛已经一点一点地烧完了，夜也越来越冷了。因为是夜晚，所以酒筵上点有蜡烛，蜡泪流尽表示时间已经很久了。唐人杜牧之有两句诗说：“蜡烛有心还惜别，替人垂泪到天明。”蜡烛当然有一个烛心，这个“心”也可以是拟人。他说，假如蜡烛也有感情，它也舍不得离别，也会为我们哭泣。所以你看，周邦彦的词里边常常隐含着古人的诗句，有时用得很明显，有时用得很含蓄。“霏霏”是空气里有水分的样子，天上洒下来的露水已经沾湿了衣裳。下面是“相将散离会”——我们现在是聚会在一起，但这是一个离别的聚会，我们彼此之间很快就要散去。什么时候散呢？当船要开的时候就要散了。船什么时候开？天亮就要开。所以他说：“探风前津鼓，树杪参旗。”“探”是注意地听或注意地看——注意地听那风里有没有津鼓的声音，注意地看树梢上的参旗星转到哪里去了。“津”我们已经讲过很多次，就是津渡——渡口的码头。古时候没有汽船，不能鸣汽笛，要开船的时候就敲鼓。“参旗”是一个星宿的名字，据《晋书·天文志》说：“参旗九星，在参西。”因为天上的星星在夜里不同时间方位是不同的，古代没有钟表，夜里看时间都是看天上星星的方位。当津鼓敲响、参旗斜落的时候，那个人就坐着船走了。下面他说：“花骢会意，纵扬鞭、亦自行迟。”现在你们看，周邦彦有的时候写一件事情一点一点写得很仔细，但有的时候他又跳接。所谓跳接就是：中间有一段他不说，一跳就过去了。这是周邦彦手法上的变化，就是所谓“空中转身”——他不是一步一步地走下去，而是跳了一下，等再落下地时已经在另外一边了，中间这一段脚步你没有看见。行人已经坐船走了，骑着花骢回去的是送行的人。这已经开始这首词里的第二个时间和地点了。“花骢”是黑白花的马。他说这马像是懂得我的感情，即使举起马鞭催它走，它也走得很慢。其实这是人的悲哀，可是他却写马。

接下来就更妙了：“迢递路回清野，人语渐无闻，空带愁归。”这还是刚才那个骑着花骢的送行的人走在回去的路上，“迢递”是走得很远，“回”是曲折的路。刚才码头上送行的人很多，十分喧哗。现在他已经离开码头很远，再也听不见那些声音，一个人走在凄凉的旷野上，他的悲哀已经无法补救，只有空空地带着忧愁归去。这里，你就要注意周邦彦的特色了。一般人写词都是上片一个段落，下片又是一个段落。可是在这过片的地方，周邦彦的情节还在继续进行，只是在形式上分开了段落。刚才他从“河桥”突然间转到花骢，那本来是应连之处，他却不连；现在这上片和下片分开的地方本来是应断之处，可是他却不断。这首词，当你看第一句“河桥送人处”的时候，以为这就是现在发生的事情。可是当你看到“迢递路回清野”，你就知道“河桥送人处”已经是过去的事，现在他已经走在送完人归去的路上了。但如果你接着向下看，看到“何意重经前地，遗钿不见，斜径都迷”就会明白：这才是现在的事情。这是这首词里的第三个时间和地点。这第三个时间和地点的变化就更大了：刚才的“霏霏凉露沾衣”还是秋天的季节；现在麦子已经长了老高，该是夏天的季节了。这时候，那个离去的人已经走了很久很久，他无意中又经过当年送别的所在，却已经看不到一点儿当时的痕迹了。“钿”是女子头发的装饰。当年送别的时候，他们曾经在这个地方坐过很久，也许会有那女子的花钿什么的遗落在这里吧？但纵有遗钿，如今也看不见了。这里他又用了一个故实：《史记·滑稽列传》里边说，淳于髡和女孩子们在一起饮酒杂坐，“前有堕珥，后有遗簪”——前边有女孩子们掉落的耳环，后边有女孩子们失落的头簪。可见这是一个很浪漫的聚会。可是他们当年送别的地方现在竟连一点点欢乐聚会的痕迹都没有留下来，而且，当年走过的那一条小路如今也看不见了。为什么小路不见了呢？因为“兔葵燕麦，向残阳、影与人齐”。这里已经长了很多野生植物，在夕阳的斜照下，影子拉得很长，和人的影子一边齐。这句景中有情，表面只写一个拖长的人影，但却写出了他的凄凉和孤独。“但徘徊班草”是说，我只能在班草的地方徘徊。什么叫班草的地方？我们的书后边有注解。王安石的诗说：“班草数行衣上泪。”又说：“待追西路聊班草。”郑骞先生说，班草就是“班荆”之意。“班荆”见于《左传》，说是“班荆言故”。“荆”就是草，“班”是把草铺成一排一排的行列。两个老朋友在路上碰见了，就在路边铺上一些草，坐在上面谈起话来。直接坐在地上很湿很脏，用一些干草铺出一片可以坐的地方就叫班荆。当年在河桥送别的时候，他们那个聚会就是在这里举行的，可能就在这片草地上坐过，所以他“徘徊班草”。不但如此，他还“欷歔酹酒，极望天西”。“欷歔”是叹息，“酹酒”是把酒洒在草地上，然后极目向天的西边望去，因为那是你所去的地方。

这首词非常有故事性。在这么短的词里，他写了三个空间和时间。而且你要一步一步地看才能了解——噢，原来刚才所说的是过去的事情。你以为那第二个时间地点是现在了，可是看到最后才知道那还是过去，原来还有第三个时间和地点。周邦彦这种时空错杂的章法结构在词的演进上是一个突破。西方一些现代派的戏曲和电影也采用时空错综的手法，现在我们就知道，他们这些手法原来并不新鲜！周邦彦的错综是结合了故事性的，所以还比较易懂。可是，他的这种思索安排和时空错综的手法影响了南宋后期的词人。当南宋的姜白石、吴文英、王沂孙他们也开始时空错综起来的时候，就增加了词的晦涩。这是什么缘故呢？因为周邦彦的词至少还有一个故事做骨干，而姜白石、吴文英、王沂孙他们的词里边缺少故事性，都是一段一段地写情，一段一段地写景，或者一段一段地咏物。这就让人感到莫测高深了。

我们已经介绍了周邦彦的多方面的成就。比如说，他的善于勾勒啊，他的思索安排啊，他在章法结构上时空错综的变化啊，等等。这些都是周邦彦的特色，而且对后来的人有很大的影响。可是我们说过，周邦彦是北宋一个集大成的作者，他集合了在他以前的各种风格的好处。所以，除了讲他的特色之外，我们还必须讲一讲他另外一个方面的成就，就是他的小令。我们要讲他的《浣溪沙》和《玉楼春》两首小令。但是在讲这两首小令之前，我们先要讲一个比较重要的问题，就是关于词的欣赏。

清朝的词学批评家陈廷焯在他的《白雨斋词话》里说："词外有词，方是好词。"什么叫"词外有词"呢？那我们再看王国维在《人间词话》里所说的："词之为体，要眇宜修。能言诗之所不能言，而不能尽言诗之所能言。诗之境阔，词之言长。"你们要注意"词之言长"。就是说：词，一定要有言外的意味，这是它的一个特色。所谓言外的意味就是：它的话完了，可是却引起你很多的联想，产生了没有穷尽的情意。这言外的意味是怎么来的？我曾经在天津师范大学作了一次讲演，讲了有几种引起言外之意的可能。

第一种情况是温庭筠的词，像《菩萨蛮》之类。这类词的美感能够引起人的联想，同时，温庭筠所用的语言也使人产生联想。这我在讲温庭筠的时候已经讲过了。比如他说"蛾眉"，你就联想到屈原

《离骚》的“众女嫉余之蛾眉兮”；他说“画蛾眉”，你就联想到李商隐的“八岁偷照镜，长眉已能画”；他说“懒起画蛾眉”，你就联想到杜荀鹤的“欲妆临镜慵”。按照西方语言学中的一派——“符号学”的说法，就是那些词语已经成了一个特殊的符号，一种语码。它的作用是可以引起你的一大堆联想。我也曾经引过苏联的一个符号学家洛特曼的话，他说这些语码是反映了一个文化背景的。这是词给人言外意味的第一个原因。而能够把这一种言外的意味解释传达得最好的，就是张惠言的常州词派。张惠言用比兴寄托的方法来解释词。因为他是江苏常州人，所以人们就把这一派词学家叫作常州词派。我们提到过的陈廷焯和周济都属于常州词派。常州词派认为，温庭筠的《菩萨蛮》那些词都有屈原《离骚》的意思，都有比兴寄托。不错，温庭筠的语言是能够给我们这种联想的，但温庭筠这个作者他到底有没有像屈原《离骚》那样的意思呢？我也曾说过，温庭筠个人确有一种失意的感慨，而且他对当时那个时代的宦官专政有一定的看法，但他毕竟跟屈原不同。不过我们且不管温庭筠自己有没有这种意思，是他的作品本身所用的“懒起画蛾眉”，所用的“照花前后镜”产生了这种语码的性质，引起了人们的这种联想；而把一首诗或一首词讲成有屈原《离骚》那样的忠君爱国的托意，这就是比兴寄托的说诗说词的方法。所谓比兴，我们以前也讲过。比兴本来是从作者而言：我看到一个东西，引起我的感动，这就是兴；我有一个意念，我用一个东西来作比方，这就是比。可是从汉朝开始，儒家的学者为“十三经”作注疏的时候就给比兴加上了一个政教的解释。他们说比一定是有讽刺政教的缺点的意思，兴一定是有赞美政教的美好的意思。从那时候起，人们就不仅用比兴的方法来作诗，也用比兴的方法来说诗了，而这样就使诗里包含了某种政教的意味。现在看起来，这是中国旧传统里很拘束、很狭隘、很古老的一种学说，但奇怪的是，这种学说反而合乎现代西方最新的哲学和文学的理论。就是说，作品之中语码的性质使人产生比兴的联想，这是因为那些语码带有一定的文化背景的作用。这一点也就证明了张惠言以比兴寄托来说词的方法可以成立。此外，西方还有一个“新批评”学派，这一派主张：只有作品本身才是最重要的，至于作者的原意则无关紧要。当然，现在的现象学又注重到作者，注重到意识的作用，发展到诠释学，这又是一个新的转变。但是在 1950 年代前后新批评流行的时候是强调以作品本身为主。那么，这就也可以证明张惠言对温词的解释是可以成立的了。你们看，张惠言的解释本来是中国古老的政教的传统，可是反而能用西方最新的理论给它一个说明，这不是很奇怪的事情吗？以上我们讲的是词有言外之意味的第一种情况。这种情况我们所举作者的例证是张惠言。

词的言外之意还有第二种情况，这第二种情况我们要举的作者的例证是南唐二主，而能够把这一派的作品解释得最好的就是王国维。南唐中主李璟有一首词的开头“菡萏香销翠叶残，西风愁起绿波间”，王国维说这两句词写得有“众芳芜秽、美人迟暮”的感慨。这也是一种言外的意味。那么王国维根据的是什么呢？从表面上看，张惠言的忠君爱国、屈子《离骚》之类显得很古老，很死板；而王国维受过西方哲学和文学的影响，是比较自由、比较开放的。但是，王国维说词的根据其实比张惠言更古老，他的根据见于《论语》。孔子说过“诗可以兴”——诗，是可以引起你一种感发的。而且孔子所说的这种感发，它与诗的本意相合不相合并没有什么重要的关系。王国维不仅说南唐中主的“菡萏香销翠叶残，西风愁起绿波间”有“众芳芜秽、美人迟暮”的悲哀，他还说南唐后主李煜有“释迦、基督担荷人类罪恶之意”，他还说晏殊和柳永的一些词是“成大事业、大学问”的“三种境界”。这都是王国维的联想，而他这种联想的产生，都是来自孔子说诗的传统。王国维在列举了“成大事业、大学问”的三种境界之后他自己就说了："遽以此意解释诸词，恐为晏、欧诸公所不许也。"为什么不许？因为那不是人家原来的意思。既然明知不是人家原来的意思，难道你就可以这样解释吗？在《论语》中，孔子就认为是可以的。我们以前讲过，说有一次子贡和孔子谈话谈到"贫而无谄，富而无骄"，这是讲做人的道理，孔子说："不若贫而乐，富而好礼。"于是子贡忽然就想到《诗经》的"如切如磋，如琢如磨"。他是在联想中把做人的修养和诗歌结合起来了。还有一次子夏问孔子，为什么说"素以为绚"，白色的是最美丽的？孔子说这是"绘事后素"——画图画时要先把底子弄干净，然后才能显出你画得好。子夏就想到"礼后乎"——一个人的本质好是重要的，形式上的礼节是次要的。子贡是从做人的道理想到诗歌的诗句，子夏是从诗歌的诗句想到做人的道理。这本来是两件不相干的事情，居然被他们联想到一起了，而且得到了孔子的称赞。这种自由的感发和联想，也就正是中国诗歌宝贵的传统。在"四人帮"统治时期有一位被杀害的人名叫遇罗克。如果你们读过他的日记，就可以看到上面引过两句诗："尔曹身与名俱灭，不废江河万古流。"这是谁的诗？是杜甫的诗。杜甫说的是"四人帮"吗？当然不是。杜甫那个时候哪里有"四人帮"！杜甫是在评论初唐四杰的诗歌。当然，对杜甫的这首诗有各种不同的解释，但那不是我们今天要讲的内容。我所要说的是，在读诗歌的时候，你可以从那里面得到一种启发和感动，可以从诗歌联想到做人。我刚才举了王国维说词的三个例证，说它们都是"诗可以兴"的自由联想，但是这三个例证的性质其实是不一样的。究竟怎么不一样呢？我现在就来作一个说明。

王国维说："古今之成大事业、大学问者，必经过三种之境界。'昨夜西风凋碧树，独上高楼，望尽天涯路'，此第一境也。'衣带渐宽终不悔，为伊消得人憔悴'，此第二境也。'众里寻他千百度，蓦然回首，那人正在灯火阑珊处'，此第三境也。此等语皆非大词人不能道。然遽以此意解释诸词，恐为晏、欧诸公所不许也。”这是一种自由的感发联想，与作者原来的意思完全不合。所以他自己就说“恐为晏、欧诸公所不许”。王国维又说：“南唐中主词‘菡萏香销翠叶残，西风愁起绿波间’大有众芳芜秽、美人迟暮之感。乃古今独赏其‘细雨梦回鸡塞远，小楼吹彻玉笙寒’，故知解人正不易得。”你们要注意他这两段话的分别。刚才他说他自己的联想并不是作者原来的意思；现在他又说别人都不是“解人”，只有他自己才掌握了作品的真意。何以见得他所掌握的就是作品的真意呢？为了说明这个问题，我不得不把南唐中主的这首词整个地讲一下。

这首词的牌调叫《摊破浣溪沙》，还有另外一个名字叫《山花子》。它是这样写的：

> 菡萏香销翠叶残，西风愁起绿波间。还与韶光共憔悴，不堪看。　　细雨梦回鸡塞远，小楼吹彻玉笙寒。多少泪珠何限恨，倚阑干。

我说过，词本来是歌筵酒席之间写给美丽的女孩子去歌唱的歌词，都是写爱情和相思离别的。这首词实际上也写相思离别，写一个思妇怀念她戍守边疆的丈夫。“菡萏香销翠叶残，西风愁起绿波间”是这个思妇在秋天所看到的景色。“韶光”有的版本是“容光”，是说花的零落凋残跟我一个女子的容光的零落凋残是一样的。这也就是《古诗十九首》上“思君令人老，岁月忽已晚”的意思。“不堪看”，是她不忍心看到花的凋零，因为从花的凋零会联想到她自己的憔悴和衰老。这首词的上半首是对大自然景物的感发，下半首就开始写思妇的感情了。“细雨梦回鸡塞远”——思妇晚上做梦，梦见了丈夫，当她梦醒的时候，外边是一片细雨之声，在这细雨声中她才想到征人还远在鸡塞之外。唐诗里说："可怜无定河边骨，犹是春闺梦里人。"说不定她的丈夫已经战死了，她又怎能知道呢？于是梦醒之后她就再也不能成眠，只得起来吹笙。"小楼吹彻玉笙寒"——细雨的声音、小楼的孤独闭锁、四围的寒冷侵袭、玉笙的珍重，所有这一切都集中表现了思妇孤独、凄凉、寒冷而且缠绵的心意。"多少泪珠何限恨"，是说她有流不尽的眼泪、说不尽的悲哀。但是她"倚阑干"——倚阑干时所看到的是什么？还是那"不堪看"的"菡萏香销翠叶残"！王国维说大家都赞美南唐中主的"细雨梦回鸡塞远"，是谁赞美"细雨梦回鸡塞远"呢？《南唐书》上记载着冯延巳赞美过"细雨梦回鸡塞远"，宋人笔记上记载着王安石也赞美过"细雨梦回鸡塞远"。人家赞美得有道理呀！这两句果然写得美，是对偶的句子，写得这么工整，而且正是感情的重点和主题的中心之所在。可是现在就有一个问题了。王国维说"词之为体，要眇宜修。能言诗之所不能言"，还说"词之雅郑，在神不在貌"。他的意思是说，词的好坏在于它所传达的精神而不在它的外表。什么是词的外表？我以前举过欧阳修和欧阳炯、薛昭蕴的词作比较。他们都写江南的女子，那些女子都穿着美丽的衣服，戴着美丽的首饰，而那几首词的品格不是有很大的不同吗？所谓外表，就是作者在自觉的显意识之中所要写的情事：要写一个采莲的女子、一个淘金的女子，或者是一个渡船的女子。但同样是写女孩子，欧阳修说："越女采莲秋水畔。窄袖轻罗，暗露双金钏。照影摘花花似面，芳心只共丝争乱。"欧阳炯则说："二八花钿。胸前如雪脸如莲。耳坠金环穿瑟瑟。霞衣窄。笑倚江头招远客。"从表面看起来，都是写衣服写首饰，可是它们所表现的精神和感情的品质完全不同，因为那里面有作者隐意识的不自觉的流露。词大多是写美女、写爱情和相思离别，这些内容有什么好说的？有什么好讲的？词的妙处就在于：它刚刚发展起来不久，就有冯延巳、韦庄、晏殊、欧阳修、苏轼他们下手来写作。而这些人在政事、学问、道德、文章上实在都是不可一世的人物。他们写小词，表面上虽然也还是写美女、爱情和相思离别，但是他们的感情和精神品格的本质却也在不自觉之中流露出来了。这正是词最微妙的一点。南唐中主的这首词，如果从显意识的形式来说，就是从主题来说，它写的是思妇的感情，所以重点一定是在“细雨梦回鸡塞远”两句。但是如果从这首词所传达的感发生命的本质来说，那么它给人感动力量最强的地方还是在开头的“菡萏香销翠叶残”两句。我以前曾提到过西方的新批评学派，这个学派注重作品的本身，包括作品本身的语言、结构、形象和每一个字的质地。什么叫“每一个字的质地”？不是感情品格有一种品质吗？每一个字也有一种品质。各种衣料有质地上的不同，你用手摸一摸劳动布，摸一摸柔姿纱，摸一摸丝绸，摸一摸毛呢，那感觉各不相同。这差别不只在于怎样编织，也不只在于颜色和花纹，那些布的材料根本就是不同的。文字也是一样。对于一篇作品所应重视的不只在于传达了什么情事，而在于传达出来多少，传达得是好是坏，以及怎样传达的。“菡萏”就是荷花。如果我把“菡萏香销翠叶残”改成“荷瓣凋零荷叶残”，这意思不是完全没有改变吗？可是你要知道，这两句的意思虽然相同，但由于它们的文字不同，所以表现的效果也就不同。词是由文字组成的，所谓言外之意其实也要由语言的言内来传达。“荷瓣”是很俗的两个字；而“菡萏”两个字见于《尔雅》，平时是不常用的。用“菡萏”这两个比较生疏、比较古雅的字，就表现了一种特别珍贵、特别美好的意思。“荷叶”只是说明了它是荷花的叶子；“翠叶”不但有一个颜色的形容，表现了一种翠色的美，而且使人联想到翡翠和碧玉，所以它也表现了一种珍贵和美好。“香”是菡萏的香，那也是珍贵和美好的。这些珍贵和美好的东西是用一个“销”和一个“残”连接起来的。“销”是消逝。“残”是残破。这就造成了一种效果：世间珍贵美好的东西居然这样短暂，这样无常！这是一个整体的感觉，是一种感发——这话很难讲清楚，但一定是如此的。“菡萏香销翠叶残”，表现了如此珍贵美好的一个生命的消逝和残破，但还不止于此。这珍贵美好的生命它所生存的是什么样的环境？是“西风愁起绿波间”，这环境是如此凄凉和动荡不安。南唐中主的显意识是要写一首相思离别的小词，“细雨梦回鸡塞远，小楼吹彻玉笙寒”是它的主题。但是当时的南唐中主面对着北方兵力强大的后周，进不可以攻，退不可以守，国家朝不保夕，“菡萏香销翠叶残，西风愁起绿波间”正是他内心最深隐之处的悲哀和感慨。也许南唐中主在写这首小词的时候并没有这种自觉，但是他潜意识的活动却把内心深处的这种感情不知不觉地就流露出来了。王国维正好就掌握了这一感发的生命。而且王国维还说，古今都欣赏南唐中主的“细雨梦回鸡塞远，小楼吹彻玉笙寒”，这是“解人正不易得”。同样是感发的联想，为什么那成大事业、大学问的三种境界就“恐为晏、欧诸公所不许”，而在这里就大胆地以“解人”自居呢？原因在于，那成大事业、大学问的联想与原词的主题不相合，而现在这“众芳芜秽、美人迟暮”的联想与思妇的感情是相合的。思妇的感情是“思君令人老，岁月忽已晚”，而众芳的零落乃是女子的美貌不能常保，“美人迟暮”则正是“思君令人老”！王国维的感发和这首词的主题正好相合，这就很了不起了。

王国维还说：“尼采谓：‘一切文学，余爱以血书者。’后主之词，真所谓以血书者也。宋道君皇帝《燕山亭》词亦略似之。然道君不过自道身世之感，后主则俨有释迦、基督担荷人类罪恶之意，其大小固不同矣。”这种感发我也要简单地说明一下。李后主说：“林花谢了春红。太匆匆。无奈朝来寒雨晚来风。”他写的是林花这美好生命的无常和受到的挫伤，但是对这种无常和挫伤的悲哀正是古今中外所有的人所共有的悲哀。所以王国维说李后主有“释迦、基督担荷人类罪恶之意”。他所掌握的，乃是李后主这种感发力量的强大。宋徽宗有一首《燕山亭》也是通过花的零落写对故国的思念。但是，宋徽宗写花的零落只写出了外表的零落，并没有把那种生命的挫伤写出来。同样，他写对故国的怀念也只是写出了自己一个人的悲哀，缺乏李后主的那种博大。我们讲过李后主的《虞美人》(春花秋月何时了)。在那首词里，他通过永恒与无常两种现象三度对比，提出了“问君能有几多愁”的探究，得出了“恰似一江春水向东流”的答案。那种感发生命的强大，与宋徽宗只是“自道身世之戚”的狭小是不可同日而语的。总而言之，王国维在《人间词话》中的这三段话都是重视感发的联想，而讲李后主的这一段话，则是以感发生命的大小、强弱、广狭作为评判的基本标准的。

现在我们就可以作一个总结了。以上我们讨论了词的欣赏问题之中有关言外之意的这一部分。我们说，有言外之意的词才是好词。但是怎样解释词的言外之意呢？我们讲了张惠言的说词方式和王国维的说词方式。张惠言是由语码而产生联想的，是以传统的政教比兴来说词；王国维是以感发来联想的，是以一种哲理来说词。但是现在我们就要讲第三种类型的言外之意，那完全凭着一种锐感，使读者可以产生一种感受上的余味，却并不一定引起什么政教或哲理上的联想。这种类型，写得最好的是秦观。我们讲过秦观的《画堂春》，他说：“柳外画楼独上，凭阑手撚花枝。放花无语对斜晖，此恨谁知。”这是一种什么情感？连作者自己也说不清楚，但是它能引起你内心中一点微波的动荡。这也是一种言外之意。

第八节

周邦彦是一个集大成的作者。他不仅长调写得好，小令也写得很好。我们下面要讲的《浣溪沙》和《玉楼春》两首小词，就很有秦观那种锐感的、激动你心中一点微波动荡的意味。

我们先看《浣溪沙》：

楼上晴天碧四垂。楼前芳草接天涯。劝君莫上最高梯。
新笋已成堂下竹，落花都上燕巢泥。忍听林表杜鹃啼。

这个“涯”字一共有三个读音，一个读 yá，一个读 ái，一个读 yí。它在押韵的时候，如果读 yá，押的就是“麻”字的韵；如果读 ái，押的就是“佳”字的韵；如果读 yí，押的就是“支”字的韵。“涯”字押支韵不是从周邦彦开始的，《古诗十九首》的“行行重行行，与君生别离。相去万余里，各在天一涯”，“离”和“涯”就都是押的“支”字的韵。周邦彦这首词是写得很好的一首伤春词。“楼上晴天碧四垂。楼前芳草接天涯”，这是多么美丽的景色！可是他却说：“劝君莫上最高梯。”这么美丽的晴天，这么美的草地，为什么不能上楼去看呢？这就是一种难以言说的锐感了。如果一定要勉强加以说明，那么李商隐有一句咏蝉的诗说：“一树碧无情。”还有台湾的一首流行歌曲说：“天、天、天蓝，我想忘记你也难。”你们看，树的碧绿可以绿到如此无情，天的碧蓝也可以蓝到如此无情；而那“楼上晴天碧四垂。楼前芳草接天涯”也正是下边碧绿，上边碧蓝。这话真是很难讲，在作者也是无意之间的感发，说不清楚的。他的显意识所要写的显然在后边几句：“新笋已成堂下竹，落花都上燕巢泥。忍听林表杜鹃啼。”——笋已经长成了竹子，花都零落了，已经被燕子衔去筑了巢，春天真的是过去了，眼看着时光如此迅速地消逝，你怎么能忍受那杜鹃鸟的叫声呢？其实，这首小词还是前三句写得好，它传达了一种非常敏锐的、难以言传的、在心中荡漾着的感情。

下面我们看《玉楼春》：

> 桃溪不作从容住。秋藕绝来无续处。当时相候赤阑桥，今日独寻黄叶路。　　烟中列岫青无数。雁背夕阳红欲暮。人如风后入江云，情似雨余黏地絮。

这也是一首非常精练的小词。长调要铺叙，就要把当时的感情、故事都写得很真。像以前讲的“探风前津鼓，树杪参旗。花骢会意，纵扬鞭、亦自行迟”，像柳永的词“冻云黯淡天气，扁舟一叶，乘兴离江渚”，都是把眼前的事情一点一点地都写出来。可是小令不成，小令要用很短的篇幅写很多的意思，就要用象喻。因为象喻的东西有暗示性，暗示可以给人很多的联想，所以他说的虽然只是一个形象，可是这一个形象可以给你那么多的感发和联想，你可以把它想得很多很多。这就是周邦彦小令的特色。而他把相思离别的感情带着这么多的象喻写出来，这一点也很像秦少游。

“桃溪不作从容住”说得真是好。“桃溪”是什么？我们讲过，陶渊明写过一篇文章叫《桃花源记》，还写了诗，就是《桃花源诗》。这桃花源是人间的乐土，是人世之间最和乐最美好的、没有战争和一切痛苦灾难的所在。这就是“桃溪”给你的第一个联想。“桃溪”还给你第二个联想，就是刘、阮入天台的遇合。这个故事见于魏晋南北朝的神怪小说《幽明录》，说的是刘晨、阮肇两个年轻人沿着桃花流水进入天台山中，遇到两位仙女，发生了很浪漫的爱情故事。他们在一起相处了很久很久，可是刘晨、阮肇跟那个到桃花源里去过的渔夫一样，怀念起他们原来所归属的那个人间社会，于是就告辞仙女，回到人间。回到人间之后他们才发现已经过去好几千年了，世上已经人事全非。而他们想回到神仙住的那个地方，却再也回不去了。武陵那个渔人也是如此，他到了桃花源却没有留下来，以后就再也找不到桃花源了。那么人生也是如此。也许你曾经有过一段美好的遇合，而你当时并没有珍重爱情，你不知道这些东西丢了之后就永远回不来了，你随随便便地就把它丢开了。“从容”是不忙的意思，是时间长久的意思。为什么那武陵的渔夫要忙着回去？为什么那刘晨、阮肇不留下来？而你，你既然来到了桃溪，为什么就没有从容地、长久地住下来？所以他现在是满心的后悔：人间有几个人能有机会碰到桃花源这样的好地方？你这么幸运，有了这么美好的遇合，当时为什么就不珍重、不爱惜它呢？

“桃溪”给人以两个暗示，一个是人间的乐土，一个是人间的仙境，而且仙境中还有那爱情上的遇合。可是，有一天你离开它之后，就“秋藕绝来无续处”了。这又是一个形象。什么东西“绝来”都“无续处”的，我现在把粉笔这样一撅，也就不能够再接上了。可是粉笔折断也不过就是折断了而已，秋藕的痛苦则在于：藕虽然断了，中间的丝却还连在一起。俗语常说“藕断丝连”，意思是，形体虽然分开了，但感情心灵却没有办法分开。这形象用得非常好，里边有很丰富的含意。

下面他说：“当时相候赤阑桥，今日独寻黄叶路。”“相候”在这里是互相等候，是有的时候我等你，有的时候你等我，在我盼望你的时候你也同样在盼望我，两个人的感情是相当的。现在有些小姐女士喜欢摆架子，认为让男的等上一个钟头才够滋味，这不正当。两个人感情相当才是一种圆满的感情。“赤阑桥”是栏杆上涂着红色油漆的小桥。刚才我们讲的“秋藕绝来无续处”是一个象喻，而这句“当时相候赤阑桥”本来可以说是写实，是当时果然曾经在一个红色栏杆的小桥边互相等候。但在写实之中，它也有象征的意思，因为红颜色能够代表一种热烈的感情。可是现在呢？现在是“今日独寻黄叶路”。《兰陵王》里有一句“闲寻旧踪迹”，那时我讲过这个“寻”，就是你仔细地、一点一点地追寻当日在这里发生的情景。这“黄叶路”就是通向那当年相候的“赤阑桥”的路，可是当年他们有美好的爱情，所以就只看到桥上那红色的栏杆，今天他一个人孤独地走来，就只看到满地黄叶的凄凉落寞了。这两句其实都是写实，可是“赤阑桥”的美好鲜艳，“黄叶路”的凄凉落寞，就同时有了象征的意思，有一种暗示。所以周邦彦的词实在是写得很好。

下半首他忽然之间飞起来了。“烟中列岫青无数。雁背夕阳红欲暮”就跟《兰陵王》里的“斜阳冉冉春无极”一样，你要是低吟千百遍就可以入三昧出三昧。这两处是一样的精神和笔法，一样地跳了出去，把感情带到广远的景物之中。“岫”就是山峰。由于追寻往迹人已不见，所以就抬起头来向远方看，只见烟雾迷蒙之中排列着一个个高起的、青色的山峰。中国的诗词写到望远的时候，常常暗示一种怀人的感情。因为望远心里就有一种希望和追求之情，看得远当然也就想得远。可是，那无数的青山现在就变成了无数的障碍和阻隔。大晏的一首词中说：“当时轻别意中人，山长水远知何处。”他说我当时随随便便地就和我所爱的人分别了，现在是水远山长，再想回去，却有那千山万水的阻隔。“烟中”也有遥远的意思，因为远方的那一片烟霭看起来是迷蒙的、不可捉摸的。他没有正面写他的期待和怀念，而他之所以要远望那烟中的列岫正表现了他的怀念。

“雁背夕阳红欲暮”：在晚霞中，一群群鸿雁由北方飞往南方，夕阳照在鸿雁身上，雁背就是一片红色。上个礼拜一位从美国来的学者讲中国现代文学时讲到东北的一位女作家萧红，萧红写过一本小说叫《呼兰河传》。呼兰河是东北的一个地名，是萧红小时候生活的地方。旧中国的东北是一大片荒凉的地方，一切都很落后。萧红写她的故乡写得那么凄凉，可是却带着一种很深的感情，她写呼兰河夏秋之间天上的晚霞写得非常之好。夕阳把空中的云都染红了，大半个天空都是红色的，中国北方管它叫“火烧云”。杜甫诗中的“峥嵘赤云西”也是写火烧云，在很高的天空中都是那些红色的云。红色的云是那么热烈，像火烧，可是它们转眼之间就黯淡下去。萧红就是这样写的。如果你有两分钟不注意，再一抬头，那些鲜艳的红色就再也看不见了。这就是“雁背夕阳红欲暮”。而且你还记得，我们说山代表着重重的障碍和阻隔，雁呢？古人说它是可以传书的。《汉书·苏武传》里就曾提到一个编造的故事，说苏武在匈奴把一封信绑在雁的脚上，雁就把这封信送回到朝廷了。而现在，我眼看着这个鸿雁在满天的晚霞之中飞走，谁能把我的信带给那个人，谁又能把那个人的信带来给我呢？

“烟中列岫青无数”是那么远，“雁背夕阳红欲暮”的鸿雁也马上就消失了，他无法得到那个人的信息，所以结尾两句说：“人如风后入江云，情似雨余黏地絮。”他说，那个走的人永远不会回来了，就像被狂风吹过江去的云彩，而我的感情就像下雨之后贴在地上的柳絮。我们已经讲了这么多诗和词，里面有不少关于柳絮的形象。像欧阳修的诗“草惹行襟絮拂衣”，像晏殊的词“春风不解禁杨花，蒙蒙乱扑行人面”，柳絮都代表了众多而缭乱的感情。而现在周邦彦所写的是柳絮的另一种形象。他说现在我的所有这些感情就都像柳絮一样被雨打湿在地上，再也飞不起来了。柳絮是一种在春风中狂舞的生命，它们被雨打在地上就完全被摧毁了，再也飞不起来了，这是一件很残酷而且无法挽回的事情。所以，“人如风后入江云，情似雨余黏地絮”这又是两个形象化的比喻，而且是十分精练的。

《玉楼春》这八句词本来不一定全都对仗。我们讲过欧阳修的《玉楼春》，就是“樽前拟把归期说”那一首，欧阳修就不是全都对仗的。可是现在周邦彦的这八句词是两两相对。“桃溪”是名词，“秋藕”是名词；“不作从容住”和“绝来无续处”都算是述语；“当时”和“今日”一个对比；“相候”和“独寻”一个对比；“赤阑桥”和“黄叶路”一个对比；“烟中”对“雁背”；“列岫”对“夕阳”；“青无数”对“红欲暮”；“人如风后入江云”就对“情似雨余黏地絮”。所以这首词写得非常精练，他用很美丽的、很精致的形象表现了很多的感情，有丰厚的余味耐人寻思。

今天我们就把周邦彦停止在这里。

缪元朗　安易　整理